当代作家论 编

路
遥
论

中国当代作家论

谢有顺 主编

杨晓帆/著

路遥论

作家出版社

杨晓帆

■ 1984年生，云南昆明人。中国人民大学文学博士，现供职于华中师范大学文学院。主要研究方向为中国当代文学，特别是1980年代文学史研究与当代小说批评。中国现代文学馆特邀研究员、湖北省作协签约评论家、延安大学中国当代现实主义与路遥研究中心研究员。获第五届唐弢青年文学研究奖，《南方文坛》、《文艺争鸣》年度优秀论文奖，第三届"紫金·人民文学之星"文学评论奖。

主编说明

　　自从到大学工作以后，就不时会有出版社约我写文学史。很多文学教授，都把写一部好的文学史当作毕生志业。我至今没有写，以后是否会写，也难说。不久前就有一份高等教育出版社的文学史合同在我案头，我犹豫了几天，最终还是没有签。曾有写文学史的学者说，他们对具体作家作品的研究，是以一个时代的文学批评成果为基础的，如果不参考这些成果，文学史就没办法写。

　　何以如此？因为很多学问做得好的学者，未必有艺术感觉，未必懂得鉴赏小说和诗歌。学问和审美不是一回事。举大家熟悉的胡适来说，他写了不少权威的考证《红楼梦》的文章，但对《红楼梦》的文学价值几乎没有感觉。胡适甚至认为，《红楼梦》的文学价值不如《儒林外史》，也不如《海上花列传》。胡适对知识的兴趣远大于他对审美的兴趣。

　　《文学理论》的作者韦勒克也认为，文学研究接近科学，更多是概念上的认识。但我觉得，审美的体验、"一个灵魂唤醒另一个灵魂"的精神创造同等重要。巴塔耶说，文学写作"意味着把人的思想、语言、幻想、情欲、探险、追求快乐、探索奥秘等等，推到极限"，这种灵魂的赤裸呈现，若没有审美理解，没有深层次的精神对话，你根本无法真正把握它。

　　可现在很多文学研究，其实缺少对作家的整体性把握。仅评一个作家的一部作品，或者是某一个阶段的作品，都不足以看出这个作家的重要特点。比如，很多人都做贾平凹小说的评论，但是很少涉及他的散文，这对于一个作家的理解就是不完整的。贾平凹的散文和他的小说一样重要。不久前阿来出了一本诗集，如果研究阿来的人不读他的诗，可能就不能有效理解他小说里面一些特殊的表达方式。于坚也是一个典型的例子。很多人只关注他的诗，其实他的散文、文论也独树一帜。许多批评家会写诗，他写批评文章的方式就会与人不同，因为他是一个诗人，诗歌与评论必然相互影响。

如果没有整体性理解一个作家的能力，就不可能把文学研究真正做好。

基于这一点，我觉得应该重识作家论的意义。无论是文学史书写，还是批评与创作之间的对话，重新强调作家论的意义都是有必要的。事实上，作家论始终是中国现代文学的一个宝贵传统，在1920—1930年代，作家论就已经卓有成就了。比如茅盾写的作家论，影响广泛。沈从文写的作家论，主要收在《沫沫集》里面，也非常好，甚至被认为是一种实验。中国现代文学研究界的许多著名学者都以作家论写作闻名。当代文学史上很多影响巨大的批评文章，也是作家论。只是，近年来在重知识过于重审美、重史论过于重个论的风习影响下，有越来越忽略作家论意义的趋势。

一个好作家就是一个广阔的世界，甚至他本身就构成一部简易的文学小史。当代文学作为一种正在发生的语言事实，要想真正理解它，必须建基于坚实的个案研究之上；离开了这个逻辑起点，任何的定论都是可疑的。

认真、细致的个案研究极富价值。

为此，作家出版社邀请我主编了这套规模宏大的作家论丛书。经过多次专家讨论，并广泛征求意见，选取了五十位左右最具代表性的作家作为研究对象，又分别邀约了五十位左右对这些作家素有研究的批评家作为丛书作者，分辑陆续推出。这些作者普遍年轻、锐利，常有新见，他们是以个案研究的方式介入当代文学现场，以作家论的形式为当代文学写史、立传。

我相信，以作家为主体的文学研究永远是有生命力的。

谢有顺

2018 年 4 月 3 日，广州

目 录

绪　论

一、"交叉地带"的发现

作为一名农裔城籍作家，路遥文学实践中最重要的主题，就是表现新时期变化了的城乡关系，以及社会转型期的农村现实与农民命运，尤其是新一代农村青年的人生抉择。这些小说中的生活故事，大多带有他个人成长道路的影子，常常像是由不同角色扮演的路遥自己，反复穿梭于跟现实相切的文学世界中，仿佛要为那些从现实生活中溢出的情绪，寻找一个妥帖的形式。路遥 1949 年出身陕西贫民家庭，在农村长大读小学，又到县城读初中，青少年时期大部分日子都在农村和县城度过，中学毕业恰逢"文革"爆发，在经历了短暂而极度辉煌的"红卫兵"生涯后返乡劳动，教过村民办小学，去县城做过各式各样的临时工，直到 1973 年才考入延安大学，毕业后以《陕西文艺》编辑的身份进入省城文艺团体，于 1982 年成为拥有城市户口的专业作家——这段漫长而艰辛的"进城"之路，决定了路遥以怎样的身份与个人经验，跻身于新时期文学与社会思潮，也决定了他如何通过同一个母题的不断书写来思考文学与现实的关系。

路遥用"交叉地带"一词来概括他全部创作的题材范围，如何理解"交叉地带"，是研究路遥时必须回答的问题。1982 年 8 月 21

日，路遥在回复评论家阎纲的信中提道：

> 由于现代生产力的发展，又由于从本世纪六十年代中期开始，在我国广阔的土地上发生了持续时间很长的、触及每一个角落和每一个人的社会大动荡，使得城市之间、农村之间，尤其是城市和农村之间相互交往日渐广泛，加之全社会文化水平的提高，尤其是农村的初级教育的普及以及由于大量初、高中毕业生插队和返乡加入农民行列，城乡之间在各个方面相互渗透的现象非常普遍。这样，随着城市和农村本身的变化发展，城市生活对农村生活的冲击，农村生活城市化的追求意识，现代生活方式和古朴生活方式的冲突，文明与落后，现代思想意识和传统道德观念的冲突，等等，构成了当代生活的一些极其重要的方面。①

这段话常常被路遥研究者引用来论述路遥关于城乡关系的思考，并且特别强调最后一句，从所谓"现代"与"古朴"生活方式，"文明与落后"，"现代思想"与"传统道德"中，提炼出一个"现代/传统"的二元认识论。批评家们或感慨路遥逆改革潮流、反现代性的恋土情结，或关注他积极反映农村现代化进程的历史意识，路遥对"交叉地带"的文学表达，也因此被放入到"现代性焦虑"这个更为宏大的理论叙述中。这种阐释框架使研究者跳出了地理空间或制度实践层面的认识局限，更注重发掘城乡问题背后的文化内涵，但细读路遥的前半段话，一些重要信息又被忽略了：路遥明确将新时期城乡结构的历史成因追溯至1960年代，尽管他并未点出具体的政治事件，但这段历史无疑包含了上世纪五六十年代的农村合作化运动、文化大革命、知青上山下乡运动等——这段充满苦

---

① 路遥：《关于〈人生〉和阎纲的通信》，《作品与争鸣》1983年第2期。

难、贫困、饥饿与青春理想的记忆在路遥心里烙下了怎样的印记？如果说路遥是以历史见证人的身份，用他自己从农村到城市的文学之路为历史作注，这段历史经验究竟怎样影响了他对新时期城乡交叉带的认识与文学表达？

事实上，在与阎纲通信之前，路遥对"交叉地带"的表述还有另一个不同版本。1982年7月11日，路遥为《中篇小说选刊》转载《人生》完成了一篇创作自述。从作为血统的农民的儿子经常往返于城乡之间的特殊体会谈起，路遥用"立体交叉桥"的比喻来形容当代生活，表现为"现代生活方式和古朴生活方式的冲突，文明与落后、资产阶级意识和传统美德冲突，等等"①。这句话前后的内容，几乎与路遥后来致阎纲信中的表述完全一致，可以被视作路遥论"交叉地带"的初版本。但非常有意思的是，此处的"资产阶级意识"，在后来的版本中被改成了"现代思想意识"。无论是路遥的有意修改，还是编辑"笔误"，都能从中捕捉到一点历史转型期的复杂信息。尽管新时期强调以四化建设为工作重心，告别阶级斗争，但姓"资"姓"社"的政治警觉性或习惯表述仍然存在。这也是为什么评论界最初会质疑高加林带有资产阶级个人主义倾向，不能算作社会主义新人典型，后来才在对"现代思想意识"的新解中，越来越肯定路遥小说中"觉醒的自我"。

从这一点看，当批评家们仅仅抓住"现代/传统""文明/落后"的关键词来理解路遥的"交叉地带"时，恰恰没有注意到，这种意识是在新时期从"革命"到"改革"的历史转轨过程中逐渐生成的。正如柄谷行人所说，"所谓风景乃是一种认识性的装置，这个装置一旦成形出现，其起源便被掩盖起来了。"②"城乡交叉带"就

---

① 路遥：《面对着新的生活》，《中篇小说选刊》1982年第5期。（文末注明写于1982年7月11日，西安）

② 〔日〕柄谷行人：《日本现代文学的起源》，赵京华译，三联书店2006年版，第12页。

是这样一处风景，风景之发现意味着八十年代"现代化"范式①逐渐占据主导地位，但如若往前稍稍回溯，就会发现其实还存在着另一种"看见"风景的可能性。当路遥和批评家有些不合时宜地使用了"资产阶级意识"一词时，在这种对城乡关系的表述背后，是建国后关于如何克服"三大差别"的一整套理论实践：城市并不必然因其在物质和精神生活方面都比农村发达，就能以"现代"之名绝对优于农村；就像"十七年"文学中的城市形象那样，城市现代生活既是丰富的，又是危险的，可能腐化革命青年的正确人生观，而经济落后的农村作为革命的策源地，反倒可能提供另一种有别于城市的"现代"想象。虽然在城乡差距不断扩大和农民贫困饥饿的残酷事实面前，这种看待城乡的认识装置越来越分崩离析，但它毕竟像历史遗迹那样，构成了理解现实展开方向的重要参照。

　　然而，路遥的创作，正是以这种建国后尝试在思想层面克服城乡差别的危机与失败为起点的。"扎根农村"的革命动员，只是暂时用集体主义理想将知识青年们稳在农村，并不能在与城市悬殊的物质与文化条件中真正满足他们的日常生活需要，而本意消除差别的制度实践过程又出现了自相矛盾的结果。例如意在让知识青年接受贫下中农再教育的上山下乡运动，反而在"看"与"被看"的关系中更突显了城乡差别的事实，对于回乡知青路遥来说，从北京来的城市青年不但不曾有过面朝黄土的真切苦难，还以优越的城市出身成为他文学道路上的启蒙者——路遥的"文革"经验、成长记忆

---

① 许多学者指出，八十年代"现代化"范式关于"现代性"的理解，有别于毛泽东时代"反资本主义现代性的现代化理论"，后者拒绝将"现代／传统"这一对纵向维度上社会发展的认识，等同于"先进西方"与"落后中国"的横向社会比较。而柯文在对海外中国史学研究的批判性分析中指出，用"传统／现代"的二元区分来阐释中国社会发展的"现代化理论"，其实源于二战后美国社会科学界为取代革命范式的意识形态诉求。参见汪晖：《去政治化的政治：短 20 世纪的终结与 90年代》，三联书店 2008 年版。贺桂梅：《"新启蒙"知识档案：80 年代中国文化研究》，北京大学出版社 2010 年版。〔美〕柯文：《在中国发现历史：中国中心观在美国的兴起》，林同奇译，中华书局 2002 年版。

中陕北农村的现实苦难，都决定了他对城乡关系的表达，必然在新时期文学的形塑下，逐渐背离"十七年"文学。当路遥在《人生》中写下高加林义无反顾的进城故事时，认识"交叉地带"的历史坐标已经被重新定位，"个人"而非"集体"成为新时期农村题材小说关注的焦点。《人生》中饱含了太多要从历史重负中突围的辛酸与不平，正是这种自我意识觉醒、想要摆脱农民在国家制度安排中被歧视身份的强烈追求，深深打动了一代人，而新时期初正在展开的农村体制改革和城市化进程无疑为它提供了历史合理性。

但路遥又没有将新时期城乡关系的复杂性简单归因于改革前的历史积弊。他的创作常常主题先行，却很难被笼统归之于"伤痕小说"或"改革文学"。路遥对"交叉地带"的理解是非常具体的。1981年10月30日，《文艺报》在西安召开农村题材小说创作座谈会，路遥在会上首次提出了"农村和城镇的'交叉地带'"，他特别强调新一代农民生活于其中那种带有改革时代特点的精神苦闷，他们"大部分具有初高中文化水平，他们比自己的父辈带有更多的城市意识，有比较高的追求，和不识字的农民有许多新矛盾"。[1] 这一点感触其实来自他的个人生活体验。1980年2月22日，正苦于帮弟弟"农转非"多方斡旋甚至"走后门"的路遥，在给好友谷溪的信中感叹到，"国家现在对农民的政策明显有严重的两重性，在经济上扶助，在文化上抑制（广义的文化——即精神文明），最起码可以说顾不得关切农村户口对于目前更高文明的追求。这造成了千百万苦恼的年轻人。"[2] ——在路遥看来，农村青年面临的最大人生困境就是知识启蒙后的精神追求。虽然1980年代农村改革为农民松绑，让农民在个体经济与就业途径上有更多自由，基本摆脱了原

---

[1] 《深入农村写变革中农民的面貌和心理——在西安召开的农村题材小说创作座谈会纪要》，《文艺报》1981年第22期。

[2] 梁向阳：《新近发现的路遥1980年前后致谷溪的六封信》，《新文学史料》2013年第3期。

先贫瘠困苦的生活状态，很大程度上缩小了城乡收入差别，但户籍制度的存在，仍然决定着大部分农村青年只能以过客或异乡人的身份游荡在城市生活的边缘。①"富"起来并不能真正解决"活得有尊严"的问题，物质上的富裕反而会加剧农村青年在精神追求方面的相对剥夺感——路遥的全部小说都是在写这一部分农村青年的命运，这里面既有弟弟王天乐辗转进城的艰难，也有他自己成为城市中一名职业作家后既自负，又五味杂陈的生活故事。

于是，路遥一面保持着与"改革"的同时代性，感受到新时期赋予个人奋斗的积极动力，一面又仿佛在对新的现实困境的思考中，回望起历史的风景。虽然路遥所谓"交叉地带"针对的是八十年代改革图景下的城乡差别，但这同样是五十至七十年代社会主义文学试图克服的问题——如果经济政治层面的制度实践不能根本解决社会差别与平等诉求之间的矛盾，那么文学叙述能不能提供一种关于人生意义的感知方式，让普通人尤其是底层农村青年，即使在匮乏的世俗生活中也能获得身心安顿、体会到自我价值实现的尊严感与幸福感呢？并不能说路遥就因此回到了"十七年"文学或革命话语对城乡关系的理想认识，但只有看到这种历史联系，才能更贴近路遥所身处的转型社会去理解他独特的文学实践——为何《人生》彰明了路遥小说最重要的母题，却并未成为他思考新时期城乡问题的唯一方向？为何路遥要强行阻断高加林的进城道路，甚至有些教条和保守地反复强调青年如何树立正确人生观的问题？为何他要用《平凡的世界》，去申明在八十年代对现实主义文学传统的坚

---

① 七十年代末八十年代初，由于知青返城的就业压力，为控制农业人口盲流入城，政策上仍然以压缩清退来自农村的计划外用工为主，要求极低安置农村多余劳动力。这种情况一直到 1984 年农村实行家庭联产承包责任制并逐渐取得经济实绩之后，才有所缓解，国家开始准许部分农民进入集镇务工经商。但这种改善随着 1989 年新一轮经济紧缩，又转为对农转非严格控制。1992 年后尽管鼓励自由流动，城市农民工在城市生活中的福利待遇和身份认同等问题却越发严峻。参见蔡志海：《农民进城——处于传统与现代之间的中国农民工》，华中师范大学出版社 2008 年版，第 51—61 页。

持？为何他对"交叉地带"的描写并不止于自然主义的客观再现或者批判现实主义的制度批评，而是尝试通过小说主人公的理想主义诉求，去呈现一种以不同方式"看见"交叉地带后的人生抉择？

关于"交叉地带"变化着的理论认识与感觉经验，决定了路遥对文学表达形式的选择；反过来，置身于文学思潮与社会变迁中的创作实践，又会影响到路遥对作为社会现象或历史结果的"交叉地带"的理解和把握。对于路遥个人来说，"交叉地带"不仅是人生路上艰难跨越的城乡接合部，还是社会差别在身份意识与自我认同方面的心理投射；对于八十年代文学思潮来说，"交叉地带"不仅是农村题材小说的内容，还要在写法和观念上完成清理"工农兵文学"遗产走向"世界文学"的过程；"交叉地带"不仅仅是新时期城乡制度变革的结果，更是描述中国社会转型期各种经验层叠的历史寓言。

二、柳青的遗产

之所以要特别关注路遥如何回应五十至七十年代针对同一主题提供的思想与文学资源，并不是为了生硬地把路遥从八十年代语境中剥离出来；也不是为了以路遥为个案，证明"没有'十七年'，何来新时期？"；而是为了把路遥的文学实践，把他关于城乡关系的问题意识，放到一个更为开阔的历史视野中去。因此，选择"柳青的遗产"作为建立历史参照系的切入点，并不限于从写作技巧、思想主题等方面对两个作家进行平行比较，而是尝试通过观察柳青在其历史处境中的选择与文学实践，去呈现路遥在处理自身与时代紧张关系过程中，可能遭遇的类似困境，及其在把握文学传统过程中重新生成的现实感。而这种联系得以建立的依据，主要基于以下三方面考虑：

首先，柳青被路遥视为他的文学教父，柳青对路遥的影响是切实的、而非研究预设的。路遥 1976 年毕业分配至《陕西文艺》（1977 年 7 月恢复《延河》名称）编辑部小说散文组，柳青的《创业史》（第二部·下卷）自 1978 年 2 月开始在《延河》上连载，路遥是责任编辑。1978 年 6 月柳青去世以后，《延河》陆续编发了大量关于柳青的纪念评论文章，其中就包括路遥的《病危中的柳青》（1980 年第 6 期）和《柳青的遗产》（1983 年第 6 期）。在 1982 年与阎纲关于《人生》的通信中，路遥明确指出对自己影响最大的前辈作家是柳青与秦兆阳。在《早晨从中午开始》中，路遥更与新潮文学叫板，大谈柳青及其现实主义传统。除了散文随笔，路遥还在小说中直接提到或引用柳青，如《在困难的日子里》与《人生》题记等。在新时期"去政治化"的时代氛围中，路遥为何要不合时宜地高度评价这样一位受"十七年"文学宰制的现实主义作家，是研究路遥必须回答的问题。

第二，尽管路遥面对的改革时代已不同于柳青经历的当代史，但路遥尝试在小说中触碰的根本问题，仍然是柳青问题的延续：即中国农民的命运，人和土地的关系，农村何去何从，如何将几亿农民安置到"社会主义中国"的现代化进程中去？

《创业史》原计划有四部，第一部描写的是 1953 年春秋之间陕西农村下堡乡蛤蟆滩农民在初期农业合作化运动中的故事，结尾写到 1953 年 10 月中共中央第三次农业互助合作会议确立"粮食统购统销政策"。第二部计划写试办农业社，后因"文革"爆发搁笔。柳青自述说《创业史》要回答的问题是"中国农村为什么会发生社会主义革命和这次革命是怎样进行的"。面对土改后新的阶级分化，他必须在凸显自发势力与集体事业的矛盾中，叙述农民如何转变个人发家致富的私有观念，接受公有制，心甘情愿地为国家工业化积累资本，使农民获得自己的阶级意识，以及作为劳动者主体的个人尊严。

如果说柳青试图完成对社会主义的合法性论证，那么路遥恰恰处于社会主义的危机时刻。《平凡的世界》以 1975—1985 年的十年故事，横跨人民公社和"文革"后农村改革两个历史阶段，仅从时间跨度上说也是对柳青遗作的续写。一方面必须承认，路遥写作的起点，正是《创业史》的"失败"，集体经济没有彻底解决农民的温饱问题，工农差别扩大化，粮食统购统销与户籍制度造成了严重的城乡隔离，路遥小说中"城乡交叉带""农村知识青年的个人奋斗"等主题的发生，都必须被溯源到柳青以降的当代史中来理解。而与柳青相对，路遥叙述的恰恰是"农村为什么要发生公有土地家庭承包制的变革，以及这场改革对社会各阶层的重组"。因此，路遥笔下的许多人物情节几乎是对柳青小说的颠倒与改写。但另一方面，我们又会发现，路遥小说中描绘的改革图景并没有建立在对历史的断裂态度中。他不只是简单歌颂改革时代的新人新事，而是在八十年代的语境中处理着柳青时代的历史遗留物。例如路遥作品中对"劳动"的道德赞誉、对人生意义的不断追问、理想主义的精神追求等，都部分携带了毛泽东时代的历史记忆。而正因为路遥自觉不自觉地从"柳青的遗产"中汲取这些能与改革时代对话的资源，他的小说才不是对外部现实的机械反映。

柳青处于新民主主义革命向社会主义革命转变、对农村进行社会主义改造的过渡时期，路遥处于后毛泽东时代告别革命、逐渐与九十年代以后全球化的资本主义世界接轨的过渡时期，他们的创作都包含了大量社会转型期的历史信息。假如将毛泽东《中国社会各阶级的分析》视为一个元文本，尽管路遥不再像柳青那样使用这类权威文本给定的阶级范畴，但路遥从根本上仍在做着与柳青相似的工作——在小说中绘制一张社会各阶层的关系网络图，把个体安置到某个网结上，在时代变革的大震荡中让个体明晰自身生活方式与历史潮流之间错综复杂的联系。如果说在柳青那里，革命话语虽提供了阶级斗争这一强有力的模塑工具，但并未给个人留出政治生活以外的多余空间；那么路遥所面对的，就是阶级斗争之后的主体存在问题。

最后，要在八十年代语境中讨论路遥现实主义写作的特征及有效性，可以参照柳青及其代表的现实主义文学传统。一方面，新时期初现实主义文学规范的确立，本身就起源于对"社会主义现实主义"危机的克服，即包含了一个如何把柳青"八十年代化"的问题。路遥对柳青传统的认识，无疑也受到新时期初"回收十七年"意识的影响。另一方面，八十年代中后期以来，由于"纯文学"观念与"重写文学史"的影响，我们开始习惯于从内容方面思考现实主义，从形式方面思考现代主义，正是这一点逐渐造成路遥评价的困难，而柳青恰恰提供了一种反过来思考的可能，即把路遥"十七年化"，把现实主义作为一种有意味的形式。回到社会主义现实主义的经典表述："艺术描写的真实性和历史具体性必须与用社会主义精神从思想上改造和教育劳动人民的任务结合起来。"这种现实主义理论非常接近于詹明信从奥尔巴赫《模仿论》中概括的表述：现实主义并非对"外在客观世界的某种被动的、摄影似的反映和再现"，而是一种行动，是"通过新的句法结构的创造对现实不断进行变革的结果"[①]。从这个意义上说，路遥通过现实主义写作文本化了的"历史"，就不再仅仅是一堆已经过时的社会学史料，而是参与了历史建构，是对一个正在生成的世界的回应。

陈忠实曾回忆自己 1982 年春天被西安市灞桥区派到渭河边上去给农民分地，"突然意识到，我在 1982 年春天在渭河边倾心尽力所做的工作，正好和柳青五十年代初在终南山下滈河边上所做的工作构成了一个反动。三十年前，柳青不遗余力，走村串巷，一个村子一个村子宣传实行农业合作化的好处；三十年后，我又在渭河边上

---

① 〔美〕詹明信：《现实主义、现代主义、后现代主义》，《文艺研究》1986 年第 3 期。这篇文章发表于八十年代中期文学方法论热、新潮文学热中，但研究者在当时情景中可能只注意到了詹明信关于现代主义、后现代主义的论述，而没有发现他对"现实主义"的洞见。

一个村子一个村子说服农民，说服干部，宣传分牛分地单家独户种地最好，正好构成一个完全的反动。那个晚上从村子走回到我驻地的时候，这个反动对我心理的撞击至今难忘。"[1]之所以感受到"撞击"和"反动"，不仅仅是因为戏剧化的时代转型，更因为在文学趣味和情感认识上曾高度认同柳青。当陈忠实不得不去回答"农业合作社不存在了，那么《创业史》存在的意义如何？"时，这个致命的话题其实提供了一个契机：重新思考当年为何以及被"柳青传统"中的什么部分所吸引；而"创业史"已经失败的历史后果，又使他只能采取内容与创作手法相分离的方式去诠释"柳青的遗产"。陈忠实对柳青笔下中国乡村典型人物形象塑造的肯定、贾平凹对柳青"现代性学养"[2]的强调等，都将柳青的意义从五十至七十年代的历史图景中分离出来。路遥看似也完成了相同的步骤。但是如果就此局限于八十年代"重评柳青"的视野，就不能更进一步去观察，路遥在处理新时期农村改革、农民出路等问题时，究竟如何继承了柳青把握矛盾的方式，及其时代遗留的精神资源。因此，以柳青的遗产为参照阅读路遥的同时，也是以路遥为参照去重新认识柳青。

三、有问题的经典作家

路遥在八十年代绝对算得上是一个经典化程度很高的作家，但九十年代中期以后，庞大的读者群和茅盾文学奖的荣誉，却并未让他轻松进入文学经典行列。在"纯文学"的评价标准下，路遥与主流意识形态之间的暧昧关系，他尚显粗糙的语言形式，都使

---

[1] 陈忠实：《我读〈创业史〉——在〈创业史〉发表五十周年纪念会上的发言》，《秦岭》2009年冬之卷。关于陈忠实和柳青的关联研究，可参见邢小利：《陈忠实与柳青》，《唐都学刊》2011年7月第27卷第4期。

[2] 贾平凹：《纪念柳青》，引自董颖夫等编《柳青纪念文集》，西安出版社2016年版，第6—8页。

他的作品备受争议，无法在文学史中获得一个恰当的位置。尽管在路遥1992年去世以后，学界以普遍悲痛的情绪掀起了路遥"复活"的热潮，但联系此时关于"人文精神"大讨论、后现代主义与消费文化等时髦议题，单单塑造一个"高扬理想、道义、责任等终极关怀、震撼灵魂的路遥"[1]，并不能加深我们对路遥文学实践的理解，也不能解释路遥评价中出现的两极悖论。而有关路遥的"现实主义""城乡交叉地带"等关键词的分析，仍局限在"十七年／新时期""文学／政治""形式／内容""现代／传统"等非此即彼的二元对立中，难免以一种断裂论的历史观，既忽视了路遥与八十年代文学变迁的共生关系，又将路遥的文学实践从五十至七十年代的历史经验中剥离了出来。

1980年代的新启蒙话语和"现代化"理论几乎支配了第一阶段的路遥研究。在围绕《人生》展开的讨论中，对高加林进城之路的分析是以"城市／乡村"与"现代文明／传统愚昧"两组概念的同构为前提的。例如蔡翔在《高加林和刘巧珍——〈人生〉人物谈》中，虽然也从主流意识形态规训的角度指出青年们不应当只将人生意义放在个人欲望的实现上，但他同时强调，"倘若在我们古老而又有待开发的土地上，始终循环着'日出而作、日入而息'的生活方式，而不能出产更多的精神文明……那么，传统的生活哲学又怎么能说服他、束缚住他呢？"[2]李劼将高加林放入到当代文学的青年形象谱系中，认为"在这里，个性挣脱了历史残留的封建枷锁，以极其强硬的姿态站立起来"[3]，高加林对乡土和农村姑娘巧珍的双重离弃被赋予了合理性，因为它体现了"渴望现代"的时代精神和自我意识觉醒的"现代人"气质。

这种论述逻辑一直延续到后来的路遥研究中。宗元指出，在路

---

① 王金城：《世纪末大陆文学的两个观察视点》，《中国人民大学学报》1999年第5期。
② 蔡翔：《高加林和刘巧珍——〈人生〉人物谈》，《上海文学》1983年第1期。
③ 李劼：《高加林论》，《当代作家评论》1985年第1期。

遥关于城乡文化冲突的写作主题背后始终存在着"恋土情结与恋史情结的困扰",虽然与八十年代李劼们的激进不同,宗元正面肯定了路遥"对乡村文化、伦理道德的情感认同",但他继而强调,"在整体上,作家始终没有忘却自己的历史责任,丧失掉知识分子应有的现代性立场,没有一味地沉醉于道德化的激情与批判"。与八十年代的路遥研究相似,宗元的《魂断人生——路遥论》启用了新时期回到"五四"反传统与国民性批判的认识装置,在分析路遥关于农民形象的塑造一节中,按照李泽厚"启蒙与救亡"双重变奏的历史叙述框架:从新文学作家启蒙视角下愚昧、麻木的农民,到革命文学中反抗的农民,再到十七年文学中政治热情膨胀而现代理性匮乏的农民,最后到路遥这里,新时期文学中的农民才真正"开始主动走出乡村传统文化的阴影,在对人的自我发现与自我觉醒中,滋生了强烈的个性意识"①。

面对九十年代以来当代社会的道德危机和主体神话的幻灭,研究者开始反思主导八十年代的现代化意识形态自身存在的问题。在第二阶段关于路遥的研究中,路遥作品或创作心理中所谓情系"传统/乡土"的一面被放到了更为重要的位置上。路遥笔下的农村不再仅仅是与城市相对的、落后愚昧的前现代洞穴,而是有可能成为缓冲摧枯拉朽的现代性震惊体验、疗治现代人心灵创伤的精神家园。在八十年代中期兴盛并持续的"文化热""寻根热"的影响下,研究者普遍选择从文化心理构成的角度诠释路遥的"交叉地带"。"农本文化""陕西地域文化""儒家意识"成为路遥研究的常用术语。例如在《矛盾交叉:路遥文化心理的复杂构成》一文中,李继凯就将"城－乡"交叉表述为"农村文化与城市文化的交叉、传统文化与现代文化的交叉、大众文化与先驱文化的交叉",②并着力赞扬前者之于路遥创作的意义,即农民文化中朴实、善良的人生原则

---

① 宗元:《魂断人生——路遥论》,上海文艺出版社 2000 年版。
② 李继凯:《矛盾交叉:路遥文化心理的复杂构成》,《文艺争鸣》1992 年第 3 期。

和风土人情，以及儒家文化的道德理想。但有趣的是，当研究者以审美现代性批判的理论视野观照路遥的乡土情结时，最终还是得出了与此前相似的结论。以赵学勇的论述为例，研究者在路遥"对乡土自然美的描绘和人情美的赞颂"中窥探到乡土中国"民族文化心理结构的内在规律"，即"这种农民式乡土观念的落后和蒙昧"，而在"向二十世纪迈进"的历史进程中，它必然成为与时代精神格格不入的东西，即便留恋，我们也"不得不抛弃许多我们曾珍视的东西"[1]。

无论是"呼唤现代化"，还是"反思现代性"，当研究者固执于用"传统／现代"的二律背反来诠释路遥的"交叉地带"时，都可能将路遥封闭在"传统情感与现代理性""恋土情结与恋史情结"矛盾冲突的阐释框架中。石天强避开对以往研究范式的重复，强调城乡接合部既不仅仅是客观地理空间，也不是文化冲突的象征，而是"叙述人自我心理和身份认同的外化符号"，"所谓的'交叉地带'不过是作家自我边缘身份的一种空间隐喻"[2]。他抓住路遥既是农民，又是知识分子的双重身份，聚焦新时期知识分子启蒙话语与民族国家话语之间从合作到分裂的过程，最终创新性地发现路遥的写作难度，源于改革时代历史理性主义与个体虚无主义之间不可调和的紧张关系。

值得注意的还有日本学者安本实的研究。[3] 在《路遥文学中

---

[1] 赵学勇：《路遥的乡土情结》，《兰州大学学报（社会科学版）》1996年第2期。

[2] 石天强：《断裂地带的精神流亡——路遥的文学实践及其文化意义》，北京大学出版社2009年版。石天强明确指出："本书对路遥的阐释将不再坚持所谓'现实主义'的文本界定，这样说并不是对路遥小说现实主义创作风格的否定——这几乎是不可能的。"这一辩解实际透露了论者在研究方法上的尴尬，当运用空间地理学、身份认同理论和形象学等文化研究方法分析当代小说时，仍需运用政治经济学与历史研究的方法，将作家、作品还原到问题发生的原初语境中，否则将可能无法应对研究对象在共识层面最重要的问题。

[3] 安本实的路遥研究论述包括：《路遥文学中的关键词——交叉地带》《交叉地带的描写——评路遥的初期短篇小说》《路遥文学的风土背景——路遥与陕北》等。

的关键词：交叉地带》一文中，他将"交叉地带"解释为"陕北镇、县、地区级的中小城市和环绕这些城镇的农村"，并且结合路遥"农裔城籍"的出身、经历，从中华人民共和国成立后的各项制度改革，如粮食统购统销政策、户籍管理等方面，解释造成城乡差别扩大化的历史原因。如果说"现实主义"作为一种文学形式，解决的是历史再现的问题，那么安本实阐述的"交叉地带"才真正是路遥直接面对的历史。

如何为作家作品研究搭建一个历史语境，再从立足当下的问题意识出发，去认识其文学性与现实感。近年厚夫《路遥传》、王刚《路遥年谱》等著述出版，继续在史料层面为路遥研究的推进夯实基础。程光炜、杨庆祥编《重读路遥》一书也集中展示了一批路遥研究的新视角和新成果。新时期作家论不仅仅是在学科专业研究领域内完成一个经典化的拣选过程，也是一次"陌生化"，借助文学阅读敞开对与我们更切近历史或现实经验的理解。

本书尝试以柳青所代表的"十七年"文学传统为历史参照，追踪路遥关于"交叉地带"认识的形成与改变，及其相应的文学实践：一方面，路遥的写作究竟属于哪一种"现实主义"？他以何种方式续写了"柳青的遗产"，又如何将其接续到八十年代的社会思潮与文学场中？另一方面，参照五十至七十年代社会主义实践克服"三大差别"的理论思考与文学表达，路遥是如何认识社会转型期的城乡关系的？当他面对新时期城乡差别中底层青年的人生困境时，柳青的文学传统能否为他提供可供转换的历史资源？

前三章分别对应于路遥创作的三个阶段：

第一章结合六十至七十年代"教育革命""扎根动员""知青运动"等制度实践构成的相关社会历史背景，集中阅读路遥七十年代至八十年代初带有自传性色彩的作品。路遥在"文革文学"的体制规训中学习写作、初登文坛，但他与"文革"有染的特殊经历，如少年时艰难的求学之路、与北京知青的爱情故事与文学交往、以

"造反派"身份在革命政治中浮沉的"伤痕"记忆等，又使他逐渐偏离了"十七年－文革"文学关于克服"三大差别"的认识装置与叙事模式。一方面，从七八十年代之交超阶级的爱情故事开始，"洗不掉的出身"越来越成为路遥小说中农村青年默许的人生起点；但另一方面，从"文革"进入新时期，路遥小说中又始终存在着一种理想性的思想脉络。

正是对现实与理想之间冲突的持续思考，促使路遥写出了《人生》。虽然依照八十年代初"回收十七年"的批评标准，高加林形象因其僭越"社会主义新人"的超前性引发争议，但路遥也因此准确把握住了新时期改革为个人松绑、力图从生产力发展上克服城乡差别的认识方向。可以把高加林的进城故事，看作是对《创业史》中改霞的续写，如果说柳青通过徐改霞面对城乡差别的内心冲突，提出了要正确对待国家利益与个人前途，国家工业化与农村合作化之间的关系问题，那么高加林渴望摆脱农民出身、实现个人理想的进城冲动，则被赋予了更多历史合理性。第二章细读《人生》，探讨高加林的感觉世界。八十年代关于如何塑造农村新人形象的讨论，以及"潘晓讨论"后关于如何对待合理利己主义的社会议题等，都将构成了理解《人生》的重要背景。

第三章讨论路遥在《人生》之后的创作调整。在与《人生》同期创作的《在困难的日子里》，以及稍后如《你怎么也想不到》《黄叶在秋风中飘落》等同样涉及城乡差别的小说中，路遥精心设计了一批与高加林个人主义气质不同的农村青年形象，在小说中高扬一种面对苦难仍自强不息的理想主义，甚至扎根农村的牺牲精神，体现出对青年"人生观"问题的格外关注。路遥曾计划写一篇题为《寻找罗曼蒂克》的小说，这种罗曼蒂克的历史资源是什么？在《平凡的世界》里，路遥更具体地实践了他对柳青传统的继承，不仅通过社会各阶层分析的全景式结构，完成对转型乡村的历史叙述与典型人物塑造，还通过孙家兄弟同时面向乡村内外的两种人生道路，提供了另一种处理城乡关系的可能性。

第四章尝试在八十年代中后期文学场分化重组的背景中，讨论路遥式现实主义的意义。对于路遥来说，坚持现实主义文学不仅是一个艺术形式的问题，还意味着如何在八十年代思考中西之辩与城乡之辩。随着八十年代"文化热"与"现代化理论"的影响深入，"中西之辩"逐渐丧失了毛泽东时代基于国际共运与第三世界发展的理论视角，关于新时期城乡关系的理解，也越来越倾向于"传统／现代""落后／文明"的二元认识论。"寻根文学"对文化阐释的侧重逐渐改变了农村改革小说的方向，"先锋文学"思潮则以"纯文学"的美学原则对"现实主义"文学成规发起挑战。正是在这样的历史背景中，路遥被边缘化，最终成为了文学史叙述中一位"有问题的经典作家"。

第一章 "理想性"的历史缘起：
1960—1970 年代的经验与叙述

　　1966 年末，延川中学 1966 届初中毕业生路遥从北京串联回来，成立了红卫兵组织"横空出世誓卫东战斗队"。据路遥的挚友海波回忆，虽然早在中学语文课上，路遥就以其作文《在五星红旗想到的》以及改编话剧《红岩》等在全校"文名大振"，但他真正自命题的第一个作品，却是这份为红卫兵组织起草的战斗"宣言"——"写得很长，用了两整页白纸；写得'气势磅礴'，看得让人兴奋。其中的两句话最为抢眼：'大旗挥舞冲天笑，赤遍环球是我家'"。而"路遥进一步的写作是大字报……文采非凡，'声讨'对方时，写得激情四溅，'控诉'别人时，写得声泪俱下。虽然'写手'不少，但路遥总是最主要的执笔者和最后审定者"。①

　　大概谁也不愿意将大字报算作是路遥创作实践的起点，当研究者们围绕《人生》《平凡的世界》等重要作品谈论路遥的艺术成

---

① 海波：《我所认识的路遥》，《十月》2012 年第 4 期。另外，樊俊成在《追思与路遥相处的日子》一文，也曾提到路遥在参与红卫兵运动期间所表现的"文学才华"："路遥是一位很有文学天才的人物，在当时就显露出来了。当时'四野'派大多数宣传材料，出自路遥与贺仲民之手。有一篇由路遥起草的文章，至今使我记忆犹新，题目是：《十字街摆下控诉台，土皇帝大骂造反派》。文章的主要内容是'四野'派撤出延川县城后，'司令部'进城，利用本县籍的一位县级领导人，在延川县城当时最繁华的地段十字街，作表态性演说，其演说的内容是不言而喻的，也是可想而知了。路遥的这篇文章被刻印成传单，散发到社会上，为'四野'派赢得了多数城乡民众的支持。"参见樊俊成：《追思与路遥相处的日子》，《当代》2015 年第 3 期。

就与局限性时，路遥"文革"期间的文艺创作却很少被纳入考察范围。而事实上，路遥的文学道路正是从这一阶段起步的。从1970年在新胜古大队黑板报发表诗歌《我老汉走着就想跑》开始，路遥陆续创作了《塞上柳》《进了刘家峡》《桦树皮书包》等数首带有政治抒情色彩的短诗、叙事诗。截止到1977年以《周总理回延安》一文明确粉碎"四人帮"迈进新时期，路遥已正式发表了《基石》《父子俩》等多篇小说，并以实习记者的身份写作了《银花灿灿》《灯光闪闪》等多篇歌颂农业生产先进人物的新闻通讯、散文随笔等。另外还与谷溪、闻频等人合写了长诗《红卫兵之歌》、长篇通讯《吴堡行》、歌剧《第九支队》等。或许因为这段时期的作品带有浓重的"文革文学"味道，人们习惯性地将路遥的文学自觉，追溯到1980年辗转发表的反思"文革"之作《惊心动魄的一幕》。但也正因为研究者忽视了路遥的早期习作，当回答"谁是路遥"时，恰恰有意无意地错过了"农民的儿子"这一肩负了苦难精神与人文关怀的标签背后，更为丰富的历史细节。

"红卫兵"路遥、县革委会副主任路遥、回乡知识青年路遥、小学民办教师路遥、毛泽东思想文艺宣传队队员路遥、延川县工农兵文艺创作组自办刊物《山花》发起者路遥、延安大学中文系工农兵学员路遥……在这些与"文革"有染的身份背后，是农村青年路遥一步步从社会角落登上政治舞台、挤进文坛、走进城市的艰辛之路。比之高加林的"人生"、少安少平兄弟的"平凡的世界"，路遥早期经历的跌宕曲折一点也不亚于小说，几乎为他后来的创作主题储备了大半素材。而从"文革"进入"新时期"，路遥作家姿态和现实感的形成，更与这一段"研文习武"的往事难脱干系。

本章截取路遥早期人生经历中最重要的三个片段：上学，与北京插队知青的交往与文学活动，以及红卫兵武斗经历——把这些个人经历放回到六七十年代"教育革命"、知青上山下乡运动等政治背景中，看路遥对农民命运及农村问题的体认是如何形成的？考察路遥如何在最初的习作阶段因模仿"十七年文学""文革文学"成规，难以充分表达其个人经验中的历史复杂性？而这些个人经验与历史叙述之间存在的张力，又如何使他在顺利完成进入新时期的创作转型之后，仍能在伤痕－反思文学、知青文学等潮流中保留自己的独特感觉，特别是一种理想性的精神追求？使他能够在下一步写作中将个人经验和历史回望转化为理解当代生活的基础？——生于1949年，成长于"十七年"，从"文革"到"改革"之于路遥及其文学道路，究竟意味着什么？

第一节　与文革文学"有染"：并不容易的扎根故事

从"梁生宝"到"高三星"

1976年，"延安大学工农兵学员"路遥，在该年第2期《陕西文艺》上，发表了短篇小说《父子俩》。表面上看，这篇小说是紧跟"文革文学"关于"两条路线斗争"主题的写作：民兵队长高三星发现父亲趁夜给自留地闹腾了一袋化肥，他严厉地批评了父亲投机倒把的农民小生产者落后意识，亲手将父亲送到了派出所，给高老汉上了一堂忆苦思甜的思想政治课。高三星与高老汉之间的较量，很容易让人联想到路遥文学创作道路上的精神导师柳青。在《创业史》中，梁生宝与梁三老汉之间不同"创业"理想的冲突，也是以坚持集体主义，批判个人发家致富思想为主题的。而故事的结尾，同样是"中间人物"被改造，将生活主动融入革命洪流中，新一代农民则成长为大公无私的社会主义新人。在高老汉眼里，儿子不再是他熟悉的"那个光着腚子，拿着小铁铲在黄河沙滩上玩'修渠打坝'的三娃"，而是有些陌生的"个头高大、在黄河畔领导修建三级抽水站的突击队长兼民兵队长的高三星"①——这俨然是梁生宝成长故事在1970年代的翻版。

特别的是，路遥在父子较量中插入了戏剧性转折的第二幕。起初还软硬兼施逼儿子放手的高老汉，"眼仁里突然飘过两朵火花。他觉得儿子这一番指教中，有两句话值得他认真研磨研磨。他心里反复品味这两句话：'……爸爸呀，你真糊涂！咱要把眼光放远点嘛……'"高三星的意思，是要提醒父亲不能为了一己之私葬送社会主义事业的远大理想，但"聪明"的高老汉偏偏悟出了言外之意："啊呀呀，我这个瓷脑！翻不开个歪和好了！走走走，我把化学肥料背上，你在后面把老子押上，咱立马就到派出所去！"

老汉见儿子"怔"住了，便自喜自乐地说，"你小子，精！"他把黄铜烟嘴噙在口角里，用牙咬着，从口袋里掏出"鸡啄米"式的打火机，一边打火，一边吐字不清地说："你小子估算得对着哩！九九归一嘛！有它这么一件事，不扬股好名声？有股好名声，吃公家那碗饭，还难？我没念过书，是个睁眼瞎子，可耳朵不聋！你当我没听说大学要招生？"他吸了一口烟，望着表情严肃的儿子，精明地微笑了：只要自家受点委屈而能给儿子换来美事，那还不好？儿子又不是别人的！再说，为自家后人谋美事，社会上又不是光他高进发老汉一人！

高三星这才恍然大悟，原来高老汉是要用"一袋化肥"当道具配合他演一出"苦肉计"：挣表现，让儿子上大学，进城当公家人。三星不动声色，等化肥交了公，当老汉正为儿子作为全社学习榜样的光荣得意时，公社张书记才拿出高三星的决心书，"小伙子下决心咧！决心不报考大学啦，留下改变咱干河畔的面貌呀。"老汉的

---

① 路遥：《父子俩》，《陕西文艺》1976年第2期。

如意算盘彻底被打碎了，从恼怒到自省，小说匆匆收尾，重新回到革命理想主义的大团圆结局。

因为额外插入了"上大学"这一情节，《父子俩》在反对"走资本主义道路"的农村题材之外，便多讲了一个1970年代的"扎根故事"。高老汉的小九九暗藏了动摇"扎根"信念的两个新苗头：一是大学又要招生了，农家子弟有了新奔头儿；二是凭政治表现可以走一条上大学的捷径，此一时的"扎根"不过是为了彼一时的"农转非"做个人打算。塑造并歌颂扎根农村的青年典型（特别是回乡知识青年），这一题材创作并不新鲜，并且一直是1950年代以来配合知青政策与城乡统筹发展的动员手段，但如果把它放到"文革"时期"教育革命"的历史背景中，这一寻常之笔就有了言外之意。

1966年"文革"爆发，大学停止招生，直到1970年底，部分大学才开始按照毛泽东"七·二一指示"①招收工农兵学员。虽然高校恢复招生，并优先照顾文化程度较低的贫农子弟，但"这项政策在消除了昔日高考所带来的不公平的同时又产生了另外一种不公平，也就是高校招生的实际权力由教育部门和高校转移到基层党组织手中。'领导批准'的招生环节意味着招生的决定权很大程度上操纵在不从事教育领域业务管理的行政领导手中，这就在某种程度上为行政领导的子女升学'走后门'提供了方便"。②为了纠正这一不良风气，1972年5月1日中共中央发布《关于杜绝高等学校招生工作中"走后门"现象的通知》。随后周恩来主持教育政策调整，于1973年4月3日由国务院批转科教组《关于高等学校1973年招

---

① "七·二一指示"源自毛泽东为1968年7月22日《人民日报》刊载的调查报告《从上海机床厂看培养工程技术人员的道路》一文撰写的编者按："大学还是要办的，我这里主要说的是理工科大学还要办，但学制要缩短，教育要革命，要无产阶级政治挂帅，走上海机床厂从工人中培养技术人员的道路。要从有实践经验的工人农民中间选拔学生，到学校学几年以后，又回到生产实践中去。"按照"七·二一指示"招生的对象是三年以上实践经验、初中以上文化程度的工人、贫下中农、复员军人和青年干部。招生办法是群众推荐、领导批准、学校复审。

② 高军峰、姚润田：《新中国高考史》，福建人民出版社2009年版，第152页。

生工作的意见》，提出要在招生中增加文化考查。但这次所谓"教育革命"中纠"左"的尝试，很快被"批林批孔"的高潮打断，同年8月24—28日在中共十大会议上，王洪文作报告大谈"反潮流革命精神"，张铁生、黄帅等人迅速被推崇为教育革命战线的反潮流典型。事情在1975年又有反复，7月至8月间，李昌、胡耀邦赴中科院准备以当年中国科技大学的招生工作为试点，计划恢复由高中毕业生自愿报名，择优录取的考试办法。但自1975年11月24日中共中央召开打招呼会议，"反击右倾翻案风"运动全面展开，邓小平重提"四个现代化"的整顿工作被迫中断。12月2日《红旗》杂志发表北大、清华批判组文章：《教育革命的方向不容篡改》，随后《人民日报》掀起的"教育革命大辩论"，实际上重申了"必须从有实践经验的工人农民中间选拔学生""社来社去""三大革命"的重要性。[①]

　　正是在这样的背景下，《父子俩》中一段"上大学"的插曲，巧妙地呼应了"教育革命"的新政策、新方向，凸显了路遥在选择题材时敏锐的"政治眼光"。加之"教育革命"的几番波折一直与"走后门""反特权""接受贫下中农再教育"等话题纠缠，始终关涉知识青年上山下乡运动，尽管路遥并未在小说中刻意强调高三星的教育背景，这篇小说也不难跻身于铺天盖地的针对知识青年进行"扎根教育"的各色文艺宣传作品中。翻阅刊载《父子俩》的《陕西文艺》，作为知青插队重镇的省份，这份刊物自1973年7月创刊起，就接连不断地发表了类似《在广阔的天地里——记延川县插队的北京知识青年赤脚医生孙立哲》《第一张试卷——记回乡知青卜振发》[②]等歌颂扎根农村好青年的作品。高老汉关于"大学招生"

---

①　程晋宽：《"教育革命"的历史考察：1966—1976》，福建教育出版社2001年版，第529页。

②　李知、谷溪：《在广阔的天地里——记延川县插队的北京知识青年赤脚医生孙立哲》；王殿斌、倪运宏：《第一张试卷——记回乡知青卜振发》，《陕西文艺》1974年第4期。

的宏论，完全可以被编入"批邓、反击右倾翻案风"的黑材料中，是怂恿农村青年谋私利、靠上大学拔根进城的坏思想，是盲目强调城乡差别、只图个人享受不图集体发展的坏典型。而高三星简直就是邢燕子、董加耕式的青年榜样，更是新形势下政治正确的柴春泽式的"反潮流"人物。

危险的"大学梦"

然而"扎根"真的这么容易吗？不管这段"上大学"的插曲是否真是路遥为迎合时事、发表便利的有意为之，熟悉路遥早期经历的人，或许都会心生疑问：当路遥写下高三星的决心书时，他怎样看待自己恰恰因为"更高的文化追求"对于扎根农村的"动摇"呢？

写作《父子俩》时，路遥已经是一名延安大学中文系的工农兵学员，并以实习记者、编辑的身份在《延河》①编辑部工作了一年多，1976 年 9 月正式毕业分配至《陕西文艺》编辑部小说散文组工作。"上学"之于路遥是一个久远艰辛的梦。海波从乡俗常理分析路遥七岁时作为长子被过继给大伯，除了家庭贫困所迫，也有路遥自己的意愿。"小小的路遥为什么会这样做呢？为了实现自己的理想：上学。"②很多年后路遥回忆自己如何眼看着父亲偷偷离开，同样说道，"我特别伤心，觉得父亲把我出卖了……但我咬着牙忍住了。因为，我想我已到了上学的年龄，而回家后，父亲没法供我上学。尽管泪水刷刷地流下来，但我咬着牙，没跟父亲走"③。1963 年高小毕业考上延川中学，家里供不起，是靠村领导刘俊宽借给路

---

① 1972 年陕西作协恢复工作后《延河》复刊，后来改名为《陕西文艺》，并于 1977 年 7 月恢复《延河》的刊名。

② 海波：《我所认识的路遥》，《十月》2012 年第 4 期。

③ 路遥：《答中央广播电视大学问》，引自《路遥全集·散文、剧本、诗歌、书信》，北京十月文艺出版社 2012 年版，第 200 页。

遥二斗黑豆才交上报名费。1966年初中毕业参加中专考试，被西安石油化工学校录取，但"文革"爆发、高校停止招生，彻底斩断了路遥的"大学梦"。随后一番扶摇直上、又一坠千尺的政途，更成为路遥上学的阻力。1973年高校恢复招生，县革委会先后把路遥推荐给北京师范大学和陕西师范大学，但政审通不过，说路遥当过"造反派"头头，还涉嫌武斗中的一起命案。后来是县委书记申易亲自出马，其弟申沛昌时任延安大学中文系党总支书记，才以"走后门"的形式最终把路遥保进了延安大学。

路遥自己是如此历经波折才走进学校、走出农村的，他不是没有经历过农村社会主义革命的情感教育，也不是无法摆脱农民小生产者的自私狭隘性，但当高三星以对党的一颗感恩之心要为集体事业扎根农村时，《父子俩》的崇高基调里，多少藏着路遥内心的矛盾。受"十七年"与"文革"洗礼的理想性，若从小说走进现实，恐怕终归是难以践行、又难以割舍。

拔根难，扎根更难。1950年代初，国家对城乡之间的人口流动并没有严格限制。1953年4月17日政务院发出《关于劝阻农民盲目流入城市的指示》，规定未经劳动部门许可，不得擅自从农村招工。1955年开始号召家在农村的毕业生回乡支援建设，不过由于"大跃进"期间招工失衡，农村青年仍有许多机会进城就业。但从1960年代开始，户籍制度的严格执行，几乎阻断了农民子弟进城的道路。1960年代初农村回乡知青的人数迅速增长，"1963年共青团中央统计：全国农村已有小学以上文化程度回乡青年近三千万人。他们中间，不仅包括高小、初中毕业生，还包括为数可观的高中毕业生。"[1]无论是户籍制度的约束，还是知青政策的行政干预，国家的本意除了发展城市工业化外，当然也希望以资源转移的方式发展农村经济，避免城乡差别的进一步扩大。但据1962年统计，"安心留

---

[1] 刘小萌：《中国知青史——大潮（1966—1980年）》，当代中国出版社2009年版，第13页。

在农村务农的回乡知青仅占总数的百分之三十左右。不安心的原因，除了生活艰辛、劳动繁重以外，主要是认为在农村没有前途。"①现实中的"高三星"们动摇了，路遥只不过是其中很普通的一个。

随着1963年知青工作重心逐渐转向城市知青的动员、安置，"文革"再教育理论掀起上山下乡高潮，加上期间又有几次严重的返城风波，回乡知青不再成为国家关注的重点，农村知青扎根农村，仿佛越来越成为天经地义的事。扎根故事在《父子俩》里昙花一现，路遥大约也清楚这个故事续写下去的难度。高三星太普通了，他甚至连回乡知青的身份都不明确，很可能只是一个普普通通的农民。路遥爱读报，不知道《父子俩》的这段插曲是否受到"柴春泽"事件的启发。城市青年柴春泽中学毕业后主动请缨要到艰苦的内蒙古翁牛特旗插队落户，1973年他接到父亲的一封家信，称有一个招工回城的机会，不可错过。柴春泽复信断然拒绝了父亲的建议。这封信后来以《敢于同旧传统观念决裂的好青年》为题刊登于1974年1月5日的《人民日报》上，柴春泽把个人的扎根选择上升到批判资产阶级法权的高度，一举成名，随后开展"深入批邓、反击右倾翻案风"，更使柴春泽被树立为由国务院知青办全面宣传的反潮流典型。

柴春泽的信中有一段对父亲指病根、开药方的话：

> 革命老前辈，抗日战争扛过枪，解放战争负过伤，有的抗美援朝还跨过鸭绿江，这只能说明过去，现在同样必须坚持无产阶级专政下继续革命。而无产阶级专政下的继续革命，离不开消灭私有制，决裂旧观念，违反了这一观点，就是搞修正主义的开始……爸爸，我现在百分之百地

---

① 刘小萌：《中国知青史——大潮（1966—1980年）》，当代中国出版社2009年版，第26页。

需要你对我进行扎根教育，我不同意你这拔根教育。①

在《父子俩》中，高三星也从回忆往事入手对父亲进行了一番心理剖析：

> 爸爸曾经历了一个多么可怕的前半世！地主的皮鞭和资本家的文明棍曾给他的身上留下了受屈辱的"纪念"——伤疤。同时，也给他小生产者的心灵里留下了很难愈合的旧意识的创伤。
>
> 你的病根在这里，要好好疗治哩。

同样是父子较量，同样是两条路线斗争的对应物，扎根故事成为一个寓言，代表了"革命接班人"受洗前的最后宣誓。然而它们之间的差别也昭然若揭，即使暂且不讨论知青政策对城籍知青的特殊"照顾"，柴春泽式城市出身"红二代"的扎根故事，也根本无法代表农村出身的"农二代"面对"拔根"诱惑时的焦灼与坚持。

然而，路遥笔下的高三星还是简简单单地成为报纸上各类典型人物的翻版。这几乎是路遥早期习作中一直难以摆脱的弊病。它们其实都有着报刊通讯式的整齐风格，绝不拖泥带水，以生动具体的人物事件配合政策宣传。县文化馆和新华书店里的画报、杂志，包括民间说唱艺术，是路遥最初学习文艺创作的重要资源，当他以实习记者身份走乡串户，为工作需要写通讯，同时也为自己写小说积累素材时，他更吃透了政治需要与文艺宣传之间的紧密关系。《基石》②写残了手指的老革命毅然响应"农业学大寨"，当石匠建水库、抢险救灾的钢铁意志；《银花灿灿》③歌颂扶苗救棉的女社员；

---

① 《敢于同旧传统观念决裂的好青年》，《人民日报》1974 年 1 月 5 日。
② 路遥：《基石》，《山花》1973 年 5 月 23 日，总第 15 期。
③ 路遥：《银花灿灿》，《陕西文艺》1974 年第 8 期。

《灯火闪闪》①歌颂水电建设大军；《不冻结的土地》②赞扬为撬冻土保庄稼不畏严寒的老农民；《优胜红旗》③写社会主义劳动竞赛，巧妙地在激进革命氛围中强调"不能图快不顾好"，更体现了路遥的政治敏感性④；尽管如《代理队长》从赵大娘对老伴的"责怪"来写贫农社员赵万山心系"大家"，也体现了路遥写乡村日常生活的艺术自觉，但相比他后来那些熔铸了更多自传性经验的作品，读者还是很难从这些故事中读出独具路遥个人观感的东西。

于是，本可能打开作家心门的《父子俩》，终于还是选择了"不冒险"。为什么高三星不能去上大学呢？报考了大学他就不能再回来"改变咱干河畔的面貌"了吗？高三星看到了旧社会给高老汉留下的痛，却不问生活在新中国的新农村近二十年，老汉为何依然做着让儿子考功名、当"公家人"的旧梦？若再仔细整理高老汉的思路，让高三星上大学的筹码不是知识，而是政治表现，这里似乎也已经暗示出"推荐上大学"政策节外生枝的弊病。可以想象，就算高三星没有交决心书，这个出身农民、积极参与社会主义建设、一颗红心的民兵队长，仍然有可能成为公社推荐上大学的首选

---

① 路遥：《灯火闪闪》，《陕西文艺》1975 年第 1 期。

② 路遥：《不冻结的土地》，《陕西文艺》1975 年第 5 期。

③ 路遥：《优胜红旗》，《山花》1972 年 12 月 6 日，总第 7 期。又刊于《陕西文艺》1973 年第 7 期。

④ 《优胜红旗》写农田基建队的劳动竞赛，二喜只图速度导致田坎塌陷，后被石大伯教育才重新领悟了"优胜红旗"的意义。小说一面颂扬"大寨精神"，一面又强调要批判"锦标主义"等问题。有学者指出，1967—1968 年间在"农业学大寨"旗号下，"左"的错误泛滥，1970 年以后，则有了重新落实农业十六条的纠"左"趋势，并在 1972 年达到高潮。从《优胜红旗》中可以看到在此背景下对极"左"观念的反思。另外，路遥此时期的小说多篇聚焦农田基本建设，也确实反映了后来对于 1970 年代学大寨较为肯定的部分，即在水利建设方面取得的成就。这一题材选择也使得路遥这一阶段的作品，虽然同样存在塑造高大全英雄人物的"文革文学"印记，但并没有设置特别尖锐的阶级斗争情节。关于 1970 年代农业政策形势变化，参见郑谦：《1970 年前后国内形势的几个特点——以 1970 年北方地区农业会议为例》，《中国是怎样从"文革"走向改革的》，北京人民出版社 2016 年版，第 160 页。

人物。而高老汉所说的"精"，恰恰是因为他瞄准了儿子这种凭借其特殊身份享有特殊待遇的优势。如果路遥多给"公社书记"一些笔墨，不难发展出一条"走后门上大学"的故事线索，那么，张书记或许就会成为《人生》中的反面人物高明楼，又或者是路遥"人生"中的恩人申易这样的正面基层干部形象。可惜，《父子俩》还是草草收笔了，而高三星的故事还没有真正开始。

扎根教育的内在危机

相比《父子俩》的单薄，陈忠实早两年同样发表在《陕西文艺》上的《高家兄弟》，格局就要大得多。小说开篇也套用柳青的《创业史》，以题叙的形式追述了高家两代人从 1949 年前到 1949 年后讨生活、建家业的全过程。然后围绕 1973 年大学恢复招生、村支部讨论推荐人选问题的冲突，将高家兄弟俩的分歧一步步放到路线斗争的政治舞台上。现任党支部委员兆丰毅然投了弟弟兆文的反对票，推荐另一名赤脚女医生秀珍上学，批评兆文不顾生产、满脑子个人主义。小说主线是兆丰对兆文进行"扎根教育"，其他持正反意见的若干人物再逐一登场：兆丰的老婆妇女队长玉兰支持兆丰，但原因仅仅是党员干部在利益面前必须坚决退后；秀珍没信心，觉得自己文化水平低，不如兆文受教育将来为家乡做的贡献大；公社文教干部祝久鲁要为兆文上学打通关节，主张把真才实学的好青年用到发展国家科学的大事业上……兆丰的任务很艰巨，他不仅仅要为弟弟找病根，还要厘清各种不够"革命"的半吊子思想，教育弟弟的同时，自己还要接受"再教育"：什么才是真正的兄弟之"爱"？文化大革命批判的修正主义教育路线究竟"坏"在哪里？1972 年由贫下中农推荐的办法为什么行不通了，今年用分数录人的政策就是正确的吗？虽然小说的结尾照例是由掌握真理的党支部书记出场辨明是非，兄弟和好，皆大欢喜，但《高家兄弟》对政策的图解与宣传还是有了许多扩展性讨论，而英雄人物从出场到落幕，也有了一个思想不断成熟的变化过程。

也难怪陈忠实迅速以《高家兄弟》《公社书记》等作品大受好评，成为1970年代被陕西文坛普遍认可的青年作家。1975年元月，路遥和陈忠实同时参加《陕西文艺》编辑部主办的工农兵作者创作座谈会，在后来刊载的会谈纪要中^①，陈忠实的发言大段被转述，路遥只是被点名提及。在一篇总结陕西省近两年短篇小说创作的评论文章中，批评家赞赏了路遥在《优胜红旗》中展示的文学天赋，但对陈忠实的评价则更高、占去了更多篇幅。^② 在海波的回忆中，路遥是很在意名气的，"当时，路遥在陕北是首屈一指的新秀，但放在全省就不一样了，和他处在同一水平线上的还有好几位。无论从成就还是实力方面看，他并不占优势，这令他非常着急。……他让我看他写的短篇小说《不会作诗的人》，同时还要我看看陈忠实的《高家兄弟》和贾平凹的《姚生枝老汉》，意思是比较一下。我看了后感觉陈、贾的两篇比他的强，就率直说了自己的看法。他听了，好一会没有说话，再开口时已把话题引到其他方面去了。尽管他仍旧谈笑风生，但我能感觉他的迷茫和焦急。"^③

其实，陈忠实的小说，写得比路遥"笨"。从语言上看，《高家兄弟》里不断出现"反革命修正主义教育路线"等口号标语式的句子，人物说起话来像革命样板戏，不如路遥贴近农村生活的口语俗语。从政治敏感度上看，同样是紧跟形势，陈忠实不如路遥懂得点到为止。路遥在《父子俩》中的"巧"，是他既在旧题材中套入新内容，以"路线斗争"捆绑销售"教育革命"，打出一张安全牌，又仰仗高三星自始至终的坚定信念，回避开了过多讨论政策形势可

---

① 《努力创作更多更好的社会主义文艺作品——〈陕西文艺〉编辑部召开工农兵作者创作座谈会的情况报导》，《陕西文艺》1975年第2期。

② 延众文：《新的人物，新的世界——谈谈我省近两年来的短篇小说创作》，《陕西文艺》1975年第1期。

③ 海波：《我所认识的路遥》，《十月》2012年第4期。

能出现的纰漏。陈忠实则写的太"多"。例如从身为干部的兆丰拒绝包庇弟弟的事迹来批"走后门"也就够了，陈忠实偏还要多写一个受人尊敬的教师祝久鲁："你先回去，好好劳动，要相信，国家是需要人材的"；"务庄稼，喂牲畜，我没你精；文化教育的事，我比你接触得多些！科学这东西，是硬的，要真才实学，卫星不是凭口号能喊上天的！"；"我是为国家负责"……这些话本来只是为了罗列修正主义教育思想的罪证，但祝久鲁说得诚恳，反而暴露出教育革命政策中"劳动""生产"与"现代知识""技术革新"之间存在的冲突。陈忠实用许多笔墨描写兆丰的体力劳动之"美"，但他也写兆丰努力学珠算、识字读文件，还"一定要叫兆文把书念好，闹社会主义"；兆丰反对的不是弟弟上学，而是兆文的动机，所以必须先通过扎根教育改造其世界观。但如果"旧学校"把兆文变得不像贫下中农了，教育革命的新路线就一定能保证"知识"不会再使青年们脱离农村吗？就这样，陈忠实在小说里给自己出了许多难题。

1975年《陕西文艺》座谈会上，陈忠实谈起《高家兄弟》的缘起，说是因为不满于当时招生工作中普遍的走后门现象，才有了动笔讽刺的念头，但后来经过干校学习后，又觉得"只着眼于批评那种不正之风，思想太低，教育意义有限。……在我们党和革命队伍中，在工人阶级、贫下中农和解放军里，有无数保持着延安精神和发扬党的光荣革命传统的好同志，他们立党为公，不谋私利……这才是我们生活的本质和主流"……[1] 拐错了一个弯，陈忠实才悬崖勒马，抓住"本质和主流"。但或许也因为陈忠实的"笨"，《高家兄弟》才得以比《父子俩》更丰富、更耐读。

比较来看，柳青《创业史》中改霞形象的塑造，同样可以被读作一个扎根故事，小说中代表主任郭振山嘱咐改霞好好学文化、进

---

[1] 《努力创作更多更好的社会主义文学作品——〈陕西文艺〉编辑部召开工农兵作者创作座谈会的情况报导》，《陕西文艺》1975年第2期。

工厂，也包含了现代知识教育可能使青年脱离农村的困境，但路遥和陈忠实对相似问题的历史把握，显然都没能达到前辈柳青的深度。柳青没有阻止改霞自己面对招工进城的机会做一番人生抉择——是为了追求个人生活理想？还是为了支援国家工业化的革命理想？柳青容许改霞的心里有矛盾、有辨不明的暧昧，而不是让她像高三星一样表决心，或者像兆文那样接受思想改造。柳青不是为了树立一个坏典型，也没有简单否认改霞进城的合理性，他恰恰是要让改霞走出去。一方面，从"农村姑娘"到"新型妇女"，改霞有能力选择人生道路本身，就是社会主义实践的积极结果；另一方面，改霞的困惑及其与梁生宝的冲突，又暴露出社会主义实践在农村必然遭遇的问题。通过小说中青年团县委王亚梅对改霞的引导，柳青将国家工业化与农村发展间存在的矛盾、城乡差别事实下的社会就业问题等都摆到了改霞和读者面前，但他又没有急于给出答案，反而给克服难题预留了更多可能，使得《创业史》可以超越特殊时期的意识形态要求，给读者更多普遍性的思考。

"文革文学"成规没有给路遥、陈忠实们留下这样的空间。从"十七年"文学到"文革文学"，正如洪子诚所说，后者虽然并没有整体推翻"十七年"的文学成规，但"政治的直接美学化"更改了"这些命题、规定内部的结构关系"："文革文学""明确了'社会主义建设和斗争'和中共领导的革命的绝对地位"。塑造工农兵英雄人物成为严格规定、不得稍有违反的律令，且"不允许有什么思想性格的弱点①"。与"文革文学"有染的路遥、陈忠实们，难免要戴着脚镣起舞，但这段经历，也的的确确成为他们进入新时期文学的基石。而新的创作突破，正是要回到这些被暂时搁置的个人困顿与时代冲突处。

① 洪子诚：《当代文学史》，北京大学出版社 2010 年版，第 208 页。

第二节 "交叉地带"的发现：回乡知青的古典爱情

作为另一种知青小说的《姐姐》

1969 年，因涉嫌武斗命案，路遥被免去了刚任期一年的县革委会副主任职务，回村务农。这恐怕是他人生中最失意屈辱的时候，本来十九岁就是县团级，前途不可限量，却一夜之间化为泡影。据说在他被隔离审查期间，还收到了初恋爱人林虹的绝交信。这是一个心高气傲的农村小伙（回乡知识青年）和一个来自北京的美丽女知青之间的爱情故事，故事的结尾，男儿逞英雄把唯一的招工名额让给了他的爱人，而回城的少女却再也没有回来。很多年后，"痴心女子负心汉"或"痴心男子负心婆"，几乎成为路遥作品中最爱用的"俗套"，但故事背后与知青运动有关的历史印记却渐渐被消除。

要理解这一段人生变故对路遥创作实践的影响，不妨从他 1981 年的短篇小说《姐姐》①开始。姐姐是村里最漂亮的姑娘，姐姐也算得上农村知识青年，高中毕业，只是碰上闹"文革"，考大学和招工都没指望了，只好在农村里劳动。不过姐姐能吃苦，"村里人都说她劳动顶个男人"。这样令全村人骄傲的姐姐，却爱上了省里来的插队知青、"特务儿子"高立民。这又是一段古典爱情："落难书生，小姐搭救，私定终身，考中状元"，但爱情的结局却不是"衣锦团圆"。粉碎"四人帮"后，立民的父母平反昭雪，立民考上北京的大学，像路遥一样，姐姐只等来了一封信：

> 我不得不告诉你：我父母亲不同意咱们的婚事（你大概在省报上看见了，我父亲又当了副省长）。他们主要的

---

① 路遥：《姐姐》，《延河》1981 年第 1 期。

理由是：你是个农民，我们将来无法在一起共同生活。我提出让他们设法给你安排个工作，但他们说他们不能违背《准则》，搞"走后门"这些不正之风，拒绝了我的请求。父母亲已经给我找了个对象，是个大学生，她父母和我父母是老友，前几年又一同患过难。亲爱的小杏，从感情上说，我是爱你的。但我父母在前几年受尽了折磨，现在年纪又大了，我不能再因为我的事儿伤他们的心。再说，从长远看，咱们若要结合，不光相隔两地，就是工作和职业，商品粮和农村粮之间存在的现实差别，也会给我们之间的生活带来巨大的困难。由于这些原因，亲爱的小杏，我经过一番死去活来的痛苦，现在已经屈服了父母——实际上也是屈服了另一个我自己。我是自私的，你恨我吧！啊，上帝！这一切太可怕了……

立民是有理由的，他爱小杏，但他也要孝敬父母。立民的父母也是有理由的，党为他们平反复职，他们又怎么能违背党性"走后门"呢。就像后来很多研究者指出《人生》中路遥给予高加林太多同情，在《姐姐》中，路遥似乎也不忍心把高立民写成一个忘恩负义的花花公子，也不愿意借被害人之口血泪控诉他虚伪的辞藻。路遥写道，"那些年这个人是够恓惶的了"，"孤孤单单的，像一只入不了群的乏羊"，破衣烂衫、食不果腹，也许注定要当一辈子反革命的儿子。高立民是"血统论"的受害者，是需要被新时期话语抚平创痛的人，这像极了"伤痕文学"的叙事主题。批评家曾镇南就曾指出："作者还力图不把立民写成简单的坏坯子，使他的痛苦流露几分真诚，以加深对爱情悲剧的社会原因的揭示。"[1] 而最后那段有关工作和职业上城乡区隔的论述，更像是作者忍不住越俎代庖，

① 曾镇南：《向现实的深处开掘——读〈延河〉陕西青年作家小说专号》，《延河》1981年第3期。

突然为主人公插入了一个脱出历史情境的强有力的辩词，仿佛在说，立民跟小杏一样，都只不过是被城乡二元制度牺牲的可怜人。

于是，道德审判缺席，小说迅速转向一个不知是绝望还是黑暗中透出光明的结局。这几乎就是几个月后写成的《人生》结尾的草拟：

> 爸爸一只手牵着姐姐的手，一只手牵着我的手，踏着松软的雪地，领着我们穿过田野，向村子里走去。他一边走，一边嘴里嘟嘟囔囔地说："……好雪啊，这可真是一场好雪……明年地里要长出好庄稼来的，咱们的光景也就会好过了……噢，这土地是不会嫌弃我们的……"姐姐，你听见了吗？爸爸说，土地是不会嫌我们的。是的，我们将在这亲爱的土地上，用劳动和汗水创造我们自己的幸福。

如果没法审判绝情之人，就只能让土地慰藉他的女儿。不论当年林虹的信中是否有与高立民一般的忏悔，也不论当年的路遥，是否真如小说中的姐姐那样放下了被背叛的愤恨、回归到质朴的乡村伦理，《姐姐》都可以被看作路遥以自己为原型的一次记忆书写。[①]

对照路遥自己的爱情故事，《姐姐》的写法很耐人寻味。路遥

---

① 谷溪曾回忆路遥这段"生命里程中最为困难的时期"，"刚刚免了他县革委会副主任的职务，他的恋人又通过内蒙古的一个知青向他转达决裂的意思。仕途失意，爱情失恋，使年轻的路遥非常痛苦，他当着我的面哭了，这是第一次看见路遥如此伤心地痛苦"。见曹谷溪：《关于路遥的谈话》，引自《路遥十五年祭》，李建军编，新世界出版社2007年版，第3页。路遥后来在《早晨从中午开始》中，将这段时光称作"一次死亡"，"那时，我曾因生活前途的一时茫然加上失恋，就准备在家乡的一个水潭中跳水自杀。结果是月光下走到水边的时候，不仅没有跳下去，反而在内心唤起了一种对生活更加深沉的爱恋。"见路遥：《早晨从中午开始》，引自《路遥全集·散文、剧本、诗歌、书信》，北京十月文艺出版社2012年版，第73页。

刻意把姐姐写成了一个普通农妇。从小说一开头，被迫弃学的姐姐就一点也不嫌弃艰苦的劳动，甚至还非常愉悦。姐姐就是后来巧珍的前身，粗浅的文化教育没有让她养成高加林式的志气与清高，姐姐也从未想过要改变自己的农民身份。路遥有意淡化了姐姐从知识青年向一个彻底的农民转变过程中可能遇到的各种心理问题与现实问题，给姐姐埋下了朴素的扎根热情。这或许具有一定的历史真实性，但它也在写法上让小说人物与原型刻意疏远开来。可以设想，如果姐姐被塑造成像当年的路遥那样已初具文名的农村知识青年，小说还可以按照这样的逻辑写下去吗？土地真的可以慰藉姐姐吗？高歌曾特意描述路遥被打回原籍后劳动的情景："迫于生计，他吆起牛，耕开了地，穿上一件亮红亮红的线衣，扶着步犁，单调地来回于对面山上"，大妈还在一旁唠叨王家老陵没有当官的风水。① 路遥此时心里的苦，恐怕千言万语都道不尽，但在《姐姐》中，从读书到弃学，从可能走入另一个世界的凤凰女跌落回一地鸡毛的农舍，路遥用仓促而又诗意的笔法分担掉了与姐姐同命相怜的沉重感。而只有当小说映射到路遥真实的个人经历时，文本内部才会渐渐张开它无法自圆其说的缝隙。

不妨想象，如果林虹在若干年后加入新时期知青文学书写的行列，她会如何叙述这段往事呢？路遥或许会被叙述成田园牧歌的黄土地上用心呵护自己的好哥哥，或许只不过是她孤独无依时的寄托、说服自己扎根农村时的最后一点安慰。或者像韩少功《远方的树》那样，林虹就是插队知青田家驹，路遥就是纯朴的农村姑娘小豆子，田家驹有了城里的蛋糕牛奶，就不稀罕小豆子的杨梅酱了。而进厂后嫁给军官的林虹，或许也曾像田家驹一样在体验过回城的诸多艰辛与挫败后，感到一丝后悔与惋惜。但最后，"他想通了。也许，爱情不过是爱情。即使是最美丽的儿女情长，能够当饭吃？

---

① 高歌：《困难的日子纪事——上大学前的路遥》，引自《路遥十五年祭》，李建军编，新世界出版社 2007 年版，第 44 页。

作衣穿？能够解决能源问题和经济危机？能够代替毕加索和爱因斯坦？……需要抛弃什么，就抛弃吧。人要斗争和前进，不能把好事都占全。不要奢望完美。"[1]田家驹为了实现画家梦才辜负了小豆子，那么林虹弃路遥而去是不是也有许多难言之隐？这是"伤痕文学"主题下的知青记忆，林虹们的悔恨和哀痛正佐证了"文革"对青春的埋葬、对心灵的扭曲。从新时期回溯历史，林虹和路遥的故事是可以被重新叙述的，林虹们即使有过背叛与委曲求全的时候，也同样是历史的受害者，需要被理解与宽慰。

在这样的知青文学版图里，没有路遥的位置。这多少可以解释为何路遥虽然也在1979至1981年间写过几个以知青为主角的小说，但直到《姐姐》，才改头换面地把自己这段经历写出来。杨健曾在《中国知青文学史》中一针见血地指出知青文学自1960年代以来对回乡知青群体的忽视，并以路遥的《人生》作为创作回潮的标志，但"导致这一题材作品出现的因素，并不是农村知青代言人的出现，也不是回乡知青自我意识的苏醒，而是由于'改革文学'对农村政治问题的关注，它是作为'改革文学'的农村题材出现的"[2]。杨健的叙述提醒我们注意知青运动中城籍知青与回乡知青的历史隔膜。回乡知青路遥，没办法在1981年用知青文学的感伤、悔恨或乡恋，来讲圆发生在自己身上的这段乡村爱情。放在新时期初的文学思潮中，《姐姐》是个别扭的文本，它缘于"伤痕主题"下的知青故事，却又在姐姐无非被简单归结于"文革"的"伤痕"上止步；它把"反思"的界限推至由来已久的"城乡分治"，但在"改革文学"所希望主导的积极的历史乌托邦图景中，又不能给主人公更多时间去迷惘与徘徊。小说中"知青返城""恢复高考"刚刚拉开"新时期"历史转轨的序幕，一条分界线就慢慢显影，立民们的旧伤还未抚平，新的阵痛已迫不及待地在姐姐们身上发作。

---

① 韩少功：《远方的树》，《人民文学》1983年第5期。

② 杨健：《中国知青文学史》，中国工人出版社2002年版，第329页。

回到小说的结尾，"土地是不会嫌弃我们的"。——这不也是许多知青小说中曾撩动主人公心弦那最诗意的声音么？这是梁晓声的"神奇的土地"、孔捷生的"南方的岸"，还是曾与林虹同一批插队延川县的史铁生的"遥远的清平湾"。但是，姐姐的土地并没有这许多诗意，它不是站在城市里回望乡村时发现的风景，而是她逃不脱的宿命。雪景虽好，但只有当它可以为来年带来一粒粒饱满的庄稼果实时，它才是美的。这两者之间的隔膜，恐怕才是路遥当年的真实体会。

回乡知青的文学梦

路遥比姐姐幸运，最终与另一位北京知青林达结为伉俪。《延川县志》载："1969 年 1 月 23 日，北京 1300 多名知识青年来本县插队落户。"[1] 据《1962—1972 年城镇知识青年跨省区下乡人数统计表》所示，安置于陕西省插队知青人数全国总计二点六二万，全数为北京市来的插队知青，[2] 这恐怕是知青上山下乡运动中非常特殊的现象。来延川插队的北京知青大多是来自 101 中学、清华附中等重点学校的优秀学生，后来许多关于路遥的回忆，都会提到与北京知青交往如何成为催促路遥重新思考人生目标、走出乡村的极大动力。"这些北京知青和陕北黄土地上的青年那种一眼即可分辨的差异（从谈吐、举止、做派，到教养、气质及知识层面）都深深地触动着路遥的心灵。"[3] 李小巴甚至讲到这样一个细节，"一天傍晚，他陪我在小县城里逛，他笑着对我说：'北京知青来了不久，我心里就有种预感：我未来的女朋友就在她们中间。'我当时听了十分

---

[1] 《延川县志》，延川县志编纂委员会编，陕西人民出版社 1999 年版，第 38 页。
[2] 刘小萌：《中国知青史——大潮（1966—1980 年）》，当代中国出版社 2009 年版，第 112 页。
[3] 《星的殒落》，晓雷、李星主编，陕西人民出版社 1993 年版，第 164 页。

惊异，我认为这是不可能的事。我几乎认为这是一个不量力的陕北后生在口吐狂言"[①]。

在李小巴眼里，路遥心中"落难书生，小姐相救"的梦，不过是癞蛤蟆想吃天鹅肉。就算路遥在回乡知青里也算佼佼者，但回乡知青毕竟不是落难的公子。"文革"十年中，虽然回乡知青的人数数倍于下乡插队的一千四百多万城镇知青，但始终不是政府工作、舆论关心的重点。1970年3月国务院在北京市召开了延安地区插队青年工作座谈会，此后为了遏制知青被歧视迫害等恶性事件发生，专门从北京市抽调了一批带队干部负责监管知青的劳动、学习、上调等。这种政策上的照顾突显了知识青年在农村的特殊身份："他们虽然穿着农民衣，接受着农民的'教育'，却享受着一些农民永远无法获得的优惠……下乡知青并没有成为名符其实的'社会主义新型农民'，而是成为农村中的一个特殊群体。他们非农、非工、非学，在城市人眼里虽是'半个乡下人'，但在农民眼里，却是不折不扣的'公家人儿'（陕北农民称知识青年为'公家人儿'，以与自身区别，的确言简意赅，精当无比）。"[②]另外，在若干年后的招生、招工中，分配政策也更倾向于插队知青，插队时间甚至可以计

---

① 张艳茜：《平凡世界里的路遥》，陕西人民出版社2012年版，第106页。当时在延川插队的北京知青邢仪回忆，由于恋人林达的关系，路遥渐渐融入北京知青的圈子。"刚开始我们这帮同学并不看好他们的恋爱，其实也没有明确的观点，只是觉得北京知青找当地青年，合适吗？"林达的父母是侨委干部，比较开明，后来林达带路遥回北京看望许多同学的家长，"家长们好奇地观察着随和的、收敛的、敦厚的、健壮的路遥，有的评价说，路遥长得像当时的体委主任王猛，比想象的好。（不知他们原先想象的是什么样子）又有的家长说了，这个陕北小伙子真不错，但如果是和我闺女，我不同意。"邢仪的叙述佐证了这段爱情故事背后不得不面对的差别感。事实上，后来人们谈及路遥婚姻家庭生活中的矛盾，也还是会强调两人出身与生活习惯的城乡差别。参见邢仪：《那个陕北青年——路遥》，引自《延川插队往事》，中译出版社2015年版，第293—294页。

② 刘小萌：《中国知青史——大潮（1966—1980年）》，当代中国出版社2009年版，第278—279页。定宜庄：《中国知青史：初澜（1953—1968年）》，当代中国出版社2009年版，第216—224页。

算入工龄作为补偿。

同样是陕籍作家农民出身的贾平凹，就曾感叹回乡知青与插队知青的地位悬殊："在我的经历里，我那时是多么羡慕着从城里来的知青啊，他们敲锣打鼓地来，有人领着队来，他们从事着村里重要而往往是轻松的工作，比如赤脚医生，代理教师，拖拉机手，记工员，文艺宣传队员，他们有固定的中等偏上的口粮定额，可以定期回城，带来收音机，书，手电筒，万金油，还有饼干和水果糖。他们穿西裤，脖子上挂口罩，有尼龙袜子和帆布裤袋，见识多，口才又好，敢偷鸡摸狗，能几个人围着打我们一个。更丧人志气的，是他们吸引了村里漂亮的姑娘，姑娘们在首先选择了他们之后才能轮到来选择我们。"①城市户口在物资职业分配上享受的优惠，吃"公家粮"的清闲，这些即使对于一个普通的农民来说，也是有极大吸引力的。而西裤、尼龙袜子、万金油等，更直接显露了插队知青不同于回乡知青的精神气质。插队知青离开了城市，却以这种方式把"城市"搬到了乡村。

与贾平凹的愤懑不同，路遥似乎并没有在这种隔膜中感受到许多不适。如果说贾平凹从切切实实的城乡物质差距中看到了所谓"知识"背后的等级（同样是知识青年的身份悬殊），那么在路遥看来，"知识"恰恰与"爱情"一样，它们与具体物质之间的隐秘联系是可以被超越的。而1970年代的文学或者说"革命文艺活动"就是这样一种知识，为路遥提供了一条与北京知青共享同一个精神世界的路。

"文学社团""同人刊物"——这些后来通常被联系到"文革"地下文学、青年独立思潮上去的语汇，同样可以被用来讲述路遥的创作起点。进"县革委会通讯组""县工农兵文艺创作组""工宣队"搞编创，以通讯员身份走访全县各个农业学大寨的先进典型，跟着曹谷溪、陶正等人办文学小报，即使是紧跟形势的作品，也使

---

① 贾平凹：《我是农民——乡下五年的记忆》，《大家》1998年第6期。

路遥真正跻身于延川文艺创作队伍的名人堂中。1972年、1973年的《陕西日报》《人民日报》都点名表扬了路遥，"城关公社刘家圪崂大队创作员王路遥同志，一年中创作诗歌50余首，其中有6首在报刊上发表"[1]，"刘家圪崂大队回乡知识青年王路遥，在农业学大寨的群众运动中，亲眼看到广大贫下中农发扬自力更生、艰苦奋斗的革命精神，……他一边积极参加集体生产劳动，一边利用业余时间搞创作……热情地歌颂了人民群众的革命精神和为社会主义革命和社会主义建设多做贡献的精神风貌……"[2]留意报上提及路遥名字前的修饰语就可以知道，路遥的作品是被当作"工农兵"创作主体的成绩获得大力宣传的。当时延川县除了一个农具修理厂，没有别的工厂，除了县中队，没有别的驻军，而所谓延川县工农兵文艺创作组的骨干成员中，陶正是清华大学红卫兵插队延安，闻频是中学老师，只有路遥才是真正的农民。

于是，看似自相矛盾的历史后果呈现出来：是文化大革命中着眼于"再教育"理论的知青上山下乡运动，把路遥打回原籍，让他跻身于北京插队知青中，深切体会到城乡二元结构下的阶层差别；但也恰恰因为此阶段繁荣工农兵文艺的制度安排与组织形式，使得路遥和北京来的知识青年们可以超越城乡隔膜，分享共同的精神追求。

1971年全国掀起普及革命样板戏热潮，延川县会演后成立毛泽东思想文艺宣传队。据当年参与的北京知青回忆，宣传队为了提高整体水平，向专业化方向发展，分别设立了创作组、导演组等，其中路遥和焦文频负责剧本创作，导演组则全部由北京知青组成。[3] 当时文教局支持下的毛泽东思想文艺宣传队，也杂糅了来自北京的

---

① 《〈山花〉是怎么开的？》，《陕西日报》1972年8月2日。

② 《重视群众文艺创作，牢固占领农村思想文化阵地》，《人民日报》1973年11月30日。

③ 参见杨世杰、董靖、肖桂芝：《在县文艺宣传队的日子》，《延川插队往事》，中译出版社2015年版，第249—252页。1972年《山花》创办后，宣传队更直接以《山花》上发表的作品为素材改编歌舞、小戏等节目。文中还回忆了路遥和闻频合写反映延川县一位游击队领袖故事的歌剧《第九支队》演出时的趣事。

下乡知青和大多数来自农村的业余文艺爱好者。①自1972年《山花》创刊，路遥作为办刊核心人员，三年间陆续发表了诗歌《老汉一辈子爱唱歌》(1972.9.1第1期)、《赞歌献给毛主席》(与谷溪合写，1972.10.1第3期)、《桦树皮书包》(1972.11.1第5期)、《老锻工》(1973.1.16第9期)、《今日毛乌素》(1974.2.10第27期)、《工农兵奋勇打先锋》(1974.6.8第31期)；歌词《前程多辉煌》(1973.9.1第21期)；短篇小说《优胜红旗》(1972.12.16第7期)、《基石》(1973.5.23第15期)、《代理队长》(1973.7.16第18期)。②同为"老山花"的北京知青陶正回忆创办《山花》是"非常时期的反常现象"，一方面是以"干革命"的名义"搞文学"；另一方面，陕北特殊的乡风民情又"淡化、软化"了革命，让他们有了自由思考的氛围。③

---

① 陕西省延安地区革命委员会政工组编写了两辑《知识青年在延安》，宣传知青扎根热情，赞美陕北老区贫农对知青的关爱，其中就有路遥的妻子林达的作品《在灿烂的阳光下》，内容是自己在延川县接受贫下中农再教育三年中，参观毛主席太相寺故居时的体会，要做贫下中农的好儿女。辑中还有谷溪的《山村红医》，陶正的《风雨中》等。参见《知识青年在延安》，1971年9月第1辑，1972年11月第2辑。

② 《延川文典·山花资料卷》，曹谷溪主编，陕西人民出版社2015年版。该资料卷收入了《山花》创刊至1987年12月总第122期的影印版。作为"老山花"，1980年代路遥还发表了《关于作家的劳动》(1981年总第70期)、《十年——写给〈山花〉》(1982年总第77期)。1983年总第94期刊登了一组关于电影《人生》的文章，如导演手记等。另外，该资料卷还收入由延川县革委会创作组选编的歌曲集，其中路遥作词的两首歌为《杨家岭松柏万年青》和《解放军野营到咱庄》。

③ 陶正：《自由的土地》，引自《情系黄土地：北京知青与陕北》，孙立哲主编，中国国际广播出版社1996年版，第26—34页。在陶正等北京知青的回忆中，都提到初到陕北时，农民贫困的生活处境如何像"出土文物"(史铁生语)一样迫使这些城市青年们重新认识中国。但也因为陕北偏远，特别是朴素的乡风民情及其在中共革命史上形成的群众基础，弱化了"再教育"的阶级斗争色彩，给予知青们更多的自由与温情。从1970年代的《山花》中也可以看到，即使有激进的政治宣传，编者也更着意于继承《讲话》精神，发扬陕北民歌、秧歌剧等乡土民间文学传统。即陶正所说，"和谷溪、路遥组班，播种和采集山川间的野花"，实际是要挑战作为"御花园里的贵族品种"的样板戏。因此，除了我在文中所述路遥从与北京知青交往中对城乡差别的实感，也必须注意到，这段特殊时期的文学启蒙如何为路遥进入新时期，做出了重要的思想铺垫：一是有政治眼光的历史反思；二是与北京知青一样感恩陕北黄土地和乡亲们的深情。

从 1970 年左右到 1976 年，路遥就是这样一个户口在农村，人在县城工作的业余文艺工作者。名义上是县文艺宣传队的编剧，每月能领十八块钱工资，脱产搞创作。同时又以农民身份参加各种会议、学习班，不光不交伙食费，还能有六毛钱的误工补贴。直到 1976 年大学毕业被分配到《陕西文艺》编辑部工作，才真正成为城市户口的"公家人"，成为批评家李星所说的"农裔城籍"作家。

曾与北京知青们一同追求文学梦的路遥，终究不能以（插队）"知青作家"或"右派作家"的身份加入到新时期"归来者"的书写中去。无论是阶级出身，还是他所习得的文学成规，这段特殊的历史经验都已经决定了路遥无法摆脱这种始终居于夹层中的写作状态："我是一个血统的农民的儿子。……我较熟悉身上既带有'农村味'又带有'城市味'的人，……这是我本身的生活经历和现实状况所决定的。我本人就属于这样的人。"①如果说地处城乡接合部的县城中学，曾在真实地理空间意义上第一次让路遥体验到他后来所说的"城乡交叉带"②，那么跻身于北京插队知青中，徐徐打开爱情故事与小说人生的第一页，就是他在心理空间上对"城乡交叉带"的第二次体验。

有关"差别"的认识与表达

以回乡知青身份出入北京插队知青的文学小圈子，给路遥制造了一个参照另一群体甚至社会阶层重新打量自己的机会："我"是谁？"我"过着怎样的生活？"我"的出路在哪里？美国社会学家默顿曾用"参考群体"理论解释一种"相对剥夺感"的发生，当

---

① 路遥：《关于〈人生〉和阎纲的通信》，《作品与争鸣》1983 年第 2 期。

② 厚夫在《路遥传》中记述了路遥在延川中学就读时上的是尖子班，班上大多是县城干部和职工的子弟，在校生需要按月缴粮缴菜金，因而出现开饭时甲乙丙三个等级。即后来路遥在《平凡的世界》中孙少平吃黑馍被调侃是吃"非洲菜"故事的缘起。见厚夫：《路遥传》，人民文学出版社 2014 年版，第 35 页。

"一个群体的成员把原则上他并不归属的那个群体的规范当作正向框架。……对于期望无以兑现，希望成为泡影的个人来说，预期社会化就出现了负功能"[1]。"相对剥夺感"的重心不是"剥夺"，而是在新的参照系下"相对"发生的"边际人"效应。路遥或许就是这样一个渴望脱离其隶属群体、又在封闭社会结构中无法进入到参考群体中去的"边际人"，而"交叉地带"正是自我认同发生危机时刻的空间隐喻。

路遥早期经历中的追求与受挫，其实折射出了五十至七十年代社会主义实践影响下的农村现实。蔡翔指出平等主义与社会分层之间的矛盾是"革命的第二天"必然面临的问题："一方面，它强调平等，另一方面在现代性的制约下，又同时对社会重新分层。这个社会分层实际包括了三个方面：第一是干部和群众的差别；第二是脑力劳动和体力劳动的差别；第三是城市和乡村的差别。一个无差别的社会实际上不可能存在，社会主义也是如此。"[2]阎云翔在下岬村的田野调查中，也指出社会主义等级制度结构的三个基本要素：一是村集体对农民生活的全面控制，通过党的干部依靠权力强制实施，官本位的等级制度造成了干部与群众的差别；二是"自从50年代后期以来得到官方认可的城乡之间的分离与不平等"。这两点与蔡翔的分析相符，但阎云翔还特别指出了第三点："毛泽东时代社会流动中的阶级路线和红色道德标准为社会主义等级制度提供了一种强有力的意识形态依据。……赋予贫下中农较高的社会地位和精神上的一种优越感（自来红）。"[3]

这里存在着一个被柄谷行人称之为"认识装置"的东西：以什么样的眼光观察别人的生活？以什么眼光看待自己？在不同的认识

① 〔美〕罗伯特·K·默顿：《社会理论和社会结构》，唐少杰等译，译林出版社2008年版，第375页。

② 蔡翔：《革命·叙述：中国社会主义文学：文化想象：1949—1966》，北京大学出版社2010年版，第367页。

③ 阎云翔：《中国社会的个体化》，陆洋等译，上海译文出版社2012年版，第40页。

装置下，人与人、阶层与阶层的差别可以通过不同形式被再现、被看见、被忽略，或者被压抑，而自我认同就是在这个"看"与"被看"的相互关系中完成的，并有可能以此建立起一种全新的关于主体位置的期待与想象。可以说，阶级分析的理论语言，或阎云翔所描述的"革命的穷棒子"心态，就是这样一个"认识装置"。"阶级不仅意味着一种客观的社会结构，而且还存在于表达结构之中，表现为区隔、思想的倾向、风格和语言。更进一步说，主体能动性并不仅仅体现于对客观行动的选择，而且表现在对表达性思想和态度的选择。"①"阶级"并不仅仅以经济因素的生产资料占有为唯一标准，还要关涉到劳动分工、生活方式、教育程度、阶级意识与政治组织等多个方面。

由此再看关于"什么是农民"的理解，从客观性现实来说，农民是被户籍身份划分捆绑在资源相对匮乏的土地上，甚至必须为国家工业化完成资本原始积累的阶层，它承受了太多社会主义制度性的歧视；但从表达性现实来说，农民阶级又是中国革命的主体。土地改革中"翻身"的实质，并不仅仅是使农民在经济上富裕起来，更是要在一种新的阶级关系描述中，让农民接受一套全新的关于什么是"美"、什么是"高贵"、什么是"幸福"、"谁养活谁""我与土地的关系"等问题的答案，"把自己从自然和社会力量的被动的受害者，转变为一个新世界的积极的建设者"②，从而真正获得摆脱了被奴役地位的主体意识和尊严感。

客观性现实与表达性现实之间的脱节是五十至七十年代日趋严重的问题，但不可否认的是，这套认识装置又的确为底层农民在尚未消除的阶层差别与相对剥夺感中，提供了一种缓冲与应对的方

---

① 黄宗智：《中国革命中的农村阶级斗争——从土改到"文革"时期的表达性现实与客观性现实》，《中国乡村研究（第二辑）》，商务印书馆2003年版，第69页。这里借用黄宗智"表达性现实"与"客观性现实"的理论表述。

② 〔美〕韩丁：《翻身——中国一个村庄的革命纪实》，韩倞译，北京出版社1980年版，第714页。

案，使个体有可能摆脱旧有等级制度形成的尊卑认识，成为具有能动性的历史主体。而赵树理、柳青等"十七年"农村题材小说，正是在"政治美学化"的意义上，参与到了对这一认识装置的构造中去。

阅读路遥1970年左右到1976年《父子俩》之前的作品，充满了"十七年"小说中社会主义新人谱系下"新农村"里的"新农民"形象。有高三星（《父子俩》）、二喜（《优胜红旗》）这样以为革命事业奠定"基石"为荣，以为乡村集体利益服务为己任的年轻人。也有像《我老汉走着就想跑》这类小诗中生活得有滋有味的父辈农民。仅仅以"文革文学"的"假大空"来否定这些作品，无助于深刻的讨论，应当追问的是，为何这些人物在后来如《姐姐》这样的作品中渐渐消失了，为什么当路遥同样颂扬在土地上劳动、守护乡村价值的"农民"时，情感却变得沉重起来？《姐姐》并非如1980年代的批评家所言，仅仅是"一个富家子弟遗弃一个贫家姑娘"①的古典爱情故事，若如前所述引入回乡知青与插队知青隔膜的历史背景，就必须要回答这个悲剧的"当代"成因，而仅仅将它归结为"对残余的封建等级门阀观念的批判"②，更不能深刻反省五十至七十年代社会主义实践的经验与教训。

路遥此阶段创作的内在分裂，暴露出"十七年"文学传统如何越来越难以处理日趋严重的城乡问题。如蔡翔所说，在社会主义"前三十年"的文学中，的确有许多反映干部与群众差别的作品，例如批判官僚主义作风以及"文革文学"中狠斗"走资派"、反特权等，都是这一线索上的主题。但是对于脑体差别、城乡差别的表达却处于一种被遮蔽的状态，而且经常会通过个人主义或资产阶级思想这样一些定义，来掩饰或遮蔽这些矛盾，回避了在日常生活物质消费、欲望满足等方面农民阶层与非农民阶层之间的不平等。而

---

① 白描：《论路遥的小说创作》，《延河》1981年第12期。
② 沙平：《各具特色，各有深意——评〈姐姐〉与〈银秀嫂〉》，《延河》1981年第6期。

城市与乡村的差别，则主要是以对国家的高度认同来克服的。"这一被压抑或遮蔽的矛盾在 1980 年代得到了一种'报复性'的叙述，但是这一'报复性'的叙述不仅没有制止社会分层的趋势，反而使得这一分层获得了一种合法性的支持。"①

《父子俩》和《姐姐》这两篇小说都与路遥的个人经历存在着巧妙的互文关系，当作者竭力与小说中的人物保持距离时，也意味着社会主义实践为克服阶层差别建立的整套"认识装置"都遭遇了危机。站在改革前夜，高三星投身于农村集体经济建设的快乐，已经无法给现实生活中的农村青年路遥带去人生的饱满；像姐姐那样回归传统的乡村伦理，也只能是暂时的慰藉。《父子俩》中插入"高考"与"扎根"的矛盾，实际上是路遥 1970 年代小说中第一次正面触及社会分层结构中的"差别"问题；而《姐姐》中的知青运动背景，更使他笔下的农村青年必须面对一次认识论意义上的考验：如何打量"外面的世界"，如何打量"外面来的人"。这里的"外面"，不仅仅指城市或者城里人，它还可以指在新的阶层分化中，在经济、政治或社会地位上都优于农民的"特权阶层"。"交叉地带"就是这样在路遥对阶级"差别"或说社会分层结构的体验与书写中，变得越来越明晰的。"所谓风景乃是一种认识性的装置，这个装置一旦成形出现，其起源便被掩盖起来了。"②路遥的"交叉地带"就是这样一处"风景"，当"个人／集体""农民阶级"（底层／农村）、"知识分子阶级"（精英／城市）等语汇，在从"十七年"经"文革"进入"新时期"的历史转型中发生意义变迁时，当阶级分析理论这一认识装置出现内在危机时，新的认识装置就会主导个人对世界的张望。1980 年代制度变迁虽然为农民"松绑"，

---

① 蔡翔：《革命·叙述：中国社会主义文学：文化想象：1949—1966》，北京大学出版社 2010 年版，第 368 页。

② 〔日〕柄谷行人：《日本现代文学的起源》，赵京华译，三联书店 2006 年版，第12 页。

但社会分化（阶级分化）仍然是被解放的个体必须面对的问题。于是，如何描述这种"差别"以及身处其中个体的命运感、个体与社会的关系？如何处理1950—1970年代文学表达"差别"问题的经验与教训？高三星和姐姐们的出路在哪里？——也就成为路遥新时期小说必须不断重返的母题。

第三节　走进"新时期"：什么"伤痕"，怎样"和解"

转型的难度

1976年9月，路遥毕业分配至《陕西文艺》（1977年7月恢复《延河》名称）编辑部工作，以文学编辑的身份正式开始他的体制内生活。1976年10月6日，中央政治局正式做出粉碎"四人帮"反党集团的决议。1977年，路遥在第一期《陕西文艺》上发表散文《难忘的二十四小时——追记周总理一九七三年在延安》。当年11月，写下《不会作诗的人》，小说讲的是人称"瓷脑"的公社书记刘忠汉，拒绝在农村强制推行"四人帮"的"小靳庄"经验，因为不会写诗惨遭排挤，这个故事既响应了中央揭批"四人帮"罪行的号召，又以真诗、假诗之辩，为新时期文艺政策正名。1978年5月11日，《光明日报》刊发《实践是检验真理的唯一标准》，同年6月28日，《人民日报》发表评论员文章《评"四人帮"的极"左"》，开始以"假左实右"的表述将对"文革"的历史评价带入新的轨道。9月，路遥完成中篇小说《惊心动魄的一幕》，写县委书记马延雄以个人牺牲制止了"文革"中一场危及群众生命的武斗。12月十一届三中全会召开，否定"两个凡是"，停止使用"以阶级斗争为纲"的口号，将党和国家的工作重心转移到经济建设上来。1979年初理论工作务虚会召开，邓小平发表讲话，提出要坚持四项基本原则，走"中国式的四个现代化"道路。1月，路遥发表小说《在新生活面前》，"现代化"一词出现七次之多，小说讲述了铁匠主任曹得顺老汉如何在工厂技术革新面临下岗的紧迫情形下，努力学文化，积极参与四化建设。此时全国各地掀起知青返城风，春节后农业生产进入大忙季节，但多数下乡知青继续逗留城镇，陕西省占三分之二以上。4—5月间，路遥完成小说《夏》，写最后留守的四位知识青年之间的冲突与爱情。8月17日—30日，国务院知青领导小组在北京召开了部分省、市、自治区上山下乡先进代表座谈会，要求新闻单位加大宣传"扎根农村不动摇"，当月，路遥写作《青松与小红花》，写"文革"期间身处逆境的公社书记冯国斌与知识青年吴月琴之间的深厚友情。1980年，在10月完成《姐姐》之前，路遥于4月发表了写好人好事的《匆匆过客》，9月发表《卖猪》，批评借"公家"之名剥夺农民利益的腐败之风。

从这一段个人写作史与国家政策编年史的混合排列中，足见路遥对政治的高度敏感。这些主题先行的作品继承了他1976年前与"文革文学"有染的创作风格：从内容上看，题材的选取紧跟时事，仍然带有读报式写作的特点；从形式上看，也可被归入陕西老作家柳青、王汶石等一脉的革命现实主义传统中，"正面反映社会斗争，塑造先进人物形象，主要以故事为线索结构作品，用行动和对话刻画人物，有较大气势。"①跟其他陕西所谓第二梯队的作家相比，至少在《惊心动魄的一幕》获得全国中篇小说奖之前，路遥并不是最被看好的文学新星。陈忠实与他的写法属同一路数，但作品数量多，小说《信任》还获得了1979年全国优秀短篇小说奖。贾平凹在语言形式、题材上有所创新，《满月儿》1978年获奖后更写出了《病人》《二月杏》等突破文坛成规的实验之作。除这二人外，莫伸、京夫、邹志安也都是路遥强有力的竞争对手。

在一篇总结陕西省1980年前几年反映农村生活短篇小说的评论

---

① 肖云儒：《论陕西小说创作形势》，《延河》1981年第1期。

中，批评家将新时期初最热门的农村题材分为两类：一是写干部与农民之间的沟壑，批评官僚作风、塑造基层好干部形象，反思农民的封建旧习；二是写农村劳动生产在计划经济、集体独大中存在的问题，反映经济政策调整的紧迫性。[①] 这两类题材无疑都紧密配合了粉碎"四人帮"后，反思"文革"、批"左"、推动农村经济改革的主流意识形态，也以农村题材写作加入到新时期文学思潮从"伤痕文学"到"改革文学"的总体规划中。对照路遥此一阶段的写作，虽然这两类农村题材都有所涉猎，但他又不安分于此。像《在新的生活面前》这样的作品，甚至跳出农村题材作家的身份限制，写起了蒋子龙式的工厂故事。粉碎"四人帮"后，"题材"问题一直是文艺界讨论的热点，突破禁区，不回避凡人小事，路遥把握政策很精妙，但又有点"打一枪换个地方"的意思，难免有些蜻蜓点水、后劲不足。

在几乎是针对路遥创作的第一篇专论中，白描提出了一个很有意思的说法，认为造成路遥此期创作局限性的两个原因：一是他从写诗开始小说创作，由此形成的美学趣味，"总喜欢用强烈的光线照射他的人物，情绪激昂，格调高扬，行文运笔总是火爆爆的。这样的作品有它一定的感染力，但严格说来，对于小说它还不很地道，这里追求的还是属于生活表面的诗意。看来轰轰烈烈，实则缺乏一种涌动于水平面之下的雄厚持久的力量。"[②] 二是他进了机关以后，深入生活的经验少了。

白描的评价，其实道出了路遥从"文革"跨入新时期时必然面对的转型的难度。第一条批评，针对的是路遥小说中的"文革"习气，政治火药味浓烈，艺术修养不足。新时期文学最初合法性的建立，是以批判题材决定论、主题先行论、"三突出"等一系列"四

---

① 陈深：《生活的波涛与艺术的足迹——我省近年反映农村生活短篇小说漫评》，《延河》1980 年第 10 期。

② 白描：《论路遥的小说创作》，《延河》1981 年第 12 期。

人帮"文艺政策为起点的，要把被所谓"文艺黑线专政论"颠倒的历史重新颠倒过来。尽管"回收十七年"的方式，仍然强调文以载道的政治任务，但"纯文学"的艺术标准也逐渐确立。什么是生活深层的诗意呢？它不再是重大题材所天然具备的，也不再是政治抒情诗式的激情昂扬。这对路遥结构小说的能力即"怎么写"提出了考验，新闻特写式的创作已经不能满足新时期文学的美学要求。

第二条批评，则涉及新时期初作家身份的转型问题。所谓"进了机关"，也就是"脱离群众"。在白描的心理期待中，出身农民的路遥应该更能写好农村生活，但路遥又有他的野心和难言之隐。从农民、工农兵学员的身份艰难转变为一名体制内作家，路遥似乎更乐意跳过乡土文学的题材界定，与文学思潮直接对话。在这个"认同重组的时代，所有的社会阶层都要按照'新时期'的意识形态和国家所建构的身份结构体系，对其'文革'时期的历史身份进行重新评价，进而建构新的身份形象"。① 新时期初的"归来作家"群主要是由右派作家和知青作家组成的，其中也不乏有人在"文革"期间公开发表过作品。"伤痕文学"的历史叙述因而成为重建个人身份认同的重要媒介，或悲情控诉，或艰难忏悔，都旨在擦除个人档案中那些与新时期历史叙述不够合拍的章节。路遥从红卫兵到回乡知青的特殊经历，使他有可能加入到这一主流叙述中去，但他的农民出身又始终使他处于批评家定位伤痕－反思文学或知青小说的边缘地带。

县里来的红卫兵

在大多数路遥研究者的叙述中，《惊心动魄的一幕》是路遥真

---

① 何言宏：《"知青作家"的身份认同——"文革"后知识分子身份认同的历史起源研究》，引自《中国知识青年上山下乡研究文集（中）》，金大陆、金光耀编，上海社会科学院出版社 2009 年版，第 271 页。

正走上全国文坛的成名作。① 小说写于 1978 年 9 月，屡屡遭到退稿，直到 1980 年才得遇主编秦兆阳的赏识，邀他 5 月赴京改稿，发表于第 3 期《当代》上。秦兆阳很快在《中国青年报》上发表了"致路遥同志的信"：

> 初读原稿时，我只是惊喜：还没有任何一篇作品这样去反映文化大革命呢！……这不是一篇"针砭时事"的作品，也不是一篇"反映落实政策"的作品，也不是写悲欢离合、沉吟于个人命运的作品，也不是以愤怒之情直接控诉"四人帮"罪行的作品。它所着力描写的，是一个对文化大革命的是非分辨不清、思想水平并不很高，却又不愿意群众因自己而掀起大规模武斗，以致造成巨大牺牲的革命干部。②

正如秦兆阳所说，与"伤痕文学"初期易陷入感伤主义和戏剧化情节的作品不同，路遥写了个有些"超前"的故事。海波曾回忆，路遥选这个题材是有意为之，因为他认为高层一定会扭转"伤痕文学"哭哭啼啼的局面，"而扭转的最好办法就是鼓励一些正面歌颂共产党人的作品，进而起到引导作用。"③新时期初关于伤痕文学的论争表明，新时期文学不仅要通过反思"文革"为"改革"提供合法性，更要从"阶级斗争扩大化"的历史废墟中，重新黏合出一个"向前看"的改革共同体。从这点看，《惊心动魄的一幕》巧妙综合了普通百姓的灾难故事和"知识分子－干部"忧国忧民的反

---

① 《惊心动魄的一幕》斩获当年"文艺报中篇小说二等奖"，1979—1981 年度《当代》文学荣誉奖，以及第一届全国优秀中篇小说奖。

② 秦兆阳：《要有一颗热情的心——致路遥同志》，《中国青年报》1982 年 3 月 25 日。

③ 海波：《我所认识的路遥》，《十月》2012 年第 4 期。

省故事①，虽然仅仅以县委书记马延雄一人为中心，却写出了社会各阶层的"大和解"。比如小说中为呈现干群关系的修复，不仅写马延雄身陷牢狱还关怀农民疾苦，更专门设计了公社大队书记柳秉奎这个庄稼人形象，由他带领众乡亲刑场救人。尽管也有群众被造反派煽动，但路遥显然更意在塑造宽厚善良的群众形象：他们仍然把马延雄看作"百姓的父母官"，"不论他有多少错误，也不能让人把他整死，得允许他改。"

"和解"的主要途径是"以己度人""知错能改"。除了干群关系，小说里还特别写到了造反派周小全的一段心理转变。这个昔日被马延雄打成"反革命"的"受害者"，渐渐意识到自己如今也成了一名"迫害者"：

> 在这大动荡的岁月里，人们就是这样不断地肯定着自己和否定着自己，在灵魂的大捕斗中成长或者堕落。
>
> 他想："……是的，是马延雄派出的工作组把我打成了反革命。可是，是马延雄自己想出派工作组的主意吗？不是的，是上面叫派的！"就是说，马延雄仅仅是个执行者，他当时也许认为他也是执行毛主席的革命路线哩，是革命哩。但以后上面又说是错了。那么我现在说我是革命哩，捍卫毛主席的革命路线哩，就保证不会错吗？比如说：你为什么打他呢？在每次批斗会上，他不是都诚心诚意向你做检查吗？他错了，就检查，就改正。你错了呢？

① 许子东用普洛普民间故事叙事学分析的方法，从五十部"伤痕文学"小说中概括出四种叙述模式：一、契合大众审美趣味与宣泄需求的"灾难故事"（少数坏人迫害好人）；二、体现"知识分子－干部"忧国情怀的"历史反省"（"坏事最终变成好事"）；三、先锋派小说对"文革"的荒诞叙述（"很多好人合做坏事"）；四、"红卫兵－知青"视角的"文革记忆"（"我也许错了，但绝不忏悔"）。即使简单参照这四种模式，也可以看到路遥作为昔日的红卫兵造反派与回乡知青，并无法完成第四种叙述类型。参见许子东：《重读"文革"》，人民文学出版社 2011年版。

你有勇气检查和改正吗？他承认错误和今天来这个会场一样是勇敢的。是的，他是一个勇敢的人，敢于承认自己的错误，也敢于和自己认为的错误斗争……①

在这里，是"做一个人"的意志，最终使周小全放下了私人恩怨，甚至被"革命"背叛的痛苦与困惑。马延雄和周小全最后的选择，归根结底都是如何成为一个大写的"人"的精神之旅。于是，贫下中农与走资派，红卫兵小将与官僚特权阶层之间的阶级斗争，被转换为人性中善与恶的斗争。《惊心动魄的一幕》副标题是"1967年纪事"，刨去"文革"背景，小说就是对雨果《九三年》中人道主义、英雄主义的回响。尽管《惊心动魄的一幕》的语言风格与文体形式仍然保持着浓烈的"文革文学"色彩，但借助人道主义话语重新弥合特殊时期被阶级斗争撕裂的社会关系，路遥已非常成功地为这篇小说注入了"新时期"意识。

在1980年5月1日给《当代》编辑刘茵的信里，路遥详细叙述了这篇小说的写作缘起。"这篇作品所反映的内容，都是我亲身经历和体验过的生活，其中的许多情节都是那时生活中真实发生的"，他甚至还建议编辑，"这篇作品最好以中篇小说发表为好"，担心如若以报告文学类编发，会引起不必要的麻烦：

> 我当时和我所有同龄人一样（十五六岁），怀着天真而又庄严的感情参加了这场可怕的革命。我是一个几辈子贫困农民家庭出身的孩子，一边冲冲杀杀，一边又觉得被冲击的人并不都坏，但慑于当时的革命威力，只好硬着头皮革命下去。后来一些坏人从一般性折磨县委第一书记，发展到准备在肉体上消灭他。这是一位很忠诚的老同志，在县上干了许多好事，全县的老百姓都保他。在这时我们

① 路遥：《惊心动魄的一幕——1967年纪事》，《当代》1980年第3期。

一些农村来的学生由于受自己的农民家长的影响，也开始非常同情县委书记。于是我们就和县上一些当时被称为"老保"的干部联合在一起（我曾是学生红卫兵组织的头头之一），在1967年公开表态保县委书记（他现任延安市第一书记，党的十一大全国代表）。这样反而加快了那些坏人想消灭他的步伐。我们这些保他的人为了他的生命，也为了让农民站到我们这一派来，就把县委书记偷运出县城交给了农民。农民们便这个村转到那个村把他藏了起来。当时县委书记为了不让两派因为他而发生武斗，哭着哀求让保他的人让他继续留在城里接受造反派的批斗，哪怕斗死他，他也愿意。他说他不能背离毛主席发动的文化大革命，因为他跟了一辈子毛主席。后来我们就用绑架的形式，强硬地把他弄到了农村。他还几次试图从农村回城里去接受造反派的批斗，但都被另一派和农民"关"了起来。这样县上两派就开始武斗，陕北上至军分区，下至各公社的枪支弹药全被抢光了，并且军队也分成两派，整整打了一年。后中央发了7·24布告才平息下来，是全国武斗最持久的地区。在1966年至1967年文化大革命最暴烈的时候，包括我们县委书记在内的许许多多陕北老干部，为了群众的利益，表现了可歌可泣的献身精神（这是老区干部最辉煌的品质），许多人为了党和人民的利益，献出了自己的生命。这些人都是带着迷惑不解的心情死在最初的风暴之中。当然，也有投靠一派、指挥武斗、出卖灵魂等等这样的干部。我自己的组织里也充斥着坏人，一切都颠倒、混乱！尤其是文化落后的山区简直全部变成了"武化革命"。

我经历了这些，并且在林彪事件还未发生之前就冷

55

静下来，读了红宝书以外的另一些哲学经典著作，也读了资产阶级的一些平等博爱的书，于是在内心里开始检讨我自己和整个这场运动。同时，也了解了各地在这场运动中发生的无数悲惨的事件，思想发生了骤然的变化。以后我就钻图书馆，读了不少书（包括大量文学作品以及人物传记）。……由于打倒了四人帮，许多政治问题都逐渐明朗，文化大革命初的那段疯狂生活又出现在我眼前，关于过去的种种思考使我内心充满了想要把它表现出来的焦躁，于是就写了那个中篇小说。由于一切都是经历过的、熟悉的，写的很快，往往白天黑夜激动的浑身发抖，有时都忍不住趴在桌子上哭出声来。

我在这篇小说中主要的着眼点是想塑造一个非正常时期具有崇高献身精神的人。我觉得，不管写什么样的生活，人的高尚的道德、美好的情操以及为各种事业献身的精神，永远应该是作家关注的主要问题。……不管各个历史阶段的社会现象多么曲折和复杂，以上人类所具有的精神和品质总是占主导地位的。①

从上面摘录的片段中，可以看到路遥如何借助不同思想资源在历史转折处萌生出反思意识；"文革"期间"武斗夺权"在农村尤其是陕北革命老区发动时的特殊性，②又如何使他在"写阴暗"时

---

① 路遥：《致刘茵》（1980年5月1日），引自《路遥全集·散文、剧本、诗歌、书信》，北京十月文艺出版社 2012 年版，第 570—572 页。

② 要理解《惊心动魄的一幕》在伤痕文学思潮中的特殊性，需要格外注意农村与城市参与"文革"的不同情况。1966 年 8 月 8 日《关于无产阶级文化大革命的决定》明确规定，"文革"的重点是"整党内那些走资本主义道路的当权派"。但在 1966 年 9 月 4 日《关于县以下农村文化大革命的规定及附件》中，又要求"仍按'四清'的部署结合进行，依靠本单位的革命群众和广大干部把革命搞好。北京和

仍能着眼于写崇高献身精神——是这些因素促成了《惊心动魄的一幕》在"伤痕文学"思潮中脱颖而出。但或许也正因为是"政治问题都逐渐明朗"后的历史回溯,当路遥坦承"开始检讨我自己和整个这场运动"时,他又过于迅速地将这段个人经历归结为了"天真"。就像他在信中提到的,这毕竟是"一个几辈子贫困农民家庭出身的孩子"的"革命"。当《惊心动魄的一幕》选择以县委书记为主角时,是否能足够呈现出这场运动之于红卫兵路遥的全部复杂意义呢?

1966 年 10 月初中生路遥串联去了北京,[①] 为后来成为造反派领袖积蓄了强有力的政治资本。据《延川县志》记载,3 月在首批徒步北京串联返回的红卫兵影响下,延川红卫兵组织纷纷起来造反,至 1967 年 5 月派系明朗化,"延川地区毛泽东思想造反总司令部"("司令部")要斗争县委书记张史洁,而"延川县红色造反第四野战军"("红四野")要保护张免受批斗。路遥担任的就是"红四野"一方的军长。

县志中关于武斗的记载,不亚于路遥小说的"惊心动魄":

1967 年 11 月 3 日　延川中学"红色造反派总司令部"(简
　　　　　　　　　　称红总司)在大礼堂文艺演出时,与延
　　　　　　　　　　川中学"红色造反派第四野战军"(简

外地的学生、红卫兵,除省、地委另有布置外,均不到县以下各级机关和社、队去串联,不参加县以下各级的辩论。县以下各级干部和公社社员,也不要外出串联"。《规定》后附录了黑龙江双城县反映本地开展"文革"的困惑:"公社和大、小队干部大多数被斗了。在这种情况下,有不少社队干部出走了,有的不知下落,生产无人负责了。"秋收生产临近,农村显然无法像城市一样承担砸碎基层政权的无序后果。由此也可以理解为何农村题材的伤痕小说,更集中于控诉极左政治对乡村生产的破坏。另外,如路遥所说陕北地区有较好的干部作风和群众基础,在插队知青的回忆文章中也多有描述。

① 日本学者安本实采访了与路遥同在城关小学、延川中学的吴江,确认路遥在他们
10 月串联之后,沿相同路线去了北京:县城—延水关(黄河的渡河地点)—山西
省永和—交口—太原—石家庄—北京。张德仁编《人生》(经济日报出版社 1997
年版)收录了被认为是这个时期以天安门为背景的路遥的照片。

称红四野）发生严重冲突。次日，"红四野"煽动五六百农民进城殴打"红总司"的学生、干部。本县武斗从此开始。①

下旬　　　　　延川县革命造反派司令部（简称"延总司"）抢劫永平公社步枪13支，子弹160发。

12月4日　　　"红四野"配合延安地区"联合造反指挥部"，抢劫延川县人武部轻机枪4挺。

1968年3月14日　凌晨5时半，"延总司"联合延长油矿、清涧武斗队攻打延川县成，"红四野"死亡3人，伤1人。

4月17日　　　"红四野"与"延总司"武斗队在白家原遭遇，双方共死伤8人。

5月17日　　　"红四野"武斗队袭击永平，被永平油矿"红工总"武斗队打死4人。

7月　　　　　根据中共中央《七·三》《七·二四》布告精神，经解放军驻延支左部队斡旋，延川两派群众组织相继解散武斗队，上交武器，武斗之风遂被刹住。②

---

① 樊俊成《追思与路遥相处的日子》中记载了"11·3事件"延川"文革"由文斗转向武斗的细节。当时作者和路遥是同吃同住同革命的战友，"路遥是一位很有文学天才的人物，在当时就显露出来了。当时'红四野'派大多数宣传材料，出自路遥与贺仲民之手。有一篇由路遥起草的文章，至今使我记忆犹新，题目是：《十字街摆下控诉台，土皇帝大骂造反派》。文章的主要内容是'红四野'派撤出延川县城后，'司令部'进城，利用本县籍的一位县级领导人，在延川县城当时最繁华的地段十字街，作表态性演说，其演说的内容是不言而喻的，也是可想而知了。路遥的这篇文章被刻印成传单，散发到社会上，为'红四野'派赢得了多数城乡民众的支持。"见樊俊成：《追思与路遥相处的日子》，《当代》2015年第3期。另据厚夫《路遥传》，这篇檄文其实写于路遥和"红四野"被迫撤退到西安之后。

② 《延川县志》，延川县地方志编纂委员会编，陕西人民出版社1999年版，第38—39页。

9 月 15 日县革委会成立后，路遥以群众代表身份任副主任，但不久就因武斗涉嫌迫害干部被撤职。此事后来不仅给他推荐上大学制造了障碍，到 1982 年清理"三种人"时，还让他杯弓蛇影了一阵。对照这段经历，《惊心动魄的一幕》中的周小全，几乎就是当年路遥自己的投影：怎么看待这场让自己风光一时，又一夜之间粉碎所有梦想与激情的革命？虽然路遥在很多年后说，"文革"是"盲目狂热的情绪支配下的荒唐行为"、是"漫长而无谓的斗争"，但在晓雷的回忆中，当这个二十多岁的青年穿着褪色红卫兵装来找他谈写作时，"他谈他在武斗时穿林越莽，眼看着与他同行的同学死在枪弹之下，我谈学生跟踪追来，把批判我只专不红成名成家的大字报敲锣打鼓地送到文工团的二楼上……"①——不同于后者惊惧沧桑的表情，路遥年轻稚嫩的脸庞上是不是也曾浮现出悲壮的激情与崇高感呢？"造反有理"的口号，毕竟给幼年时因贫穷备受屈辱的路遥，提供了一次命运转折的机会，让他在政治舞台上出人头地。那么他究竟是历史的受害者、暴力的参与者，还是时代塑造的理想者？——这些问题本可以在小说中更深入展开，但路遥又一次回避开了小说与人生冲突的瞬间，只在历史叙述中留给周小全式的红卫兵视角一个小小的角落。②

---

① 晓雷：《星的陨落——关于路遥的回忆》，陕西人民出版社1993年版，第25—26页。

② 这里并非质疑路遥对"文革"的反思深度，而是试图还原这段特殊时期对路遥产生的多重影响。1974 年，路遥曾与金谷合写长诗《红卫兵之歌》，其中满是革命小将的理想主义激情。虽然《惊心动魄的一幕》体现了深刻的反思意识，但写法上又继承了"十七年 - 文革文学"的崇高美学传统。正如王斑所说，"崇高美学激励个人努力寻求历史的崇高主体性，以伟大的革命英雄为榜样。这样，无数不同的个体被抽象化为一个伟大英雄，即历史的创造者……毛泽东时代弥漫着一种创造历史的伟大使命感，这种庄重气氛在文化大革命中达到了顶点。"尽管路遥以革命通俗小说笔法把造反派形象极尽妖魔化、野兽化，但他还是选择了庄重而非戏谑的笔调来再现这场革命风暴，而马延雄就是这场风暴唤醒的孤胆英雄。这里还可以比较 2011 年贾平凹出版的长篇小说《古炉》。贾平凹第一次正面

新近发现路遥与谷溪的书信，还披露了另一个相关情况：1979年左右路遥在帮助弟弟王天乐农转非的过程中，曾书信托谷溪做中间人，想借与延安县委书记张史洁的关系"走后门"[①]。这位张史洁就是《惊心动魄的一幕》中马延雄的原型，也是路遥在给刘茵信中提到的县委书记。在1980年2月1日致谷溪的信中，路遥写道："你不知道！他暗示要我依他模样儿塑造一个高大的县委书记形象，他是不愿意让我直接看到他的这些不美气的做法的。"[②]此时，《惊心动魄的一幕》还未正式发表，很难确定路遥在写作和改稿过程中，是否有托张史洁办事的人情考虑，但小说背后的故事，越发暴露出仅仅以"伤痕文学"来解读这篇小说的简单化。

在许多红卫兵关于武斗夺权的回忆录中，从"老红卫兵"到"造反派"，"血统论"的枪口并非仅仅对准"黑五类"，而常常是发生在"干部子女"与知识分子后代之间关于"谁是接班人"的权力斗争。作为农民出身的路遥，恐怕从一开始就只是在参与一场"想象的革命"。这篇伤痕反思小说，其实可以被读作一个农村青年的进城故事，在这条红卫兵之路的尽头，路遥初次以短暂的"公家人"身份洗去了身上的黄土。"他第一次过黄河，第一次乘火车，第一次走进伟大首都北京，第一次走了上千公里的路程，见到了陕北之外的大千世界，第一次站在天安门广场中仰望伟大领袖毛主席，亲耳聆听毛主席的教导……总之，有许多个第一次。而这些人

描写农村"文革"，同样写到"联指"与"联总"两大造反派势力武斗，但"文革"政治在小山村里最终演变成与革命无关的宗族派系冲突，是革命家的野心和乡村干部的贪欲，是乡土伦理秩序被败坏的极端后果。比较《惊心动魄的一幕》和《古炉》，可以看到路遥的个人经验如何影响到他在叙述历史时倾向的美学风格。参见王斑：《历史的崇高形象——二十世纪中国的美学与政治》，孟祥春译，上海三联书店2008年版，第193页。贾平凹：《古炉》，人民文学出版社2011年版。

① 梁向阳：《新近发现的路遥1980年前后致谷溪的六封信》，《新文学史料》2013年第3期。

② 同上。

生的第一次，均是红卫兵'革命无罪，造反有理'的革命风暴带来的。"①依旧是历史的矛盾复杂，只有认识到这一点，我们才能理解路遥在《惊心动魄的一幕》中选择以这种方式讲述"文革"的困难与局限——这是一个从小山村"长征"去了首都北京，又回到县里闹革命的年轻人。

超阶级的爱情

1979 年，路遥完成了另外两篇带有"知青小说"特点的作品：《夏》《青松和小红花》。《夏》的男主人公杨启迪，爱上了同为插队知青的苏莹，却迟迟不敢表白。路遥一开篇就详细交代了人物的出身差别。苏莹是"走资派"的女儿。杨启迪的父母虽是省城的印刷工人，但是他从小就跟乡下的祖父祖母生活，可以说是像路遥一样的"农裔城籍"："他习惯而且也喜欢农村生活。虽然他也想回城市去找一个他更愿意干的工作，但在农村多呆一两年也不就像有些人那样苦恼。拿马平的话说，他基本上就是个'土包子'。他承认这一点。"杨启迪爱上了苏莹，如果放到"文革"的路线斗争中看，他就是爱上了"阶级敌人"，但作为工农阶级出身的杨启迪，却觉得自己"土"得配不上苏莹。而苏莹则完全没有一般伤痕小说中苦大仇深的样子，反倒经常在关键时刻帮助杨启迪从可能落入小资情调的恋爱愁绪中摆脱出来，重新将个人关联到集体和国家大事上去。杨启迪的告白一波三折，不久，苏莹身边出现了一个神秘人物，能流利朗读英文版安徒生童话的知识分子张民，杨启迪的自尊心遭遇了重创：

> 他继而想到，他和张民的风度、气质都不能相比——
> 他是"土包子"，而张民和苏莹一样，是"大城市"型的。

---

① 厚夫：《路遥传》，人民文学出版社 2014 年版，第 48 页。

他以前缺乏自知之明，竟然没有认真考虑这些差别。而他和苏莹的差别仅仅只有这些吗？她父母都是省厅局级干部，而他的父母却是普通的工人。虽然她父母亲现在"倒了霉"，被当作"走资派"打倒了。但他通过她深深了解她的父母亲。他们都是廉洁奉公的好干部，是打不倒的，他们是好人！但不是"好领导干部"就一定能和"好工人"的家庭结亲嘛！[①]

杨启迪眼中的"差别"意味深长。他超越"文革"意识形态否认了"走资派"和工农群众之间的阶级敌人关系，这一点完全体现了小说批判"文革"极左路线的新时期意识。但"停止阶级斗争"并没有改变"好干部"与"好工人"之间的沟壑，再加上所谓"大城市"型与"土包子"的对比，杨启迪的自卑，又完全可以被溯源到关于克服"城乡差别""干部／知识分子"与"工农群众"差别的历史脉络中去。如前一节所述，两人爱情中遭遇的问题，恰恰暴露出社会主义实践所承诺的平等政治的危机。如果说杨启迪以自由的爱情意志批判了"文革"中对人划分三六九等的血统论、出身论，那他也应该以工农阶级的"主人翁"精神勇敢去爱，为什么反而承认起了自己的血统卑微呢？

在杨启迪试图鼓起勇气对苏莹的第一次表白中，这种血统上的差别被路遥形象化地转述为这样一个场景：杨启迪站在苏莹的房中，为掩饰自己的心慌意乱，开始看墙上的世界地图："五分钟过去了，七个洲一百多个国家都看完了，可是头一句要说的话还没有想出来！"当他看到印尼时，终于想起一句开头的话。他嘴唇颤了几下，说："小苏，这印度尼西亚的岛屿就是多！怪不得人称千岛之国哩……"苏莹没有听清，杨启迪只好写到纸上给她看，没想到苏莹大笑，夺笔在那个"岛"字下面画了几下：

---

① 路遥：《夏》，《延河》1979年第10期。（写于1979年4月—5月，西安）

他赶忙低头去看她画什么。不看不要紧，一看吓一跳！原来，他在慌乱中竟然把"岛"字写成了"鸟"字！一股热血轰地冲上了脑袋，他很快把右手托在桌子上，好让失去平衡的身体不要倾斜下去。嘴里莫名其妙地说：

"……咱们的猪还没喂哩！"

在她对这句话还没反应过来之前，他又赶忙补充说：

"我得去喂猪呀！"

他像逃避什么灾祸似的拔腿就走。

　　地图与喂猪，世界知识与农村劳动，这种反讽式的喜剧效果把杨启迪的自卑变成了一件很自然的事。路遥后来在《人生》中又使用了同样的"桥段"，巧珍絮絮叨叨地对烦躁的高加林说，"你们家的老母猪下了十二个猪娃，一个被老母猪压死了，还剩下……""她除了这些事，还再能说些什么！她决说不出十四种新能源和可再生能源的复合能源！"[1]——路遥固然是同情巧珍的，但这一笔也夸张地表达出高加林与巧珍之间严重的不和谐，仿佛给高加林的薄情寡义铺垫了一些"不得不"的合理性。不同于《人生》的爱情悲剧，1979年的《夏》必须讲圆这一个"和解故事"。站在巧珍的位置上，杨启迪选择的第一条出路是改造自己：他拼命看书，"读政治经济学，演算高等数学。除过自修英语，又加上了一门日语"。但这条路因为张民的出现变得力不从心。"知识"拼不过，只好比"政治倾向"。时逢周总理逝世，四五天安门事件，在一场关于批判张春桥的政治辩论，张民的正直被肯定。于是，对祖国的爱暂时治愈了杨启迪失恋的痛苦，让他放下个人之爱，去珍惜同志之爱。而一场抢险救灾后，杨启迪舍身救起张民，才发现张民原来是苏莹的亲哥哥。结尾皆大欢喜，"共同的爱"最终既让杨启迪收获了爱情，

---

[1]　路遥：《人生》，北京十月文艺出版社2009年版，第146页。

又使不同出身的青年们走到了一起。个人与集体、国家的从属关系被保存下来，而爱情不再是一个需要被遮遮掩掩、时刻接受政治考验的危险地带，就像在许多"伤痕小说"中叙述的那样，"爱，是不能忘记的"，它恰恰成为重新黏合社会各阶级、抚平"伤痕"的重要力量。

然而，工人与干部的差别，"城市型"与"土包子"的差别真的能被爱情克服吗？在《青松与小红花》中，苏莹变成了插队知青、"高知"（省美术学院副院长）的女儿吴月琴，杨启迪则变成了生产队队长、农村青年运生。小说的主线虽是公社书记冯国斌和吴月琴身处"文革"逆境，从彼此误会到互相支持的故事，但也插入了一段爱情，因为运生无微不至的关怀，吴月琴决心要跟他一起生活：

> 我不爱别的，就爱你的好心肠。你就答应我吧！咱俩死死活活就在一块生活吧！我不会给你做针线，可我能吃苦！我情愿跟你苦一辈子……
>
> （……）
>
> 小吴！你的一片好心我都领了。可我不能这样嘛！我是个土包子老百姓，只念过三天两后晌书。我的开展就在这土圪垯林里呢。你是个知识人，你应该做更大的事，你不应该一辈子屈在咱南马河的乡山圪垯里。国家总有一天会叫你去干更合适你干的工作。你要是和我结婚了，就等于我把你害了……
>
> （……）
>
> 运生，你心太好了，以后，我要像亲哥哥一样看待你，你妈就是我的亲妈，我就是她亲闺女！是你亲妹妹……①

"土包子"和"知识人"的矛盾又一次出现了，但这次故事的

---

① 路遥：《青松与小红花》，《雨花》1980 年第 7 期。（写于 1979 年 8 月，延安）

结局不再是以爱情克服差别。运生怕谣言毁了月琴的前程，迅速托人介绍了邻村的媳妇。小说被收入《路遥文集》时，路遥更在原杂志发表的基础上增加了一段结尾："两年以后——1977年。又是一个秋收的季节，吴月琴以优异的成绩考取了首都一所著名的理工科大学。"小说收尾于运生夫妇、村民和冯国斌为她送行的感人场景。比较两篇小说中超阶级的爱情故事，如果说《夏》中对祖国"共同的爱"将不同阶级出身的个体联结在一起，实现了克服城乡差别的爱情；那么在《青松与小红花》中，"尊重知识、尊重人才"的共识，则要求在承认差别的基础上牺牲爱情。在运生的自我评价中，城乡差别、农民与知识分子的差别，重新被转移到对国家资源配置下劳动分工必要性的认同中去。为什么吴月琴就不能嫁给运生呢？就像公社书记冯国斌多次强调"补偿"一样，在这个小说里，吴月琴是一定要回到大城市去的。

于是，无论是杨启迪故事中被颠倒的"血统论"，还是运生不肯"害"了月琴的表白，阶层差别仿佛失去了被打破重组的可能性，甚至被内化到了工农阶级出身的青年心里。尽管在《青松与小红花》里，路遥还是花了很多笔墨去赞美农民的美德，甚至让最初被冯国斌视为有"资产阶级味"的吴月琴完成了一番接受贫下中农再教育后的自我改造——"她从运生和运生妈妈的身上，看到了劳动人民的高贵品质"，"这些泥手泥脚的人，就是她做人的师表"，"她把那条为了在寂寞无聊中寻找刺激而胡乱做成的所谓'吹鼓手裤'，悄悄塞到箱子底下，换上了一身洗得发白的蓝色学生装。"——但农民的形象，在运生、杨启迪们心里，已经与挥之不去的"土包子""受苦"等含义联系在一起。刘禾教授曾将这种现象称作一种"歧视的政治"，"在阶级斗争的过程中，有一些人变成被歧视的对象。不像我们以前所说的被歧视对象是右派或右派子女，我认为不是这样，根本受歧视的是农民。""这样一种歧视性的东西在某种意义上并不完全是社会主义自身所生产出来的东西，它还沉积了原来的本质的东西。在社会主义里面，其实这种歧视性东西在城乡这种结构性里面一直被压抑着，最起码在意识形态和文化层面是被压抑着的。"①这里所谓压抑性机制，即是我在上一节中所述用以克服差别的"认识装置"，它在一定意义上虽然压抑了从旧社会身份等级制度继承下来的那种"读书人""公家人"对"庄稼人"天生的优越感，却又在六十至七十年代遭遇了严重的表达性现实与客观性现实脱节的危机。虽然路遥在这一时期的写作中，还没有专门表达农民在城乡结构中的边缘位置，但这两篇小说已经暗示出这种关于歧视的"隐蔽的政治"，在七八十年代转型的历史节点上如何被逐渐公开化、合法化、自然化的过程。

从《夏》开始，超阶级的爱情成为后来路遥小说中不断出现的主题：如《青松与小红花》《姐姐》《月夜静悄悄》《风雪腊梅》等作品。而《姐姐》成为一个新的转折点，当姐姐骄傲地说"立民可不是阶级敌人，咱和他划的什么界限？"时，立民已用城乡差别、工农差别重新划出了一条不可跨越的新的界限。就像《青松与小红花》中的高考制度恢复，《姐姐》中的知青返城，虽然新时期制度以"补偿"的方式，将曾经被"革命"视为他者的群体重新动员参与到经济建设的共同体中来，却并不能给运生、姐姐们一个城市中相同的位置。姐姐也去参加高考了，但教育起点的资源分配差异已经先天决定了她的劣势。1970 年代末知青返城，国家为了解决城市就业压力，又严格控制从农村招工、大量清退城市农民工。1978 年初相关政策明确提出，今后城镇用工基本不从农村招收，优先招收下乡城市知青。1979 年 3 月，国家计委更制定了《关于清理压缩计划外用工的办法》。1979 年 1 月 29 日，中共中央作出《关于地主、富农分子摘帽问题和地、富子女成分问题的决定》。吴月琴、高立民们终于"翻了身"，运生、姐姐们却只能以"洗不掉的出身"为

---

① 《"80 年代"文学：历史对话的可能性——"路遥与'80 年代'文学的展开"国际学术研讨会纪要》，张书群整理，《文艺争鸣》2011 年第 16 期。

前提，寻找他们生活的意义。

从"十七年"文学到"文革文学"，超阶级爱情或婚姻家庭的组合，在情节功能上主要是为了实现"动员"与"改造"。同样是城乡差别、资产阶级和工人阶级的差别，从一开始就被界定好了"谁落后，谁先进"的等级秩序。在双百时期，"一个主要的模式是：无产阶级的主人公，与小资产阶级背景的人交往，虽然在时代空气较为宽松的条件下，表现了男女在爱情过程中的人情、人性的美好与痛苦的挣扎，但整体的情节结构仍有相当的一致性，如主人公最终抛弃小资产阶级的情人，成为更好的无产阶级革命的斗士（如宗璞《红豆》、杨沫《青春之歌》），或为终于发现小资产阶级的情人的劣根性，在无产阶级爱人温柔敦厚的品德感召下，重回到素朴实在的无产阶级另一半的怀抱（如邓友梅《在悬崖上》），或为克服阶级差异，在自我检讨后仍愿意与无产阶级的恋人在一起（如陆文夫《小巷深处》）。"[1]相比这些作品，在《夏》《青松与小红花》等表层的和解故事下，"谁改造谁"的逻辑被颠倒过来。

在有关回乡知青路遥爱情故事的回忆中，也有这么一段"改造"花絮。当路遥被革职回到村里，以"贫宣队员"身份进驻延川县百货公司搞"路线教育"时，他爱上了下乡接受"再教育"的北京女知青，尽管爱情以悲剧告终，她还是"'改造'了路遥，改造的结果在某些方面甚至影响了路遥的一生"：

> 路遥喜欢在下雪天沿着河床散步，据说这是他们相识时的情景；路遥喜欢唱《三套车》和《拖拉机手之歌》，据说这是他们相恋时唱过的歌曲；路遥喜欢穿大红衣服，据说这是那女子的专爱；路遥曾用过一个笔名叫"樱依

---

① 黄文倩：《在巨流中摆渡："探求者"的文学道路与创作困境》，台湾师范大学出版社 2012 年版，第 137 页。关于"十七年"文学传统中超阶级爱情的叙述，还可参见刘剑梅：《革命与情爱：二十世纪中国小说史中的女性身体与主题重述》，上海三联书店 2009 年版。

红"，据说其中暗含那女子的名字……[1]

外国歌曲、红衣服，这些在 1960 年代初"千万不要忘记阶级斗争"语境下还曾被批判为个人主义趣味的资产阶级生活方式，如今已成为一名农村青年展开其主体想象的重要内容。如果不愿像运生一样主动放弃爱情，或者像姐姐一样承受被背叛的痛苦，就必须像路遥一样，以模仿、改装甚至直接追求的方式，把自己从农民阶级、从土地中剥离出来。"和解故事"最终演变成了"改造故事"，仿佛出人意料的，"和解"并没有消灭阶级"差别"，反而将社会分层的等级化固定下来。告别阶级斗争，固然使革命风暴中动荡的国家重新回归到稳定的经济建设上来，但"阶级"理论中曾动态地表述差别、克服差别的那一部分有效机制，并没能得到足够的批判与继承。

1980 年冬天，在《姐姐》完成不久后，路遥重新返回个体经验，开始创作《在困难的日子里》。1981 年春完笔之后，他紧接着就以短短二十天时间，完成了十三万字的《人生》。走进"新时期"不久，路遥似乎渐渐意识到，改革虽然给个人松绑，把农民从被牢牢捆绑在土地上的集体经济中解放出来，但他与千百万农村青年，仍然必须面对社会分层中"歧视的政治"。这不仅仅是传统的问题，也是现代性的问题，不仅仅是五十至七十年代社会主义实践存在的问题，同样是 1980 年代改革中国将要继续面对的问题。

小结 柳青的遗产：个人、阶级与社会差别

路遥在"文革文学"的体制规训中学习写作、初登文坛，一方面，它使得路遥无论在内容还是形式上，都承接了工农兵文学传统

---

[1] 海波：《我所认识的路遥》，《十月》2012 年第 4 期。

（现实主义的创作风格、革命通俗小说的文体形式、理想性与崇高美学，等等）；另一方面，文学直接为政治政策服务、近于新闻通讯式的写作，又使他的作品过分依赖"主题先行"，错过了许多可能基于个体特殊经验与主流意识形态对话的空间。与"文革文学"有染，造成了路遥进入新时期文学之初的转型障碍，但同样也成为他在新时期文学思潮中不断寻找自己独特位置的重要资源。

本章挑选的文本，都与路遥的个人经历存在着某种互文关系，当作家以个人经历作为小说原型，又自觉恪守文学成规时，写法上刻意突出与隐匿的部分，必然泄露出他无法自圆其说的写作困境，以及文本之外历史的多重面向：

《父子俩》配合"教育革命"政策塑造扎根典型，却回避了现代知识与中国乡村间由来已久的内在矛盾；《姐姐》为承认新时期"平反"政策的合法性，不对抛弃姐姐回城的知识青年问责，看到了城乡二元结构下农村为国家建设牺牲的历史遗弊，却忽略了知青运动（包括新时期"知青返城"政策）中城市知青与回乡知青的身份隔膜；《惊心动魄的一幕》试图脱离农村题材、以党的好干部为中心反思"文革"，却错过了以农村出身的红卫兵视角去讲述小镇"文革"故事；《夏》《青松与小红花》以"打倒四人帮""现代化""人性论"等普遍价值，完成了告别"阶级斗争"的和解故事，却暂时搁置了新一轮社会分层中权力分配将继续压迫农民阶层的"和解的幻觉"。

关注路遥六七十年代的个人经历，并非要用精神分析的方式挖掘他的内心世界，也不仅仅看重其史料价值，而是尝试通过这些文本去呈现路遥如何在不同文学表达的摸索中，不断拓宽对个人经验的理解及其历史书写的深度。路遥后来关于"交叉地带"的思考，不仅仅是对新时期改革图景下城乡现实的观察，也是他亲自经历五十至七十年代历史的认识结果。如何历史地去理解城乡差别，阶级的重新分化，以及在权力与资源分配中某个阶层或个体被压抑、被排斥的诸种问题？这些问题既可以被追溯到费孝通称作乡土中国差序格局内"上尊下卑的等级文化"；也可以被追溯到"十七年"一系列为克服三大差别的制度安排；还可以被追溯到六七十年代的资产阶级法权批判；以及改革开放以来为个人松绑，并以市场化为导向允许"先富后富"的结构性变化中去。

当路遥决意以柳青为师时，意味着必须追问柳青所代表的文学传统为路遥思考上述问题提供了怎样的历史参照？柳青说，《创业史》表现的主题只有一个，"就是农民接受社会主义公有制，放弃个体私有制"，"革命改变了私有制，也在所有制改造的同时，改造人们的精神世界。我的小说的描写重点在于人们的精神世界。"① 面对土改后农村新的阶级分化，合作化运动在某种意义上就是要解决社会分层与平等主义的矛盾问题。一方面，农民要接受公有制，心甘情愿地为国家工业化资本积累牺牲个人利益；另一方面，这场革命又必须变成农民自身的内在要求，即将"牺牲"转化为"光荣"，创造一种全新的农民形象，使其在社会差别客观存在的整体性结构中仍然享有一种"主人翁"的尊严感。卢卡奇指出，阶级意识作为一种意识形态同时包含了虚假与革命性两个方面：虽然它首先是一种"受阶级制约的对人们自己的社会的、历史的经济地位的无意识"，但阶级意识还意味着要突破这种限定，"在一种客观的可能性中意识到自身阶级利益与社会总体的关系，并根据这些利益来组织整个社会"。从此，"社会的斗争就反映在围绕着意识，围绕着掩盖或揭露社会的阶级特性而进行的意识形态斗争之中"②。

在柳青的小说里，个人始终是以代表某一特定阶级的典型形象出现的，代表贫农的梁三老汉，代表富裕中农的郭振山，代表可能会成为工人阶级或城市小资产阶级的徐改霞等等。所谓占有物质财富的差别、城乡差别，在一定程度上，可以被革命主体与他者的

---

① 蒙万夫：《柳青传略》，陕西人民教育出版社 1988 年版，第 163 页。

② 〔匈〕卢卡奇：《历史与阶级意识》，杜章智等译，商务印书馆1992年版，第113页。

差别、走社会主义道路还是资本主义道路的差别等认识，暂时制衡甚至悬置起来。无论是个人发家致富的"私心"，还是为集体事业谋福利的"公德"，不同思想冲突的背后始终是不同阶级利益的合法性论争，阶级分析理论才是小说中表达社会差别与自我意识的基石，也为小说中人物身上的理想主义、英雄主义精神气质提供了"质"的规定性。

然而，这种认识与表达差别的写作传统在路遥这里不得不面对新的挑战。如果说在路遥1970年代发表的作品中还能找到梁生宝式的青年农民形象和建设社会主义新农村的革命激情，那么从新时期初告别阶级斗争的"和解故事"开始，路遥笔下农村青年的痛苦与追求，已经越来越建筑在对农民"血统"卑微的自我认同上。而乡村则越来越像知青小说中"南方的岸"或"这一片神奇的土地"，只能自相矛盾地承载苦难与诗意，给无法出逃的儿女们提供心灵上的暂时慰藉。

一方面，这种变化深刻地暴露出五十至七十年代社会主义实践并没有从根本上解决社会差别，尤其是城乡差别的问题。即使像六十至七十年代的激进政治中格外强调阶级斗争，批判官僚特权阶层，要求城市知识青年接受"再教育"，甚至在红卫兵运动中发展出关于"血统论""出身论"的极端论述，对于路遥这样的农村青年来说，也只是提供了一个暂时打破城乡区隔，从"土包子"到"公家人"，从"庄稼汉"到"文学青年"的想象与机遇。而政策安排或阶级斗争模式在客观现实中存在的城乡差异，更将"差别"鲜明地公开化了。

另一方面，在承认五十至七十年代社会主义实践没有取消差别的前提下，也必须看到，在"新时期"初彻底否定"文革"的一系列清算平反中，相比那些原本属于城市的"归来者"，像路遥这样的乡村知识青年仍然处于边缘地带。农村经济政策调整，会在物质层面缩小城乡差别，但是否就一定能在意识层面让农村青年不再痛苦于"洗不掉的出身"呢？

路遥进入 1980 年代后的写作，还将继续面临个人出路与社会差别的难题。相比柳青，路遥面对的是"非集体化"经济中乡村的结构重组，是从计划经济向市场经济转型过程中新的社会分层。当阶级斗争话语失效时，个人所感知到的社会差别就只能被表达为"城／乡"之间在物质资源、文化资本上的巨大沟壑，而不再能被放回到阶级关系中去考察。相应的，个人出路也被局限到"进城"与"回乡"的独木桥上，而不再可能以意识形态斗争的方式重新定义有关社会差别的理解与价值判断。"当社会重新分化为阶级而阶级话语本身又趋于消失之时，现代平等政治势必面临严峻的挑战"①。

从六七十年代文学启蒙进入新时期，路遥小说中始终存在着一个理想性追求的精神结构：它来源于柳青的文学传统及其背后的时代精神，也得益于延川地区因其深厚革命传统在"文革"中形成的特殊氛围；但它又不能抹去路遥所亲历的饥饿与贫穷，以及时代能够给予农村青年的逼仄的人生道路。如何让这个理想性的精神结构，逐渐从失败了的革命政治规定中剥离出来，又如何能不断充实其思想来源，去回应新时期理想与现实的持续冲突——这正是路遥继承柳青，却又必须面对的与柳青截然不同的时代难题。

---

① 汪晖：《去政治化的政治：短 20 世纪的终结与 90 年代》，三联书店 2008 年版，第 36 页。

第二章　高加林的"感觉世界"：
　　　　路遥式个人主义的由来

　　　　人生的道路虽然漫长，但紧要处常常只有几步，特别
是当人年轻的时候。

　　　　没有一个人的生活道路是笔直的，没有岔道的。有些
岔道口，譬如政治上的岔道口，事业上的岔道口，个人生
活上的岔道口，你走错一步，可以影响人生的一个时期，
也可以影响一生。

　　这段《人生》题记，引自柳青《创业史》上部第十五章开头。
这是改霞的人生抉择：是选择"纯洁的爱情"，扎根农村，与梁生
宝一道搞互助合作；还是选择"热烈的事业心"，招工进城，参加
到国家工业化的建设中去。柳青把城乡差别与社会主义理想之间的
矛盾摆到了人物面前，这既是对两位农村青年的革命考验，又是一
次以文学方式探讨实践难题的有益尝试。① 且不说对农村合作化前
景信心百倍的梁生宝，即使对于改霞来说，城乡差别、工农差别也
不是人生路上的绊脚石，反倒提供了一个契机，促使她重新整理自

---

① 罗岗曾在对赵树理的分析中，提出从"革命中国"向"现代中国"的发展过程中
　动力机制与社会性质间可能存在的冲突，具体到青年人生观方面，包括三个问题：
　"第一个是精英流失与本土转化的问题；第二个是安心工作与远大理想的问题；第
　三个是个人名利与消灭差别的问题。"这一概括其实也是《创业史》中改霞进城故
　事的背景。参见：《"80年代"文学：历史对话的可能性——"路遥与'80年代'
　文学的展开"国际学术研讨会纪要》，张书群整理，《文艺争鸣》2011年第16期。

已的思想认识，把外在的革命规训内化为具体的生活追求。

与此相反，站在人生岔道口上的高加林，从一开始就面对各种"差别"带来的沉痛的失败感。高中毕业没有考上大学，[1] 亏得在民办中学教书，"既不要参加繁重的体力劳动，又有时间继续学习，对他喜爱的文科深入钻研"——这是脑力劳动与体力劳动的差别。本来希望当几年民办教师，通过考试转正——这是靠山吃山的"庄稼人"与吃国库粮的"公家人"的差别。结果大队书记高明楼以权谋私，让儿子高三星顶替了他的位置——这是特权阶层与普通群众的差别。"现在一切都结束了，他将不得不像父亲一样开始自己的农民生涯。他虽然没有认真地在土地上劳动过，但他是农民的儿子，知道在这贫瘠的山区当个农民意味着什么。"——这是无法改变的城乡差别。于是，路遥在小说头两章就确立了高加林的行动方向：

> 一种强烈的心理上的报复情绪使他忍不住咬牙切齿。他突然产生了这样的思想：假若没有高明楼，命运如果让他当农民，他也许会死心塌地在土地上生活一辈子！可是现在，只要高家村有高明楼，他就非要比他更有出息不可！要比高明楼他们强，非得离开高家村不行！他决心要在精神上，要在社会的面前，和高明楼他们比个一高二低！

促使高加林进城的直接动力，是与高明楼一较高下。这里其实已经包含了一个基于城乡差别的价值判断，要比高明楼们"强"，就必须走出高家村，改变自己的农民身份。高加林"报复"的合理

---

[1] 由小说内容推断高加林应该是 1958 年生人，1977 年参加高考失利后回村做了三年民办教师，而 1981 年左右，正好是农村最后落实包产到户新政策之前，也合乎小说中公社书记高明楼调整生产队规模的情节。

性是反特权，但如今看来也是常理的"报复方式"，如果以《创业史》为参照，却可能成为一个问题。为了争取自己的平等权利，柳青笔下的贫农高增福选择追随梁生宝在农村搞合作化运动，展开劳动竞赛；改霞虽然决心进城考工厂，但柳青要她先觉悟到自己"不安心农村"的心理，要她"置身在成千不安心农村的闺女里头"重新思考个人选择与国家命运之间的连带关系。与之相比，高加林既不认为可以在乡村内部改变权力关系中的弱势地位，摆脱农民身份的个人进取意识也不再包含对国家、阶级等集体话语的观照。

由此可见，高加林的"报复"情绪不仅仅是针对高明楼，它本身就是对历史的诘难。许诺平等的社会主义实践没能改变造成诸种差别的制度性歧视，路遥也难以再追随柳青用阶级认同和国家利益去填充高加林们的自我价值。社会差别与个人出路，成为《人生》必须正面回应的时代命题。就像一位工人读者阅读《人生》时的体会："没有一次钟情与绝情不同就业、留城、开后门、发挥才干……这些当今社会十分敏感的问题相联系。离开了作品对城乡差别、脑力劳动和体力劳动差别这些重要问题的探索来议论高加林究竟该同情还是该批判，作品的认识价值与美学价值将大为缩小。"[1]

尽管《人生》结尾，高加林回到农村，路遥借德顺爷对土地和劳动的深情赞颂给他上了一课，仿佛以浪子回头的道德教育终结了高加林的进城故事；但是路遥在《人生》"第二十三章"标题下又特别注明了——"（并非结局）"。这个开放式结尾可以延伸出许多阅读假设：假如高加林从一开始就选择和巧珍在一起，他是否真的能够安心劳动过上幸福的农村生活？假如高加林不是通过"走后门"，而是堂堂正正地进了城，他是不是就一定能跟黄亚萍在城市中获得期冀的幸福感和尊严感？如果没有"并非结局"的第二十三章，《人生》真正的结局就是高加林与黄亚萍分手后回到自己的办

---

① 李光一（上海丝质地毯厂）：《不和谐——评话剧〈人生〉》，《上海戏剧》1983 年第 4 期。

公室里，"一个人关住门在光床板上躺下来……"他在想些什么呢？进不去的城，回不了的村，他就这样被滞留在理想与现实交际的灰暗地带——"怎么办？"——或许才是一个农村知识青年的特殊境遇之所以能引发一代代青年共鸣的焦点。

那么，应该怎样理解《人生》结尾的意义？当"柳青的传统"遭遇危机时，路遥在高加林的人生故事中给出了怎样的关于"社会差别与个人出路"的独特思考？高加林的故事是如何与同时代人们的生活感觉建立起联系的？在新时期文学关于再造"新人"的讨论中，路遥又为1980年代的新人故事提供了怎样的形式与内容？

第一节 "回不去"的高加林：在"十七年"文学的延长线上

高加林终于如愿以偿进了城。《人生》下篇一开头，路遥就插入了一段叙述者的议论。他先简要回顾了高加林的进城前史，校园生活曾经让高加林把自己的思想感情与生活习惯都与城市融为一体，但正当他与城市分不开时，高考失利又使他被迫回到了陌生的土地上——

> 当时的痛苦对这样一个向往很高的青年人来说，是可想而知的，也是可以理解的。但这并不是通常人们所说的命运摆布人。国家目前正处于困难时期，不可能满足所有公民的愿望与要求。如果社会各方面的肌体是健康的，无疑会正确地引导这样的青年认识整个国家利益和个人前途的关系。我们可以回顾一下我国五十年代和六十年代初期对于类似社会问题的解决。令人遗憾的是，我们当今的现实生活中有马占胜和高明楼这样的人。

细读这段话，路遥为理解高加林的现实处境设置了一个历史参照。即使他明白高加林痛苦的根源是城乡差别无法满足农村青年的更高向往，他也没有简单地去批判社会不公，而是指出要历史地看待生产力状况与人民物质精神需求之间存在的矛盾，并肯定了"五十年代和六十年代初期"国家对青年认识的正确引导。因此必须思考的是，曾经有效克服差别的文化实践与青年教育，还有没有被重新清理与激活的可能？无论是新时期初关于再造"社会主义新人"的讨论，还是"潘晓讨论"涉及的青年人生观问题；无论是路遥对高加林进退两难命运的情节安排，还是1980年代关于《人生》的批评争鸣，都始终处于对五十至七十年代历史经验继承与反思的延长线上。

进退两难的农村"社会主义新人"

1981年夏，路遥仅用二十天时间写成了十三万字的《人生》初稿，秋修改于西安咸阳，冬又改于北京。1982年3月发表在《收获》杂志上，刊后注明"《青年文学》供稿，将由中国青年出版社发行"。路遥后来自述《人生》的写作动机，"完全是在一种十分清醒的状态下的挑战"，"我要给文学界、批评界，给习惯于看好人与坏人或大团圆故事的读者提供一个新的形象，一个急忙分不清是'好人坏人'的人。"①这一"初衷"深深契合了当时文学界关于"社会主义现实主义"以及如何写"社会主义新人"问题的讨论。所谓分不清好坏的人，针对的就是"文革文学"中那种"高、大、全"的英雄人物。

1979年邓小平在文艺工作者第四次全国代表大会上讲话，明确

---

① 路遥：《早晨从中午开始》，引自《路遥全集·散文、剧本、诗歌、书信》，北京十月文艺出版社2012年版，第17页。

提出文艺创作要着力描写与培养社会主义新人。此后各大文艺报刊陆续推出关于"新人"问题的讨论，并从各类题材中拣选出了一批"社会主义新人"典型。比如工业题材有乔光朴、解净，军事题材有刘毛妹，知识分子题材有陆文婷——而农村题材在塑造"新人"方面的欠缺很快突显出来："就短篇小说而言，在反映工业题材的作品中，乔光朴（《乔厂长上任记》），丁猛（《三千万》）等一批社会主义现代化创业者的形象，已经深刻地留在读者的印象里。在反映农村生活的短篇小说中，我们虽然也看到了像罗坤（《信任》）这样具有一定时代特点的农村基层干部，像荣树和荒妹（《被爱情遗忘的角落》）、郑云山和王二兰（《结婚现场会》）、小果和清明（《小果》）、芳儿（《勿忘草》）、韩宝山（《镢柄韩宝山》）这样一批具有时代特点的年轻一代，但比起其他题材的作品来，在描写新人方面不能不说还有较大的差距。是不是农村中没有那样的时代新人呢？"①

正是在这样的背景中，《人生》成为批评家可能解决农村"新人"问题的突破口："为什么新时期的文学，已经产生了不少新人形象……而唯独至今还没有产生过比较成熟的、公认的当今农村的新人形象呢？这仅仅是作家们的一个疏忽吗？乔光朴出现的时候，正是李顺大、陈奂生们以他们苦难而又初露笑容的姿态出现的时候；农村经济的复苏和繁荣走在整个社会经济生活的前面，而在精神上，农村人物总比其他领域的人物基点要低，这究竟是为什么？……正因为如此，我赞赏《人生》。"②——对于批评家来说，尽管高加林是否符合"新人"标准还暂且存疑，但他至少是一个有别于"陈奂生们"的精神上的强者。而雷达提出的问题更值得进一步讨论：以什么标准来衡量人物"精神上的基点"之高下呢？为什么塑造"社会主义新人"的任务会出现城乡有别的不同效果？如果

---

① 缪俊杰：《着力刻画农村社会主义新人的形象》，《人民文学》1981年第5期。

② 雷达：《简论高加林的悲剧》，《青年文学》1983年第2期。

农村题材的整体规划限制了"新人"形象的表达，为什么唯独高加林可以在众多农民形象中脱颖而出？

"是的，陈奂生、冯幺爸、孙三老汉，如今都高兴得很，他们虽然迟疑过一阵子，但他们一旦相信政策'笃定'不变，就忍不住喜泪交流。"在雷达看来，这类农村新人形象的欠缺之处，在于"认为'农民就是农民嘛'，老农民无非勤劳、刻苦、忠厚、善良、保守"……① 把农民仅仅看作"见钱眼开的凡夫俗子"，忽略了农民性格的多样性。雷达的批评，反映了新时期初农村题材再造新人的难度。与其他题材塑造社会主义新人的任务一致，"新人"应当首先是一个"有伤痕的新人"。"伤痕"的存在不仅能从形式上解决"文革文学"中英雄人物政治化、过于理想化的问题，而且还可以在历史叙述上完成改革意识形态的合法化证明。但是，"有伤痕的新人"又必须迅速转向"改革新人"，正如雷达所言，被动接受新政策恩惠的农民，还不能代表具有新时期意识的农村新人形象。在"伤痕文学"的规范下，如《李顺大造屋》《许茂和他的女儿们》《被爱情遗忘的角落》等先于《人生》的作品，重心都主要落在对极左经济政策破坏农村发展的批判上，虽然也在小说结尾处留一个光明的尾巴，热情歌颂了农村新政策的开展，但还没来得及从精神层面去表现农村中新的因素与萌芽。

1981 年 10 月 30 日，《文艺报》在西安召开了农村题材小说创作座谈会，如何看待从"大锅饭"到"责任制"的农村经济政策调整，成为是否拓宽"新人"定义的新的时代背景。陈忠实指出，责任制以后农民生产积极性提高了，但也出现了各忙各家、对集体事业不关心的复杂现象："只写今天实行责任制，明天就有钱花，那太肤浅、太表面了！"邹志安指出，农村新人首先是那些不满现状，按照党的指示参与改革的人，但是"一部分人，没有进行改革的能力，但有传统的美德，积极向上的美好心灵，和进行艰苦卓绝的劳

---

① 雷达：《〈鲁班的子孙〉的沉思》，《当代文坛》1984 年第 4 期。

动的毅力"①，他们也能被看作农村"新人"吗？虽然很多与会者都提到了柳青及其《创业史》，但在柳青的时代曾被认为毋庸置疑的"社会主义新人"标准，如今却成了棘手的问题：如果农民小生产者发家致富的单干思想是符合改革新需要的，"中间人物"梁三老汉是不是也可以被理解成一个新人形象？如果梁生宝失去了他为之奋斗的"合作化"事业，他又应当用什么来给自己的"新人"气质赋予意义呢？

与雷达一样，作家们的困惑，源于农村题材如何再造社会主义新人的焦虑，而座谈会上的争论实际暴露出这样一个问题：当农村新政要求重组"十七年"社会主义实践下农村的个人、集体与阶级关系时，新时期的作家、批评家仍然在以"回收十七年"的方式建立关于"新人"的期待视野。尽管"新人"不再必然是毫无"私"心的英雄，但如雷达所谓精神上的较高基点，仍然内含着一个"集体主义"的更高要求。由于新时期的"土地观念"已经有所改变，作家"既要反对脱离今天的生活实际去表现'一大二公'，也要防止拘泥于生产责任制而把他们的思想与小生产的狭隘观念等同起来"②，那么，应该如何定义新的集体观念呢？其他题材之所以比农村题材更容易塑造"新人"，正是因为：同样是肯定个人日常生活的物质需要，同样是鼓励性格多面的人物，工业题材中的工厂、军事题材中的军队、知识分子题材中的科研系统，都能给被改革"松绑"的个人暂时提供一个精神追求上的"共同体"。尽管告别阶级斗争话语，转向以经济建设为中心，但当"革命者"转变成为四化建设奋斗的"建设者"时，这个"新人"仍然是符合"社会主义"这一限定词的。相比之下，农村"非集体化"催生历史断层的变革显然要剧烈得多。《创业史》开头作为题记的乡谚在一定程

① 《深入农村写变革中农民的面貌和心理——在西安召开的农村题材小说创作座谈会纪要》，《文艺报》1981年第22期。

② 雷达：《农村青年形象与土地观念》，《文学评论》1983年第3期。

度上被改写了："创业难……"被借用来叙述"李顺大造屋"式的历史"伤痕";"家业使弟兄们分裂,劳动把一村人团结起来"也不再是绝对的真理,恰恰是实实在在的"家业"兴旺,把积极性被极"左"政策挫伤的农民们,重新团结到改革的召唤中来。于是,农村题材作家必然面临这样的写作困境——要再造新时期农村"社会主义新人",就必须深入描写改革背景下农村社会的结构重组;但如此回应改革新方向的农村新人,却不一定符合"十七年"文学在"小我"与"大我",个人与集体之间建立的理想主义要求。[1]

正是在这一点上,《人生》的独创性显现出来。小说中几乎完全没有描写农村经济政策调整的情况,只是略微提及高家村曾经由四十多户人家集体生产、统一分配、大队核算,这两年才勉强跟上改革形势,分成了两个生产责任组。从一开始,高加林就像是农村经济政治体制结构之外的独立个体,对新经济政策和农民致富的新局面都不感兴趣。当其他农村题材作家还在专注于写责任制实行后农民的富裕生活时,路遥已经大刀阔斧地挺进到叙述"心态史"的计划上:"从表面上看,农民富起来啦,有钱啦,有粮啦,买电视机、买高档商品,写他们咋样把钱拿到手,又花出去,这样写当然不能说没有反映农村的新变化,但毕竟不足以反映新政策带来的广泛而深远的影响。一个作家,应该看到农村经济政策的改变,引起了农村整个生活的改变,这种改变,深刻表现在人们精神上、心理上的变化,人与人之间的关系上的变化,而且旧的矛盾克服了,新的矛盾又产生了……"[2]《人生》有意脱离了新时期初农村题材小说的流行套路,也就在一定程度上避开了在"非集体化"农村经济建

---

[1] 从这一点看,《平凡的世界》中的孙少安可以说是克服了这一写作困境的独特的"社会主义新人"形象。路遥特别安排孙少安,从签第一份承包制生产合同开始就勇敢捍卫新政策,但又让他在自办砖窑厂富裕起来后,去面对"分家""雇工"等非集体化带来的新麻烦。

[2] 路遥,王愚:《关于〈人生〉的对话》,引自《路遥全集·散文、剧本、诗歌、书信》,北京十月文艺出版社 2012 年版,第 144 页。

设中再造"社会主义新人"的悖论。

萎缩的乡村与膨胀的城市

在西安农村题材小说创作座谈会上,路遥首次提出了"交叉地带"的概念:

> 农村和城镇的"交叉地带",色彩斑斓,矛盾冲突很有特色,很有意义,值得去表现。我的作品多是写这一地带的。(胡采:农村和城市交叉写,农民和工人交叉写,知识分子和公社社员交叉写,内容丰富了,角度更新了,是农村题材的扩展。要写出对时代概括性更强的作品,这种扩展不可少。)我写得很少,苦恼很多。我在创作中体会到,要写好农村,光熟悉农村和农村人已经不够了,还应该熟悉城镇和各行各业。八十年代的农村,比之五十年代和六十年代,已经复杂多了。十年内乱造成的分裂、旧的宗族冲突以及某些新的官僚主义,影响着农村的生活,而且,由于农村和城市在各方面的广泛交流,现代城市生活对农村的冲击和渗透,很大很深。比如,现在农村新一代的农民大部分具有初高中文化水平,他们比自己的父辈带有更多的城市意识,有比较高的追求,和不识字的农民有许多新矛盾,他们的苦闷和烦恼具有时代的特点。[1]

新时期农村究竟"新"在哪里?相比陈忠实和邹志安聚焦"包产到户"等经济政策调整产生的新因素,路遥看起来并未真正回答这一问题。事实上,当路遥说"八十年代的农村,比之五十年代和

---

[1] 《深入农村写变革中农民的面貌和心理——在西安召开的农村题材小说创作座谈会纪要》,《文艺报》1981年第22期。

六十年代，已经复杂多了"，在他说明新的变化之前，格外强调的恰恰是新时期农村将继续面对五十至七十年代遗留下来的老问题。对于路遥来说，认识新时期农村之新的关键不是去发现改革新政下出现的新事物、新生活，而是去理解农民特别是受教育的新一代，他们在新形势下理解老问题时有了怎样的思想变化？原先起作用的价值观念、理解生活的方式和自我认同是否还有效？或者说恰恰因其无力应对当下生活，反而带来了更深的撕裂感？

将路遥小说放到"十七年"文学的脉络上来考察，可以为理解路遥关于新时期农村复杂性的认识提供一个历史参照。许多研究者都对路遥的恋土情结或褒或贬，但追溯其历史来源，将其置于"十七年"文学与1980年代文学的关联性中，就会发现与新时期文学步调一致，路遥也在城乡叙事上"回收着'十七年'的文学记忆"[①]。例如《姐姐》的结尾，"我们将在这亲爱的土地上，用劳动和汗水创造我们自己的幸福"[②]——让人想到"十七年"文学中对劳动美德的礼赞。写于1980年9月的《风雪腊梅》，农村姑娘冯玉琴毅然拒绝了招待所所长要给她结亲留城的美意，选择身为农民的康庄哥——人物性格里也包含了一种"十七年"文学中农民阶级"翻身做主"的自信："天下当农民的一茬人，并不比其他人低下！咱穿的吃的可能不富足，可咱的精神并不会比其他人低下！"[③]

然而，正如上一章所述，即使路遥延续了"十七年"文学的某些叙事模式与价值取向，关于城乡差别的认识装置也已经在悄然改变：

---

① 徐刚指出，"既有的文学成规加上个人对城市的创伤性体验，使得路遥'新时期'的小说创作或多或少延续了十七年文学城乡书写的基本价值取向。我们从路遥的小说创作之中，可以明显地看到十七年文学城乡叙事中某些典型性的主题：城市偏见、劳动崇拜，以及乡村本位的道德理想主义立场。"参见徐刚：《交叉地带的叙事镜像——试论十七年文学脉络中的路遥小说创作》，《南方文坛》2012年第1期。

② 路遥：《姐姐》，《延河》1981年第1期。

③ 路遥：《风雪腊梅》，《鸭绿江》1981年第9期。

首先，路遥笔下的农村似乎重新回到了传统乡土文学视野中的"土地"概念。不同于《姐姐》结尾的"松软的雪地"和"田野"，在"十七年"合作化题材小说中，作为典型环境的农村不仅仅是抚慰心灵的风景，更是农村阶级斗争、集体劳动发生的锻造政治主体的公共空间。

　　另外，农民也逐渐丧失了面对城市的阶级自信。《月下》中的大牛，因为兰兰要嫁到城里而愤恨不已，但他也承认："说来说去，农村穷，庄稼人苦哇……兰兰，你去吧，到城里可千万要小心呀，城里汽车多，小心碰磕着……"① 相比《创业史》中梁生宝放弃改霞时并未动摇的自尊与坚持，大牛只有自卑与无奈。

　　最后，关于城乡孰优孰劣的判断标准和感觉方式也改变了。同样是进城后反观农村，改霞的动摇，是因为相比"雨后春笋的城市建设"，"村里死气沉沉，只听见牛叫、犬吠、鸡鸣，闷得人发慌"，让她无法释放参与社会主义的激情。而《风雪腊梅》里的康庄却是"没来城里之前，还不知道咱穷山沟的苦味；现在来了，才知道咱那地方根本不是人住的地方……"

　　在这些片段里，路遥看似继承"柳青的遗产"完成了以乡村为本位的扎根故事，但柳青笔下的乡村却越来越像一个遥远的梦，无法挽留它的儿女们奔向那个看得见的城市。尽管后来《人生》中的重要素材，几乎都已出现在这三篇小说里——例如《姐姐》和《人生》结尾的相似性；《人生》中高明楼在《月下》中已经出场；与高加林相似，《风雪腊梅》中冯玉琴的爱情抉择也关联到进城还是留乡的问题——但是，当路遥在这三篇小说里征用"十七年"文学的城乡叙事传统时，反而不断生产出五十至七十年代有关城乡差别认识的对立面，并最终以相同素材写出了完全不一样的《人生》。

　　"劳动（主要是物质性生产的体力劳动）曾经使中国下层社会

────────────

① 路遥：《月下》，《上海文学》1981 年第 6 期。

获得一种主体性以及相应的阶级尊严，并构成政权要求"①，但
《人生》中高加林对劳动的态度，却在一定程度上宣告了这种德性
政治的失败：

> 不是有一个诗人写诗说："我们用锄头在大地上写下
> 了无数的诗行吗？"
>
> 当了两天劳动人民，可能比过去结实一些。

农民的体力劳动如果指向在农村实现社会主义的乌托邦远景，
也可以像知识分子的脑力劳动一般富于诗意——但是，当高加林用
这两句话自我解嘲、语带不悦地揶揄黄亚萍和张克南时，他内心的
自卑与愤懑反而暴露出五十至七十年代以劳动的美德去克服差别的
虚妄。"劳动"的内涵被减损为"土包子们"的苦日子：

> 像和什么人赌气似的，他穿了一身最破烂的衣服，还
> 给腰里束了一根草绳，首先把自己的外表"化装"成了个
> 农民。其实，村里还没一个农民穿得像他这么破烂。……
> 第一天上地畔，他就把上身脱了个精光，也不和其他人说
> 话，没命地挖起了地畔。没有一顿饭的工夫，两只手便打
> 满了泡。他也不管这些，仍然拼命挖。泡拧破了，手上很
> 快出了血，把镢把都染红了；但他还是那般疯狂地干着。

高加林不关心作为劳动产品的生产效益，高加林的"劳动"更
像是一场行为艺术，当他试图用"参加劳动"把自己化妆成一个农
民时，他从一开始就在心理上将"劳动"放到了很低的位置，而
"破烂的衣服"就是它的符号表征。

---

① 蔡翔：《革命／叙述：中国社会主义文学—文化想象（1949—1966）》，北京大学出
版社 2010 年版，第 272 页。

看上去，巧珍的爱情最终让高加林短暂地反省起自己对劳动的蔑视：

> 高加林渐渐开始正常地对待劳动，……经过一段时间，他的手变得坚硬多了。第二天早晨起来，腰腿也不像以前那般酸疼难忍。他并且学会了犁地和难度很大的锄地分苗。……中午回来，他主动上自留地给父亲帮忙；回家给母亲拉风箱。他并且还养成了许多兔子，想搞点副业。他忙忙碌碌，俨然像个过光景的庄稼人了。

但这种回归乡土社会传统美德的个体劳动，其吃苦耐劳、发家致富的意义，也已经与《创业史》等合作化小说中集体劳动的政治寓意相去甚远。

可以简单比较《人生》与《创业史》的"乡村/城市"书写：虽然高家村也有它风俗画一般的美景和动人心扉的信天游，但对于高加林来说，它更是愚昧的、落后封闭的、单调乏味的，是无法让他内心安顿的地方。这里有高明楼、马占胜那样的坏干部；这里因为村民们的迷信思想，无法以"科学"为利器开展"卫生革命"；这里因为门当户对、做媒求亲的封建婚嫁观念，不能自由公开他与巧珍的爱情。有趣的是，《创业史》中也有郭振山这样"人在党心不在党"的官僚主义典型，也有改霞妈那样反对自由恋爱的老封建，但与《人生》不同，柳青写这些农村的老问题，恰恰是为了论证坚持走合作化道路、从生产和精神上都建设社会主义新农村的紧迫性。而《人生》中的这些乡村故事，则被用来合理化高加林离乡进城的动机。路遥非常细致地安排了高加林的三次回村经历：第一次是作为一名回乡知识青年，回到一个不得不为国家工业化"背包袱"的贫瘠的农村；第二次是作为一名被无端顶替失业了的民办教师，回到一个由高明楼这样以权谋私的农村干部一手遮天的农村；

第三次是作为一个被告发"走后门"的不光彩的爱情背叛者，回到一个被乡亲们奚落、巧珍已嫁为人妇的农村。虽然小说的结尾，路遥借德顺爷之口，重新启用"劳动""党的政策""人民"等"十七年"文学的关键词，并自信地预言"咱农村往后的前程大着哩"，但高家村与"十七年"乡村历史接轨的可能性终究还是被悬置起来。

与"萎缩的乡村"相对照的，是"膨胀的城市"：对高加林来说，城市是熙来攘往的市场、是阅览室和普通话广播站，是与"气势磅礴的火车头""升入天空的飞机"、纸烟、时兴衣裳等激荡生活理想的壮观画面密切相连的。路遥喜欢用"眺望地平线"这样一个动作去描写高加林的城市想象，"雾里看花"使得城优于乡的价值取向不仅在物质上，甚至在美学上都获得了十足的说服力。高加林是一定要进城去看看的，而对于梁生宝来说，城市则不仅仅在别处。正如一位研究者的感慨："梁生宝心里装着一座'看不见的城市'，这让他对改霞要去的那个看得见的城市（西安或北京长辛店）不以为然。""尽管这里的'城'都是不起眼的小县城、小城镇，但重要的是农民心态的变化。在合作化时期农民的心里，'城'与'乡'是平等的，城市甚至算不上高一级文化形态了。"[1] 这种判断固然有过分理想化"合作化"运动的偏颇之处，但它也敏锐地道出了"十七年"乡村叙事得以建立其独特性的历史关键：农民政治地位提高，小生产者组织起来的集体事业，会在一定程度上制衡城市在物质与居民身份方面相对于农村的优越感。[2] 从梁生宝到高加

① 杜国景：《合作化小说中的乡村故事与国家历史》，中国社会科学出版社2011年版，第180页。
② 除此之外，杜国景还指出了合作化小说所讲述的城市"并非市场经济作用下那个纯粹商品化的城市，而是'从数目字'上管理着国家事务的城市"，因为农村合作化本身也是计划管理的一部分，所以当改霞进城支援工业化建设、当宋老大进城交公粮（《宋老大进城》）、当姚兰英进城换农具（《风雷》）时，"进城"并不必然构成与乡村建设的冲突，甚至存在着回馈的可能性。

林，乡村和城市都改变了，农村没有了"革命的穷棒子"的底气，城市也不再被极端化地背上堕落庸俗的原罪。

为何路遥从《姐姐》开始要不断讲述城乡阻隔的爱情呢？站在七八十年代历史转轨的路口，路遥似乎已经窥见"我们永恒的痛苦所在"：他以及经历过社会主义"前三十年"的同代人，一面要继续带着五十至七十年代形成的历史思维方式和情感结构，回应"如何对待土地——或者说如何对待生息在土地上的劳动大众的问题"；另一面又不得不承认，新的改革同样会如旧的历史进程一样，需要为理想付出代价，"我们将不得不抛弃许多我们曾珍视的东西"[①]。《人生》就是这样一个同时在 1980 年代文学轨道与"十七年"文学轨道上混装发出的历史列车："高加林一代也许并没有真正意识到，他试图告别熟人社会和乡村伦理（对巧珍的爱情承诺），成为城里人（现代化的主要指标是所谓'城市化进程'）的行为背后，实际是一场刚刚开始的'八十年代现代化'与'十七年经验'之间的历史博弈。'十七年'社会体制以'开后门'为借口葬送了这位乡村青年'进城'的历史创举，但是它代表的'当代史'同时也悬空了高加林在乡村社会的位置，这就是安排巧珍另嫁别人，以断其后路。而八十年代的现代化还没有准备好为这位雄心勃勃的乡村青年提供更理想的人生出路。"[②]

尽管高加林最终还是回归土地，没有彻底脱离回收"十七年"、再造"社会主义新人"所不断强调的"人民"话语，但《人生》中"萎缩的乡村"却越来越处于城市的强势对照下。在本节开头引用的发言里，路遥将新一代农民"比较高的追求"直接表述为"比自己的父辈带有更多的城市意识"。五十至七十年代面对"城市化"问题时"乡优于城"的认识装置越来越丧失效力，而"生活在别处"的想

---

① 路遥：《早晨从中午开始》，引自《路遥全集·散文、剧本、诗歌、书信》，北京十月文艺出版社 2012 年版，第 60—61 页。

② 程光炜：《新时期文学的"起源性"问题》，《当代作家评论》2010 年第 3 期。

象一旦形成，"进城"必然成为农村青年"向上追求"的唯一方向。

从"资产阶级个人奋斗者"到"现代青年"

无论是文艺政策、批评还是创作，新时期文学的拨"乱"反"正"，最初都包含着一个"回收十七年"的过程。在与"文革"断裂的转型过程中，仍然需要以对"十七年"社会主义资源的重新清理，完成对社会主义价值系统受挫的修复，并以此重新激活社会主义文化想象的历史活力。无论是批评家继续使用"社会主义新人""社会主义现实主义"等概念，还是路遥小说在城乡叙事上出现与"十七年"文学呼应的主题与理想主义气质，《人生》及其周边，都体现着这种历史幽灵若隐若现的过渡状态。而如前所述，当"十七年"文学资源与改革意识形态小心并轨时，其形式与内容的整一性又必然遭遇新的挑战。

关于《人生》最初的批评，是认为路遥在农村题材的发展困境中，提供了一个"农村社会主义新人"形象。但为之欣喜的批评家也很快发现，这似乎又是个有些超前的作品。"认为高加林是社会主义新人的根据，恐怕是不充分的。我们对现实生活中涌现的社会主义新人可以进行多方面的概括，诸如有革命理想和科学态度，有高尚情操和创造能力，有宽阔眼界和求实精神，精力饱满，智力发达，意志坚强，勇于探索和开拓，等等，但是，其中最重要的、决定'新人'性质的，则是革命的理想和信念，是与社会主义公有制相适应的思想和精神面貌。其他方面的特点只有和社会主义思想相联系，才能构成新人的一个条件。高加林所缺少的正是这一点。……高加林的非凡性格是一种悲剧性格，因为我们的时代决定了，社会主义和个人主义是格格不入的。"① 尽管批评家还在坚定地使用"社会主义新人"与"资产阶级个人奋斗者"，"集体主义"与

---

① 谢宏：《评〈人生〉中的高加林》，《作品与争鸣》1983 年第 1 期。

"个人主义"等这些"前三十年"共产主义新人教育的关键词，但他们也已经觉察到在新的改革情境下词语与意义的分离，而另一套与毛泽东时代不同的"新人"表述正在渗入，并发生新的化学作用。

1982年10月7日《文汇报》编发了一组关于《人生》的争鸣文章，两套批评话语的分歧突显出来。作为批评的一方，曹锦清指出高加林之所以失败，是因为"他对个人愿望的追求，离开了千百万群众正在从事的伟大事业"，无论是他对爱情的态度，还是希望到城市中施展抱负的野心，都"渗透着资产阶级毒素的腐朽思想"。曹锦清非常敏锐地指出"三大差别"问题是造成高加林悲剧的历史原因，但他同样明确地强调高加林走上歧路的根源，还是"他在如何对待社会分工问题上一贯具有的错误认识"。"在社会主义社会，还存在着社会分工，存在着城乡之间、工农之间、脑力劳动和体力劳动之间的差别。社会应当尽可能地考虑到青年人的具体愿望，但社会不可能满足社会每个成员的要求。当个人愿望与社会分工发生矛盾时，青年应该愉快地服从社会分工，在规定的工作岗位上发挥自己的创造性才能。在小说中，高加林却并非如此。……他始终没有把改造落后农村的任务当作终身的光荣使命。"[1]——社会差别与个人名利，安心工作与远大理想，这种讨论方式显然继承了1949年以来关于青年人生观的引导与规划，它重在强调如何在意识层面克服三大差别。对于农村青年高加林来说，就是要形成一种"扎根"精神，一面用被意识形态化的"土地""人民"等集体主义范畴为个体行动建立起意义框架，一面不忘阶级斗争，通过将农村知识青年的"进城"冲动表述为资产阶级意识，在一定程度上扼制可能逾矩的名利欲望和物质享受。

非常不同的是，在作为赞扬一方的梁永安的评述中，现代化进程中的新旧之争开始取代社会主义与资产阶级的性质之辩。"作为

---

[1] 曹锦清：《一个孤独的奋斗者形象——谈〈人生〉中的高加林》，《文汇报》1982年10月7日。

一个农村新人，高加林表现出对现代化生活图景的巨大热情"，"这种进取精神与他对现代文明的向往交汇在一起，无疑是当代农村社会中一股宝贵的变革力量。"① 在这样的批评眼光中，高加林喜新厌旧的爱情选择反倒成为追求现代文明的例证，是"以精神的契合为基础的爱情"对"旧的婚姻恋爱观"的胜利。而他最后的失败，则被归因于"现代化的车轮在乡间小道上启动的艰难性"和"落后的农村错综复杂的生活矛盾"。于是，造成高加林人生悲剧的根源，从个人思想上的"变质"转向外在于个人的社会原因。而关于社会差别的理解，也不再需要从意识上去批判、克服甚至颠倒外在的等级秩序。相反，梁永安的批评里甚至隐含了这样一个奇怪的逻辑：承认差别的客观存在，在一定程度上恰恰可以生产出推动整个社会实现现代化所急需的个人奋斗的积极性。然而悖论在于，按照这一逻辑推演下去，会不会发展出一套鼓励农村知识青年脱离乡村的"拔根"教育？如果以"现代 / 传统"的标准为城乡差别建立一个价值高低的感知图式，高加林为实现个人物质文化需要的进城欲望，就可以恰当地被整合到国家现代化的远大理想中去，那么，又要如何建立起一套新的意义感知方式让他心甘情愿地回到农村去呢？

相比曹锦清有些僵硬的阶级斗争思想，梁永安的评价显然更合乎转向"以经济建设为中心"的新时期意识。但与这两篇各执一词的批评不同，在围绕《人生》的最初讨论中，大部分批评家都选择同时混用两套批评话语，而小说本身也支撑了这种混杂性。问题出在高加林的进城方式上，路遥先设置了高加林"走后门"的情节，又在后面的故事发展中以"反特权"的名义把高加林打回原籍（高加林最初进城的动力也是"反特权"，因为高明楼为儿子走后门顶替了高加林）——因此，就算高加林个人奋斗中的利己主义倾向可以被收编进"现代"追求的合理性中去，涉及特权阶层的问题也足

① 梁永安：《可喜的农村新人形象——也谈高加林》，《文汇报》1982 年 10 月 7 日。

够让批评家为难一阵。[①]

1983 年 1 月 25 日，路遥在致李炳银的书信中专门提道："关于《人生》，是我三年苦熬的一篇作品，现关于高加林这个人物正在争论，您不知看没看《上海文学》今年一期的那篇评论？这是站在一种哲学高度来评价人物的。"[②] 路遥首肯的这篇评论文章，出自时任《上海文学》杂志编辑的蔡翔之笔。[③] 通过将高加林的失败同时归因于他的性格弱点与悲剧的环境力量，蔡翔巧妙地融合了正反双方的批评意见。既批评高加林的个人主义把社会想象成了"一座动物化的竞争场"，不懂得调整个人利益、他人利益与国家利益的矛盾；又肯定"它的确潜藏着对于因循守旧的孤老生活方式的一种反抗力"，因为传统生活已经无法容纳新一代青年的现代追求。有趣的是，尽管像曹锦清一样，蔡翔也批评高加林蔑视土地、忽视了与广大农民的情感联系，但是从前述"萎缩的乡村"角度细读蔡翔的批评，就会发现同样是强调"土地"和"人民"，蔡翔批评中隐含的历史叙述已经偏移到梁永安的"现代化"标尺上。土地被放到民俗学、人类学的伦理层面来理解，"作品中的土地象征着生他养他的亲人，象征着我们民族传统的美德"，这种表述中几乎已看不到五十至七十年代社会主义农村建设的历史痕迹。而更明显的变化是蔡翔对巧珍的评价："她的善良混合着愚昧，谦让伴随着自卑，纯真却又不免简单……这些矛盾反映出我们民族在现状中呈现的二重的心理状态：感奋时代的变化却又时时被旧观念、旧道德限制了精神世界的发

[①] 为了给高加林辩护，当时有批评家故意转移视线，把对特权现象存在的不满全数清算到特权阶层的头上，"在屈辱、迫害临头之时，一个农村青年还可能有什么高雅的反抗呢？对于这一点，我们又有什么理由可以指责呢？受到惩罚的不正应该是马占胜、高明楼这一伙败坏党风、玷污文明的坏蛋吗？"参见席扬：《门外谈〈人生〉》，《作品与争鸣》1983 年第 1 期。

[②] 路遥：《致李炳银》，引自《路遥全集·散文、剧本、诗歌、书信》，北京十月文艺出版社 2012 年版，第 586 页。

[③] 蔡翔：《高加林和刘巧珍——〈人生〉人物谈》，《上海文学》1983 年第 1 期。

展。"①——巧珍不再代表绝对正确的人生观、幸福观和恋爱观。②

就像跷跷板一样，随着巧珍评价的改变，高加林的历史合理性也越来越强。在1985年李劼的《高加林论》中，已经完全看不到批评家关于"资产阶级个人奋斗"的质询，"当高加林受到第一次命运打击的时候，他采取的并不是或者联合村民或者向上告发的方式扳倒那个不正派的大队书记，而是在书记面前如何显出自己的高大和不可侵犯。……在这里，个性挣脱了历史残留的封建枷锁，以极其强硬的姿态站立起来。作为一个文学典型，高加林所显示的就是这样一种深刻的时代意义。"③ 在李劼的知识谱系里，高加林自我意识的觉醒集中体现了八十年代"新启蒙"思潮所要求的"人的再发现"，即"在普泛意义上将'个人'视为绝对的价值主体，强调其不受阶级关系、社会历史限定的自由和自我创造的属性。与之构成对立面的，是五十至七十年代尤其是'文革'时期的阶级论话语，和以其为表述形态的国家对个人的压抑和监控"。④ 因此，曾经饱受质疑的高加林的不恰当的反抗方式，在李劼这里反而变成了"个性"的证明，而"联合村民"这种"十七年"梁生宝式的集体主义抗争形式，则非常可笑，远远不如"孤胆英雄"更具美感。于是，

---

① 尽管蔡翔引用高尔基的话，批评巧珍还缺乏一个妇女解放的成长阶段，应当"成为不只知道爱和被爱的妇女，而是醉心于社会主义建设"的妇女。但蔡翔此时关于"解放"的理解似乎退回到"五四"时期"娜拉式的解放"："社会主义运动的目的正是努力提高每个人的社会价值，每个人就应该珍惜和提高自己的价值……妇女要永远保持自强自立的清醒意识。""觉醒的个体"当然是社会主义解放事业必须完成的任务，但社会主义人道主义之所以区别于资产阶级人道主义，就是要发展出一套不同于资产阶级启蒙话语的"个人"表述。如果按照五十至七十年代社会主义文学关于"人民文学"的诠释，巧珍的觉醒，就不能仅仅止步于赵树理笔下的艾艾（《登记》），还得渐渐成长为丁玲笔下的杜晚香（《杜晚香》）。蔡翔这篇批评写于1982年7—9月间，可以看出受当时"人道主义与异化问题"讨论的影响。

② 邱明正：《赞巧珍》，《文汇报》1982年10月7日。

③ 李劼：《高加林论》，《当代作家评论》1985年第1期。

④ 贺桂梅：《"新启蒙"知识档案：80年代中国文化研究》，北京大学出版社2010年版，第51页。

高加林被从他成长、奋斗所依托的具体环境、阶级关系、当代史中剥离出来，变为了一个抽象意义上的人，一个抽象的"个人"。

批评的变化大约远远超出了路遥的预期。关于小说《人生》的争鸣从1982年8月开始的，真正的高潮集中在1983年上半年，1984年下半年则转入关于《人生》电影的热评，随后于1985年初《平凡的世界》发表前再度出现几篇总结性文章。在这个时间段落中，需要特别注意的是1980年第5期《中国青年》杂志发起"潘晓讨论"后的几次波动，以及1983年10月到1984年初关于"人道主义与异化问题"讨论的批判，两者都与"清除精神污染"的大环境有关。路遥回忆说《人生》的写作反复折腾了三年，其实早在1979年就动笔了，但写成后很不满意，虽然当时也可能发表，还是撕了稿子，甚至想把它从记忆中抹掉。1980年才又试着写了一遍，还是觉得不行。比如刘立本家的三姐妹，在最初的两稿中只有巧珍一人。从短篇过渡到中篇创作，人物关系结构都要复杂得多，这当然对路遥构成了挑战，但也可以设想，如果《人生》早两年发表，它引起的批评争议就可能非常不同。

对于这个终于在城市站稳脚跟的农民之子来说，高加林的故事几乎是路遥第一次真正面对他自己的人生经历，一次最自然释放又最费尽心机的摹写。不管是进城改变个人命运的渴望，还是辜负巧珍真心的罪感，都不过是他从自己身上感受到时代转型中人心悸动的朴素记录。从1981年座谈会上首次使用"交叉地带"开始，与批评的互动促使路遥逐渐完善起自己关于创作意识的理论概括。如果说座谈会发言主要还是对农村、城市交融增多的客观描述，那么在一年后《中篇小说选刊》发表的《人生》创作谈中，"交叉地带"已经被更理论化地表述为"现代生活方式和古朴生活方式的冲突，文明与落后、资产阶级意识和传统美德的冲突，等等"①。有意思

---

① 路遥：《面对着新的生活》（写于1982年7月11日，西安），《中篇小说选刊》1982年第5期。

的是，仅在一个月后给阎纲的通信中，"资产阶级意识"一词又被路遥改写为"现代思想意识"[1]。虽然不能将这一点小小的"笔误"过度阐释为新时期初"告别革命"意识形态的表现，但也的确体现了路遥在理解高加林时的进退两难。他既难以像李劼们那样无所顾忌地拥抱"现代"，又无法像曹锦清一样反驳高加林想要摆脱农民底层社会地位的合理追求。高加林的人生归宿，只能暂时被设计为"并非结局"的结局。

第二节　高加林的"感觉世界"：幸福生活如何可能？

高加林有过三次体会到"幸福"[2]的重要瞬间：第一次是巧珍给予他的，"爱情啊，甜蜜的爱情！它像无声的春雨悄然地洒落在他焦躁的心田上。他以前只从小说里感到过它的魅力，现在这一切他都全部真实地体验到了"。

第二次，是在高加林如愿进城后到南马河抗洪前线报道灾情，他被书记刘玉海强烈地吸引住了，刘玉海"就像《红旗谱》里的朱老忠一样粗犷和有气魄"，一声"只要人在，什么也不怕"的呐喊一下子激发出高加林的灵感，写下了他成为"公家人"后的第一篇新闻报道。当黄亚萍用圆润的普通话向全县广播时，"一种幸福的感情立刻涌上了高加林的心头，使他忍不住在哗哗的雨夜里轻轻吹起了口哨"。这第二次幸福的瞬间，真正让高加林意识到自己在农村之外的广阔天地大有作为，他将不得不为前途考虑，放弃巧珍给他的第一次幸福。

---

[1] 路遥：《致阎纲》（1982 年 8 月 21 日），引自《路遥全集·散文、剧本、诗歌、书信》，北京十月文艺出版社 2012 年版，第 589 页。

[2] "幸福"一词在《人生》中共出现过十七次。其中路遥从巧珍角度使用"幸福"一词有三次，从黄亚萍角度使用"幸福"一词有两次，结尾从德顺爷口中说出了三次，其他九次都直接与高加林的人生起伏有关。

第三次，则是在高加林被告发撤职回村后，大城市生活的梦想破灭了，巧珍也已嫁为人妇。高加林自我反省："假如他跟黄亚萍去了南京，他这一辈子就会真的幸福吗？他能不能就和他幻想的那样在生活中平步青云？亚萍会不会永远爱他？南京比他出色的人谁知有多少？……如果他和巧珍结了婚，他就敢保证巧珍永远会爱他。他们一辈子在农村生活苦一点儿，但会活得很幸福的……"德顺爷随后给高加林讲了一堂关于"什么是幸福"的人生课题："幸福！你小子不知道，我把我树上的果子摘了分给村里的娃娃们，我心里可有多……幸福！"望着德顺爷，高加林"一双失去光彩的眼睛里重新飘荡起了两点火星"。

　　简单看这三次幸福的瞬间，有两点值得注意：

　　首先，在高加林感知幸福的方式中，"文学"发挥了关键作用。小说中的爱情，小说中的英雄，它们成为高加林从与虚构人物的相似经历中汲取幸福感的重要底色。可以说，高加林是一个名符其实的文学青年形象。

　　第二，农村已经不能给高加林提供充分的幸福感了。虽然高加林最后反省自己抛弃巧珍是昧了良心，但真正让他相信即使回到农村，生活也可以重新开始的保障，恐怕还是因为巧珍央求高明楼让高加林再回去教书。巧珍的爱可以让他过上幸福的苦日子，可是"经过平原和大城市的洗礼"，连县城都成了陌生的地方，"县城一点儿也没变，是他的感觉变了"，这样的高加林还能够安于农村生活吗？正如路遥对新一代农村青年的概括：更高的文化水平和更多的城市意识。知识改变了高加林们感知世界的方式，也就改变了他们对幸福生活的想象。

　　从暂时填补理想受挫的爱情，到展现个人才华的工作岗位，再到重新扎根土地的劳动，路遥说，他是要写一个"在生活里并不顺利的年轻人的形象"，怎样一步步走到人生的正道上去。路遥关心的是新时期青年如何"正确对待生活的问题"。《人生》中不时出现从生活小事过渡到人生大事的理论探讨，叙述者视角的主动干预，都透露出作者试图以现实主义文学法则从"这一个"高加林中照出时代典型的欲望。就像德顺爷最后要高加林重新思考"什么是幸福"，路遥也希望读者们可以在对高加林命运的共鸣中去追问，如何使人生饱满且富有意义。而高加林的农村出身，更将新时期围绕青年人生观问题的讨论，聚焦到如何应对城乡差别，或者说改革愿景与客观事实发生冲突时的历史情境中来。

小说之外的进城记

如果不是一些书信披露，《人生》的读者恐怕很难想象，当路遥一笔把高加林打回原籍时，小说之外的他正拼了命地帮弟弟们进城。

据说路遥在 1981 年夏天仅用二十天时间就写出了十三万字的《人生》初稿，人们惊叹于写作之快，却忽略了事实上的写作之难。路遥回忆说，"我写《人生》反复折腾了三年——这作品是 1981 年写成的，但我 1979 年就动笔了。我非常紧张地进入了创作过程，但写成后，我把它撕了，因为，我很不满意，尽管当时也可能发表。我甚至把它从我的记忆中抹掉，再也不愿想它，1980 年我试着又写了一次，但觉得还不行。"[1] 这不禁让我们追问，在 1979 年到 1981 年间究竟发生了什么才最终促成了《人生》的完稿？

1979 年 12 月 4 日致海波信中，路遥提到给弟弟王天云（1956 年生）找工作的事：

今有两事要告诉你。第一件：我那个不成器的弟弟四锤，经过一番相当艰苦的努力，终于在县农机局施工队上

---

[1] 路遥：《答中央广播电视大学问》，引自《路遥全集·散文、剧本、诗歌、书信》，北京十月文艺出版社 2012 年版，第 197 页。

班了（新成立的，当然是交钱挣工分，现在永坪公社），他开推土机。据说县农机局局长是冯致胜，请你通过艳阳给她爸做点工作，请多关照他，不要半途打发了。（可对艳阳说，再让艳阳对她爸说：我认为她爸是个出色的政治家；我本人很佩服他；或者我对他希望他具有政治家风度，不必为过去的派性而影响——这点不一定明说。我出去一直说冯致胜的好话。）……这一切太庸俗了，可为了生存，现实社会往往把人逼得在某些事上无耻起来。这是社会的悲剧，你自己也许体会更深。①

为了把弟弟农转非，路遥费尽周折，甚至通过朋友去奉承地方官员。1980 年元月 17 日致海波的信中，路遥再次强调要海波认真对待"愚弟之事"，同时也鼓励还留在农村做民办教师的海波不要放弃更高的精神追求。1981 年元月 12 日致海波信中，可以看到路遥一直在为海波民办教师转正的事做多方工作，但苦恼于"延川的人事已经淡漠了，就是原来关系要好的人也不会重视我的意见，因为我对他们没什么用处"②。1981 年 5 月 16 日路遥又去信问及四锤的工作，并提及最近完成的小说《1961 年：在困苦中》（即《在困难的日子里》）即将发表，打算从 7 月开始休创作假（《人生》的最后一稿就是在这个夏天完成的）。

除了四锤，这段时间最让路遥揪心的，还有三弟王天乐（1959 年生）的工作。王天乐无望参加高考，在家待了一年后就闯荡到延安城去做揽工汉了。据梁向阳新近考证并首度公开的资料显示，在 1979 年 11 月到 1980 年 5 月的半年间，路遥高密度地给好友、诗人

---

① 路遥：《致海波（1979.12.4）》，引自《路遥全集·散文、剧本、诗歌、书信》，北京十月文艺出版社 2012 年版，第 559 页。

② 路遥：《致海波（1981.1.12）》，引自《路遥全集·散文、剧本、诗歌、书信》，北京十月文艺出版社 2012 年版，第 562 页。

曹谷溪写了六封书信，其中都涉及给王天乐找工作的事。"当时的情况下，普遍意义上的招工只面向拥有城镇户口的青年，而城镇青年不屑的煤炭工人才有可能轮到农村青年。"[1]王天乐的户口在清涧县农村，只有把户口落到延安，才能参加当地的招工。在 1980 年 2 月 1 日的信中，路遥提及时任延安县县委书记的张史洁。"文革"中路遥所领导的红卫兵组织曾保护过被批斗的张史洁，所以路遥希望依靠这位当朝权贵能为弟弟争取到一个招工指标，并请谷溪从中斡旋。从信中可以看到，路遥很担心他与张史洁的历史渊源容易节外生枝，但又不得不为了弟弟走这一招险棋：

> 你不知道！他暗示要我依他模特儿塑造一个高大的县委书记形象，他是不愿意让我直接看到他的这些不美气的做法的。因此，他就是愿意帮我的忙，也总是在我面前闪烁其词，这就是他为什么愿意接受你这个中间人了。谷溪，我的判断没错，请你全权设法解释这事吧，因为这中间反正存在着我，张史洁明白这一点；如果不是这一点，他原来就不会帮我忙的！不知道你是否充分理解了我以上所谈的这些。我不是怕负责任，因为是为我的亲弟弟办事嘛！我主要考虑怎样办更合适一些。（1980.2.1）[2]

张史洁即《惊心动魄的一幕》中马延雄的原型，路遥写这封信时《惊》还未正式发表，很难确定路遥在写作和改稿过程中，是否掺入了托张史洁办事的人情考虑，但小说的确塑造了一个甘愿为群众利益牺牲的老干部形象，而路遥自己曾担当主角的红卫兵武斗风云，则被推至反思"文革"的背景上。

<hr>

① 梁向阳：《新近发现的路遥 1980 年前后致谷溪的六封信》，《新文学史料》2013 年第 3 期。

② 同上。

在这些信里，路遥显得那样的焦灼不安、小心谨慎。其中一封信还提到母亲误以为他和谷溪关系闹僵、担心谷溪不再帮忙解决天乐的工作。即使面对最信任的朋友谷溪，路遥也害怕被误解，字里行间尽是对自己不得不"走后门""靠关系"的抵触、多疑与无奈：

　　天乐的事不知办得怎样，我极愿意知道较详细的情况。在去延安的时间上有一个在家乡分粮的问题。去延安在什么地方干什么事，生活的安排能不能维生等等。以及能否较便利地出来，希望你把详细一点的情况告诉我一下。这是拜托于你，是极麻烦你了，非常感谢。（1979.11.7）

　　上次写给你的信，想必年前已经收读了。你也不回信，不知道近况如何。关于明年招工一事，看来大概只招收吃国库粮的，农村户口是否没有指标？（……）我当然希望听到好消息，同时又觉一切都很黯淡。（1980.2.22）

　　你要知道，任何事，求人总是难畅的。如果我在延安的话，我是绝不会麻烦你的。当然，延安还有许多熟人，但比较来比较去，你还是我最信任的人，因此不管怎样，我还得依靠你。你也许还记得，我对你的不论什么事都是尽力而为的，所以总希望你对我也一样。（1980.3.4）

　　天乐来了一信，谈了一下他的情况，看来是很苦的，我很难受，把一个二十来岁的人抛在一个自谋自食境地里，实在不是滋味。我是希望你想些办法的。（1980.5.1）

　　天乐的事不知近期有无变化，我心里一直很着急，不知事情将来会不会办得合适一些。我已经给张弢写过信，让他协助你努力一下，我可能 7 月份来延安，到时咱们一块再想想办法。（1980.5.24）①

比高加林幸运，王天乐终于在 1980 年秋天②被招工到铜川矿务局鸭口煤矿采煤四区当采煤工人，后来路遥又靠关系把他调到《延安日报》做记者，随后调任《陕西日报》驻铜川记者站站长，不仅成为路遥生活创作上的好助手，也实现了自己以笔为生的职业理想。1980 年 5 月完成《惊心动魄的一幕》的修改后，路遥从北京直奔延安寻找弟弟。王天乐回忆起那一晚在延安饭店 205 房间与兄长的促膝长谈，"我们长时间没有说话，吃过晚饭后，他才对我说，你可以谈一谈你个人经历，尽可能全面一点，如果谈过恋爱也可以说。于是，就在这个房间里，我们展开了长时间对话，一开始就三天三夜没睡觉。总共在这里住了十五天。他原打算刚写完《惊心动魄的一幕》再写一个短篇小说叫《刷牙》。但就在这个房间里，路遥完成了中篇小说《人生》的全部构思。当时，这个小说叫《沉浮》，③后来是中国青年出版社王维玲同志修改成《人生》。"④

只有了解路遥帮弟弟们解决工作问题的种种烦恼，才能读出《人生》中的五味杂陈。当路遥依照苏联宇航员加加林的名字创造高加林时，这个"爱幻想"的农村青年，寄托了许多他与弟弟们的生活憧憬。但"幻想不能当饭吃"，才是路遥在《人生》写作期间

① 梁向阳：《新近发现的路遥 1980 年前后致谷溪的六封信》，《新文学史料》2013 年第 3 期。

② 王天乐自己回忆是 1979 年农历八月底被招工到铜川矿务局鸭口煤矿采煤四区。但据梁向阳考证，应是 1980 年。据此，1977—1978 年王天乐在村里做了一年民办教师，然后到延安做了两年揽工汉。

③ 又有一说，《人生》最早名为《你得到了什么》。出自《星的陨落——关于路遥的回忆》，晓雷、李星编，陕西人民出版社 1993 年版，第 169 页。

④ 王天乐：《苦难是他永恒的伴侣》，引自《路遥十五年祭》，李建军编，新世界出版社 2007 年版，第 192 页。

最直接的体会。路遥或许能给高加林的生活故事安排一个"美"与"善"的结局，却无法在现实中贯彻他自己的道德理想，他在小说中谴责高加林通过不正当手段实现个人追求，却不得不在现实中托关系、走后门。

"他尽管是个理想主义者，但在具体问题上又很现实"，"谁如果要离开自己的现实，就等于要离开地球。一个人应该有理想，甚至应该有幻想，但他千万不能抛开现实生活。"——当叙述者在第二十二章插入这段关于如何正确对待理想和现实间关系的讨论时，本意是要说明高加林的悲剧成因，将他送回人生正途，但小说之外同步上演的作家的生活故事，却恰恰从完全相反的意义上篡改掉这一表述中的"理想"与"现实"。不是在现实生活中反省个人理想的合理性，而是为了实现个人理想不得不与现实妥协。如果说前者还继承了"十七年"关于青年"人生观"的理想主义教育，这也是路遥一代原先接受的思想资源；那么后者则用来源于生活的真实教训，暴露出人生观与现实感错位的历史时刻。于是，尽管小说内外，路遥和他笔下的人物都朝着相同的人生方向迈进，但小说中的高加林一定要停下来，这就像是在现实生活中插入一块警示牌。如果说"回归土地"之于高加林，是从形式上弥合已经显影的价值冲突，那么对于路遥来说，这样结尾，则是用小说来突入已经丧失了内在稳定性的现实生活。

《人生》因而是三段进城故事的重叠：路遥和弟弟们在现实人生中的进城记；高加林在小说《人生》中的进城记；以及路遥援引柳青《创业史》作题记关联出徐改霞的进城抉择。三个文本间剧烈冲突、彼此质疑，但又保持着形式上的势均力敌。位于序列两端的，是路遥的个人生活经验，是作为写作传统和思想资源的"柳青的遗产"，而高加林就站在它们发生断裂的交叉地带上。

"爱幻想的天性"与爱美之心

1982年《人生》发表前后，路遥由《延河》杂志编辑转为陕西省作协正式驻会作家，他曾在"文革"的政治波涛中以红卫兵的身份串联到北京，他曾跻身北京插队知青组成的文艺宣传队以农民作家的身份走上文学道路……如今他终于以职业作家的身份成为城市的主人。"当他面对这个世界的时候，他很强大，或者说他一定要表现得这么强大，但是回到房间面对自己，他又是极度懦弱的，他从一个极度贫穷的地方来到繁华都市，面对各种人物，生活的反差很大。在西安这座城市里生活了十多年，但是，他从来没有融入过这座城市，他在心态上还是一个农民，夜半更深常常从梦中惊醒，担心被这座城市坚硬冰冷的城墙反弹回去。"[1]生活的紧张感从未散去。路遥喜欢从他的"农裔城籍"出发谈创作，这种自我认同其实包含着真实的身份焦虑。据海波回忆，手头并不富裕的路遥，却格外喜欢抽好烟、喝咖啡、吃西餐，路遥说，"像我们这样出身的人，最大的敌人是自己看不起自己，需要一种格外的张扬来抵消格外的自卑"[2]。物质的优裕只是手段而非目的，进城更根本的意义是获得不一样的感觉世界。

感觉如此重要。即使读者不满意高加林在爱情选择上的功利算计，也不得不承认他对城市的全部欲望，都更像是一个文学青年的浪漫幻想，极少市侩。"虽然出身农民家庭，也没走过大城市，但平时读书涉猎的范围很广；又由于山区闭塞的环境反而刺激了他'爱幻想的天性'，因而显得比一般同学飘洒，眼界也宽阔。"细读《人生》，特别是上部，每当高加林遭遇挫折时，路遥都会让高加林沉浸在他的个人感觉世界中。是"爱幻想"使得高加林与一般农村

---

① 高建群：《路遥的一些事情说出来很爆炸》，http：//culture.ifeng.com/huodong/special/luyao2/wenzhang/detail_2012_11/17/19261740_0.shtml

② 海波：《我所认识的路遥》，《十月》2012年第4期。

青年拉开距离。第一次进城卖馍，高加林就钻进县文化馆，读《人民日报》国际版，研究"中东问题""欧洲共同体国家相互政治经济关系研究"，当他读完韩念龙在柬埔寨国际会议上的讲话，竟然"浑身感到一种十分熨帖舒服的疲倦"。电影《人生》中的这一片段从高加林面部饱含憧憬的眼神特写开始，然后以蒙太奇手法连续拼接了飞机、摩天楼等剪报图片，生动地将高加林幻想中的城市景观以同样是"想象大于现实"的图片还原出来。而"卫生革命"失败后，路遥也写下了一段高加林式的"幻觉"：

> 啊，在那遥远的地方，此刻什么在响呢？是汽车？是火车？是飞机？不知为什么，他总觉得这声音好像是朝着他们村来的。美丽的憧憬和幻想，常使他短暂地忘记了疲劳和不愉快；黑暗中他微微咧开嘴巴，惊喜地用眼睛和耳朵仔细搜索起远方的这些声音来。听着听着，他又觉得他什么也没有听见；才知道这只不过是他的一种幻觉罢了。……过去那些向往和追求的意念，又逐渐在他心中复活。他现在又强烈地产生了要离开高家村，到外面去当个工人或者干部的想法……

是"幻想"生产出激情和后来被读者们称赞的"进取精神"，反衬出现实的贫乏，鼓励高加林走出去。

不仅仅是"爱幻想"，路遥笔下的高加林还是个十分爱美的青年。尽管是在被命运捉弄痛苦不堪的时候，第二章登台亮相，还是很花了一阵时间刷牙，从箱子里翻出叔父寄回的黄色军用上衣："他把这件黄军衣穿在身上，愉快地出了门"；"年轻人那种热烈的血液又在他身上欢畅地激荡起来。他折了一朵粉红色的打碗碗花，两个指头捻动着花茎"；"他飞快地脱掉长衣服，在那一潭绿水的上石崖上扩胸，下蹲——他已经决定不是简单洗个澡，而要好好游一次泳。"——如果把这段描写放到"十七年"文学的工农兵方向中打量，高加林一定会被苛责为"小资产阶级情调"。农村青年高加林，不好好下地生产劳动，而是沉迷于穿着打扮、拈花游泳的闲暇生活，这像极了1964年丛深创作的话剧《千万不要忘记》中打野鸭子、抽纸烟、穿毛料上衣扮"工程师"的青工丁少纯。回溯五十至七十年代社会主义实践在思想文化领域展开的阶级斗争，这种小资产阶级趣味是必须被及时遏制的。但在《人生》中，路遥并没有批评高加林，反而有意将高加林塑造成了一个天生的美少年，并且不惜笔墨地描写从高加林视角下展开的"审美活动"：

> 他的裸体是很健美的。修长的身材，没有体力劳动留下的任何印记，但又很壮实，看出他进行过规范的体育锻炼。脸上的皮肤稍有点黑；高鼻梁，大花眼，两道剑眉特别耐看。头发是乱蓬蓬的，但并不是不讲究，而是专门讲究这个样子。他是英俊的，尤其是他在沉思和皱着眉头的时候，更显示出一种很有魅力的男性美。

> 刘巧珍看起来根本不像个农村姑娘。漂亮不必说，装束既不土气，也不俗气。草绿的确良裤子，洗的发白的蓝劳动布上衣，水红的的确良衬衣的大翻领翻在外边，使得一张美丽的脸庞显得异常生动。

> 平时淳朴的马栓今天一反常态。他推一辆崭新的自行车，车子被彩色塑料带缠得花花绿绿，连辐条上都缠着一些色彩鲜艳的绒球，讲究得给人一种俗气的感觉。他本人打扮得也和自行车一样体面：大热的天，一身灰的确良衬衣外面又套一身蓝涤卡罩衣；头上戴着黄的确良军式帽，晒得焦黑的胳膊上撑一只明晃晃的镀金链手表。他大概自

己也为自己的打扮和行装有点不好意思，别扭地笑着。

　　比较这三段描写，高加林的"美"是被路遥刻意经营出来的。规范的体育锻炼和散乱的发型，为了写高加林的美，路遥仿佛是照着画报上电影明星和时装模特的样子，拼命将他从一般惯于从事体力劳动的农民印象中剥离出来。"美"的第一要素是"不像农民"。在高加林眼里，巧珍格外美不是因为她"长得像花朵一样好看"，也不是普通庄稼人关心的"能劳动"，而是"根本不像个农村姑娘"这一点深深地吸引了高加林，甚至可以稍稍弥补"可惜是文盲"的缺憾。"美"的第二要素则是"自然"。马拴虽然一身新，把自己收拾得像个乡镇企业老板或农村干部，但在高加林看来却俗气得很，终究只是个"不识字的农民"。在路遥笔下，"美"的这两个要素在高加林身上惊人地统一起来，高加林的"美"是天然的、不需要雕琢的，而他的农民出身则仿佛是被后天强加于他的，甚至成了他追求美的自由之路上一个最碍眼的"身外之物"。

　　通过描写高加林"完美的身体"和"爱美之心"，路遥为后来高加林的进城之路预先建立起一个强有力的逻辑起点。正如研究者在分析高加林特有的洁癖时所述，"把'身体'的完美与身份的'低贱'以一种非常悖论的形式扭结在一起，从而产生了一种强大的叙事冲动：把'身体'从这种'身份'中抽离出来，为'身体'寻找一个更合适的'身份'。"[1]对于高加林来说，他不会仅仅满足于"陈奂生上城"式的物质消费，在"爱美之心"的驱动下让"身体"摆脱"身份"的束缚，才是他渴望在城市中获得的。尽管路遥与批评家一样，对高加林进城的方式和动机都有所质疑，但这种写法在读者接受层面还是为高加林争取到了理解和同情。

　　在新时期初的文艺实践和思想讨论中，有一个对于"美"的重

---

[1]　杨庆祥：《妥协的结局和解放的难度——重读〈人生〉》，《南方文坛》2011年第2期。

新认识的过程。1977年第9期《人民文学》发表了由刘锡诚节选定题为《毛泽东之歌》的何其芳遗稿。刘锡诚回忆说："我最喜欢的，是他写毛泽东对他谈'共同美'的那一段。……人类是否有共同美的问题，在思想界和学术界曾经引起过激烈的争论。说人类有共同美，这种观点曾经被说成阶级调和论，宣传人性论。现在毛泽东自己说话了：'各个阶级有各个阶级的美。各个阶级也有共同的美。'"[①] 何其芳这段回忆与评论的重要性，在于借助毛话语的权威性，不再将阶级论与人性论对立起来，事实上开启了新时期人道主义思潮。在随后的相关讨论中，朱光潜发表于1979年第3期《文艺研究》的《关于人性、人道主义、人情味和共同美问题》一文，更将美感体验归结为超阶级的普遍人性、人的自然性。于是，"美"不再特别需要经受阶级论的审视，以"共同美""人性美"的名义，高加林对"美"的追求不再必然与一个农村青年的趣味养成或阶级意识相冲突。这种曾经会被视为革命接班人模仿小资产阶级生活的变质行为，如今甚至带有了那么一点儿"解放"的意味，象征着高加林作为一个"人"的自我意识的觉醒。

以《创业史》为参照，可以清晰地看到这种美感经验的历史转变。《创业史》第一部第八章开头，柳青写道："人都有爱美之心，追求美也是人类的本能之一。"同样以"共同美"为出发点，梁生宝和改霞对美的认识却与高加林大相径庭。改霞像巧珍一样是汤河上顶俊的女子，但对于梁生宝和村里有文化的年轻人来说，"要不是她参加社会活动，要不是她到县城去当过青年代表，要不是她在黄堡镇一九五一年'五一节'的万人大会上讲过话，那么，一个在草棚屋里长大的乡村闺女，再漂亮也不可能有这样大的名气和吸引力呀。"连改霞自己也认为，"漂亮对她来说，是一种外在的东西"。真正带给她光荣感的，是作为农村青年团员的组织生活。在《创业史》中，改霞的"美"尽管同样包含了巧珍似的"不像个农

---

① 刘锡诚：《在文坛边缘上——编辑手记》，河南大学出版社2004年版，第14—16页。

村姑娘"的因素，但青年团员身份为她赋予的独特性，仍然必须以为农村现代化服务的阶级觉悟为前提。当高加林以他的军大衣、卫生习惯、曾经的民办教师身份吸引巧珍时，梁生宝丝毫不因为自己是"泥腿子"而自卑。在梁生宝看来，"人家穿四个兜的制服，见天洗脸"的知识分子固然"美"，但如果改霞认同这种"美"，为了过美日子动摇了扎根农村的信念，她就是"思想变了"，"咱打定主意走这互助合作的道路，她和咱不合心，她是天仙女，请她上她的天。"

同样是写"爱美之心"，与高加林所认同的美不同，柳青旨在重新确立一套关于"美"的感知方式。柳青为此还专门设计了秀兰的未婚夫、抗美援朝英雄杨明山负伤毁容的情节。当众人看到英雄原来是一副癞癞疤疤的脸而为秀兰惋惜时，秀兰却说"'慢说人家并不太难看，就是真难看，我也不嫌……'，她觉得杨明山反而更美，和他在一块觉得更荣耀"，甚至连一向思想觉悟不高的梁三老汉，也因为"爱祖国的感情和女婿在外国的光荣……觉得自己是世界上很高贵的一个中国人"！

这种理想化与政治化的"爱美之心"难免被后来秉持艺术真实标准的批评所质疑，过分强调美与阶级认同之间的关联，也容易在极左思潮中发展出普遍人性与阶级性的极端对立，但历史地看，柳青的写法又深刻地揭示出了"美感"背后的意识形态问题。或许可以把柳青以文学参与生活与政治实践的过程看作是在完成一个福柯式的工作，把我们以为不证自明的普遍的"爱美之心"，重新还原为一系列话语实践的产物。当梁生宝基于"泥腿子"和"知识分子"的对立关系阐发他关于"美"的认识时，其实是在说明美感与趣味一样，始终发挥着布尔迪厄所谓"区隔"的功能，以"洋"和"土"、优美与丑陋、高雅与庸俗等界定方式，制造与维系着某种社会差别。如果说原本关于"美是什么"的感性认识或文化惯习，更多与精英知识阶层的脑力劳动、有别于日常生活经验的无功利审美等相关联；那么柳青就是要在创造农村社会主义新人的过程中，创造一个转化的契机。在日常生活的感觉结构里提供另一种关于美的认识，颠倒由原来的美感经验所支撑的社会差别和等级秩序，让秀兰和梁三老汉在被常识视为"不美"的事物中也能感受到"高贵"与"光荣"。

再看《人生》中高加林的"爱美之心"，必须承认，高加林和许许多多农村青年一样，他们所追求的首先就是《创业史》中许诺却未真正实现的那种"吃饱体面"的生活。五十至七十年代的制度实践没能给高加林提供走出城乡区隔、改变自身社会地位的更多机会；①《创业史》中的无产阶级美学，也没能真正在文化领导权的争夺中获得最后的胜利，为底层青年高加林提供足够强大的尊严感。当新时期初"伤痕文学"领航、美学热以"共同美"的讨论方式重新确立人性复归的主题时，不再刻意强调阶级出身，呼吁"尊重知识、尊重人才"，这些制度变革都为高加林的"爱美之心"和个人追求提供了更多合法性。当梁生宝从农民阶级的主体意识出发，试图以对"爱美之心"的重新定义在思想层面克服社会差别的客观存在时；高加林是站在抽象的、大写的"人"的自我认识上，以不断剥离出农民阶层的个体姿态，挑战城乡差别。在这里，"美的本质被界定为真与善、感性与理性、合规律性与合目的性……的统一，即被理解为人的一切对抗、纷争和矛盾的最终消除"②。对普遍人性的尊重，蕴含了超越阶层差别的平等意识，"美"由此成为能够对抗制度性歧视的话语实践。就像高加林燃烧着复仇火焰的

① 从《人生》下部开篇，可以大致判断高加林几次往返城乡的历史背景，作为路遥的同代人，到县城读初中时碰到文化大革命，停课回乡插队，后来高中复课毕业后没有考上大学，再次回村担任民办教师，直到被撤职，又以"走后门"招工的形式进城。而八十年代初"农转非"仅有的三个正规途径就是：高考、招工和参军。

② 祝东力：《精神之旅——新时期以来的美学与知识分子》，中国广播电视出版社1998年版，第88页。

自白，"我非要来这里不可！我有文化，有知识，我比这里生活的年轻人哪一点差？我为什么要受这样的屈辱呢？"

但是，纵使高加林有着"完美的身体"和感悟美的能力，他就真的可以跻身城市知识青年的队伍并获得与他们一样的天生的优越感，自由地去拥抱美的王国吗？

事实上，相比上篇那个爱幻想、爱感情用事的高加林，《人生》下篇中的高加林变得越发"实际"起来。在巧珍大胆表白后，路遥曾用特别浪漫的笔触记录高加林的感觉世界：

> 他虽然是个心很硬的人，但已经被巧珍的感情深深感动了。一旦他受了感动的时候，就立即产生了一种奇异的激情：他的眼前马上飞动起无数彩色的画面；无数他最喜欢的音乐旋律也在耳边响起来，而眼前真实的山、水、大地反倒变得虚幻了……

在与黄亚萍的爱情故事里，高加林的感觉世界却是被"三接头皮鞋""罐头、糕点、高级牛奶糖、咖啡、可可粉、麦乳精""全自动手表"——这些琳琅满目的具体的"物"所填满的。尽管他们也去东岗一起唱歌、天上地下地说东道西，分享彼此的文艺青年气质，但最终让高加林能够容忍黄亚萍"即兴地浪漫一下"的，还是她在物质方面的慷慨，是他可以借她父母之力去南京的远景规划。当"幻想"与"美"的理想世界在小说下半部的叙述中越来越贴近现实时，现实中的点滴也在毁坏着理想的纯粹性。从"阶级美"到"共同美"，就像前一章中分析路遥越来越无法弥合超阶级爱情故事的内在撕裂一样，对美的共同追求并不能真正克服社会差别的问题，"美"的背后仍然是一个个具体的来自特定阶层的个人。

尽管高加林自信满满，认为他比没文化的巧珍、马拴都有"心高"的资本，但在后面的情节发展中，特别是当他面对城市青年黄亚萍关于"美"的强势评估时，出身农民的自卑感实际上变得越来越难以掩饰。高加林很快就会发现，黄亚萍们正是他所追求的那种"美感"背后强有力的生活原型，若要继续贯彻"爱美之心"，他就必须完成从一个阶层到另一个阶层的转换。

"更衣记"

《人生》中上演了好几幕高加林往返城乡之间的"更衣记"。马拴为了娶巧珍"乔装打扮"，掩饰自己只是一名"没文化、脸黑"的庄稼汉子；巧珍为了讨好高加林换下劳动穿的衣服，把头发改成城里姑娘时兴的发型——同样出身农民的高加林，却要在他被退职回村劳动时，拼命将自己"乔装打扮"成一个"农民"：

> 像和什么人赌气似的，他穿了一身最破烂的衣服，还给腰里束了一根草绳，首先把自己的外表"化装"成了个农民。其实，村里还没有一个农民穿得像他这么破烂。……大家都很同情他；这个村文化人不多，感到他来到大家的行列里实在不协调。尤其是村里的年轻妇女们，一看原来穿得风风流流的"先生"变成了一个叫花子一样打扮的人，都啧啧地为他惋惜。

高加林本来就是农民，本不需要再从着装上刻意表明身份，但路遥在这里强调"化装"，尤其是一次"失真"的化装，反而把事实颠倒过来："农民出身"如今成了高加林的"身外之物"，就像一件别扭的衣服，越发突显出高加林与农村的格格不入。并不是普通农民就不关心美，就不讲究穿时兴衣服，但当村民们将"有文化"和"穿得风风流流"联系起来时，这种看似寻常的判断背后，实际上包含了一个"美"有高下之分的认识标准——即真正的"美"，是与特定知识阶层的趣味、教养和生活方式密切相连的。这就是为什么同样是在村民眼中，巧珍刷牙会被认为是离经叛道的"臭美"；马栓把自己收拾得像个乡镇企业老板，会被认为"俗气的很"；而高加林自轻自贱的扮"丑"，反倒包含了对美的真实追求（因为高加林毕竟做过民办教师，每月除了工分，还有几块钱补贴买纸烟，即使仅仅在物质层面也有高于农民的优越感）。这里其实预设了一个"谁有能力审美"的问题，一不留神就会戳破在美与平等之间建立必然联系的幻觉。

读者很快就会发现，当高加林后来真正成为一名吃"公家饭"的县城记者时，脱去了这身"穿错"的农民衣服，他也并没有因此就获得绝对的自信，外在装扮仍然是他确保与农民身份撇清关系的重要道具。在县城居民眼中，高加林的引人注目不仅仅是因为他的写作才华和英俊外表，"他胸前挂了个带闪光灯的照相机……显得特别惹眼"，他"穿一身天蓝色运动衣，两臂和裤缝上都一式两道白杠，显得英姿勃发"——路遥几乎动用了一个农民出身作家关于职业记者、体坛明星的全部知识，给高加林披挂上了想象中小镇青年应当具备的所有物件，而这些甚至在城镇人的日常生活中都显得有些做作与奢华。

在小说关于"更衣记"的第二次描写中，"黄亚萍按自己的审美观点，很快把高加林重新打扮了一番：咖啡色大翻领外套，天蓝色料子筒裤，米黄色风雨衣。她自己也重新烫了头发，用一根红丝带子一扎，显得非常浪漫。浑身上下全部是上海出的时兴成衣。"这种过分张扬的打扮，引起了县城居民的不满，"许多人骂他们是'业余华侨'"。高加林起先并不愿意这样，但黄亚萍的理由是他们马上就要到大城市去了，有必要"实习"一下。这一幕"更衣记"充分暴露出了高加林和黄亚萍之间的权力关系，"她大部分是按她的意志支配他，要他服从她"。而与之形成鲜明对比的，则是高加林对巧珍的要求："巧珍……以后，你要刷牙哩"，"你为什么没穿那件米黄色短袖？那衣服你穿上特别好看……你明天再穿上。"

在新一轮更衣记中，高加林无法再主宰他对美的追求和感受。通过"化装"去模仿高于自己出身的社会阶层，并想象性地占有这种身份——当高加林按照黄亚萍的审美观把自己乔装成"南京人"时，他难道不是也在重复曾经被他瞧不起的马拴式的"非分之想"吗？这种"非分之想"当然有其解放性的一面，高加林就不用说了，当马拴也要"美一回"、巧珍也要刷牙、穿上的确良衣裳时，"更衣记"首先就意味着对农民阶层"习性"的挑战。布尔迪厄指出，习性概念首先是一种判断，一种"恰在其位"的感觉，它决定了对于特定群体来说，什么是可能的，什么是不合理的，引导人们把自己主动排除于与自己无缘的商品、人物以及地方之外。"它表明阶级的结构劣势如何能够被内化为相对持久的倾向，这种倾向则能够通过社会化而在代际之间传递并产生自我挫败的行为（self-defeating action）。"[1]

从某种程度上来说，五十至七十年代社会主义实践同样是以挑战"习性"为出发点的，要求建立一个下层民众可以有"非分之想"的"翻身"逻辑；但城乡二元制度阻隔农民上升途径的客观事实，又自相矛盾地要求农民阶层为国家整体利益做出牺牲，自愿接受个人自由流动受限的社会等级秩序。而"十七年"文学中对所谓小资产阶级趣味和消费型城市文化的批判，以及柳青在小说中对"爱美之心"的重新定义，都是为了给这种矛盾提供一个意识形态上的合法性依据，让身处城乡差别中的农民也可以有阶级认同的尊严感。然而，当社会现实层面的差别问题得不到改善，思想文化层面的建设就显得越发理想和空洞。且不说在农民的习性观念中，城市仍然是遥不可及的天堂，即使是本村内部的权力关系也并未得到根本改善，仍然存在着高明楼这样掌控各种"活路"的人物。因

---

① 〔美〕戴维·斯沃茨：《文化与权力：布尔迪厄的社会学》，陶东风译，上海译文出版社 2006 年版，第 121 页。

此，新时期改革的意义首先就是重新认可并给予高加林们有"非分之想"的能力：马拴或刘立本可以借助经济实力让享有政治资本的"大能人"另眼相看；高加林可以凭借知识这一文化资本在改革时代的阶层重组中改变地位。新时期以来城乡制度的调整，在一定程度上真正打开了农民在身份等级社会中的上升空间。

但新的困境在于，这种以"更衣记"为表征的挑战，从一开始就决定了"模仿者"与"被模仿者"、"赝品"与"真身"的等级关系。无论是高加林打量巧珍、马拴时居高临下的眼光，黄亚萍包装高加林时的强势，还是小镇居民不满黄亚萍、高加林时髦装束时的嫉恨，在这种与美、趣味和身份有关的感知结构背后，他们都共享着这样一个基本前提——农民是不如小镇居民的，小镇居民是不如"南京人"的，"南京人"则不如华侨，每个人都不应该僭越他所归属的社会阶层。不在其位，不谋其奢，外在着装上的更换只能暂时掩饰其实际出身。高加林旨在脱去出身的"更衣记"，尽管在一定程度上突破了阶级出身论的束缚，但又严格复制着社会分层结构中既定的身份等级秩序。正如布尔迪厄所说，"一个特定的社会形式中的所有行动者，都共享着一系列基本的知觉框架，这种知觉框架通过成对的对立的形容词——它们被普遍地用于区别与限定实践领域中大量的人与事物——开始其对象化活动。高雅（崇高、优雅、纯粹）与低俗（粗俗、低级、中庸），精神与物质，优美（优雅、精致）与粗鲁（笨重、肥胖、粗野、野蛮）……这种老生常谈所以被现成地接受，是因为在它们的后面存在着整个的社会秩序"①。——因此，关键问题在于，"谁"有权利定义与支配这种知觉框架？即使高加林在制度上获得了被认可的城市人的身份，他仍然需要面对诸如"更衣记"所复制的社会权力关系中的认同危机，制度上的平等并不必然保证尊严感的获得。

---

① 〔美〕戴维·斯沃茨：《文化与权力：布尔迪厄的社会学》，陶东风译，上海译文出版社 2006 年版，第 98 页。

读《人生》下部，会感到高加林的欣喜若狂是短暂的，他一直没有摆脱不安与焦虑的精神状态（黄亚萍的强势是一方面原因，他抛弃巧珍的道德负罪感是另一方面原因，或许还因为"走捷径"感到不安），他似乎并不自信已经成为县城的一员。在得知"走后门"被揭发时，高加林更迅速接受了再也改变不了庄稼汉命运的结局。小说结尾得十分仓促，路遥几乎不给高加林一丁点儿犹豫谋划的时间：

> 他洗了一把脸，把那双三接头皮鞋脱掉，扔到床底下，拿出了巧珍给他做的那双布鞋。布鞋啊，一针针，一线线，那里面缝着多少柔情蜜意！他一下子把这双已经落满尘土的补口鞋捂在胸口上，泪水止不住从眼睛里涌出来了……

又一次"更衣"之后，高加林去找黄亚萍断绝关系。从"三接头皮鞋"换成"布鞋"，这仿佛是对柳青《创业史》中"爱美之心"的回溯。针对许多批评质疑《人生》结尾处理的不自然、暴露出作者皈依旧观念的"恋土情结"，路遥说，结尾其实充满了他"对生活的一种审美态度"。作为农民出身的作家，在巧珍和德顺爷身上"寄托了我对养育我的父老、兄弟、姊妹的一种感情。这两个人物，表现了我们这个国家，这个民族的一种传统的美德，一种在生活中的牺牲精神，……如果我们把这些东西简单地看作是带有封建色彩的，现在已经不需要了，那么人类还有什么希望呢"？[1] 站在1983年末的时间点上，路遥似乎已经敏感地觉察到批评家在"现代／传统""文明／落后"的知识范式上推进得太快，他当然不认同以反封建为名扫除乡村的一切"旧习"，但他也非常清醒地知道，"至于高加林下一步应该怎样走，他将会是一个什么样的人，在某种程度上

---

① 路遥、王愚：《谈获奖中篇小说〈人生〉的创作》，《星火》1983年第6期。

应该由生活来回答"①。路遥其实很清楚，现实生活中的高加林们未必就会认同与选择他在《人生》结尾中表达的"审美态度"。当城市比乡村更富裕、更现代、更文明，不仅仅在物质层面甚至在感觉层面都成为绝对事实时，经历过"美一回"的高加林们，不可能再在农民的身份中安顿下来，他们必然重返艰难的进城之路。

《人生》中有这样一个细节，巧珍来县委探望高加林，面对巧珍与黄亚萍在谈吐装扮上的鲜明差别，高加林陷入了是否继续与巧珍保持关系的剧烈动摇中。这时，他飞快地跑到百货门市部给巧珍买了一条鲜艳的红头巾。"因为他第一次和巧珍恋爱的时候，想起他看过的一张外国油画上，有一个漂亮的姑娘很像巧珍，只是画面上的姑娘头上包着红头巾。"

> 拐过一个山凹，加林看看前后没人，就站住，从挂包里取出那条红头巾，给巧珍拢在了头上。
>
> 巧珍并不明白她亲爱的人为什么这样，但她全身心感到了这是加林在亲她爱她！
>
> ……高加林送毕巧珍，返回到街上的时候，突然感到他刚才和巧珍的亲热，已经远远不如他过去在庄稼地里那样令人陶醉了。

巧珍终于还是不能领会高加林的"浪漫"，高加林或许会觉得"布鞋"并不比"三接头皮鞋"寒碜，但为巧珍戴上"红头巾"的举动难道不是一种补偿性的选择吗？这是高加林永远难以割舍的"爱美之心"，它总有与路遥所谓"审美态度"发生冲突的时刻。1980 年第 1 期《中国青年》杂志首次开辟"美学通信"专栏，第一篇刊登的就是王朝闻的《"臭美"略析》。论者一面仍旧强调，"在阶级社会里，人们那审美的习惯、趣味、理想和标准，常常或明或

---

① 路遥、王愚：《谈获奖中篇小说〈人生〉的创作》，《星火》1983 年第 6 期。

暗地显示着阶级性。青年对于资产阶级颓废的生活方式与腐朽的艺术趣味的侵袭，当然也应当有所警惕"；但是，"既然穷困得活不下去的杨白劳，也乐于给女儿买二尺红头绳来当作过新年的礼物，正如烈士就义之前也要利用条件而整理一下仪容那样，可见并非资产阶级的劳动人民和革命者，并不排斥他们的审美需要。"[①] 王朝闻的这篇小论，可以用来为高加林辩护，爱美之心成为超阶级的普遍主义话语，参与巩固了新时期初告别阶级斗争、转向经济建设与日益满足人民物质精神需要的改革共识，但高加林的命运悲剧又提醒我们注意，要怎样才能保证这种爱美之心不仅仅成为对原来所批判的那种"资产阶级艺术趣味"的模仿呢？[②] 这种模仿会不会使本来是个人性的追求反而丧失了自觉自为的主体意识呢？

比较阅读张一弓的小说《黑娃照相》，路遥在《人生》中关于"更衣记"的精彩设计愈发显得意味深长。这篇比《人生》早些发表的作品，同样讲述了一个农村青年短暂的进城故事。新的农村政策让黑娃富了起来，他捏住八元四角的钞票决定到城里开开洋荤，

---

① 王朝闻：《"臭美"略析》，《中国青年》1980 年第 1 期。

② 翻阅八十年代的《中国青年》杂志，培养青年的美感，特别是日常生活中的爱美之心是非常重要的一个话题，甚至越来越多地出现关于如何穿衣化妆等的指导性文章。可以看到其中虽然也强调大方得体、不铺张浪费等传统审美价值观，但现代（西方）的流行品位越来越成为一个重要参照。如《中国青年》1984 年第 11 期：牧言《学会打扮你自己——谈谈生活化妆》，红豆《关于"化妆"的杂感》，提倡"中国的女性不妨化一下生活淡妆"。《中国青年》1984 年第 8 期：吴健《街头服装评议》，"当前，大工业生产虽然高度发达，但人们还是常常喜欢保留一些有着乡土气息的优雅情趣。"《中国青年》1984 年第 12 期：《穿件漂亮衣服不应遭到非议》，"我们讲艰苦奋斗，不是提倡大家过苦行僧的日子。""对个人，我们却提倡'能挣能花'，引导消费，美化生活。"从这些文献中可以看到，高加林式的"爱美之心"，有可能发展为被市场逻辑操纵的消费欲望，最终丧失审美主体的自主地位。如今，农村问题研究者越来越多地注意到大众文化（特别是电影电视、广告等），非常强势地塑造了农民的生活形象，虽然农民现在的绝对生活水平比以前大有提高，"但他们目前被越来越具有侵略性的广告所刺激起来的物质欲望所控制，有了强大的需求，但并没有实现这些需求的物质条件"。参见贺雪峰：《新乡土中国——转型期乡村社会调查笔记》，广西师范大学出版社 2003 年版，第 38—39 页。

他最后选择了"流动照相馆"：

> 黑娃从容地脱下补丁小袄和沾满汗污的小布衫儿，勇敢地袒露着正在发育的结实浑圆的肌肉，赤膊站在阳光下，像是向人们炫耀：看看，好好看看，这才是真正的黑娃啊。穿戴时兴的人们，你们都扒了衣裳，跟俺黑娃比比肉吧，这可是俺自个儿长的，咱不比身外之物！然而，当摄影师热心地帮助他，把毛衣西服呢子裤等"身外之物"堆砌在他那健美的躯体上时，他还是感觉着一种进行了一次报复的惬意。
>
> ……
>
> 这一位果真是俺么？但他很快便确认，这就是本来的黑娃，或者说，这就是未来的黑娃，评论家也说，相片之外的黑娃不过是黑娃的异化罢了。①

与高加林的更衣记相似，这一次"化妆摄影"，让黑娃"美了一回"，但农民黑娃因劳动锻造的健美的身体，最终还是不敌穿上"毛衣西服呢子裤"的黑娃，前者甚至被认为是后者暂时的异化状态。此处使用新时期初人道主义讨论中的异化学说，是为了强调黑娃作为"人"的固有本质——消除城乡差别，让相片里跟城市人一样体面的黑娃与真实生活中的"他"合二为一——这是改革最激动人心的理想。但像城里人一样吃穿消费，就一定可以给农民带来同等价值的尊严感吗？正如黑娃自己所说，这里面寄托着"一个五颜六色的向往，一个农民吃得穿得的证明"，但为什么"他又感到莫名的惆怅"呢？

小说结尾，黑娃脱下这身临时装扮，下决心回村去继续发展农副业。"劳动致富"才是当时国家制度规划中许诺给农民的上升途

---

① 张一弓：《黑娃照相》，《十月》1983 年第 2 期。

径。1977年11月8日国务院批转《公安部关于处理户口迁移的规定》强化了对户口迁移工作的严格管理，第一次提出了"农转非"的概念，并要求严格控制指标。1981年12月30日国务院发出《关于严格控制农村劳动力进城做工和农业人口转为非农业人口的统治》。尽管改革开放以来，限制农民进城务工经商的障碍逐渐取消，但在粮食供应、教育就业、医疗保险、劳动保护、住房、婚姻生育等方面仍然存在着城镇居民与农民的巨大权益差别。在这样的残酷现实中，"更衣记"最贴切地象征了高加林和黑娃们的进城之路。它从一开始就预示了一个妥协的结局：如果评判美的标准始终关联着基于社会差别的不同身份与阶层，那么即使以"更衣记"的方式在生活的外形上占据了一个城市中的位置，如何建立与城里人势力相当的自我认同，如何在面对不局限于城乡之间更大的差别感时仍保有尊严，终究是个悬而未决的问题。而对于路遥来说，也意味着他必须去思考，当他既不能再用社会主义美学的阶级论视角批判"三接头皮鞋"的小资产阶级趣味，"布鞋"所譬喻的乡土伦理也不足以挽留土地上的年轻人时，结尾中所谓"审美态度"的内在规定性要怎样在新时期确立？

"潘晓讨论"的城乡差别

有研究者已经注意到，《人生》的发表和评论应当被看作是八十年代初"潘晓讨论"的后续事件。① 的确，有关"合理利己主义""主观为自己、客观为别人"等潘晓讨论的核心命题，为批评家、读者甚至路遥自己理解高加林的人生抉择提供了重要参照。但是，比较潘晓和高加林又会发现，《人生》其实揭开了"潘晓讨论"

---

① 相关研究如，朱羽：《人生"意义"的重建及其限制——"潘晓难题"的文学战线》，博士论文，上海大学，2010年。陈华积：《高加林的"觉醒"与路遥的矛盾——兼论路遥与80年代的关系》，《现代中文学刊》2012年第3期。

中易被忽视的两个盲点：第一，由于时间上的滞后，小说《人生》的人生观讨论不再仅仅针对"文革"后青年一代的历史伤痕，更提出了新时期启动后可能带来的新的青年问题；第二，"潘晓"的原型以及八十年代初知识青年返城就业的社会背景，使得"潘晓讨论"并未注意到青年在面对人生危机时的城乡差别，而《人生》及其讨论恰从农村青年的角度，暴露出主导文化在"青年人生观"规划上的结构性危机。

路遥1979年动笔写《人生》，1980年重写，1981年写成，并无直接材料可以证明路遥关注过《中国青年》杂志始于1980年第5期关于"潘晓来信"连续七期的讨论，但从路遥的创作谈中，可以看到与"潘晓讨论"非常相似的意义表达。在"潘晓来信"的编者按中，潘晓们的情绪被形容为"彷徨""苦闷""虚无"的，是冲毁革命年代美好信仰的"十年动乱"造成的创伤，而编发这封来信的目的，就是为了让青年们思考一个严肃的问题——"应该怎样看待社会？怎样对待人生？当理想和现实发生矛盾的时候怎样才能生活得有意义？"路遥在1983年与王愚的对谈中同样提道："高加林的理想和追求，具有当代青年的共同特征，但也有历史的惰性加给青年一代的负担，有十年浩劫加给青年一代的狂热、虚无的东西。"[1] 因此，路遥认为有必要"引起社会对青年的重视"，而"从青年自身来说，在目前社会不能全部满足他们的生活要求时，他们应该正确地对待生活和对待人生，从某种意义上来说，尤其是年轻时候，人生的道路不可能是一帆风顺的，永远有一个正确对待生活的问题"。——尽管看上去路遥只不过是在复述"潘晓讨论"未尽的任务，但如果说"潘晓来信"还能被读作一个"伤痕文学"故事，那么，高加林的《人生》故事已经很难再用"后文革"叙事来直接比附。

如何在新的改革氛围中解释高加林们的狂热与虚无？在前引路

---

[1] 路遥、王愚：《谈获奖中篇小说〈人生〉的创作》，《星火》1983年第6期。

遥给谷溪的信中，路遥曾因哀叹弟弟的命运，谈及新时期改革开放以来在城乡二元制度上仍然存在的严重问题：

> 关于明年招工一事，看来大概只招收吃国库粮的，农村户口是否没有指标？详细情况我不太了解，国家现在对农民的政策明显有严重的两重性，在经济上扶助，在文化上抑制（广义的文化——即精神文明）。最起码可以说顾不得关切农村户口对于目前更高文明的追求。这造成了千百万苦恼的年轻人，从长远的观点看，这构成了国家潜在的危险。这些苦恼的人，同时也是愤愤不平的人。大量有文化的人将限制在土地上，这是不平衡中的最大不平衡。如果说调整经济的目的不是最后达到逐渐消除这种不平衡，情况将会无比严重，这个状况也许在不久的将来就会显示出。（1980.2.22）[①]

路遥的洞见在于，他不仅仅看到了新时期伊始招工等城乡区隔制度对农民自由流动渠道的限制，更看到了国家在大力发展农村经济的同时，却无法满足，甚至有意抑制农村青年精神追求的矛盾之处。这里所说的年轻人们的"苦闷"与"愤愤不平"，已经把潘晓式的"虚无"与"狂热"推到了新的历史情境中。对于农村知识青年来说，他们不仅有着与同龄城市青年一样"告别革命"的理想主义危机，还要继续承受城乡差别对个人追求的束缚。这封信早于1981年农村题材座谈会上路遥的讲话，也早于1982年他与阎纲的通信，几乎是可查文字记录中路遥关于"交叉地带"及其形成原因的最早感慨。尽管他还没有使用"交叉地带"一词，但关于"国家

---

① 梁向阳：《新近发现的路遥1980年前后致谷溪的六封信》，《新文学史料》2013年第3期。

当前政策的两重性"的说明，已经指出"交叉地带"不仅是毛泽东时代城乡分隔社会体制的历史遗留物，同样是改革时代加速现代化的结果。

为什么"有文化的人"在土地上就没有施展"文化"的可能性？什么是更高的文明？城市户口所能享有的资源分配一定是追求更高文明的必要条件吗？——当这些问题只有无可辩驳的一种答案时，这种逐渐转向"单一现代性"标准的城市化进程，必然使农村新一代在物质和精神生活两方面都以城市为标准。但现实情况则是：新时期农村改革虽然为农民松绑，发展乡镇企业，使得个体农民有了更多的经济发展途径和就业机会，但是户籍制度的存在仍然决定着农民只能留在农村勤劳致富。或者像黑娃、陈奂生那样以匆匆过客的身份到城市中消费，或者像路遥的弟弟王天乐那样到县城里去当一名"揽工汉"。在文化方面，国家政策虽然鼓励农村青年提高文化水平，但也侧重于宣传要以配合农业生产需要为前提，在一定程度上实际延续了五十至七十年代的理想主义扎根教育。例如1981年第15期《中国青年》杂志发起有关"农村青年成才之路"的讨论，就特别提出了"土专家"①的说法，要求农村青年把知识回馈给农村。1982年第11期《中国青年》刊发农村青年社会调查，还指出生产责任制后，由于农业生产全面发展，农民生活富裕，农村生活城市化，青年们的自卑感减少了，出现了"外流变回流"的新现象。②——路遥显然提出了不同于国家政策期待的另一种现实观察，他更关注的是高加林这样的农村青年的身心感觉。所谓"在经济上扶助，在文化上抑制"，才是政策作用到人心时的更根本反应。虽然从1978年到1985年，城乡收入差距逐渐缩小，农民生产积极性提高，但是在路遥看来，生活小康并不能彻底解决，甚至还会进一

---

① 《广大农村青年成才之路》，《中国青年》1981年第15期。

② 《农村青年的思想在朝哪里变》，《中国青年》1982年第11期。

步加剧农村知识青年在文化精神追求方面的"相对剥夺感"[①]。

一段有趣的材料可以帮助我们进一步拓展路遥的洞见。1983年第12期《中国青年》刊登了一篇旨在总结当前青年文学创作、"清除精神污染"的文章,其中提到《人生》,认为青年读者可以"从《人生》《黑骏马》中领悟到人生的哲理,唤起了对人民母亲的深沉的爱",因而应当成为青年文学创作的好榜样。文中还特别点名批评了一篇科幻小说,"描写一个农村女孩子,不是靠刻苦自学成才,而是被科学家注入了一种'知识浓缩剂'之后,变成了博学出众、无所不能的'超人'。于是,她去找劳动局、人事局,要求改变农村户口。被拒绝后流落在外,遭坏人奸污,最后丢掉了'雄心壮志',留在农村卖豆腐脑为生。"[②]

这篇被认为是"精神污染"的科幻小说《丢失的梦》发表于《小说林》1983年第3期。不妨把它读作一个女版高加林的故事:同样是高考失利后不甘心留在农村,农村女青年凌云虽然不像高加林那样有一个做劳动局局长的叔父,但她遇到了正在研制"知识浓缩剂"的科学家,因而和高加林一样,都以走"捷径"的方式获得了进城的入场券。而小说结尾,面对梦想与现实的冲突,路遥让高加林重新回归乡土伦理,《丢失的梦》的作者魏雅华也让凌云作出

[①] 相比路遥,这一时期陈忠实的创作,如《枣林曲》(《延河》1980年第7期)、《丁字路口——南村纪事之三》等,同样讲述青年人进城还是留乡的故事,就更符合国家政策宣传的需要。小说中的农村知识青年进了城,感情上却是一步一回头。如批评家肖云儒对《枣林曲》中玉蝉形象的总结:"劳动者的情操和小市民的习气争夺着福娘的心。终于因为新的政策给农村带来的美好图景给了她力量,她才连人带心回到了农村。"(肖云儒:《论陕西小说创作形势》,《延河》1981年第1期。)邢小利在《陈忠实传》中评论陈忠实这一时期的创作,是简单以进城与留乡、为公与谋私来作为衡量、评价人物的标尺,有时甚至给人物涂上先进与落后的政治色彩。而陈忠实这种思维定势的突破,恰恰是在读到路遥的《人生》之后,"《人生》中的高加林,在陈忠实所阅读过的写农村题材的小说里,是一个全新的人物形象"。此后陈忠实于1983年创作了《康家小院》,开始关注文化与人的内在关系。参见邢小利:《陈忠实传》,陕西人民出版社2015年版,第144—151页。

[②] 未水:《青年需要丰富健康的精神食粮》,《中国青年》1983年第12期。

了类似的感慨:"我们庄户人祖祖辈辈就是这么生活的,日出而作,日入而息。我的丈夫很爱我,我也很爱他。现在的政策也好了,能安居乐业,丰衣足食,还想什么呢?"可以说两篇小说在叙事模式上是非常相似的,那么,为什么《人生》和《丢失的梦》却得到了迥然不同的批评呢?

魏雅华的原意,大约是要批评凌云不通过刻苦学习就想"不劳而获"的急功近利心态,也教育当时许多高考失利、待业在家的青年重新走向积极的人生道路。这本来没有什么问题,但作者偏偏插入了一个"进城"故事,反而暴露出"知识改变命运"这一新时期共识在面对现实中城乡有别的政策制度时遭遇的挫折。凌云原本以为自己成了国家最需要的高知人才后理应受到重视,但她很快在现实中清醒过来:"我一是农村人口,二无大学文凭,连待业青年都不够。这就是铁板上钉钉,命中注定的世袭农民。我找劳动局、人事局,个个摇头。好一点的,双手一摊,说爱莫能助;不好的,铁板面孔,推出门去。我跑到上海,去了几所大学,要求写作博士论文,客气点儿的说他们没有这个先例;不客气的,让我回去等明年高考,可我高考明明已经超了龄……"[1]就这样,《丢失的梦》以问题小说的形式指出了城乡二元制度造成的后果,实际上比《人生》更加直接地反映了路遥对新时期农村政策两重性的思考。

从"清除精神污染"对《丢失的梦》的批评中可以看到,主导文化并不否定,甚至非常需要激发农村青年的"雄心壮志",也不再一味要求知识青年扎根农村(凌云留在农村做小本生意,恰恰被认为是缺乏远大理想的),但矛盾的是,国家政策又在城乡差别上限制了农村青年的"雄心壮志"。关键问题在于,《中国青年》的这位批评者所说的"雄心壮志"究竟指什么?是像城市青年一样过一种自由自在的富足生活吗?还是学习科学知识、参与四化建设?如果"留在农村卖豆腐"不再是新时期改革意识形态呼吁的雄心壮

---

① 魏雅华:《丢失的梦》,《小说林》1983 年第 3 期。

志，那被迫留在农村的知识青年又应该在哪里实现他们的个人抱负呢？——《人生》结尾以"拥抱土地"的伦理取向，避开了"高加林回村后具体应该做什么"的难题。我们可以假想，如果高加林在自家责任田里艰苦劳动，发展多种经营发家致富，是不是就能符合批评关于"雄心壮志"的标准呢？当《中国青年》的这篇评论文章以"人民话语"褒奖高加林最后的人生抉择时，"雄心壮志"的标准显然没有完全剔除毛泽东时代的集体主义内涵。正是在这一点上，《丢失的梦》不仅批判了城乡二元社会体制对个人发展的约束，更从农村知识青年的特殊角度，暴露出改革初期主导文化在规范青年"远大理想"时的结构性困境——怎样才能既鼓励农村青年在新政策提供的机遇中敢于改变农民命运，像城市青年一样追求自我发展和物质精神生活上的富足生活；又能动员他们在城乡二元制度无法满足这一需求时仍然愿意回到农村去，并且在改革时代重组后的农村社会结构中，继续保有改造社会、为公共生活服务的理想主义价值观？

在"潘晓讨论"被"清除精神污染"勒令检查之前，通过基于个人主义与集体主义间紧张关系的多方论辩，"个人发展"的合理性已经逐渐成为一种共识。在1981年第6期《中国青年》的总结性文章中，编者就提出要"正确认识人的价值"，"正确处理国家利益、集体利益和个人利益三者之间的关系"，并借助青年马克思的异化理论强调发展与完善自我，而"私"并不等同于"个人主义观念"[1]。直到1983年12月华中工学院党委告状后，《中国青年》才不得不递交内部检查，并于1984年第1期[2]公开陈述"潘晓讨论"为个人主义思潮泛滥开了绿灯，造成极坏影响。处于这样的时局变动中，《人生》做到了"双保险"：叙述者对高加林的同情既说出了一代人艰难寻找出路的心声，迎合了青年读者对实现自我价值的

---

[1] 《献给人生意义的思考者》，《中国青年》1981年第6期。
[2] 《"主观为自己，客观为别人"错在哪里？》，《中国青年》1984年第1期。

肯定；小说最后回归土地的结局，又适度回应了国家层面改革话语对于八十年代青年的角色要求，在为个人松绑的同时，仍然批评个人主义，并寻找理想主义教育的可能途径。但是，如果注意到《人生》的文本内部还嵌套着一个《丢失的梦》中凌云的故事，就会发现高加林与凌云们的"人生观"问题，其实已经溢出了"潘晓来信"的讨论范围。

这不再仅仅是一个"个人主义与集体主义如何调和"的问题，由于个人发展在农村受到不同于城市的额外限制，要求克服差别的平等诉求，在一定程度上恰恰催化了关于农村青年实现个人发展合理性的认同态度。1984年电影《人生》热播后，关于《人生》的批评越来越呈现出一种偏向于个人主义的激进情绪。以下几则意见，均出自 1984 年 11 月分别由《大众电影》和《中国青年》组织的两次《人生》电影座谈会：

> 黄方毅（中国社科院世经所）："我认为，高加林的追求，可以说是一种朴素的功业追求。难道想干一番轰轰烈烈的事业，就是个人主义？我认为不是。高加林是一个受过教育的农村知识青年，他追求的是精神生活占很大比重的生活。人类的进步，总是由低层次（物质层次）向高层次（精神层次）发展的。高加林的追求，就是这种精神层次的追求。所以，他的追求可以说是进步的。"①

> 刘庆燕（北京大学英语系学生）："我认为编导对他的结局处理很不好。这样一个有才华，有作为的人，为什么一定要让他回家乡种地？为什么他一定要固定在土地上？他完全可以在城市的四化建设中大有作为。如果这

---

① 《中国青年》《社会·人生·高加林和我们——电影〈人生〉座谈会记录》，《中国青年》1984 年第 11 期。

样，那些从农村出来的大学生毕业后只有回农村才是正确的了？"①

王忠明（国家计委）："我认为《人生》在提倡一种反对改革而安于贫困的思想，好像高加林怎么奋斗也不成，你必须回到故土去，那里就是你的根。"②

杨利川（中国社科院青少年研究所）："长期以来，在中国整个社会结构中，使农村封闭的界限划得太多了，使农村青年缺少发展的余地。如户口有农业非农业之分，职业有集体国营之分，这些界限影响着人才的流动，也就造成一些有志的农村青年要想实现自己的人生理想时，不得不依赖于机遇。"③

上述讨论提醒我们注意两个问题：一是高加林作为农村知识青年区别于一般底层农民的特殊性，即第一则意见所说，他对精神生活的追求更大。而第二则意见也明确提出了农村大学生接受高等教育后的出路问题，认为城乡政策可能造成人才流失和教育资源的浪费。二是新时期要克服社会差别的难度。第四则意见将导致农村青年投机行为的社会原因归结为历史形成的城乡区隔制度，而新时期将继续面临"人地紧张"情况下如何解决现代化进程中农民与农村的安置问题。虽然改革开放以来，限制农民进城务工经商的障碍逐渐取消，但在粮食供应、教育就业、医疗保险等方面仍然存在着城镇户口与农村户口的权益差别。因此，当第三则意见直接用"反对

---

① 《大众电影》《一场关于人生价值的辩论——本刊编辑部举办影片〈人生〉讨论会》，《大众电影》1984 年第 11 期。
② 同上。
③ 《中国青年》《社会·人生·高加林和我们——电影〈人生〉座谈会记录》，《中国青年》1984 年第 11 期。

改革、安于贫困"来批评《人生》时，这种武断态度恰恰忽略了改革关于"先富""共富"的分层设计。实际情况是，大部分农民只能留在农村"劳动致富"，而这一点恰好与前述农村知识青年的精神追求相冲突。

这些意见或有褊狭之处，出发点也不同，但对高加林的"不得不"和"不得已"都报以了理解和同情。而电影改编更催化了读者们关于城乡差别的紧张情绪，甚至倾向于认为一种合理利己的个人主义，恰恰可以构成对城乡差别的有力挑战。吴天明导演在电影中加入了许多对陕北乡土民俗的渲染，特别是巧珍出嫁一段常被后世津津乐道。然而当时的许多意见却指出，电影片面加重了巧珍的戏份，"缺少对她善良中的愚昧、纯真中的盲目的批评"，也就削弱了观众对高加林的思考，仅仅将他看作现代陈世美，却看不到他的正面因素。"人是宁愿在奋斗、追求中毁灭，还是安于所得所遇？《人生》原著没有解决，影片又进一步认可的是命运的不可抗拒。你高加林虽然有才，自信自尊，但你出生于一个偏僻乡村的农民家庭，那么你就老老实实地在那儿服从命运的安排吧。这一不合理而又历来存在的事实，一直为一些中外作家所苦恼，可又很难突破世俗偏见的桎梏，依然是认可等级制度存在的合理性，对于'平民子弟'挤进'上流社会'的行为，看不到不道德手段中存在的合乎道德的正义要求，而加以谴责。"①——在这段批评中，城乡差别被明确等价于与一种不合理的身份等级制度，而高加林的个人反抗被认为是反特权，追求平等的必然选择。

正是在这一点上，路遥与他的这些读者分道扬镳：当持有城市户口的读者为高加林鸣不平时，饱受城乡区隔制度各种后果的路遥，反而并没有断然肯定与支持高加林式的个人奋斗。他固然同情高加林几乎有些"以恶抗恶"的上升追求，这里面不难体会到他自

---

① 林为进（中国作协创研室）：《高加林和巧珍"本末倒置"》，《中国青年报》1984年11月14日。

己和弟弟们进城之路的艰辛，但又希望能在小说的虚构世界里保存一点浪漫，保存他"对生活的一种审美态度"。

在构思创作《人生》的间隙，路遥于1980年冬到1981年春完成了另一个中篇小说《在困难的日子里》。同样带有自传性色彩，为什么路遥要在《人生》之外跳转回二十多年前的1961年，写一个充满了饥饿、屈辱，却又温情脉脉的故事呢？如果说读者们从高加林身上，读出了改革初期一个趋近于连式的个人主义的时代英雄，那么路遥则要通过《在困难的日子里》的马建强，提供另一个版本的个人奋斗故事。在这个故事里，农民的儿子马建强同样在作为各种社会差别缩影的班级里受尽歧视和冷遇，但路遥还是写下了马建强和吴亚玲、郑大卫（两人的父亲都是战争年代的革命军人，现任武装部长），甚至周文明之间超越社会差别的动人友谊。路遥说，"那时候，尽管物质生活那么贫乏，尽管有贫富差别，但人们在精神上并不是漠不关心的，相互的友谊、关心还是存在的。可是今天呢？物质生活提高了，但人与人的关系却有些淡漠，心与心隔得有些远"，所以，他要用写历史来给现实生活一束淡弱的折光，"写一种比爱情还要美好的感情"①。这种感情并不仅仅指友谊，而是指如何对待自己，又如何对待他人，回到"潘晓讨论"的话题中，就是如何对待个人发展与他人、社会以及国家发展之间的关系。《人生》本可以写成一个更接近于现实生活状态的关于"活法"的故事，一个丛林法则中如何适者生存的个人奋斗指南，但写出《在困难的日子里》的路遥，最终还是把它写成了一个关于"人生观"的故事，一个如何正确对待生活的问题。

---

① 路遥：《答中央广播电视大学问》，引自《路遥全集·散文、剧本、诗歌、书信》，北京十月文艺出版社2012年版，第201页。

小结　路遥式个人主义：在梁生宝和于连之间

《人生》中黄亚萍曾描述高加林："有点像小说《钢铁是怎样炼成的》里面保尔·柯察金的插画肖像；或者更像电影《红与黑》中的于连·索黑尔。"批评家也说："从性格的某些外在表现，诸如倔强、坚韧、强悍等方面看，他有点像保尔，然而，从精神上，气质上，不顾一切地追求个人的发展上看，他更像的是十九世纪资产阶级个人奋斗的英雄于连·索黑尔。"[1]路遥的生前好友陕西作家高建群曾回忆《人生》"写的是一个《红与黑》中于连·索黑尔式的命题，一个生活在社会底层的野心勃勃的小人物试图跻身到上流社会，想'飞得更高'的问题"[2]。高加林身上的两重叠影，就此打开了关于社会主义新人与资产阶级个人奋斗者之间界限松动的缺口，而曾经被政治化解读的于连形象，也更格外受到新时期读者的瞩目。

法国理论家朗西埃在对《红与黑》的解读中，曾提到一个常被人疏忽的细节：一个如此不择手段、精于算计、从社会最底层走入上流社会的于连，为什么最后反而感情用事地枪杀了雷纳尔夫人，并毫无反抗地被捕入狱；为什么最终是在狱中，于连才感受到了前所未有的幸福。朗西埃从于连身上读出"底层人摆脱自身束缚的两种方式"："一是把人们的定位全都逆转"，如于连最初用理性计算的方式以恶抗恶，在既有的等级秩序中夺取他人的位置；"一是在游戏中把这些定位悬置"，放弃算计、欲求和期待，如于连在狱中

---

① 蒋荫安：《高加林悲剧的启示》，《青年文学》1983年第1期。

② 高建群：《路遥的一些事情说出来很爆炸》，http://culture.ifeng.com/huodong/special/luyao2/wenzhang/detail_2012_11/17/19261740_0.shtml。路遥多次谈及他对于《红与黑》的阅读。在《平凡的世界》第三卷中，有一段孙少平给矿工们讲《红与黑》的情节，讲到于连爬窗与情人幽会，矿工安锁子对小说中的男欢女爱心生嫉恨，一把夺过书扔进了煤堆，"去它妈的，于连×小子太美了，老子在这儿干受罪。"

体会到的"无为的享受"①。而后者才是朗西埃在卢梭的"遐想"中阐发出的"平等的革命":于连式的反抗终究是失败的,真正的平等感只存在于无阶层差别的感性体验中。朗西埃的分析有其特殊的西方理论背景,但也启发我们去注意路遥对高加林感觉世界的细致描绘,去注意高加林与于连相似的、为了远大前途不断叮咛自己"不要反顾!不要软弱!"的精神挣扎,以及路遥笔下高加林最终与于连不同的人生去向。

《人生》中有这样一个片段:高加林进城当记者后的第一个任务,是到抗洪前线去,叙述者说,高加林性格中的冒险精神和英雄主义品格终于找到了一次展示机会:

> 他尽管一天记者也没当,但深刻理解这个行业的光荣就在于它所要求的无畏的献身精神。他看过一些资料,知道在激烈的战场上,许多记者都是和突击队员一起冲锋——就在刚攻克的阵地上发出电讯稿。多美!

当高加林袭用战争年代的理想主义行为模式,仿照《红旗谱》的英雄形象创作通讯稿时,他所体会到的"光荣"更多地停留在对形式而非内容的追求上,他需要一种对献身精神的感觉体验,却又没有为"谁"献身的具体的实践指向。相比同期蒋子龙《赤橙黄绿青蓝紫》中青年形象刘思佳在油库失火参与抢险后的精神转变,②高加林的行为还是以个人名利为出发点的,"多美!"的感觉结构里

---

① 〔法〕雅克·朗西埃《美感论——艺术审美体制的世纪场景》,赵子龙译,商务印书馆 2016 年版,第三章"底层青年的梦",第 58—60 页。

② 当解净和刘思佳的人生观辩论胜负难分时,蒋子龙专门设计了一个两人共同在油库失火的紧要关头,为保护集体财产并肩作战的情节。刘思佳被解净的奋不顾身感动了,连流氓何顺也意识到,"他怕的不是她的职务,而是她的人格,她的灵魂。她的全部人品就好像一支火把一样,照出他的确像个无赖,像个流氓……"参见蒋子龙:《赤橙黄绿青蓝紫》,《当代》1981 年第 4 期。

已经缺少"十七年"社会主义美学中的集体主义诉求。而正是这种带有全新含义的"爱美之心",使得高加林更加明确了他要背离乡村生活的个人选择——"到城市去,那里有广阔天地,一定可以大有作为"。

从这一点看,理解或评价高加林"进城"方式的关键并不是"走后门",而是"爱美之心"中关于"美"的价值认同。如本章参照柳青《创业史》的分析,虽然在小说中通过重新定义"美"来赋予农民"光荣感"的方式不能真正克服客观存在的"三大差别";但是当高加林以"共同美"的名义似乎超越了趣味的阶级区隔时,谁来定义"美"(以及其他关于"人的价值"的判别标准)的文化领导权问题,仍将决定高加林们是否能真正获得与市民、精英知识阶层相当的尊严感与幸福感。就算高加林在黄亚萍的倾慕中能与她共享一种小资产阶级的生活想象,无论是在物质消耗还是精神需求上,农民出身的高加林与城市出身的干部子弟黄亚萍都根本不同。这恐怕就是为什么连盛赞高加林自我意识觉醒的李劼,也批评高加林采取了极其世俗的抗争形式:"似乎只有把自己的农民身份变换成记者、作家、局长、书记等等,才体现了人的自身价值。"[1] 此时的高加林还无需面对九十年代后市场经济崛起和消费文化对价值观的冲击,但如果不能对新时期以来人们变化着的身心状态有足够把握,不能在总结各种思想辩论的基础上去探索如何建构更有力的"人"的精神主体,高加林的反抗就必然陷入这样一种悖论之中:对既有身份等级制度的承认,反而成为高加林摆脱社会差别中个人被歧视命运的必要前提。这种"更衣记"式的个人抵抗,很大程度上正是布尔迪厄所谓的:"个人将社会结构内在化并变为指导行为、举止、倾向和品味的等级模式的过程。"[2]

---

[1] 李劼:《高加林论》,《当代作家评论》1985 年第 1 期。

[2] 〔法〕皮埃尔·布尔迪厄、罗杰·夏蒂埃:《社会学家与历史学家》,马胜利译,北京大学出版社 2012 年版,第 85 页。

身处八十年代改革进程中，路遥很难如此清晰地认识到高加林式个人追求在面对社会差别时必然遭遇的结构性困境。改革以尊重个人权利（或个人自由）为核心的概念调整了毛泽东时代的集体主义规范，为高加林的自我意识赋予合法性。以"现代"为名的城镇化潮流，又为高加林的个人进取提供了历史动力。尽管路遥曾真诚地表白，《人生》的写作在某种程度上是"向这两位尊敬的前辈作家（柳青和秦兆阳）交出的一份不成熟的作业"[1]，但路遥笔下的高加林形象，还是更容易唤起读者关于十九世纪资产阶级新人"于连"、而非社会主义新人"梁生宝"的文学记忆。

然而，路遥终究没有把高加林写成于连。当他以柳青《创业史》中的段落作为《人生》题叙时，他所认同的文学传统本身已经构成对高加林人生观的质询。当路遥被批评有"恋土情结""没有割断旧观念的脐带"时，"作为血统的农民的儿子"，路遥当然不可能把束缚高加林的农村，简单等价于"落后文明"或"传统桎梏"。对终于在城市中站稳脚跟的路遥来说，高加林的故事是对自己人生经历一次最自然释放又最费尽心机的摹写，无论是进城改变个人命运的渴望，还是辜负巧珍的自责，都是他从自己身上感受到时代转型中人心悸动的朴素记录。"当历史要求我们拔腿走向新生活的彼岸时，我们对生活过的'老土地'是珍惜地告别还是无情地斩断？""千千万万的高加林们还要离开土地，而且可能再也不返回"——但就像高加林必须面对巧珍，路遥要自己和高加林们都记住他们对"老土地"的感情。[2] 无论这种感情应当被诠释为一种五十至七十年代社会主义理想教育遗留的集体记忆，还是未被现代革命扫荡干净的乡土宗族伦理，都是为了给高加林们提供一种面向

---

[1] 路遥：《致阎纲》，引自《路遥全集·散文、剧本、诗歌、书信》，北京十月文艺出版社 2012 年版，第 591 页。

[2] 路遥：《早晨从中午开始》，引自《路遥全集·散文、剧本、诗歌、书信》，北京十月文艺出版社 2012 年版，第 61 页。

村庄的生活理想，也寄托了路遥试图调和现实与理想之间紧张关系的文学诉求。

当路遥敏锐地指出，是新时期农村政策的两重性——"在经济上扶助，在文化上抑制"，加剧了农村青年的苦闷与不平，他已经在反映社会现实的进城故事之外，提出了以怎样的精神图景去主动介入生活的问题。一方面，新时期农村改革通过包产到户、提高农产品价格、发展乡镇企业等方式，为个体农民提供了更为自主的劳动致富与就业途径，有效缩小了城乡收入差距；但另一方面，物质生活上的富裕，又不必然确保农民在精神文化生活上也获得与城市居民相当的平等感。那么，究竟要如何在这样的现实境遇中做出人生抉择？如何去定义"对更高文明的追求"？能否在"城优于乡"的等级意识之外对城乡关系有更多思考？高加林开放的人生结局预示了一种"路遥式个人主义"的"新人"构想：它是以合乎新时期意识的个体化与现代化追求为起点的，但又对这种追求本身具有自反能力；它既能释放改革动力，又能注意到与改革伴生的问题，尝试建立起更为合理的价值根基。"个人"必须被放到关系中去理解，这个关系可以是社会性的：如何对待自己，如何对待他人；也可以是历史性的：个人从哪里来，要到哪里去。高加林最终重返农村，但"个人"并没有被扼杀。不是要把个人重新束缚在土地上，而是希望个人能够成为一个更具生产性的容器，让土地不再成为必须被逃离的荒野。

可惜《人生》仓促结尾，路遥既没有展开叙述高加林的城市生活，也没有真正描述出一个可以让高加林获得认同感和权利保障的乡土世界。回到柳青的传统，前一个问题是柳青通过"改霞进城"的情节有所涉及却不会与农村合作化分割开处理的，是新时期文学将持续探索的新主题。后一个问题则是柳青创作及其社会实践工作最为关注的。尽管路遥不再如柳青要论证农村社会主义革命的必然性，但他仍然要思考现代化进程中农民与农村的安置问题。在后来的"三农问题"讨论中，有学者指出，改革时代将继续面临"人地紧张"的现实困境。如果不能将几亿农民全部转移到城市去过上以大量资源消耗为基础的现代生活，就必须建立一种新的现代化生活的标准。这种衣食无忧的、有尊严的、体面的生活，"不是以占有物质多少来确定人的价值，而是以人是否可以与自己的内心世界、与他人之间以及与自然之间的和谐相处来确定自己的价值。"①——如何让高加林"既出得去，又回得来"，正是以相似的问题为基点，《人生》既最突出地体现了路遥对"柳青传统"的背离，又开启了重新激活柳青遗产的必要与可能。

《人生》之后，路遥将他生命的最后几年都倾注到《平凡的世界》的写作。从我们一贯对文学性的理解来看，《平凡的世界》在形式上显得并无创新甚至有所倒退，但放到《人生》的写作脉络上——当高加林分身为孙家兄弟，一个进城劳动，一个回乡致富；当着墨不多的高家村，被铺展为改革时代阶层重组的全景中国时，可以看到《平凡的世界》如何在形式上更有可能回应《人生》未曾解决的问题。

1863 年，车尔尼雪夫斯基发表了《怎么办？》，副标题是"新人的故事"。这本被六十年代俄国青年奉为生活教科书的小说，据说在七十年代的北京地下沙龙中被广泛传阅，当时就有关于车尔尼雪夫斯基"合理利己主义"的讨论。十九世纪批判现实主义如何成为八十年代现实主义的文学资源？类似《怎么办？》《红与黑》这样的作品又如何参与到新时期人道主义思潮的主体想象中去？这些与路遥写作相关的问题还有待研究。但车尔尼雪夫斯基对为何要塑造拉赫美托夫的说明，或许有助于我们理解路遥小说形式的意义："更崇高人物的出场，是为了让人们看到，我的主角们绝对不是理想，绝没有超过同一典型的人的一般水平"，而"艺术性的第一个要求是必须这样描写对象，就是使读者能够想象出他们的真实的样子"②。

---

① 贺雪峰：《新乡土中国：转型期乡村社会调查笔记》，广西师范大学出版社 2003 年版，第 248—249 页。

② 〔俄〕车尔尼雪夫斯基：《怎么办?》，蒋路译，人民文学出版社 1959 年版，第 348 页。

第三章 改革时代的"创业史": 交叉地带的文学实践

路遥在为青海人民出版社 1985 年发行的《路遥小说选》作序时，叙述了自己出生于贫困农民家庭又辗转进城的一段经历，并再次提到"交叉地带"的概念：

> 我的生活经历中最重要的一段就是从农村到城市的这样一个漫长而复杂的过程。这个过程的种种情态与感受，在我的身上和心上都留下了深深的印记，因此也明显地影响了我的创作活动。
>
> 我的作品的题材范围，大都是我称之为"城乡交叉地带"的生活，这是一个充满矛盾的、五光十色的世界。无疑，起初我在表现这个领域的生活时，并没有充分理性地认识到它在我们整个社会生活中所具有的深刻而巨大的意义，而只是像通常所说的，写自己最熟悉的生活。这无疑影响了一些作品的深度。后来只是由于在同一块土地上的反复耕耘，才逐渐对这块生活的土壤有了一些较深层次的理解。①

---

① 路遥:《〈路遥小说选〉自序》，引自《路遥全集·散文、剧本、诗歌、书信》，北京十月文艺出版社 2012 年版，第 183—184 页。

关于路遥对交叉地带的理解，这段自白提供的重要信息涉及"作家与他的生活的关系"问题。一方面，"城乡交叉地带"之所以成为路遥小说的母题，是因为他亲身经历过由农村进城的艰辛：出身贫困农民家庭，在农村长大读小学，又到县城读初中，十七岁前青少年时期的大部分日子都是在农村和县城度过的，中学毕业后返乡劳动，教过村民办小学，后来又在县城做各种各样的临时工，直到1973年考入延安大学，大学毕业后才进入省城文学团体工作，于1982年成为专业作家——"我的生活经历中最重要的一段就是从农村到城市的这样一个漫长而复杂的过程。"但另一方面，路遥又清醒地认识到这可能会影响他作品的深度。如何平衡叙事作品中的虚构成分与经验成分，如何将个人化的生活经历提炼为具有社会典型意义的时代命题，这是他必须克服的创作难题。

对"交叉地带"的理性认识与感觉经验，决定着路遥对文学表达形式的选择；反过来，置身于文学思潮与文学史影响中的创作实践，又会影响到路遥对作为社会现象或历史结果的"交叉地带"的理解和把握。因此，有必要把"交叉地带"放入到一个更长时段的历史视野中：路遥的"文革"经验、成长记忆中陕北农村的现实苦难，决定了他在接受"文革文学"规训的同时，逐渐背离"十七年"文学中关于"三大差别"的认识装置与写作形式，见证了社会主义合法性的危机时刻；亲历新时期初农村体制改革与城市化进程的展开，又决定了路遥创造出"高加林"这一文学典型，为农民（尤其是农村知识青年）克服城乡差别、追求个人价值实现提供一条面向乡村之外的生活道路，重新调整他认识"城乡交叉带"的坐标轴。至此，无论是在批评家的总结，还是路遥越来越丰富的创作自述中，交叉地带都不再仅仅指涉单纯的"城/乡"空间区隔或制度差别，而是成为象征改革时代中国社会转型的一个文学符号。就像路遥用另一个词"社会的断层"所描述的："旧的正在消失，新的正在建立。消失的还没消失，建立的也还没建立起来"，"不论生产上，人们的日常生活、人们的意识都处于过渡、转折、斗争、矛盾的这种状态"。转型时期的交叉重叠，使得居于这一过程中的作家"看不到这种变化的最终结局"，无疑为其写作制造了难度；但路遥也因此越来越明晰了自己的创作方向，即"寻找社会生活中矛盾冲突比较尖锐的部位"[①]。

从1982年下半年到1983年，《人生》风靡文坛，中青社编辑王维玲回忆自己在《人生》发表后曾多次向路遥转达了对下部的期待和意见，路遥的回复都很审慎。1982年8月23日致王维玲信中，路遥提及如写下部，自己唯独没有把握的就是主人公高加林，"他的发展趋向以及中间一些波折的分寸，我现在还没有考虑清楚"；"我还有这样的想法：既然下部难度很大，已经完成的作品也可以说是完整的，那么究竟有无必要搞下部？"12月15日致王维玲信中，路遥说新写完一篇七万多字的小说，但很不满意。后来他又多次和王维玲谈到《人生》给自己带来的精神压力。直到1985年，路遥才明确对王维玲说，已开始大量阅读长篇，为"一部规模较大的作品做准备工作"[②]——这即是路遥生命最后几年全身心投入的《平凡的世界》。

从"没有下部"的《人生》，到酝酿数年的《平凡的世界》，路遥不只是为了还击那些认为他不再能逾越《人生》高度的意见，也不仅仅是对自己能否驾驭现实主义长篇小说能力的挑战，其实也是换一个方式去思考他此前无法把握的高加林的命运。如果说《人生》的焦点只是"这一个"高加林，《平凡的世界》面对的已是1980年代各阶层重组后社会的方方面面。是什么因素促使路遥的创作风格、面貌走向《平凡的世界》？"交叉地带"的社会现实又如何

---

① 路遥：《东拉西扯谈创作（一）》，引自《路遥全集·散文、剧本、诗歌、书信》，北京十月文艺出版社2012年版，第114页。

② 王维玲：《岁月传真——我和当代作家》，首都师范大学出版社2009年版，第315—323页。

在不同的人物故事中被赋形？

从《平凡的世界》第一部发表后，如何评价现实主义文学的问题越来越与对路遥文学价值的评价扭结在一起。白描回忆，在1986年12月29—30日《花城》《小说评论》编辑部联合召开的座谈会上，绝大多数评论家都对作品表示了失望，认为是一部失败的长篇小说。"回到西安，路遥去了一趟长安县柳青墓。他在墓前转了很长时间，猛地跪倒在柳青墓碑前，放声大哭。有谁能理解路遥众人皆醉唯他独醒的悲怆呢？"[①]这一令人心酸的场景，提醒我们必须返回历史现场去体会路遥选择的文学道路。此后，路遥及其《平凡的世界》越来越被理解为1980年代现实主义文学遭遇危机的绝唱。那么，路遥的写作究竟属于哪一种现实主义？如果说他有意继承柳青的遗产，柳青所代表的"左翼－社会主义现实主义文学"传统又如何进入新时期？应当怎样理解1985年后社会思潮与文学思潮变革对路遥评价的影响？本章即从《平凡的世界》的周边故事入手，并以柳青及其《创业史》为参照，细读路遥在《平凡的世界》中图绘的转型中国。当路遥在形式上以现实主义为纲时，他关于"交叉地带"的文学想象也将生产出新的历史信息，一般印象中《人生》的超前性或《平凡的世界》的不合时宜，在不同历史参照系中必然呈现出不同的面貌。

---

① 在由李国平（当时署名"一评"）撰写的研讨会纪要中，并没有呈现出白描所说的"批评的声音"。厚夫在其《路遥传》中指出，这是因为陕西评论界当时仍竭力保护路遥的创作精神与方式，对其成绩持褒奖态度。后来事实上是到路遥去世之后，才有更多回忆文章还原了当时路遥"遇冷"的情境。如：刘婷的新闻报道《路遥曾因〈平凡的世界〉消沉，遭遇车祸时仍昏睡》（《北京晨报》2012年12月3日），就以有些"戏剧化"的标题，转述了白描对会后一同与路遥从北京返回西安时心境的回忆。

第一节　从《人生》后退：路遥的文学自觉

　　当人们还在争辩《人生》结尾过于仓促，甚至开始批评路遥的"恋土情结"时，路遥似乎越来越明确这就是高加林现阶段应有的人生方向。这倒不是说路遥一定要把高加林打回原籍当一辈子农民，而是他更强调在评估一切合理的个人实现与现代追求时，即使面临客观社会现实造成的不公正待遇，仍然需要考虑是否树立了正确人生观的态度问题。正如上一章最后所提及的，路遥在《人生》三易其稿的过程中，完成了《在困难的日子里》①这个带有浓重自传体色彩的中篇小说，可以看作是在另一个平行时空里展开了与《人生》不同却相互呼应的故事。路遥构思并完成这两部作品的几年里，是他彻底从农村户口转为城市户口，并竭力用刚刚获得的文化资本努力为家人实现"进城"梦想的特殊时期：《在困难的日子里》写于 1980 年冬到 1981 年春，在这之前的一两年中，从结婚生女，到为弟弟们的工作四处奔波打点关系，②可以想象路遥这一阶段日常生活的混乱与压力。此时路遥苦心追求的文学事业才总算传来喜报，《惊心动魄的一幕》在 1980 年第 3 期《当代》发表，加上其他几个短篇作品，路遥急需用更好的文学成绩来稳固他已经成为专业作家的身份和地位。也正是 1982 年《人生》发表前后，路遥由陕西省作家协会《延河》编辑部小组组长的职位，转为陕西省作家协会正式驻会作家。如果把《人生》和《在困难的日子里》看作

---

① 路遥在 1981 年 5 月 16 日致海波的信中，提及自己最近完成了一部中篇小说，叫《1961 年：在困苦中》，得《当代》主编秦兆阳赏识，估计年底发表。信中也提及 7 月份将开始休四个月的创作假，这也即集中完成《人生》终稿的最后几个月。

② 路遥 1978 年 1 月与林达结婚，1979 年 11 月女儿路远出生，1979 年冬天为弟弟王天云找工作曾多次信嘱海波帮忙，同年末至 1980 年上半年为了弟弟王天乐招工指标的事给谷溪频繁发信。1980 年秋，王天乐被招工到铜川矿务局鸭口煤矿当采煤工人。

是路遥对自己这几年生活的体悟和总结：从《人生》中高加林的身上，我们可以读出同样身为农村知识青年的路遥，对现实生活境遇的愤懑不平和他对更高精神追求的向往；而《在困难的日子里》则更像是作者苦尽甘来后与现实的温情和解，流露出对生活的感恩和对历史的回望。

路遥为何要在改革春风扑面而来的八十年代写一段二十多年前的苦难生活呢？《在困难的日子里》仿照《惊心动魄的一幕（一九六七年纪事）》，增加了副标题"一九六一年纪事"，尝试以一种编年纪事的方式来建立对"当代"生活的理解。1983年3月16日路遥在《延河》编辑部青年作者座谈会的发言中，专门谈到历史观的问题。这个问题提出的急迫性，一是因为路遥预见到会出现一大批"赶形势、赶时髦、永远也赶不完"的改革者题材，所以特别强调"今天的变化"是从历史各个阶段发展过来的；另外，路遥还注意到反思"文革"时可能存在的浅薄态度。"无论对近代史，也无论对党史或二万五千里长征的壮举，不要学某些人那样从世俗的观点去看待，不屑一顾。这不对，应该对这个壮举怀有深厚的历史感、光荣感。""那些成千上万的革命志士，艰苦奋斗，光荣牺牲，为革命事业献身，他们是那样年轻，甚至不懂得恋爱、性爱就死去了。"[①]可以说，是这种历史感构成了路遥小说中近于悲壮的崇高美学，而正如本书第一章所述，也是路遥在六七十年代成长之路中自我锻造的性格与英雄气质。

由此可以理解，尽管两篇小说所触及的历史背景"三年困难时期"和"文革"十年动乱，在新时期初都可以被写作"忆苦思甜"的伤痕故事，路遥还是更多地去呈现了"人"如何在极度的生存困境与思想冲突中仍能坚持理想主义精神和高贵的品格。就像《在困难的日子里》，受尽歧视和屈辱的马建强通过勤奋学习和拾金不昧

---

① 路遥：《漫谈小说创作——在〈延河〉编辑部青年作者座谈会上的发言》，引自《路遥全集·散文、剧本、诗歌、书信》，北京十月文艺出版社2012年版，第109页。

的高尚品德，最终赢得了来自不同阶层的同学们的深厚友谊。"那时，人们虽然处于极其困难的境地，但在生活中却表现出了顽强地战胜困难的精神，表现出了崇高而光彩的道德力量。"①小说结尾颇具象征意义，干部子弟、农民儿子、人民教师手拉手唱起《游击队之歌》，仿佛历史的"回声"，要唤起新时期初精神创伤修复，人与人之间和解的共鸣。这即是路遥所说，要以"历史故事"的折光来照亮生活。在发展经济建设滋长功利风气的当下，重提一种"罗曼蒂克精神"，"而不是一种消极的人生态度和一种过分的自我主义"，用以克服八十年代在青年思潮中渐起的虚无主义情绪。"我们不仅使自己活得很好，也应该想办法去帮助别人。"②路遥就此提出了一个积极转化历史资源的问题，即如何将那种生根于"革命年代"并且曾帮助人们度过艰难年代的所谓"罗曼蒂克精神"重新激活，在经受"文革"损伤后重新转化为全民上下共同承担改革的动力？

整理《在困难的日子里》马建强的阅读史：《创业史》《青年近卫军》《钢铁是怎样炼成的》《把一切献给党》等等，这些由"红色经典"构成的文学记忆是否就是路遥心目中罗曼蒂克精神的来源呢？它们又要如何在八十年代逐渐告别革命与重写文学史的时代语境中继续发挥效力呢？路遥在1983年元月给李炳银的信中，曾抱怨说《在困难的日子里》在《当代》压了一年后才勉强发表："听说编辑部意见很分歧，有同志说我写了'饥饿文学'，我很不理解。他们没有看出一个简单的事实：我在写一种精神上的'温饱'。"③尽管据路遥所说，小说发表后，读者并未被"饥饿"吓倒，《中篇选刊》转载，安徽电视台还将它拍成了电视剧，足见作

---

① 路遥：《这束淡弱的折光——关于〈在困难的日子里〉》，引自《路遥全集·散文、剧本、诗歌、书信》，北京十月文艺出版社2012年版，第104页。

② 路遥：《答陕西人民广播电台记者问》，引自《路遥全集·散文、剧本、诗歌、书信》，北京十月文艺出版社2012年版，第209—210页。

③ 路遥：《致李炳银》（1983年元月25日），引自《路遥全集·散文、剧本、诗歌、书信》，北京十月文艺出版社2012年版，第586页。

品被接受程度。但比较"《人生》热",读者或文坛显然都更倾向于接受高加林的"现实",而非马建强的"理想"。那么,当被评价为现实主义作家的路遥在作品中实践一种浪漫主义与理想主义的美学趣味时,应该怎样理解路遥的现实主义,及其小说中文学与现实的关系?

《寻找罗曼蒂克》的理想与现实

《人生》的成功,使路遥多了一个青年问题专家或人生导师式的特殊身份。1983年后路遥的各种创作自述、答记者问、现场演讲与读者交流等文字记录明显增多,《人生》显得不太和谐的结尾,越来越清晰地被概括为一个高度美学化的人生理想。路遥在许多场合回应社会上近来大兴的讲实惠风气,指出这几年我们生活中缺少一种东西,"我甚至还想专门写一部小说反映这个问题,题目就叫《寻找罗曼蒂克》。我觉得在青年人身上应该有一种罗曼蒂克的东西,尤其是在一个太世俗、太市民化的社会中,罗曼蒂克能带来一种生活的激情。想想战争年代,那时候男女青年有什么物质的享受?但他们那么年轻,有的人在二十多岁就牺牲了自己的生命。他们为一种理想,为一种精神,而使青春激荡。"[①]虽然路遥没有真的去写这部小说,但《人生》之后的几个中短篇小说,大凡涉及青年题材,几乎都践行了他关于寻找罗曼蒂克的主张。

1984年《文学家》创刊号发表了路遥的中篇小说《你怎么也想不到》。小说直接在每节标题后括号内注明这一节的叙述视角,让薛峰和郑小芳分别讲述他们的毕业分配抉择及此后不同的人生道路。这对情侣最终分道扬镳,进城故事与爱情故事的矛盾冲突很容易让人联想到高加林与巧珍,但郑小芳更积极主动的"返乡"之

---

① 路遥:《答陕西人民广播电台记者问》,引自《路遥全集·散文、剧本、诗歌、书信》,北京十月文艺出版社2012年版,第209—210页。

路，又让人思考路遥或许是在高加林之后探索着关于人生意义与自我实现的其他可能。

对照路遥与薛峰的履历，可以发现两人有许多相似之处：路遥，1973 年进入延安大学中文系读书，1976 年大学毕业后到省城的文学团体工作，1982 年成为专业作家，完成了从农民到城里人的身份转换；薛峰，十九岁时第二志愿考取省师范大学中文系，毕业后成为著名文学刊物《北方》的正式编辑，为了他的诗歌事业选择在城市留下来。尽管必须时刻警惕在作家的生活与作品之间并非简单的模仿关系，但这并不妨碍考察作家如何将自己的人生经验整理并化入到作品中去。这个过程既受到文学思潮的规训，又包含了小说家本人对职业作家身份与文学之用的自觉意识。尽管在路遥进城的文学路途中，并没有薛峰无法割舍郑小芳的爱情难题，也没有薛峰不光彩的"走后门"经历，但薛峰进城后的文学生活，一定包含了许多路遥的亲身体会。

路遥在小说中巧妙设置了岳志明这个高干子弟形象，由他引领薛峰进入文学的"小世界"。薛峰很快发现在文学圈子与所谓"现代生活"背后的"城乡差别"：这样的圈子是由一群确有才华的青年和没有才华但出身高干的子弟组成，这里充满艰深的哲学讨论、对国外最新艺术流派的竞相追逐，内部电影和高雅音乐、"萨特、毕加索、弗洛伊德、魔幻现实主义、意识流，是经常的话题"。相比此前《人生》中高加林走向黄亚萍时的神情自若，路遥写薛峰与贺敏相遇，已是语带讥讽。贺敏比黄亚萍的小资情调更进一步，是一个各方面都"现代化"了的姑娘，衣着爱好都是最时髦的，"喜欢朦胧诗，喜欢甲壳虫音乐，喜欢现代派绘画，喜欢意识流小说"。而薛峰却没有了高加林的骄傲。"虽然她的爱好不一定我就爱好，但我仍然装出和她一样爱好，甚至比她还要爱好"，为了配合贺敏的现代化风度，"我用积攒的一点钱，买了一套上海出的时髦的青年装。三接头皮鞋擦得黑明锃亮，并且还买了一副廉价的蛤蟆镜。

头发也故意留长了——可惜不是串脸胡，因此无法留大鬓角"[1]。

同样是"更衣记"式的身份转换，高加林进城后也无法摆脱阶层区隔的残酷事实，终于在《你怎么也想不到》中得到了印证。虽然路遥用反讽语调书写城市青年的文学生活，让薛峰亲眼看到贺敏在迪斯科舞会上与别的男人亲密，甚至用戏剧化的桥段完成对薛峰的道德惩罚，但路遥自己的经历、他的文学道路，都使他无法否认"进城"之于薛峰实现文学梦想的必要性。即使薛峰一再反省自己作为农民的儿子，无法割断与故乡的感情联系，他也只能以文学的名义"返乡"："我想我就是留在大城市，今后一定也要去那里的。但这应该是一个诗人去漫游，而不是去充当那里的一个永久的居民。"小说中有一段薛峰还乡的描写，让人想到鲁迅《故乡》中"我"被闰土称作"老爷"的场景。薛峰发现，当他时不时冒出几句"咬京腔"的醋熘普通话，走到哪都有地方干部前呼后拥时，自己在乡亲眼中已经是一个"外来的客人"。

薛峰的苦闷何尝不是当年路遥的烦恼。在大量关于路遥的回忆纪念文章中，可以收集到一些关于路遥进城后成为职业作家生涯中的日常生活片段，让人感受到路遥因其农裔城籍身份承受的压力，及其对乡情的矛盾态度。海波回忆 1982 年县人民政府办《山花》创刊十周年纪念活动，有人突然神秘地让他通知路遥最好别来参会，路遥收到海波电报后大发雷霆，"那是针对'三种人'的，你认为我是'三种人'吗？你拍这样一封没头没脑的电报，会在作协造成什么影响？你是想存心害我吗？"[2] 文人相轻，作协难免是非之地，可以想象在 1984 年政治审查明确、1985 年路遥被任命为中国作协陕西分会党组成员之前，路遥如何不得不时时为昔日"造反派"身份小心避嫌。曹谷溪曾感慨路遥是事业型的人物，因为给自己定了很高的人生目标，往往忽略了亲情友情："路遥常常要朋友为他办

---

[1] 路遥：《你怎么也想不到》，《文学界》1984 年第 1 期。

[2] 海波：《我所认识的路遥》，《十月》2012 年第 4 期。

许多事情，可是，自己却不大乐意为朋友办事"，路遥最不愿意做的事之一就是给业余作者看稿子。"他对文学艺术事业的追求，执着到懒于与人谈文学的地步"，而创作《平凡的世界》的几年里，他更是全身心投入到创作中，以至于连养父病逝，都没能回家行孝。[①]尽管路遥不追逐虚名，但挡不住朴实的乡亲们慕"名"而来托他办事。除了竭尽全力帮弟弟们"农转非"，还常有人来给路遥"捎话"：在农村的找他处理宅基地、计划生育、跟邻居打官司，在城镇的要求帮忙调动转正，还有文学爱好者的亲戚朋友想走捷径帮助发表，这些大都超出了路遥的能力范围。海波用生动的语言记录下了路遥的苦恼。路遥说：

> 该报的恩这样多，我们又有怎样的能耐呢？干咱们这一行的人都是些"水泡枣儿"，听起来名声大，事实上没实力。打官司不如法院的人，处纠纷不如派出所的人；搞"农转非"，帮忙入学和提拔更是门也没有。这情况那些求咱的人都知道，他们只是想让咱们给相关人员说一句，以为咱们"面子大""分量重"，一句顶他们好几句。其实完全不是这样，所谓的人情社会，骨子里是个"交换人情"的社会。你想"用"别人，必须是自己对别人有用。咱们对别人有什么用，要钱没钱，要权没权，别人凭什么听咱们的。
>
> 另外，咱们就没有那么多闲工夫。如果咱们把工夫都花在这些事上，什么工夫看书和搞创作？如果创作也搞不上去，像一只只会叫唤不下蛋的鸡，谁还能看得起咱？……报恩的最好方法是，努力地写东西、出作品、出名声。[②]

---

① 曹谷溪：《关于路遥的谈话》，引自《路遥十五年祭》，李建军编，新世界出版社2007年版，第9页。

② 海波：《我所认识的路遥》，《十月》2012年第4期。

人情社会、利益交换，且不论这些老道理在新时期社会变革中是否有了新内容，这里也已经勾勒出一段路遥穿越"城乡交叉带"时矛盾复杂的心态史。他深知像自己这样来自社会最底层的人，每前进一步，都得到过许多人的帮助，都值得报恩。但实际情况却是，"像咱们这样出身的人，要想成点事，就不能报这些恩"。于是，难以报恩的最终解决方式，就只能是努力写东西、赚文名。在合理的逻辑背后充满了无奈。相比路遥对青年谆谆教诲要"寻找罗曼蒂克"，生活中的路遥终于也不得不承认，"这一切太庸俗了，可为了生存，现实生活往往把人逼得在某些事上无耻起来"[①]。

回到《你怎么也想不到》中，小说题目已经暗示了生活现实与文学世界可能存在的巨大反差。而郑小芳之于薛峰的意义，就是为了在生活现实中打捞起失落了的罗曼蒂克，哪怕是在艺术的空中花园中保存渐渐消散的理想主义。在这部新作里，《人生》中巧珍、德顺爷爷身上的传统美德，被更清晰地表述为郑小芳与薛峰截然对立的人生观，并且呈现出与"十七年"革命理想主义教育一脉相承的感觉图式。在郑小芳那里，"崇高与低级的界限从来都没有模糊过"，有关幸福的"常识"不是享乐而是开拓；薛峰的"自我觉醒"在她看来不过是"疾病缠身"；庙会上一曲《玉堂春》就可以胜过内部放映的奥斯卡电影。

郑小芳毕业后选择用劳动和知识去改变荒凉的毛乌素沙漠，有趣的是，路遥在《人生》之后同样选择去毛乌素，要用苦难刺激自己从浮躁中转向更沉重的写作。"毛乌素情结"背后是一段与"十七年"理想主义密切相关的历史：从五十年代响应"绿化祖国"号召带领公社社员十年栽林二十亩的牧羊女宝日勒岱，到1974年成立并扎根大漠二十九年的陕西榆林市补浪河乡治沙女民兵连，再到八十年代初农校毕业投身家乡林业事业的徐秀芳——到祖国最需

[①] 路遥：《致海波》（1979年12月4日），引自《路遥全集·散文、剧本、诗歌、书信》，北京十月文艺出版社2012年版，第559页。

要的地方去，如郑小芳所说，这些扎根典型并不是为了一个英雄模范的光荣称号，而是要做一个有奉献精神和艰苦奋斗意志的"普通人"。当薛峰质疑郑小芳是理想主义、唱高调时，郑小芳说道：

> "这是我们的土地、祖国的土地，这难道是高调吗？如果因为贫困而荒凉，我们就不要它了吗？正如我们的父母亲因为他们贫困甚至愚昧，我们就不承认他们是我们的父母亲吗？难道承认他们是我们的父母亲，就是一件丢人的事吗？我们因此就可以逃避对他们的责任吗？"……"人，应该永远追求一种崇高的生活，永远具有一种为他的同类献身和牺牲的精神……假如有一天，全世界每个人都坐在了火箭上，够先进了吧？但火箭上的这些人已不再是真正的人，而是狼或者狐狸，那这种先进又有什么意义呢？"

这段人生观在某种意义上正是路遥在《人生》中曾感慨过的，来源于五六十年代国家对青年在面对城乡差别时如何认识国家利益和个人前途关系的正确引导。但值得注意的是，在这样一段激情洋溢的表白中，路遥通过郑小芳表述出的关于"社会差别"的认识，又已经不同于五六十年代嵌套于阶级斗争学说内的扎根叙述。郑小芳的理想主义论证包括三种资源：一是爱国主义；二是强调血缘关系的家庭伦理；三是进化论意义上的人道主义话语。虽然五十至七十年代动员青年扎根贫困地区的理想主义教育里，同样包含了为祖国献身的民族主义激情，也会以"母亲"喻"人民"，并且鼓励青年们在艰苦奋斗的生活实践中完善作为"人"的全面发展；但是，阅读一些当年进驻毛乌素沙漠的知识青年垦荒队等的事迹宣传，就会发现，它们更强调在"什么是知识""什么是集体主义世界观"等根本问题上的阶级话语的决定性，绝非后来仅仅以"献爱心"为主题的奉献精神。这其中的变化就像是新时期初关于如何

"再造社会主义新人"的讨论，当以经济建设为中心的改革进程加速社会的非集体化和个体化倾向时，新人的"社会主义"内涵必然要完成一个"去政治化"的转换过程。如贺照田所述，"如何在顺承、转化此宝贵的理想主义激情，为此理想主义激情找到新的稳固的支点的同时，消化和吸收因此理想主义的挫折所产生的强烈虚无感、幻灭感，及其所对应的破坏性能量和冲力。"[1] 1981、1982 年左右关于"四有新人"（有理想、有道德、有知识、有纪律）的提倡，关于"五讲四美三热爱"活动的广泛开展等，都是为了重新确立一个适应新时期的"社会主义新人标准"[2]。既要保存革命理想主义对个人主义的制约，又要避免不计个人发展的唱高调，可以想象这其中的难度。邓力群就曾回忆一次相关会议上黄克诚将军的质疑，"心灵美，是基督教的语言，我们何必搞这套东西呢？"[3]

在这一点上，路遥同样无法超越时代的思想困境。他用他这一代人的阅读记忆[4]来充实罗曼蒂克精神，但又不能在文学叙述中完

---

[1] 贺照田：《从"潘晓讨论"看当代中国大陆虚无主义的历史与观念成因》，《开放时代》2010 年第 7 期。

[2] 《中国青年报》1982 年 10 月 9 日，发表了共青团中央书记处书记高占祥的讲话《培养一代又一代社会主义新人》。从文中可以看到不仅文艺界，在国家政策纲领涉及青年教育方面，如何在新时期重新定义"社会主义新人"的政治内涵，一直是一个摇摆不定的问题。党的十二大报告中提出了"四有新人"的说法，才明确将培养青年的目标确立起来。

[3] 邓力群：《邓力群自述：十二个春秋（1975—1987）》，香港大风出版社 2006 年版，第 185 页。

[4] 白正明在《路遥的大学生活》中，回忆了路遥进入延大中文系后的一段阅读史："他曾对我说，'50 年代末 60 年代初，是中国当代文学的鼎盛期，出了不少好的作品，我要回到那个时期，和作家分享那酸甜苦辣、喜怒哀乐。'"在我的记忆中，他最感兴趣的是《延河》《萌芽》《收获》《小说月报》等。""在路遥的床头，经常放着两本书，一本是柳青的《创业史》，一本是艾思奇的《辩证唯物主义历史唯物主义》，是路遥百看不烦的神圣读物。"参见《路遥十五年祭》，李建军编，新世界出版社 2007 年版，第 51—52 页。路遥自己也说过，"我少年时候读《牛虻》《钢铁是怎样炼成的》《青年近卫军》《毁灭》《铁流》等，首先想的是怎样把自己锻炼成一个性格坚强的人。"参见路遥：《东拉西扯谈创作（一）》，引自《路遥全集·散文、剧本、诗歌、书信》，北京十月文艺出版社 2012 年版，第 134 页。

全保留毛泽东时代理想主义的政治内涵。尽管挖掘理想主义的历史资源使得路遥在《人生》之后没有走向于连式的个人主义，避免了个人在面对社会差别时事实上复制现存等级秩序的悖论；但是，这种仅仅强调自我牺牲与苦难中坚韧不屈的理想主义，真的可以弥补个人情感上的缺憾吗？又如何能牵引个人去完成改造社会、介入现实的实践维度？即使坚持了生活原则的郑小芳，最终也感慨生活的不如人愿，她收获了崇高的劳动和创造，却不得不失去爱情的幸福与满足。依旧是开放式结尾，路遥没有让薛峰离开城市，读者也无法确认郑小芳的等待和期冀，是否真的可以在薛峰心里扎下"罗曼蒂克精神"的根。

《你什么也想不到》是路遥在《人生》后的微调，但显然也无法完成他自己在《人生》中展开的疑问。在随后发表的几篇作品中，高加林式"以恶抗恶"的报复情绪，越来越趋向于一种与现实冲突的道德和解。如《痛苦》中的大年被同村的小丽抛弃后，励志复读重新参加高考，但考取大学后又放弃了找小丽，谴责自己的行为只是想证明"莫把人看扁"的心理报复。[①] 再如《黄叶在秋风中飘落》，小说虽然也通过刘丽英的婚变，写出了四个出身不同阶层青年的价值观冲突，但却没有深入思考刘丽英不惜放弃丈夫孩子也要嫁给教育局局长卢若华的根本原因，而是用精神富足与生活富裕、家庭亲情与个人私欲的简单二元对立，让刘丽英痛改前非。[②] 相比《人生》，这些作品或许更能圆熟地完成路遥的理想主义人生观教育，但也丧失了《人生》引发"个人主义"合理性论争的意义，无助于更有效地反省理想主义的历史资源在当下现实中转化的可能。

---

① 路遥：《痛苦》，《青海湖》1982 年第 7 期。
② 路遥：《黄叶在秋风中飘落》，《小说界》1983 年中篇专号。

《柳青的遗产》与作家姿态的确认

然而，无论是在"文革"中被挫伤的革命伦理，还是遭受现代化浪潮冲击的乡土中国的传统价值，尽管可供路遥转换的理想主义资源危机重重，路遥最终还是选择用"寻找罗曼蒂克"来处理文学与现实的紧张关系。这不仅是路遥这一代作家个人经验与道德理想的自然结果，更高度契合了新时期初文学体制重新整编毛泽东时代文学遗产的需要。观察《人生》前后路遥参与《延河》杂志与陕西作协的活动情况，陕西及陕西籍作家在革命史与"十七年"文学图谱中独特的地理位置，都自然熏陶了路遥的文学趣味。而柳青的《创业史》与毛泽东《在延安文艺工作座谈会上的讲话》，无疑成为他明确表达其文学主张的关键词：

1978年2月　柳青的《创业史》（第二部）开始在《延河》杂志连载，路遥担任责任编辑。路遥的弟弟王天乐曾回忆路遥做《创业史》责编时与柳青的亲切谈话：路遥问柳青，作为一个陕北人，为什么要把创作放在关中平原？"柳青说，这个原因非常复杂，这辈子也许写不成陕北了，这个担子你应挑起来。对陕北要写几部大书，是前人没有写过的书。柳青说，从黄帝陵到延安，再到李自成故里和成吉思汗墓，需要一天的时间就够了，这么伟大的一块土地没有陕北自己人写出两三部陕北题材的伟大作品，是不好给历史交代的。路遥在信里说，他一直为这段论述而感动。"①

---

① 王天乐：《苦难是他永恒的伴侣》，引自《路遥十五年祭》，李建军编，新世界出版社 2007 年版，第 193 页。

1978 年 6 月　　13 日柳青因病逝世。路遥在《延河》杂志1980 年 6 期上发表随笔《病危中的柳青》，用动情的笔触记录下柳青临终前最后的几幕生活片段。柳青为写《创业史》第一部耗时六年，前后修改四遍，其间患上了黄水疮；而柳青因病未能完成《创业史》写作计划一事，更成为路遥后来创作《平凡的世界》过程中最大的恐惧。《早晨从中午开始》里每每谈及自己病中写作的痛苦，光"病"一词就出现了二十三次，笔法与当年描摹《病危中的柳青》非常相似。

1981 年 11 月　作协西安分会、西北大学、陕西师范大学、陕西现代文学学会、《延河》编辑部联合发起"《创业史》及农村题材创作学术研讨会"，《延河》1982 年 1 月刊登《深入农村、勤奋耕耘：农村题材小说创作座谈会纪要》。

1982 年 5 月　　8 日，路遥参加作协西安分会在延安举行的毛泽东《讲话》四十周年纪念活动，并于5 月 23 日在陕西文艺界纪念《讲话》发表四十周年大会上发言。路遥特别提出这样一个问题："怎样继承我们宝贵的革命传统和革命的理论遗产"。"毋庸置疑，《讲话》的基本精神是正确的"，它将仍然是新时期社会主义文学艺术发展的重要方向，并有助于克服"文革"十年动乱后年轻人心灵上出现的历史虚无主义倾向。[①]

1983年4月　路遥于上海完成了随笔《柳青的遗产》，后
　　　　　　来发表于《延河》1983年第6期。

1983年6月　6—8日作协西安分会召开"纪念柳青逝世
　　　　　　五周年创作座谈会"。

在《柳青的遗产》中，路遥分别从两个方面集中概括了他对柳青的认识：一是柳青的现实主义文学传统，把生活小事与宏大史诗结合起来，不满足于躲进自己的内心世界搞创作；二是柳青的写作姿态，他竭力将自己当作一个普通人，把公民性和艺术家的诗情溶解到一起，像农民对待庄稼，像基层干部对待日常工作那样，把艺术创造当作普通劳动之一种。这两点基本精神不断出现在路遥的各种创作自述与演讲访谈中，特别是路遥关于创作活动和作家身份的认识，几乎保持了与柳青高度一致的论调。柳青说，"每一部作品都是对一个作家的考验，考验他劳动的坚韧性"[②]，面对写作中的痛苦与困难，作家必须深入生活，学会自我克制和忍耐。路遥同样把艺术创作视为一种艰苦的创造性劳动，"艺术创作这种劳动的崇高绝不是因为它比其他人所从事的劳动高贵，它和其他任何劳动一样，需要一种实实在在的精神。我们应该具备普通劳动人民的品质，永远也不丧失一个普通劳动者的感觉，像牛一样的，像土地一样的贡献"[③]。

已有研究者从作者形象和写作伦理方面，指出路遥对毛泽东时

---

① 路遥：《严肃地继承这份宝贵的遗产》，原收入《五月的杨家岭》，陕西人民出版社1983年12月版。引自《路遥十五年祭》，李建军编，新世界出版社2007年版，第145页。

② 柳青：《回答〈文艺学习〉编辑部的问题》，原载《文艺学习》1954年第5期。引自《中国当代文学研究资料·柳青专集》，山东大学中文系编，1979年版，第28页。

③ 路遥：《关于作家的劳动》，《延河》1982年第1期。

代文学遗产的继承性，^①但如果细致辨析路遥对柳青精神的实践，又能看到在"劳动""深入生活"等方面有别于"十七年"现实主义文学传统的新感觉。

在路遥的《早晨从中午开始》中，"劳动"一词出现了二十六次之多，对于《人生》之后深感"高处不胜寒"的路遥来说，"劳动"仿佛成为他救赎自我的唯一方式："我绝不可能在这种过分戏剧化的生活中长期满足。我渴望重新投入一种沉重。只有在无比沉重的劳动中，人才会活得更为充实。""劳动，这是作家义无反顾的唯一选择。""我在稿纸上的劳动和父亲在土地上的劳动本质上是一致的。"只有把写作视作平凡的劳动，才能摆脱因文成名的焦躁情绪。回忆那时反复思考"《人生》以后我怎么办"，路遥说，"我有时候的习惯像利比亚的卡扎菲一样，卡扎菲遇到危机就退到沙漠里的一个羊皮棚子里去考虑问题，《人生》写完以后，我想到毛乌素沙漠去考虑问题。"^②因为在沙漠里，可以无所干扰地面对内心，当他再回到喧嚣的城市中去时，就不会再被名利所惑。

有意思的是，在柳青的写作生涯中，也有过这样一段"转弯路上"的自我拷问。1952 年 1 月 22 日，柳青写下一篇长文深刻反省自

---

① 杨庆祥从作者形象和写作伦理方面，指出路遥对毛泽东时代文学遗产的继承关系。虽然 1985 年毛泽东时代文学体制在话语层面已经面临全面解体的危险，但现实操作层面仍保持着与主流意识形态和政权稳定性相关的延续状态。正是借助这种形式，路遥仍能保持身份意识、写作方式和生活方式"伦理学"上的统一。但是正如本节论述所示，如果细致比较柳青与路遥，无论是面对农民阶级的态势，对待专业作家的职业期待，或是对"劳动""深入生活"等"十七年"文艺方向的理解，路遥实际上都已经偏离了柳青的道路。而这正体现了现实主义文学在被"85 新潮"挫败之前，就已经在新时期文学的展开过程中埋下了危机：虽然以"回收十七年"的拨乱反正，修复了社会主义文学体制的合法性危机；但形式与内容分离的"回收"方式，必然越来越显示出语境错位中历史资源的失效。参见杨庆祥：《路遥的自我意识和写作姿态——兼及 1985 年前后"文学场"的历史分析》，《南方文坛》2007 年第 6 期。

② 路遥：《文学·人生·精神——在西安矿院的演讲》。1991 年 6 月 10 日在西安矿业学院讲课，大约从下午两点十分讲到五点，本文为录音整理。引自《路遥全集·散文、剧本、诗歌、书信》，北京十月文艺出版社 2012 年版，第 224 页。

已几次往返城乡之间的写作经历："我入城的时间比较早"，1946年3月东北解放后在大连疗养了一年七个月，"这个时间是我有生以来生活享受最高的时期"，"我一个住一栋房，楼上楼下七八间屋，为了自己省腿，上下安了两部电话。有一个人给我做饭并看门，嫌生炉子又麻烦又脏，安了一个四千度的专用电缸……虽然我为了文学创作事业，并没有留恋那种物质享受，但是这段生活对我是有影响的。那就是说我比过去对物质享受的兴趣浓厚了"。此时已凭《种谷记》和《铜墙铁壁》立足文坛的柳青，也有与路遥类似的"怎样写下去"的焦虑，"我清楚地感到很多同志三年五年以至十年八年没有作品，主要并非因为才低，而是因为他们没有认真地在群众里生活。……我写了两本书就自满不再下去的话，我就完了"。柳青于是决定，"每写完一个东西，必须立即毫不犹豫地回到群众中去。"① 几个月后，他参加了5月14日中宣部文艺处纪念延安《讲话》十周年座谈会，第二天下午便告别北京，乘上开往西安的火车，开始了他在长安县皇甫村长达十四年的扎根生活。此后，他参与建设了长安县第一个试点初级农业生产合作社，认识了后来梁生宝的原型王家斌，把《创业史》的写作与亲历农村合作化运动的政治工作合二为一。

早在延安"整风运动"时，柳青就提出过必须"稳在乡下"的自我批评："这些问题在我整个的青年时代都没有重视过，或者认为它们是不成问题的。譬如说人为什么活着？真像俗话说的'人活七十，为口吃食'吗？那太俗了，还算什么革命家？你要革命，你就不能只想吃好的。"反省头一次下乡时不安心，嫌弃乡下寂寞贫穷，急于回到物质条件好的延安去，柳青说，"我研究农民为什么劳苦？我研究他们怎么那么爱儿子和土地？我在那些漫长的春夏天的白日里，读了五本斯大林选集，特别注意那些关于党的工作和农村问题的演说"，它们"无疑在精神上支持了我，使我克制住一切邪念：享受，虚荣，发表欲，爱情要求，地位观念……把我在乡下

---

① 柳青：《到生活中去》，写于1952年1月22日，是柳青遗文的摘录，题目为编者加。引自：《柳青写作生涯》，蒙万夫等编，百花文艺出版社1985年版，第23—24页。

稳住了"①，之后便写出了第一个长篇小说《种谷记》。

在《早晨从中午开始》中，路遥几乎摹写了柳青所谓"转弯路上"的各个阶段，来叙述他从《人生》走向《平凡的世界》的心路历程："思考人生的意义——从城市逃亡——文学阅读与政策学习——对土地和农民的爱——艰苦的劳动与写作。"但对于柳青来说，城市生活的优越，不仅仅是城乡差别的客观事实，更是直接威胁到革命信仰纯粹性的严重问题。"物质生活的艰苦，这也是我们知识分子长期在工农群众中生活的一道难关；在农村里，我看大约是更苦一些"，因此，到农村去不仅仅是为了服从短暂的革命工作需要，更是要做好长期自觉的"过关"准备，过知识分子与群众结合的这一关，过毛泽东文艺方向的这一关。柳青"进城"后的焦虑，是一种害怕小资产阶级天性复发，作为革命党人在丰富物质生活面前变质的焦虑。柳青说，"生宝的性格，以及他对党、对周围事物、对待各种各样人的态度，就有我自身的写照"②，《创业史》不仅仅是写农民如何放弃私有制、投身社会主义革命，它同样是柳青的精神自传。当梁生宝以听党的话为出发点，用心体会，务实工作，在为集体事业贡献的实践中成长为一名社会主义新人时，创造梁生宝形象的柳青同样也完成了"向党交心"的思想改造过程。从这一点看，梁生宝的选择不仅仅是为了体现土地革命中农民最终走向互助合作道路的自发性，梁生宝"扎根事业"的成功，更是为了克服"稳在乡下"中"稳"字背后的紧张感，在积极的农村工作实践中确认作家的位置和意义。

与柳青不同，路遥的"进城"焦虑一开始就是以自我实现、摆脱农民阶层在物质和精神方面的双重贫瘠为起点的。成为职业作家的路遥，不可能再回到农村去做永久的居民，"稳在乡下"也只能

---

① 柳青：《转弯路上》（写于1946年6月26日），引自《柳青写作生涯》，蒙万夫等编，百花文艺出版社1985年版，第18—22页。

② 王维玲：《柳青和〈创业史〉》，引自《柳青写作生涯》，蒙万夫等编，百花文艺出版社1985年版，第140页。

是一种在精神上回归家园的朴素理想。尽管路遥在写作《平凡的世界》过程中也强调要"深入生活"，到乡村城镇、学校机关、农贸市场、工矿企业中去，与普通民众和国家干部接触，了解中国不同社会阶层的生活面貌，但是与他到毛乌素沙漠去的经历一样，它们首先是一种职业作家式的创作准备、下乡采风式的生活体验。路遥曾专门指出，"过去所谓深入生活是到一个地方去蹲点，我觉得这种蹲点式的生活方式，有它的好处。但鉴于我们国家目前社会生活比较复杂、各系统各行业互相广泛渗透这种现象，了解生活的方式也不应该是固定的，它应该是全面地去了解。譬如，你要了解农村生活，你搬到一个村子里去住，我觉得你这样了解到的情况不一定是典型的。这和五十年代有点不同……我认为，现在你要写好农村，你也要了解城市生活……"①路遥的观察很敏锐，新时期因地制宜、有先有后的责任制，已经不同于五十年代计划经济体制下全国"一盘棋"的互助合作，创作农村题材小说所需要的生活素材，当然不能再局限于农村地区。但是，如果仅仅从作家拓展眼界和素材收集的角度去理解柳青们"蹲点式的深入生活"②，就会忽略

---

① 路遥在许多场合都重复过这段话。参见《东拉西扯谈创作（二）》,《陕西文学界》1985 年第 3 期。另见《答中央广播电视大学问》，引自《路遥全集·散文、剧本、诗歌、书信》，北京十月文艺出版社 2012 年版，第 192—193 页。

② 作家叶蔚林的一段话，突出体现了新时期关于"到农村蹲点、深入生活"的新看法："历来我也是主张在农村蹲点，向生活挖一口深井的，但随着农村改革的发展，闭锁状态的打破，广大农民生产、生活方式的变化，我觉得光蹲点不行了，还必须有意识地扩大接触面。现在死蹲在一个村子里是看不到多少新鲜东西的，因为农村中的活跃分子，大都离开土地（特别在农闲时节）走了出去。要了解他们的生活，我们也要跟着'走出去'。走到哪里最合适？最好是走到衔接城市和农村的小坞小镇上，蹲下来，好好看看。这种小坞小镇往往是'离土不离乡'的新型农民聚会之所。各种农村商品在这里集散，各种竞争在这里展开，各种信息在这里交流……"叶蔚林非常敏感地看到了新时期农村改革过程中"农民进城"的两种方向，一是农转非，一是"离土不离乡"，叶蔚林尤其关注后一种现象中形成的新农民，所谓"两户"（从事多种经营的专业户、重点户）农民。但是与路遥相同，叶蔚林也是从非常专业的创作准备角度来看待"深入生活"的。参见叶蔚林：《眼睛往哪里看？》,《文艺报》1984 年第 6 期。

五十至七十年代作家们"稳在乡下"的政治诉求，也就无法更根本认识到，柳青现实主义文学所注重的"现实"，恰恰是以其如何具体参与农村群众工作、参与创造农村新现实的经验为基础的。

于是，当"劳动""深入生活"等创作原则不仅决定了柳青现实主义文学的基本形态，还使得"作家/革命工作者"能够建立起与农村现实内在关联的饱满的精神世界时；看似相同的作家姿态，却不能抚平路遥在农裔、城籍之间的撕裂感。近乎自我折磨的劳动精神里，隐含着极度的自卑与自负。

在许多友人的印象中，路遥是个"穷大方"的人。与一般双职工家庭比，路遥的工资和稿费收入都不高，《惊心动魄的一幕》五百元，《人生》一千三百元，《平凡的世界》不过三万元，《人生》获奖后路遥到北京领奖的旅费还是找弟弟王天乐借的。[①] 李天芳曾回忆路遥窘迫的经济状况，大约是 1990、1991 年路遥正忙于《早晨从中午开始》的写作之时，"'金钱不是万能的，没有钱是万万不能的。'他不止一次调侃着这句流行语。关于如何赚钱以适应社会的变化，他脑子里的设想像小说构思一样，一串一串的。时而是开家大餐馆，时而是搞个运输队，时而又想在黄土高原办个牧场……"李天芳感慨道，"不管作家们如何钟情于改革，如何欢呼它、颂扬它，但当它的脚步日渐逼近真正到来之际，灵魂工程是首先感到的

---

① 柳青当年把《创业史》第一部的稿费全额捐给了公社。据张均研究所述，1953 年出版总署取消版税制，引入苏联"印数定额制"。当时作家的稿酬远远高于普通居民收入，"梁斌 10 万元稿酬相当于一名普通职工不吃不喝 200 年的全部收入"，"若和农民对比，稿费之'高'可用'怵目惊心'来形容。"高稿酬制度虽然促进了文学生产，但也引起群众不满。1958 年"批判资产阶级法权"讨论中，如张春桥就在文中专门将"高工资、高稿酬"作为资产阶级法权思想的重要表现，"文革"期间"三名三高"被批判，作家首当其冲。从这些材料中可以看出，柳青为何一直要将作家的身份与写作伦理放到"三大差别"的背景中去审视。路遥所处的时代氛围已经完全不同于柳青，作家只能借助文化资本获得社会差别中的尊严感。参见张均：《中国当代文学制度研究（1949—1976）》，北京大学出版社 2011 年版，第 31—44 页。

还是它对自己的挑战"。路遥尽管骨子里仍羞于谈钱，却也不得不担忧"大锅饭"吃不成了的生计问题，"不行，咱们得赚点钱，要不，哪一天就像独联体那些文化人一样，全都成了最穷的人！"[①]但就是这样手头不富裕的路遥，却喜欢抽好烟、喝咖啡、吃西餐等"洋玩意"。海波提供了许多这方面的细节：1982年到省里开会，止园饭店的伙食已经很不错，路遥却硬拉他去一家咖啡店吃西点，当时海波月工资四十四元九角二分，两人这一通"开洋荤"就花去了近十元钱。路遥说，"像我们这样出身的人，最大的敌人是自己看不起自己，需要一种格外的张扬来抵消格外的自卑"。追求生活档次，不是为了与人攀比，而是出于文学创作的需要，借助这些"道具"来营造一种"庄严的心情"和"超然的态度"：

> 像咱们这样出身的人，"不以物喜"容易做到，"不以己悲"则很难做到。因为我们太了解下层人了，因此会忽视他们的局限性，甚至会把他们的缺陷认作美好；因为我们太不了解上层人了，对他们有天然的误解，甚至会把他们美好的东西当作垃圾。如果这两个问题不解决，我们只能写些《半夜鸡叫》《铡美案》式的伪民间故事——完全站在下层人的角度把自己的困难悲情化，把自己的结局理想化，把别人的性格妖魔化，把别人的行为漫画化——根本谈不上评判社会和人生。解决这个问题只有一种途径，那就是体验——把自己放在"高处"，反过来看"低处"的人们。可惜的是，我们没有条件全面做到这一点，只好在局部想办法。这个"局部"选在哪里好呢？选住好房子、坐好车，咱们没有这个条件；选吃好饭、喝好酒，咱们没有这个时间，选穿好衣服，更不可能，咱们没有这

---

① 李天芳：《财富——献给路遥》，引自《路遥十五年祭》，李建军编，新世界出版社2007年版，第135页。

个习惯不说，还在心底里鄙视那些东西。而抽好烟就不同了，因为本来就喜欢抽烟，只要醒着，几乎烟不离手，加上接触的人都是些抽不起或者舍不得抽好烟的人们，容易建立起一种超然于外的感觉。

靠烟的档次差别，制造作家居高临下的创作态势，避免对底层的盲目同情，摆脱洗不掉的农民出身带来的自卑感，掩饰实际生活中经济状况的不济，这些因素被路遥非常自然地联系在一起。如果说柳青是以"稳在乡下"的意识形态斗争去克服客观存在着的社会差别，克服他知识分子出身容易脱离人民的小资产阶级性，那么，路遥则是用高加林"更衣记"式的"精神胜利法"摆脱他出身农民阶层的精神束缚。

同样是要求作家超越出身阶层的思想局限，从工农兵文艺方向，到不再凸显阶级政治的新时期文学，路遥心目中的作家姿态已经不同于柳青。正是因为柳青首先看到了脑体差别中作家创作劳动的特殊性，意识到"作家生活机关化"和高额稿酬会阻碍作家"真正在群众中安家落户"[1]，所以才会格外强调作家应当在实践中向普通劳动者学习。相比这种针对知识分子或文艺工作者带有浓重政治色彩的"劳动改造"，路遥以体力劳动譬喻写作的过程，更像是一种苦行僧式的自我责罚。把文学创作视为普通劳动，的确在象征行为与美学意义上拉近了作家与土地和人民的距离，特别是在新时期文学越来越精英化的发展趋势中，如路遥自己所说，保持一颗"农民之子"的心去理解与同情他所热爱的土地，使他不陷入文坛虚名与逐新趋异的浮躁氛围。然而，从路遥往返城乡交叉带的创作姿态来说，这种更接近于后世"底层写作"的所谓民间立场或五四乡土文学传统的启蒙意识，已经缺少"十七年"农村题材小说所谓

---

[1] 王维玲：《柳青和〈创业史〉》，引自《柳青写作生涯》，蒙万夫等编，百花文艺出版社1985年版，第138页。

"群众路线"背后的阶级政治维度。

因此，即使在艺术手法和写作伦理方面，路遥都有意效法柳青，新的创作姿态也决定了它在改革历史情境中"质"的改变。本书第四章将具体分析 1980 年代的两次柳青"重评"，可以看出，路遥对柳青遗产的认识与接受，正是在新时期初"回收十七年"的文学体制调整中完成的，而这种对毛泽东时代文艺方向"去政治化"的重新诠释，已经潜藏了形式与内容的分离。这意味着路遥必将在 1980 年代文学的展开中面临双重挑战：首先，虽然从写法上回归柳青的现实主义传统，尤其在《平凡的世界》中，比如社会各阶层分析的全景式结构、人物序列的对照法、心理现实主义等等，但柳青的社会主义现实主义毕竟不只是一个写法问题。当路遥同样强调文学与现实关系中理想主义的一面时，从"革命"到"改革"，如何重释《创业史》中必然实现的合作化理想与柳青的革命浪漫主义精神，如何处理现实主义文学的真实性与倾向性？柳青及其所代表的"十七年"文学传统的合法性，必然会投映到对路遥创作的评价与接受中去。

第二节　普通人的道路：孙家兄弟的生活哲学

《平凡的世界》第一部发表后文坛评价一般，完全没有当年《人生》热议的盛况。大计划只迈出一步的路遥，就陷入到孤独的自我坚持中。聊以慰藉的是小说卖得很好，特别是 1988 年中国人民广播电台文艺中心的"长篇连载广播"，先后由李野墨播讲三次，吸引了近三亿多听众。在 1988 年 6 月 25 日致叶咏梅信中，路遥表达了他对节目编辑的诚挚感谢，"感谢在京期间你的热忱关照和亲切相待，在现今生活中，已经很少有这种感受了"，"请代问野墨同志好。他的质朴和才华，以及很有深度的艺术修养给我留下深刻的印象，他是一个视野很开阔的人，这在北京很不容易。恕我直言，许多北京人以为天安门广场就是世界上最大的地方。最大的地方其实是人的心灵。"①——这最后半句感叹耐人寻味。还记得《人生》中高加林从高家村到县城，再到省城，一路奔向"大地方"的梦想始终鼓荡在他难以平复的心中。可以想象高加林终于到了天安门，他会是怎样的欢欣雀跃，也可想而知，当北京人打量这个外乡人时会是怎样的神情。这大约就是高加林心中的成功之路，如果说在《人生》时期，路遥还只是以结尾的被迫回乡给高加林一个道德教训，那么到了写作《平凡的世界》时，路遥似乎越来越意识到，与社会惯习关于高下、大小、优劣的价值区分不同，真正的幸福仍需回到个人的内心世界中，建立一个能够不随波逐流、自足的"心灵的形式"。

　　"最大的地方其实是人的心灵"，用这句话来看《平凡的世界》得名的过程，倒是十分贴切。关于这部长篇题目的由来，有三种说法。路遥自己说，最早定题是《黄土·黑金·大城市》②。这仿佛是孙少平的人生道路，从黄土高原到涌出黑金的矿山，再到实现梦想的大城市，一听就是野心勃勃的大计划。且不说后来实际章节安排为何以"黑金"而非"大城市"结尾，海波回忆说路遥换题，是从他这"窃取"了点子。当时海波计划写一个反映农家子弟成长经历的长篇，"计划写四部分：狂妄少年、家族领袖、农民儿子、祖国公民，总题目是《走向大世界》。想好了后，就讲给路遥听"，路遥听完后认为这题目正切合他正在创作的长篇小说主旨，便与海波商量要拿去用。"事情这样定了，过了一段时间，路遥又给我说，他的长篇不叫《走向大世界》了，改叫《平凡的世界》，说：'走向大世界'几个字太张扬，不如'平凡的世界'平稳、大气。"③ 这

---

① 路遥：《致叶咏梅》（1988 年 6 月 25 日），《路遥全集·散文、剧本、诗歌、书信》，北京十月文艺出版社 2012 年版，第 609 页。

② 王天乐：《苦难是他永恒的伴侣》，引自《路遥十五年祭》，李建军编，新世界出版社 2007 年版，第 193 页。

③ 海波：《我所认识的路遥》，《十月》2012 年第 4 期。

一改淡化了仅仅以城市为目标、扩张性的成长冲动，重心落到"平凡"上，而王天乐保存的《平凡的世界》第一稿，原题就是《普通人的道路》①。——"平凡""普通"俨然确立了这部长篇小说有别于《人生》的基调，这正应和了那句感叹，从外在的"大城市""大世界"退回到"平凡的心灵"中，整部小说都在证明着这样的道理："普通人并不等于平庸"，"在最平常的事情中都可以显示出一个人人格的伟大来"（孙少平语）。于是，相比《人生》中充满高加林的不平之气，当路遥不断叙述"苦难"时，《平凡的世界》反倒显得更加平和与隐忍。

《人生》虽然引用《创业史》"改霞进城"一段为题记，提醒青年们要在人生紧要关头上做出正确的选择，但路遥并没有真正解答究竟什么样的"心之所向"才是踏实可为的人生。路遥已经敏感到改革将给农村甚至整个城乡二元社会带来翻天覆地的变化。新的农村经济政策为农民松绑，缓解了严重的城乡两极分化，让农民真正过上吃得饱、穿得暖的小康生活，但一定程度上的流动与自由，并不能保证农民（特别是农村知识青年）完全摆脱出身阶层在社会等级结构中的被歧视位置。而追踪高加林的足迹，更让路遥反思以独异之身"出走"可能带来的问题。如何克服城乡差别甚至各种社会差别的问题，并没有解决，且如上一节所述，曾经用作克服差别的"柳青的遗产"或五十至七十年代的理想主义人生观教育，又在八十年代趋于失效。如果高加林进了城，他真的能在精神和物质上都能成为一个有尊严的人吗？如果高加林不"远走高飞，到大地方去发展自己的前途"（高加林语），他能扎根农村过一个有意义的人生吗？——这些不仅仅是历史遗留问题，而且是正在展开的改革的问题。从这一点看，《平凡的世界》中的孙家兄弟就是高加林的两个分身，一个凭借知识和力气"进城"，一个凭借农村改革的新政

① 除了王天乐的回忆，《平凡的世界》第一部选段最早发表于《延河》时，编辑介绍语中还称其节选自长篇小说《普通人的道路》。到随后《花城》发表第一部全文时，才改用《平凡的世界》。参见路遥：《水的喜剧》，《延河》1986年第4期。

动员"回乡"致富。路遥仿佛要在兄弟二人身上做一个实验,看他们能否走出与高加林不同的道路。而他们所勾连出的更多村里村外的人和事,也将提供另一种关于"改革时代"的历史叙述。

孙少平的苦难哲学

孙少平,1958 年生,1975 年春就读于原西县中学,1977 年元月中旬毕业,回村参加劳动。其叔孙玉亭为帮大队书记田福堂解决儿子就业问题,提议在双水村办初中,为孙少平挣得了一个民办教师的职位。10 月高考恢复,但因初高中基础太差落榜。1980 年双水村开始实施家庭承包责任制时,由于各家劳动力不足,大半学生辍学务农,村初中班解散。失业后的孙少平不甘心回村当农民,只身到县城做揽工汉。其间与县委书记女儿田晓霞相恋。后来在曹书记和田晓霞"走后门"的帮助下,被招工到铜城矿务局做一名井下工人。田晓霞遇难身故后,孙少平在一次矿难中毁容。最终选择留在矿区,照料已故师傅的遗孀惠英嫂和她的孩子。

孙少平的人生与高加林有着许多相似之处。作为一名农村知识青年,在县城中学见过大世面,又读过许多书,[①] 虽然出身是农民,骨子里已经有了城里人的气质。他们注定要背井离乡,改变面朝黄

---

① 孙少平与高加林一样是个文学青年。按小说中出现顺序整理孙少平的阅读史:《钢铁是怎样炼成的》《卓雅与舒拉》《红岩》《创业史》《参考消息》《辩证唯物主义和历史唯物主义》《各国概况》《马丁·伊登》《热爱生命》《天安门诗抄》《牛虻》《艰难时世》《简爱》《苦难的历程》《复活》《欧也妮·葛朗台》《白轮船》、叶赛宁的诗、《一些原材料对人类未来的影响》等。需要特别注意的是,与高加林似乎更在意博学多识的阅读不同,孙少平的阅读更多地融入了触及他个人经历的感情;另外,田晓霞特别启发孙少平不能只读文学书,还要关心政治和国家大事,读理论书,这种阅读有可能帮助孙少平从个人感觉世界走到更大的社会视野中去,并更理论性地去分析与思考个人经验等问题。

土的命运。而在坚持这一孤独抉择的过程中，又都经历过一段跨越出身差别的爱情。然而，孙少平的进城道路与高加林仍有着本质差别：

首先，即使两部小说都设置了失去民办教师身份的情节，为主人公到乡村之外寻找出路提供了起因，在《人生》里是为了说明高加林如何成为村庄基层政治权力的被迫害者，使得高加林"走后门"进城，甚至背弃巧珍等行为都多少包含了一点"反特权"的合理性；在孙少平的故事里，却并没有特别突出历史遗留的特权问题。孙少平失去教师工作，是因为包产到户，大半学生为了补充劳动力辍学务农，恰恰隐含了新时期农村改革在解放农村生产力的同时可能造成的不利后果。

另外，在进城路上，高加林身后始终是与他格格不入的乡村，除了巧珍和德顺爷，村庄被高度抽象化为一个落后愚昧的符号；孙少平的乡村却是非常具体的。是一家六口人虽贫穷但互相体贴的家庭生活，是有金波等乡邻伙伴互相帮扶的恩情和友谊。贫瘠闭塞的双水村虽然也束缚压抑着孙少平渴望自由的心灵，但无论孙少平远行到哪里，始终都有着对家庭的责任感和对土地的精神联系。

除了对家庭或故乡的格外强调，还有一个显著区别是两人进城后的生存状态。高加林当上了记者，将他的文化知识和精神追求顺利地转换为职业素养，与他在农村时沉重的体力劳动形成了鲜明对比；同样带有文学青年气质的孙少平，却去做了一名揽工汉。在《平凡的世界》里，路遥没有让文化知识成为直接改变孙少平境遇的生存方式，反而让他靠出卖"力气"获得城市中的位置与尊严，甚至不回避阅读所创造的精神世界可能与苦难生活之间存在的冲突，让孙少平在这种矛盾感中去建立他对人生的理解。孙少平最后选择成为一名矿区的井下工人，曾有读者问路遥"为何给孙少平这样一个在逆境中奋力拼搏，终于取得成绩的人一个悲惨的结局"？路遥的回答是："叫他当一个西安市委书记就不悲惨了？不是这样。

他回到煤矿并不是说生活已经完蛋了，不是这样。我让他通过前面的各种打击挫折，他一定对生活又具备了一种勇气，所以，他更能迎接挑战。"①——相比《人生》，路遥笔下的孙少平已经改变了高加林式的进城初衷，无论是农村的贫困生活，还是黄土地上汗流浃背的体力劳动，它们都不再是孙少平极力摆脱的对象，反而在孙少平"进城"的成长道路上被赋予了另一种意义。

以"知识启蒙"和"离家出走"作为成长小说的起点，可以被追溯到现代文学时期。"五四"青年在新文化运动的感召下反叛封建大家庭，投身激进的社会改革运动。从塑造具有自我意识的现代主体方面看，毛泽东时代的"社会主义新人"理想与五四启蒙事业一脉相承，都是要摆脱所谓以父母孝悌与祖荫传统为中心的儒家价值行为规范，以对传统家庭观念的改造为前提，只不过更明确代之以一套以阶级斗争话语为中心的共产主义信仰。就像柳青《创业史》中对"家业"的重新诠释，"以家庭为中心的传统人际关系被作为封建文化受到批判；新型的、普遍主义的同志关系被创造出来用以指导个人之间的互动以及个体与国家之间的关系。"②学习现代知识，不再仅仅是为了耕读传家、光宗耀祖，而是要像郭振山教育改霞的那样去支援国家建设。虽然强调集体认同与社会实践，给现代知识重新划分价值等级，在一定程度上克制了"五四"启蒙话语可能导致的个人虚无主义和精英主义倾向，让"离家出走"的个人在面向下层的群众生活中扎根；但是，这种新的政治意识形态规划又没有真正解决"知识启蒙"可能给个人带来的身心安顿问题。当改霞想用所学的文化知识支持工业化时，她的进城抉择反而站到了梁生宝搞农村合作化的对立面上；当她愿意做一名"新型妇女"为了崇高理想牺牲个人感情时，她又发现自己内心深处"仍然是一个

① 路遥：《文学·人生·精神——在西安矿业学院的演讲》，《路遥全集·散文、剧本、诗歌、书信》，北京十月文艺出版社2012年版，第240页。

② 阎云翔：《中国社会的个体化》，陆洋等译，上海译文出版社2012年版，第355页。

农村姑娘"。改霞的爱情悲剧不仅暴露出现代知识与乡村共同体之间存在的矛盾，也暴露出了革命理想在解决个人日常生活问题时的粗暴，而日渐激化的城乡差别更加剧了农村知识青年关于人生去向的认识焦虑。

这一历史线索延续到新时期。虽然改革在政策上给个人"松绑"，受教育的农村新一代获得了更多社会流动的机会，但凭借知识实现"农转非"仍然是一条艰难的窄路。路遥安排高加林如愿进城，以记者职业获得了文化人的身份，仿佛匹配了知识带给他的独特气质，然而正如上一章所述，高加林在以他人为镜像的感觉世界中并不能感到真正的幸福。小说结尾以道德化的"回乡"情节审视高加林的个人主义，事实上回避了路遥已意识到的农村知识青年们面临的根本问题。所谓"在经济上扶助，在文化上压制"，高加林或孙少平们的痛苦首先来源于阅读所唤醒的自我意识，而这恰恰是"五四"以来关于"知识启蒙"必须克服的思想困境。正如孙少平的感慨："谁让你读了那么些书"，"你知道的太多了，思考得太多了，因此才有了这种不能为周围人所理解的苦恼"。很难想象梁生宝、改霞会说出这样的痛苦，孙少平的感慨像极了浸润在个人感伤中的"五四"新青年们——当新知识唤醒了个人意识与超乎生存物质层面的精神需求时，是让个人去默默承受"众人皆醉"的孤独，还是为了这敏感又富于激情的精神追求，去寻找一种投身社会、超越个人的可能形式呢？

正是以这个问题为支点，路遥在《平凡的世界》中强调"家庭"与"劳动"，就有了它特别的意义。

在孙少平的成长过程中，"家庭"扮演了非常重要的角色。一方面，这个农民家庭阻隔了孙少平对更广大世界的精神追求。它首先是贫困的，"一家人整天为一口吃食和基本的生存条件而战"，可是连这么渺小可悲的愿望都从未满足过；它又是专制的，最使少平憋闷的是"不能按照自己的意愿去安排自己的生活"，他必须服从大家庭的总体生活，不能让父亲和哥哥失望。"农村的家庭也是一部复杂机器啊"——这段话几乎就是对"五四"小说反专制家长制度的摹写，为孙少平离家出走的成长抉择提供了合理性。

但另一方面，"家庭"又给孙少平面向村庄之外的行动注入了"回心之力"。首先，路遥把承担家庭责任的能力而非"离家出走"作为孙少平成长的重要标志。《人生》和《平凡的世界》都以一场家庭变故开场，与高玉德老两口极力安抚儿子不同，面对姐夫王满银卖老鼠药被劳教的重创，路遥故意让孙少安缺席，让弟弟孙少平接受一次独自挑大梁的考验。后来关于"分家"的情节设置更是非常巧妙，既让孙少平更明确地意识到自己成为一家之长的责任，又因为孙少安致富后"虽分犹合"的帮扶，让孙少平获得了更多在外打拼的自由。另外，这种对家庭的责任感，也在一定程度上缓解了孙少平在面对城乡差别甚至脑体差别时的精神危机。例如卷一25章写到田晓霞对孙少平的知识启蒙，当他正在阅读的精神满足中逐渐意识到"他竭力想摆脱和超越他出身的阶层"，父亲却偏在这时来学校找他，要他顶替去山西娶亲的孙少安给地里劳动添一份力。路遥笔下的孙少平当然也有高加林式因体力劳动麻痹了精神生活的痛苦，但他又是体贴家人的。而这一次回村后遭遇因干旱爆发的"抢水事件"，更让他体会到自己与同村人命运上的关联，得以把个人的精神熬煎转移到集体生活中来。

在《平凡的世界》里，路遥不再回避高加林即使回乡也难以再安心农村的事实，通过表达一种他理想中的家庭结构，路遥给孙少平们预留了一个既出得去又回得来的乡村。这种写法本身已蕴含了改革的历史信息："家庭"关系重建是新时期告别阶级斗争话语的重要内容；分田到户的承包责任制使得家庭再度成为生产单位；而新型非农经济和外出务工等就业渠道，又改变着传统家庭结构。这种变化在孙家兄弟"分家"的事件中有所体现，它一面有可能给依循传统家庭伦理的个人带来困扰，一面又因为核心家庭间协作效率提高和新的劳动分工，给新一代农村青年创造了更多面向乡村之外生活的条件。与《人生》结尾德顺爷的人生观教育不同，《平凡的世界》更为具体的、传统乡土中国重亲情礼仪的家庭原则，不仅约束了高加林式的个人主义冲动，也让农村青年在"拔根"的同时避免成为无所依傍的浮萍。

于是，虽然出身贫穷的农村家庭，让孙少平在学校和与田晓霞的交往中都深感自卑，但也促成了他独特的人生哲学，让他重新建立起对自我身份的非歧视性认同。卷四33章，叙述者围绕"平凡的世界"发表了一通议论：人的一生只有一两个辉煌的瞬间，大部分时间都只会在平淡无奇中度过，但即使是最平凡的人，也要为这个世界的存在而战斗，所以没有一天是平静的。

> 普通人时刻都在为具体的生活而伤神费力——尽管在某些超凡脱俗的雅士看来，这些芸芸众生的努力是那么不值一提……
>
> 不必隐瞒，孙少平每天竭尽全力，首先是为了赚回那两块五毛钱。他要用这钱来维持一个漂泊者的起码生活。更重要的是，他要用这钱帮助年迈的老人和供养妹妹上学。

此时的孙少平已经成为一名熟练的揽工汉，路遥写他对底层生活的适应，"不洗脸，不洗脚，更不要说刷牙了。吃饭和别人一样，端着老碗往地上一蹲"，嘴里带响，也会说粗鲁话了，走路还故意弄成罗圈型，别人都看不出他是个识字人，只有"在晚上睡觉时常常失眠——这是文化人典型的毛病"。伪装成一个只会卖力气的文盲，可以更轻松地获得包工头的信任，与其说孙少平是像高加林那样用别扭的改装来发泄自怨自艾的情绪，不如说他是自觉认识到了寻常生活中的生命之重。无论是"普通"与"不平凡"的辩证法，还是体力劳动创造价值的尊严感，这里都不仅仅是对毛泽东时代

"人民创造历史"与"劳动美德"等理想主义资源的简单继承。站在改革的历史前沿，"吃饭哲学"在一定程度上弥补了革命意识形态可能忽视的问题：任何理想主义都必须首先回到对个体生存层面和日常生活的关注上来。孙少平的形象因而更真实，也更接地气，他白天踏踏实实地做工，晚上点着蜡烛在破被褥里读苏联小说。路遥既没有让他成为地道的城里人或高加林那样摇身一变的精神贵族，也没有让他成为一个普通的揽工汉或庄稼人。这两个本来投映着社会差别难以调和的世界，仿佛在孙少平的生活里找到了一个平衡共生的中间地带。

正是这一点真正吸引了田晓霞，甚至翻转了她在和孙少平关系中最初作为"启蒙者"的天然优势。高中毕业时田晓霞还曾提醒孙少平千万不要成为"满嘴说的都是吃"的世俗的农民，并推断即使像孙少平这样有独特气质的人，也一定会被环境所征服，陷入小农意识的汪洋大海。然而等上大学后的田晓霞再次与孙少平相遇时，却没有了当初的自负与强势，她猛然间发现这个揽工汉是另外一种类型的同龄人：

> 他们顾不得高谈阔论或愤世嫉俗地忧患人类的命运。他们首先得改变自己的生存条件，同时也不放弃最主要的精神追求；他们既不鄙视普通人的世俗生活，但又竭力使自己对生活的认识达到更深的层次……
>
> 在田晓霞的眼里，孙少平一下子变成了一个她十分钦佩的人物。过去，都是她"教导"他，现在，他倒给她带来了许多对生活新鲜的看法和理解。尽管生活逼迫他走上了这样一条艰苦的道路，但这却是很不平凡的。

此时的田晓霞正处于难以排解的精神苦闷中："内心常常感到骚动不安，一天里也充满了小小的成功与欢乐，充满了烦恼与忧伤，充满了愤懑与不平"，看着月亮发呆，"吮吸着深春的气息"，"她突然发现自己未免有点'小布尔乔亚'了"。而毕业后不愿按照正常分配成为中学教师，又让她动了请父亲"走后门"的心，"不可避免地沾染上某些属于市民的意识"——路遥用敏锐的笔触，写出了八十年代城市青年既"浪漫感伤"又"切实际"的两面性。八十年代理想主义很可能在激烈燃烧中剩下虚无主义与功利主义的余烬，而这也是新启蒙话语唤醒"现代自我"后必须解决的身心问题。因此，孙少平的意义就在于他提供了一种沟通世俗生活与更高精神追求的生存状态：在这个田晓霞原本以为绝对冲突的二元结构中，艰苦庸常的世俗生活，反而才是个体独立意志和社会承担的体现，是成就不平凡人生的必要前提。

孙少平的苦难哲学并非弱者的"精神胜利法"，也绝不同于后来新写实小说中那种麻木承受琐碎生活的"过日子哲学"。在《平凡的世界》中，孙少平一直在成长，如果说他初到荒原揽工时，忘掉温暖、忘掉温柔，把幸福与饥饿受辱画等号，的确还只是自我安慰的励志宣言；那么在他成为一名煤矿工人之后，"苦难"也因为其"劳动"内涵的升华被转化成了一种更具普遍性价值的尊严感与自豪感：

> 幸福，或者说生存的价值，并不在于我们从事什么样的工作。在无数艰难困苦之中，又何尝不包含人生的幸福？他为妹妹们的生活高兴，也为他自己的生活而感到骄傲。说实话，要是他现在抛开煤矿马上到一种舒适的环境来生活，他也许反倒会受不了……

> 他已经被命名为铜城矿务局的"青年突击手"，过几天就去出席表彰大会。他不全是为荣誉高兴，而是感到，他的劳动和汗水得到了承认和尊重。他看重的是劳动者的

尊严和自豪感。在这个世界上，只有人的劳动和创造才是最值得骄傲的。

1985 年 8 月，路遥以兼任铜川矿务局党委宣传部副部长的身份，正式到鸭口煤矿去体验生活。王天乐回忆，正是在路遥第一次下井干活后的那天晚上，路遥提出要改动孙少平的命运，他说孙少平最远只能走到煤矿。王天乐认为这是因为路遥对大城市生活并不特别熟悉，但如果注意到路遥在《人生》之后的更多思考，也可以说，这一结尾的设计恰恰表达了路遥眼中农村青年可能拥有的另一种"幸福"[①]。这不再是一个人严酷的体力劳动——井下作业要求矿工们共同承担风险、精密协作；王师傅、惠英嫂给予了孙少平家人般的温情；当他想要考矿大、搞技术革新时，一种岗位意识更被关联到支援国家工业化的远大理想中去。而此处对"劳动"与"美德"关系的描述，也非常接近于毛泽东时代强调集体性和人民主体性的意涵。路遥 1991 年 6 月 10 日到西安矿业学院演讲，在与青年学生分享了自己创作《平凡的世界》的艰难历程后，他说了两点结论："第一点，我认为每一个人不管是从事什么工作，都不要轻视自己的工作"，"一个人的价值不在于自己从事什么工作，主要是自己对生活的态度，对劳动的态度"；"第二点，不管从事什么职业，每一个人都可能有自己一生中最辉煌的瞬间和最高的一个高度"，"在生活中必须要有一种主动精神，主动寻找、感觉和去实现自己的理想"[②]。这两点几乎就是小说中孙少平最后明了的对幸福的认

[①] 王天乐：《苦难是他永恒的伴侣》，引自《路遥纪念集》，马一夫、厚夫、宋学成主编，人民文学出版社 2007 年版。另据煤矿文学作者黄卫平回忆，路遥在铜川煤矿时，不仅亲自下井，还热心帮助矿区的业余文学创作，认识他的人都说他不像作家，倒像个典型的矿工形象。参见黄卫平：《一名真正的矿工》，引自《路遥十五年祭》，李建军编，新世界出版社 2007 年版，第 65—67 页。

[②] 路遥：《文学·人生·精神——在西安矿业学院的演讲》，《路遥全集·散文、剧本、诗歌、书信》，北京十月文艺出版社 2012 年版，第 230—232 页。

识。由此，路遥与孙少平实际分享了他们的苦难哲学，无论是路遥对自己人生经历的苦难叙述，还是他在孙少平人生道路上不断添加磨难的美学偏好，都不是为了博得同情或完成社会批判。路遥真正关心的是苦难中个体的存在方式，是自己和孙少平们都努力实现的对生命尊严的维护。

有批评家指出，孙少平"始终将克服'匮乏'的途径放在默认'匮乏'的前提之后的个体奋斗与自我完善之上；将'不平等'待遇看作素质提升所必须经历的严酷考验"，这种改革年代的"苦难哲学"实际上成为化解危机的黏合剂，"对'匮乏'与'不平等'的历史性、制度性与结构性障碍却没有太多思考"[①]；孙少平以为自己可以保持劳动主体的地位，却不得不在八十年代向九十年代的转移中成为被金钱市场核算的"廉价劳动力"[②]。——这些判断的确深刻地洞见到路遥的时代局限，但又毕竟是改革开放"三十年"后批评家们的后见之明。如若回到改革初期的历史语境中，重新强调日常生活和传统的家庭伦理规范，承认按劳分配的合法性，鼓励通过勤奋劳动创造与实现个人价值，这些主流意识形态无疑都释放出了改革的最大动力。路遥的小说固然有他对新时期的乐观情绪和对国家话语的政治敏感，但当他沿着自己的切肤之痛去观照田晓霞、孙少平们身处时代变局中的精神焦虑时，这种"苦难哲学"还是提供了一套暂时安顿个人身心的有效方案。"家庭"与"劳动"成为平衡被"知识"解放了的个人精神世界的支点，使农村青年不会被城市化的浪潮迅速席卷到更为物质主义、个人主义的现代生活追求上去。而最重要的，是它使得孙少平们能够发挥主体意识去表达他们对"幸福"和"尊严"的独特认识，不再像高加林那样将个人实现直接依附于对既有身份等级制度的承认之上。与《人生》的

---

① 金理：《在时代冲突和困顿深处：回望孙少平》，《文学评论》2012 年第 5 期。

② 黄平：《从"劳动"到"奋斗"——"励志型"读法、改革文学与〈平凡的世界〉》，《文艺争鸣》2010 年第 5 期。

开放式结局相似，孙少平还将继续他对意义的不断追寻，但一种自决的生活形式已经成为必要前提。

孙少安的家业理想

> 孙少安：1952 年生，1964 年与润叶一起考上了石圪节高小。上完两年高小后，虽然小升初考试名列全县第三，但因家贫上不起县里初中，从此决心开始自己的农民生涯。1970 年十八岁被选为生产队队长，被视为村中一号"能人"。1978 年率社员签订承包责任制合同，但很快被当作"走资本主义道路"典型通报批评。1982 年全县实行责任制以后，孙少安通过自办砖窑厂致富，最后位至村委会主任。

孙少安的人生，绝对算得上八十年代改革新政下农民富裕起来的榜样，而且走的还是一条"离土不离乡"的致富道路。1978 年初①，双水村生产队长孙少安召集社员秘密开会，草拟了一份分组承包的生产合同，尽管这第一次改革尝试很快被扼杀在摇篮中，但已经预示了孙少安这个村中的一号"能人"，势必成为新时代的弄潮儿。就像柳青旨在叙述农民走合作化道路的必然性那样，路遥也特别注意要将"改革"写成是农民的自发性选择。为了让一家六口人不再过食不果腹的苦日子，孙少安琢磨过扩大自留地，贷款买骡

---

① 路遥交代孙少安是听到一个安徽跑出来的铁匠说他们村里实行了承包制，才动了改革的念头。这里可能是时间上的错误，安徽在地方政权支持下试行包产到户的著名案例就是小岗村实验。"1978 年底，凤阳县小岗生产队干部和群众举行秘密会议，宣誓、按手印写好一份分田到户协议书。一致商定：由于分包田地，使干部挨批、住监狱，其家属生计由全村共济之。"对照杜润生的描述，路遥很可能在这段情节安排上受小岗村事件启发。参见杜润生：《杜润生自述：中国农村体制变革重大决策纪实》，人民出版社 2005 年版，第 125 页。

子到县城工地去拉砖，最后还办起了自己的砖窑厂。这些放手一搏的举动颇有些当年梁生宝"买稻种"、组织社员进山砍竹的气魄，只不过今日的生产队长不再把一门心思都扑到"公家"上，反而更接近梁三老汉朴素的"发家"理想，要为父母扎一孔新窑洞，要供弟弟妹妹上学。这是孙少安必须面对的现实和人生起点，当他因为润叶的爱情表白感到幸福而温暖时，他马上意识到，"一个满身汗臭的泥腿把子，怎么可能和一个公家的女教师一块生活呢？尽管现在说限制什么资产阶级法权，提倡新生事物，也听宣传说有女大学生嫁了农民的，可这终究是极少数现象"——没有能力去创造"新生事物"，对农民卑微社会身份的无奈接受，路遥用孙少安破败的"家业"暗示了柳青时代"创业史"的最终失败。以这样的安排为叙述起点，《平凡的世界》本可以成为一部典型的改革小说，田福军就是《新星》中李向南式的改革派领袖，孙少安则是农业战线上的乔厂长，但有意思的是，当路遥展开孙少安的改革实践时，他的写作重心却并不在"如何致富"，而是孙少安富裕以后的烦恼。

孙少安的砖窑厂生意终于红火起来，却马上遇到了新问题。包产到户后由于孙少平进城，家里短缺劳动力，少安夫妇一面要经营砖窑厂，一面又要帮父亲去干地里的活儿，贺秀莲开始嚷嚷着要"小两口单家独户过日子"，"咱们虽说赚了一点钱，可这是一笔糊涂账！这钱是咱两个苦熬来的，但家里人人有份！这家是个无底洞，把咱们两个的骨头填进去，也填不了个底子！"贺秀莲盘算着，如果把家分开，就算地荒了，拿砖窑厂挣的钱生活，三口人一年也能多出口粮来。过去她虽然也有这种想法，但一眼看见不可能，"可现在这新政策一实行，起码吃饭再不用发愁，这使得她分家的念头强烈地复发了"，年轻人不能像老年人一样，只为填饱肚子活着，"还想过两天排排场场轻轻快快的日子"。

贺秀莲的分家意识体现了八十年代初农村改革对传统家庭结构产生的影响。据阎云翔总结相关研究显示，农村分家习俗在改革开放时代发生了重要变革：第一是分家的时间比过去提前，从父居的时间相应缩短。在他做调查的下岬村，五十年代到八十年代初期，为社会所接受的时间都是在从父居三至五年生育后，或者次子结婚之后长子才提出分家要求，但从 1983 年集体化结束开始，这个时间越来越早。第二是一种新的"系列分家"模式的出现。父母财产保持不分割状态，继续对未婚子女的经济支持，离开的儿子会带走一部分家庭财产，而由于土地使用权分给个人并非家庭，父亲和成年儿子分到的土地一样多，儿子分家后也就会带走属其份额的土地。虽然经济独立核算提高了家庭生产效率与协作能力、促进了家庭生活的民主化，但人类学家也在这些正面影响之外，注意到了私人生活领域中家庭成员之间可能出现的紧张关系。[1] 在《平凡的世界》中，贺秀莲嫁入孙家没有要彩礼，避免了财务上的更多纠纷，可是分家后的情形的确反映出改革以来出现的新问题。独占新窑洞后，贺秀莲的分家意识愈发强烈，另起炉灶吃饭，"对待老人的态度也不像前几年那样乖顺；回到家里，常常闷着头不言不语。很明显，在老人和秀莲之间，已经出现了一种危险的裂痕"。尽管分家以后孙少安的劳力危机大为缓解，他却越来越感到了不安：

> 孙少安太痛苦了。这些天来，他几乎不愿意和别人说什么话。晚上吃完饭，他也不愿立刻回到那院新地方去安息。
>
> 朦胧的月光中，他望着自己的烧砖窑和那一院气势非凡的新地方，内心不再像过去那样充满激动。他不由得将自己的思绪回溯到遥远的过去……是的，最艰难的岁月也许过去了，而那贫困中一家人的相亲相爱是不是也要过去了呢？

---

[1] 关于农村"分家"情况的历史描述，参见阎云翔：《私人生活的变革：一个中国村庄里的爱情、家庭与亲密关系（1949—1999）》，龚小夏译，上海书店出版社 2009 年版，第 161—164 页。

一切都很明确——这个家不管是分还是不分，再不会像往常一样和谐了。生活带来了繁荣，同时也把原来的秩序打破了……

与"家庭"在孙少平成长故事中扮演的重要角色相似，当孙少安辍学务农，甚至放弃了润叶的感情时，正是因为作为长子担负着对一家人的责任，才让他不后悔也不抱怨成为农民，反而为自己感到骄傲，这是孙少安为之奋斗的"家业"。因此，按照农村习俗，或者考虑到承包责任制后农民改善生活有了更多欲求，即使另立门户情有可原，分家也意味着"家业"内涵的收缩。正如小说所叙述的，"二十年前，中国农村的合作化运动是将分散的个体劳动聚合成了大集体的生产方式，而眼下所做的工作却正好相反"——如果说孙少安的创业起点，已经是从梁生宝为"公家"的社会主义理想下降到了"三十亩地一头牛，老婆孩子热炕头"的小农理想，那么这次"分家"更加速了家庭的私人化。柳青《创业史》题叙中那句农村格言："家业使弟兄们分裂，劳动把一村人团结起来"——似乎再次成为孙少安烦恼的中心：艰难的劳动曾让贫困的一家人相亲相爱，难道已经实现的繁荣"家业"反而会打破过去生活的和谐吗？

路遥很快通过孙少安破产的情节，化解了这次"分家"危机。当孙玉厚为儿子的灾难愁得整夜合不住眼，又将少平给老两口箍窑的钱塞到少安手中时，少安"再一次感受到了骨肉深情"，连秀莲也忍不住"在锅台那边用围裙揩眼泪"，一家人在苦难的共同承担中重新团结到一起。就像前述路遥在孙少平的人生中启用家庭原则来克服高加林式的个人主义一样，路遥也试图用亲情为新时期"个人"的"发家致富"安装一个伦理基座，他让孙少安用"诺亚方舟"一词来强调家庭人员"分享艰难"的一面，更高度契合了孙少平的"苦难哲学"。如果将这种写法放到八十年代农村改革的后续发展中，它还蕴含了更多的历史内容。社会人类学家萧楼用"家族－个人主义"来形容这种新社会秩序：中国的分家是分中有继也有合，"继"表现为对老人的赡养义务，对祖先的继嗣业务，"合"则表现为本家与分家、分家与分家之间的文化约定。这种新的家庭结构的存在，有可能使得"个体化的'向外发力'转向家庭合作'向外发力'，也就意味着提供了一种村社互助、办乡镇企业，实现全村工业化的可能性"。[1]虽然孙少平最终拒绝回村跟哥哥合作办窑，但当孙少安开始在同村雇工并考虑帮扶贫困户、后来建小学等情节陆续展开时，可以看到，路遥在孙少安的致富故事中对"家庭"的叙述，同样预留了一个从"小家"到"大家"的伦理空间。

孙少安发财了，"村里一些有困难的人乞求似的找到他门上"，想要给他当雇工，在农忙前挣点储备金。之前还顺心如意的孙少安，心情又沉重起来：

> 村里人多口众的几家人，光景实际上还不如大集体时那阵儿。那时，基本按人口分粮，粮钱可以赖着拖欠。可现在，你给谁去赖？因此，如今在许多人吃得肚满肠肥时，个把人竟连饭也吃不上了。事实上，农村贫富两极正在迅速地拉开距离。这是无法避免的，因为政策允许一部分人先富起来。这也是中国未来长远面临的最大问题，政治家们将要为此而受到严峻的考验。

本来以《创业史》失败[2]为开端的改革故事，竟奇妙地走回到

---

[1] 萧楼：《夏村社会：中国"江南"农村的日常生活和社会结构（1976—2006）》，三联书店2010年版，第96—102页。

[2] 《平凡的世界》中老作家黑白，很像是路遥隐射柳青创造的人物。黑白一生最重要的文学作品《太阳正当头》，就是一部描写农村合作化运动和大跃进的长篇小说。《平凡的世界》卷三26章有一段叙述黑白回到故乡，看到责任制改革下农村的样子后痛苦不已，"完全是一派旧社会的景象嘛！集体连个影子也不见了。大家各顾各的光景，谁也不管谁的死活。"又自嘲："你想想，自己一生倾注了心血和热情赞美的事物，突然被否定得一干二净，心里不难过是不可能的！"路遥借田福军的视角安慰黑白，他的创作是真诚的讴歌，但毕竟有其时代局限性。路遥的这段叙述，也可以看作是他在新时期重读柳青后的感触。

与《创业史》类似的历史问题上。面对土改后新的阶级分化，柳青是在突显自发势力与集体事业的矛盾中，叙述农民如何转变个人发家致富的私有观念，接受公有制，走上合作化道路。但从城乡二元格局以及农业支援国家工业化原始积累的历史事实来看，《创业史》中的合作化与人民公社又并没有真正解决"共同富裕"的问题。十一届三中全会以后，倡导"允许一部分人先富"的新政策，仍以实现共同富裕为最终目标，并有效地改善了农民的生活水平：农民人均纯收入在 1954 年到 1978 年间只增加了 70 元，"实行新政策之后，6 年中我国农民的人均纯收入就增加了 221 元"。但是，"农民收入的增长程度是存在差距的。据国家统计局测算，高低收入户之间的差距，1978 年为 1.9 倍，1984 年为 2.6 倍，6 年扩大了 0.7 倍。"为防止新的两极分化，八十年代中期的农业政策特别强调"合作经济"，认为其推动力来自农民要求扩大经营规模的自主需求，主张"在家庭经营基础上建立和健全适合当地情况的各种形式的经济联合"[①]。从这一点看，路遥显然是非常熟悉当时的农村政策的，他借孙少安的烦恼道出了"先富""共富"的矛盾，但与农村问题专家更侧重于从经济规律出发找对策不同，他又用自己文学家的敏感和农民之子的生命体验，提供了另一种规划改革的历史可能：

> 政策是政策，人情还是人情。作为同村邻舍，怎能自己锅里有肉，而心平气和地看着周围的人吞糠咽菜？
>
> 这种朴素的乡亲意识，使少安内心升腾起某种庄严的责任感来。他突然想：我能不能扩大我的砖厂？把现有的制砖机卖掉，买一台大型的，再多开几个烧砖窑，不是就需要更多的劳力吗？

[①] 杜润生：《先富后富和共同富裕》（1985 年 12 月 20 日），引自《杜润生文集（1980—2008）》上册，山西经济出版社 2008 年版，第 271—275 页。

从对个人小家庭的责任感，到对整个乡村"大家庭"的责任感，路遥几乎是高度理想主义地将孙少安的"资本主义道路"，从"为利润"的扩大再生产，急剧扭转回了"为共同富裕"的集资置业。路遥的文学叙述，与国家扶植个体经济、发展乡镇企业的政策方向并无二致，但更注重微观个体生命的文学表达，又使他把如何在"思想意识"层面促进共富的重要性，摆到了依靠生产力提高物质条件的前面。从形式上看，这一点无疑带有毛泽东时代的理论特征，[①] 但从内容上看，他又不像《创业史》那样直接强调集体主义与国家利益。孙少安所领悟的"人情""朴素的乡亲意识"，更接近于基于"家庭原则"的传统乡俗道德，或者一种由士绅阶层主导的共同体想象[②]。而从对"个人／小家"和"村庄／大家"的关系上看，当革命伦理在"文革"后自我瓦解并逐渐失效时，路遥恰恰通过重新启用传统价值规范，在一定程度上延续了革命年代从集体形式出发强调共同富裕的基本诉求。

　　无论是"分家"还是"雇工"，路遥笔下的这两个生活故事，都借孙少安的成长建立起了一种关于"富裕生活"的新认识。当孙少安代表"冒尖户"参加"夸富"会时，披红挂花骑在马上的他眼睛湿润了，全身心地沉浸在一种幸福之中："自从降生到这个世

---

① 莫里斯·迈斯纳指出，毛泽东主义同马克思对历史客观决定性力量的坚定信念不完全一致，更强调主观因素或说一种主体性力量，"认为社会主义制度的实现并不依赖于物质生产力的发展，而依靠一代'新人'的美德——这些人能够也必将把他们的社会主义思想意识赋予历史现实。"这种观点也被许多研究者认同。参见〔美〕莫里斯·迈斯纳：《马克思主义、毛泽东主义与乌托邦主义》，张宁等译，中国人民大学出版社 2006 年版，第 50 页。

② 沟口雄三在描述中国明清时期"公／私"观念变迁时，曾描述了这样一种以承认富民层在本地统治权为前提的乡村结构，富民曾为了维护利益、对抗皇权的全民性掠夺，越发打算保全依附于他们的"人民"的田产和生存。参见〔日〕沟口雄三：《中国前近代思想的演变》，索介然、龚颖译，中华书局 2005 年版，第 13—17 页。罗岗将这一"乡里空间"形象地表述为，"富贵的一味宽宏爱人，贫贱的一味畏惧守法"，并对乡里空间在晚清民初的崩溃有过详细论述。参见罗岗：《人民至上：从"人民当家做主"到"社会共同富裕"》，上海人民出版社 2012 年版。

界上，他第一次感到了作为人的尊贵。"当孙少安也学会请客送礼的生意经，提着黑人造革皮包，一身洋打扮进城时，"他怀里揣着一卷子人民币，却又一次陷入到深深的痛苦之中"；当孙少安出于"人情和道义感"雇了村里很多人，还被树立为帮穷扶贫的万元户典型时，众人的热烈情绪让他感动了，"在生活中，因为你而使周围的人充满希望和欢乐，这会给你带来多大的满足！"当孙少安在弟弟的开导下，想到要重建双水村小学时，"一种使命感强烈地震撼了这个年轻庄稼人的心"，他终于意识到双水村才是他生活的世界，他一生的苦难、屈辱、幸福、荣耀都在这个地方，"农村，就得靠生活在其间的人来治理"。——从金钱带来的尊严感，到失去农民本分的深深困惑，生活富裕没能给孙少安带来精神上的安宁；孙少安也曾被人忽悠着差点去投资电视剧赚取虚名，但在路遥看来，这种因长期处于较低社会地位想出人头地的强烈欲望，与那种暴发户式的"露富"心态一样，固然值得同情，却都是素养不够不懂得如何支配财富的表现。路遥最终用动人的笔触，描写了学校建成仪式上少安一家分享"光荣"的喜悦，虽然他还是用贺秀莲的死，给孙少安的人生画上了一个必须重新从苦难出发的句号，但"富裕"生活对于少安来说，已不再仅仅是一个人的家业殷实。

《文艺报》从 1984 年第 3 期开始专设"怎样表现变革中的农村生活"的批评专题，连续讨论五期，几乎每期都涉及农民致富的话题。① 首期围绕如何评价《鲁班的子孙》，《芳草》杂志编辑易元符就直接发问：富了的农民会不会继承剥削阶级的思想，为富不仁的原因是什么？或许因为王润滋这篇小说的主题所限，批评家从一开始就将讨论收缩到了如何看待城乡之间现代精神与传统道德的冲

---

① 相关讨论文章主要有：《社会主义作家的历史重任》，《文艺报》1984 年第 3 期。宋爽：《漫谈几篇反映农村变革的小说》，《文艺报》1984 年第 5 期。张一弓：《听命于生活的权威——来自农村的报告》；叶蔚林：《眼睛往哪里看》，《文艺报》1984年第 6 期。叶文玲：《"冲进去"与"逃进来"》，《文艺报》1984 年第 7 期。

突上。于是，关于新时期农民致富的讨论，就演变成了商品生产与传统道德的关系问题：一方面要求作家冲出"围城"，不要以为商品生产必然带来两极分化和剥削关系，要关注并刻画所谓"专业户""重点户"通过商品经济脱贫的改革事实；另一方面，又要思考这一过程中出现的新的道德伦理难题。王蒙将之概括为两点：首先，"承认一部分人可以先富裕起来；承认一些比较会找窍门的、会经营的人可以先富裕起来，这不是从纯道德的角度来考虑的"，从长远的生产力发展来说，符合历史进步的需要；但是，又"绝对不能用具体的政策来代替共产主义的世界观和道德规范"，"经济的发展不能自发地产生共产主义的思想体系，也不能自动地调节人与人之间的关系……思想的问题，理想的问题，人与人的关系的问题，还是要靠建设以共产主义精神为核心的精神文明来解决。"[①] 王蒙的意见基本确立了国家意识形态在文艺上的指导方针和政治期待，但事实是，作家们在所谓解放思想的前一方面虽然很快做出了艺术上的反馈，但在后一方面却似乎止步于呈现新旧道德的对抗。王蒙的观点暴露出了此类农村题材创作的困难之处：这个共产主义精神是什么？毛泽东时代的革命伦理，怎样才能有效转化到当前以发家致富为中心的农民的生活意识中去呢？令人感到反讽的是，康濯在一篇如何塑造新农民形象的批评中，还提到，"美国文学中反映十九世纪开发西部的创业者，以及描写阿拉斯加淘金者顽强拼闯的作品，尽管那多是流尽了被剥削者血汗眼泪的资本主义创业，总也还有可资我们借鉴之处"[②]——在开出良方的同时，又让所谓共产主义精神建设的要求显得更难以自圆其说。

正是在这样的创作背景中，孙少安的人生有了它格外突出的典型意义。同样观察到致富之后可能给农村社会结构带来的负面影响，路遥其实并非像后来批评家所质疑的那样，迅速在城乡冲突或

---

① 王蒙：《谱写农村的新生活交响乐章》，《文艺报》1984 年第 4 期。
② 康濯：《"农民"这个概念变了》，《文艺报》1984 年第 8 期。

所谓现代性焦虑中选择了对乡村文化、伦理道德的情感认同。路遥笔下的孙少安虽看重家庭责任，也逐渐萌发了为乡村公共生活尽一份力的心意，但他又没有直接上升到看透金钱名利的大公无私，而是始终徘徊在改革"新人"和小农意识之间。路遥笔下的双水村虽有过齐心协力的温情，但也并非人人朴质善良的"世外桃源"，同样有过为一己私利忘恩负义的时候（如孙少安砖窑破产时，受帮扶过的村民们催工钱时的不顾人情）。然而，路遥仿佛就是在这种混杂状态中，发现了一种能弱化冲突的情感结构。当知识界精英们为现代性焦虑寝食难安未雨绸缪时，孙少安们或许已经自觉不自觉地趋近于一种新的生活伦理——如何做一个工于算计的好人。这里的"算计"不是贬义词，恰恰针对功利主义、实用主义的生意经，当"人情"仍然充当着村民判断一个人是否会做人的重要标准时，"个体利益的追求同社会义务的履行混合在一起。最高水平的算计必须在经济回报和富有人情之间寻求微妙的平衡"[1]。由此看，孙少安对致富烦恼的克服，或许就是路遥心目中社会转型期新旧调和的可能方向。

第三节 改革时代的"创业史"：转型期乡村田野调查

人物背后的"世界"图景

《平凡的世界》仅仅讲述了一个青年成长故事吗？或许是因为孙家兄弟的命运太容易让时代困顿中的青年们产生共鸣，读者们往往忽略了它更为广阔的历史内容。

事实上，早于《花城》杂志，《平凡的世界》（第一部）卷一26—28章就曾以《水的喜剧》为名，发表于《延河》1986年第4期

---

[1]　阎云翔：《中国社会的个体化》，陆洋等译，上海译文出版社2012年版，第244页。

上。这三章讲的是 1976 年夏双水村遭旱，书记田福堂率领村民豁坝抢水的故事。小说发表时前附"作者的话"，称这几章在第一部中并不占有特别位置，截取它们只是因为较为连贯的情节，可以独立成篇。从题材上看，村干部的小农意识、不同村庄或宗族间的利益冲突等，的确是"十七年"农村小说中也常出现的内容。但如果把这三章放到整部小说从 1975 年到 1985 年的历史背景中，又能看到它如何集中体现了转型期乡村社会多种问题的时代重叠。

作为全公社农业学大寨先进队的双水村，在遭遇旱情时，竟得不到其他生产队的"互助合作"；大队书记田福堂最担心的不是能不能保住庄稼，而是怎样保住自己的政绩和威信；豁坝时因只顾本村利益造成决堤事故死了人，孙玉亭为了安抚家属，竟想到把金俊斌追认为"为革命事业牺牲的英雄"。路遥写出了与革命理想错位的农村现实，特别是"文革"后期乡村基层组织执行力的丧失。一方面，与新时期农村题材小说从反封建角度出发的历史反思一致，路遥也注意到农民作为小生产者的狭隘性以及党员干部同样受农民性影响的思想问题；但另一方面，路遥又在这出"闹剧"里提示着改革时代应当吸收转化的历史经验。

这几乎是双水村包产到户前最后一次"大团结"：

> 做这种事谁也不再提平常他们最看重的工分问题，更没有人偷懒耍滑；而且也不再分田家、金家或孙家；所有的人都为解救他们共同生活的双水村的灾难，而团结在了一面旗帜之下。在这种时候，大家感到村里所有的人都是亲切的、可爱的，甚至一些过去闹过别扭的人，现在也亲热得像兄弟一样并肩战斗了……

"抢水事件"中村民们表现出的"惊人的牺牲精神"，不仅是对公社时期集体主义理想的反讽，迫切要求改革回到对农民切身利益的实际解决上来；实际上也为农村改革提出了更高要求，如何在调动个人积极性的同时，创造一种更为有效的集体形式与互助意识。把这三章放到孙家兄弟的成长道路上看，这是孙少平随父亲回村顶替哥哥劳动时遭遇的第一件大事，迫使他从个人精神困境转向更大的生活视野；而此时缺席的孙少安，从山西归来后，也就能自然接替因决策失误失势的田福堂和金俊武，成为真正带领双水村走向改革的新一代"能人"。尽管这三章并未直接出现《平凡的世界》的最核心人物，但已经呈现出了路遥意图从人物关系不断伸展开来的社会网络和时间隧道。正如编辑介绍语所说，这一段节选可以让读者窥出整个长篇的大致风貌，是要"描写近十年间的当代城乡社会生活"，"追求恢弘的气势与编年史式的效果，读来撼人心魄。"①

因此，与其说《平凡的世界》的主人公是孙家兄弟，不如说是双水村、原西县、黄原市，乃至改革时期的整个中国社会。路遥自述在构思《平凡的世界》时第七次阅读《创业史》，在如何结构长篇方面，柳青无疑给了路遥最直接的启示。《创业史》中以梁生宝为塔尖，向外辐射出去，形成各种其他人物层次；《平凡的世界》也从人物开始，"人与人，家庭与家庭，群体与群体的纵横交叉，以最终织成一张人物的大网"。从这一庞大主题来看，路遥用"王满银卖老鼠药"一事切入，的确是神来之笔②。不仅通过孙家这一飞来横祸，写出孙家兄弟的早慧成熟；通过孙少平回家的路程交代出双水村与邻村的地理环境及宗族关系；通过孙玉亭组织批斗会交代了 1975 年改革前夕的政治氛围，重要人物悉数出场；还通过孙少

① 路遥：《水的喜剧》，《延河》1986 年第 4 期。
② 路遥在《早晨从中午开始》中专门叙述了关于小说开头的构思过程：怎样尽可能在少的篇幅中让尽可能多的人物出场，必须找到一种情节的契机。"某一天半夜，我突然在床上想到了一个办法，激动得浑身直打哆嗦。我拉亮灯，只在床头边的纸上写下了三个字：老鼠药。"通过王满银卖老鼠药，大约用七万字，把全书近百个人物中的七十多个都放到读者面前，并且避免了简历式的介绍人物，初步交叉起人物与人物的冲突关系。参见路遥：《早晨从中午开始》，引自《路遥全集·散文、剧本、诗歌、书信》，北京十月文艺出版社 2012 年版，第 27—29 页。

安与润叶的情感纠葛，由润叶进出田福军家，带出县一级李登云和田福军的矛盾，公社一级徐治功和白明川的冲突，村一级田福堂和孙少安、金俊武等年轻人的冲突，写出了各级农村基层组织中改革派与保守派的政治斗争与路线斗争，从小说开头就给全书大规模描写改革的步履维艰、风云际会打好了基础。

路遥说过，之所以选择1975—1985这十年，是因为它代表了"中国大转型期的社会生活"，各种社会形态、思想形态都交织渗透在一起。而"转型"最为直接的标识就是从"革命"到"改革"。柳青反复强调："《创业史》这部小说要向读者回答的是：中国农村为什么会发生社会主义革命和这次革命是怎样进行的。回答要通过一个村庄的各阶级人物在合作化运动中的行动、思想和心理的变化过程表现出来。这个主题思想和这个题材范围的统一，构成了这部小说的具体内容。"① 套用柳青的话，《平凡的世界》恰恰要解决：中国农村为什么必须告别革命、走向改革，以及新时期改革是怎样进行的；而路遥同样汲取了柳青注重人物行动，从人物心理动机来叙述历史变动的艺术原则，要通过几个典型人物的生活故事，写出改革推进过程中人心的常与变。

如果在柳青的"蛤蟆滩"与路遥的"双水村"之间建立起历史关联，把路遥笔下的双水村看作是在蛤蟆滩这一"遗址"上建成的，那么路遥的写作就是在完成一个考古工作者的田野调查，要从他所收集的乡村故事里提取出历史的遗留物。已有研究者用社会史考辨的方式，还原了路遥在《平凡的世界》中对农村改革"五步走"的认识逻辑，从集贸市场放开、清算集体经济，逐步实现包产到户到农村剩余劳动力通过进城和乡镇企业发展的两种转移——并试图指出路遥对社会主义实践经验的具体取舍。② 而从人物形象上看，如孙玉厚与梁三老汉、孙少安与梁生宝、田福堂与郭振山之间

---

① 柳青：《提出几个问题来讨论》，《延河》1963年第8期。
② 陈思：《〈平凡的世界〉的社会史考辨：逻辑与问题》，《文学评论》2016年第4期。

的对照等，同样能看到路遥如何在一个更长线的历史发展中认识自己笔下人物的"前世今生"。他们都是蛤蟆滩上曾经出现的角色，又在改革时代内涵转变了的"创业史"中发展出了不同的命运。当路遥关注改革进程中社会各阶层的重组与分化时，他所叙述的乡村生活和人际关系已经是被革命改造后的结果，而正是这种延续而非断裂的历史眼光，使得《平凡的世界》在一定意义上成为对柳青《创业史》的"续写"，同时包含了"社会继替"与"社会变迁"的两个方面。①

　　《平凡的世界》是以《创业史》的失败为起点的。《平凡的世界》第一部开始于1975年孙少平饥饿艰辛的求学生活，结尾于1978年孙少安带领社员自发搞责任制的失败尝试。通过描写孙家穷困潦倒的生活光景，村干部在批斗会、农业学大寨等乡村政治活动中的荒唐行为，以及田福军等面临的改革阻力，路遥深刻地反映了"文革"后期农民在生活和精神上的双重贫困。而"洗不掉的出身"几乎成为每个人物出场时无法言说的苦闷："菜分三等"首先让孙少平感受到了城乡出身不同、干部子弟与贫民子弟之间的差别；孙少安"不敢娶润叶"的苦恼背后是他心中"公家人"与"庄稼汉"之间迈不过的沟壑；郝红梅疏远孙少平接近顾养民，是为了给地主出身的自己寻条活路；田福堂虽然凭借其革命时期的政治资本成为村里的特权阶层，但在女儿的婚事上又不敢高攀，觉得"太高了不好，因为他是个农民嘛！"——这些细节完全颠覆了社会主义革命对农村下层民众的"翻身"许诺，国家对经济自由竞争的制度性取缔以及对社会流动的控制，使得"革命"话语在打碎私有制形态下的阶级结构之后，又形成了一套以家庭成分、户籍、职业、干部级

---

① 费孝通指出，"社会继替是指人物在固定的社会结构中的流动，社会变迁却是指社会结构本身的变动。这两种过程并不是冲突的，而是同时存在的，任何社会绝不会有一天突然变出一个和旧有结构完全不同的样式……"参见费孝通：《乡土中国》，北京出版社2005年版，第110页。

别等因素区分的"身份制"。

然而，面对五十至七十年代社会主义实践的历史后果，路遥又并未将写作重心简单地放在伤痕叙事上：首先，在强调革命改变传统乡村社会文化结构的同时，路遥笔下的许多细节都展现出了传统乡土社会未被新政治改造的一面。且不说前述一直强调的孙家为创立个人家业朴素的劳动意识，就是像孙玉亭这样被革命造就的人物，也会一面为了"表忠心"将亲人揪斗成阶级敌人，一面又在少安结婚时，不忘请侄儿夫妇到家里吃顿饭。连孙少安都禁不住感慨，"以为二爸只热心革命，把人情世故都忘了。想不到他还记着这个乡规"。第一部写到王彩娥被捉奸后金王两家恶斗，写到田福堂带村民豁坝抢水等场景，也都突出表现了村庄中并未完全依据阶级认同处理日常生活的宗族关系与公私意识。正如社会学家较为持中的判断，"各类政治运动主要改变的是村庄的纵向社会结构（政治标准成为了占主导地位的分层标准），而村庄的横向社会结构——以'己'为中心、以'伦常'为标准往外'推'的圈层结构——并未发生实质性的变化。"[1]

另外，当路遥写出革命正走向自身反面的合法性危机时，他仿佛又要赶在历史转轨之前保存下革命时代的部分精神遗产。若为小说第一部做一个编年史，可以看到路遥在写法上有意地将关乎国家命运的大事件与个人生活史缝合起来。润叶在少安结婚后陷入到了失恋的痛苦煎熬中，但当她得知四五天安门事件后，一下子就把自己的不幸搁到了一边，叙述者夹叙夹议道，"是啊，只要是一个有良知的公民，当国家出现不幸的时候，个人的不幸马上就会自动退到次要的位置"。孙少平在田晓霞的启蒙下将生活视野从"小家"扩展到"大家"，秘密抄写《天安门诗抄》一事，更让农民出身的孙少平和干部出身的田晓霞、顾养民之间达成了一种革命同志

---

[1] 谭同学：《桥村有道：转型乡村的道德权力与社会结构》，三联书店2010年版，第153页。

般的友情。路遥还以叙述者全知全能的口吻强调，正是国家不幸和社会动荡让年轻人成长起来。虽然《平凡的世界》中的年轻人并没有梁生宝那样不断自觉升华的政治意识，这种对个人与集体、国家关系的强调，也并不是为了完成召唤革命主体性的阶级教育，但路遥的写法本身已经透露出源自社会主义经验的关于历史现实的基本认识，而这种不仅仅指向个人利益的理想主义，很可能继续发挥其历史作用，帮助人们在改革推进的社会重组过程中完成人生意义的构建。

于是，作为"改革前史"的第一部不仅写出了改革发生的必然性，实际上也为改革中可能要面对的社会问题整理出了可资借鉴的历史资源。无论是传统乡土社会的礼俗伦常，还是毛泽东时代以集体主义为核心的人生观，从前述孙家兄弟的人生故事中可以看到，它们既要面临农村改革的新一轮冲击，又将以新的形式继续成为安顿个人身心的可能方案。

历史遗留物的取舍与转化

小说第二、三部集中写责任制实施前后几年间的社会生活，延续第一部的编年史写法，重大政治事件仍是通过个人生活史或双水村的地方史叙述出来的。路遥巧妙地运用了乡村公共生活中"闲话中心"这一有趣的观察视角，先是写地主金光亮家的儿子金二锤参军，以"政治暴发户"一词标识了革命出身原初政治内涵的失效；接着又写金俊文家的金富成了"经济暴发户"，既暴露出道德失范的危机，也撕开了新时期个人以财富占有改变身份等级的缺口。在新一轮权力资本的重新分配过程中，"过去尊敬的是各种'运动'产生的积极分子，现在却把仰慕的目光投照到这些腰里别着人民币的人物身上"。"致富"迅速成为双水村村民们日常生活的核心问题。除了像金俊武那样凭劳动技能在土地上苦干，如田福民夫妇养鱼，金俊山养奶牛，地主金光亮养蜂，许多人都走上了跟孙少安类似的道路。而金波顶替父亲招工进城，金秀、兰香靠知识改变命运等，则与孙少平一起，代表了改革后社会流动有所开放的新形势下，农村新一代面向村庄之外的人生选择。

在叙述改革新动向的同时，路遥仍继续观照着人心中的历史遗留物。既有孙玉亭这样念念不忘国家大事和红火集体生活的逃避主义，又有田福堂那样重新捡起庄稼活的孤独与执拗，还有原生产队饲养员田万江深夜与牲口说话、担心牲口分给个人后受罪的温情。在这些整体性的历史叙述中，路遥真正实践了他所说的，以巴尔扎克式"书记官"的姿态，观察社会大背景下人们的生存与生活状态，作品中对某些特定历史背景下政治性实践的态度，看似作者的态度，其实基本是那个历史条件下人物的态度。而人物类型辐射面越广，历史的复杂性也就越能通过各种不同处境中人们的心灵感受体现出来。

这种对历史内在矛盾的多线条描述，使得路遥对转型乡村的"田野调查"不止于现象描述。第二、三部的改革叙事，很快偏离了初期改革小说以图解新政策、表现改革阻力和塑造改革派英雄为主题的一贯模式，反而越来越呈现为以叙述日常生活为中心的问题思考。当路遥注意到责任制实施后农村可能再次出现贫富两极分化的现象时，《平凡的世界》实际上回到了柳青《创业史》要解决的老问题。杜润生曾将"包产到户"看作是土地改革以后对土地的第二次打乱平分，"土地改革时基本上是'中间不动两头平'，现在则是通通都动，平均的程度超过当年的土地改革。好处是提供了起点公平，实现了公平竞争，初始资源的公平配置"①。杜润生所说的"中间不动两头平"，其实就是《创业史》开篇时土改后的农村格局。富农姚士杰、中农郭世富既体现了土改的政策特征，又隐含了

---

① 杜润生：《杜润生自述：中国农村体制改革重大决策纪实》，人民出版社 2005 年版，第 155 页。

农村保留小农经济自发思想后可能导致的进一步阶级分化，而《创业史》的解决方式则是要通过阶级斗争"孤立坚持走资本主义道路的富裕中农和站在他们背后的富农"，"千方百计显示集体劳动生产的优越性，采用思想教育和典型示范的方法，吸引广大农民走上社会主义道路。"① 如果说双水村是通过包产到户解决了蛤蟆滩最初面对的"起点公平"，那么它同样还需继续保障"过程公平"和"结果公平"，而新政策"允许一部分人先富起来"以及对个人发家致富的鼓励，已然决定了路遥必须寻找另一条路径去完成柳青的叙述。

然而，同样是描述农村的贫富分化现象，不同于柳青的阶级分析，路遥的写法已经更接近于一种以财富（经济地位）、权力（政治地位）或声望（社会地位）为标准的社会分层理论。八十年代中后期有关社会不平等研究的理论资源从马克思转向韦伯，有论者指出，分层分析的基本视角是功能论的，认为社会不平等是社会系统功能分化的结果，是劳动力市场自然演化的结果，个人通过努力、凭借个人能力获得相应的社会地位；而阶级分析的基本视角则是冲突论的，认为所谓"地位获得"的公平想象背后，其实只是满足统治阶级的分配需要。② 身处改革的初始阶段，路遥笔下的双水村还无需面对九十年代后更为残酷的市场逻辑，改革承诺农民获得支配自己劳动及其劳动产品的权利，更建立起了凭借个人劳动改变命运的生活想象。这些历史因素都使得路遥即便在书写改革负面效应的同时，仍然保持着一种较为乐观的积极心态。尽管他在孙少安的曲折创业中也隐约触及到了价格双轨制、城乡差别等利益冲突，但他还是迅速将贫富分化的问题，转换成了"如何增加财富"和"如何支配财富的问题"。相比柳青上升到私有制问题的政治经济学分析和意识形态批判，这种着眼于如何约束农民经济理性行为的写法，

---

① 柳青：《提出几个问题来讨论》，《延河》1963 年第 8 期。

② 参见《中国社会转型中的阶级》，苏阳、冯仕政、韩春萍编，"导论：把阶级还给不平等研究"，社会科学文献出版社 2010 年版。

自然更容易停留在普泛的道德规范上。

这是路遥身处改革内部的认识局限，但又是这种局限性，使他更多地关注个人经验层面的具体问题，并在解决具体问题的过程中，从事先清理的历史遗留物中寻找可能性，再将这种具体性转换为具有普遍意义的典型。从这一点来说，《平凡的世界》的确部分回到了柳青的遗产，他对"个人"的理解，既不是高加林式与社会对抗的原子化的个人观念，也不是八十年代现代主义思潮兴起后否认社会化指向的存在主义的个人想象，小说中每个人物的意识行动，始终处于与他人乃至整个社会分层结构的关系之中，因而也携带了可能被纳入某个共同体中去的文化传统与历史记忆，个人成长的终点必然是一个在对共同文化的分享中完成的"社会化"过程。

1984 年 3 月，路遥参加了由《文艺报》《人民文学》召开的涿县农村题材小说创作座谈会，随后在 3 月 22—27 日又参加了作协陕西分会的农村题材座谈会。会议以学习杜润生讲话和 1984 年中央一号文件开始，穿插实地考察，而讨论中有几点内容特别值得关注：一是与会代表提出要注意历史感与现实感的统一，"尤其不要对建国后几十年农村的历史和在这个历史背景下的农村干部进行简单的否定"。二是在写社会主义新人的问题上，"许多同志在发言中不同意用'强者''文学新人'这些缺乏质的固定性的含混不清的概念来代替'社会主义新人概念'"，不能因为过去作品中出现过分拔高的"失真"，就否定这一概念的理论意义与客观存在。三是关于伦理道德观念和社会经济发展的问题，要避免用过去"左"的一套去简单否定当前农村涌现的致富户和专业户，但也要注意如何发扬"劳动人民的传统美德，人民革命的优良传统"。四是作家研究生活和研究政策的关系问题。文学不能图解政策，但当前农村变化的核心原因就是党的正确政策，所以作家不能无视政治政策，只是要更着眼于变革中的农民心理而非政策效应。[①] 1985 年秋，路遥正式开

---

① 春歌：《生活呼唤着作家——作协陕西分会农村题材创作座谈会纪要》，《延河》1984 年第 6 期。

始《平凡的世界》第一稿的写作，参照这次会议精神，《平凡的世界》其实很好地呼应了文学界的整体规划。这种极力弥合历史断层的文学叙述，在后来者眼中既过于保守又对现实缺乏批判能力，但如果正视文学自觉参与改革政治实践的历史意识，就可以看到，并不如《人生》"超前"的《平凡的世界》，反而获得了更多与时代持续对话的空间。

未完稿的《创业史》虽然只截取了从初级互助组到高级社过程中围绕主要人物和主要矛盾的几个场景，但其背后是一个已经由政治意识形态明确规定了因果关系和发展逻辑的封闭的历史叙述；而《平凡的世界》虽然完整展现了七八十年代转型社会的方方面面，却是以一个开放的历史叙述为背景的，难以在文本中建构起一个关于现实的稳定的意义秩序。用一个不太恰当的比喻来形容这种区别，如果用"理论"来代表革命时代的历史叙述原则，那么"实践"恰恰更能代表 1980 年代改革意识形态的叙述需要，而路遥的价值，就在于他仍试图不断从具体的生活故事中建立起具有普遍意义的理论思考，为个人在大历史中辨识人生方向提供一种感性形式。

小结　路遥式城乡叙事：一种共同文化的发展

从路遥的整个创作历程来看，《平凡的世界》是一个重要转向，它既是对《人生》主题的进一步回应，又是对《人生》叙述方式的反叛。如果说《人生》以其有争议性的个人主义倾向溢出了批评界"回收十七年"的文学成规，那么在《人生》之后的创作调整中，路遥则自觉回收了他这一代人的成长与阅读记忆，以对"罗曼蒂克精神"的强调，重新转换五十至七十年代的理想主义资源。然而，也正如本章分析路遥如何诠释与继承"柳青的遗产"时所示，新时期作家的创作姿态不仅已经缺乏"十七年"农村题材小说的阶级政治维度，被"文革"挫伤的革命伦理也难以有效回应"告别阶级斗争"之后的"人"的存在问题。因此，《平凡的世界》成为一次寻找新路的尝试：如何在文学叙述中反映社会转型期的城乡关系？如何通过文学叙述去影响人们对"交叉地带"的认识与感受？如何重建人生之意义，为改革时代的转型乡村提供一套安顿身心的生活想象？

高加林的人生抉择代表了理解新时期初农村改革的两种倾向：一是"个体化"[①]——集中体现为高加林极力以其独异之身摆脱农民阶层，从封闭落后的乡村"出走"；二是"城市化"——城乡差别被转换为"现代/传统""文明/落后"的价值等级，单一的现代化方向使得小说中的农村形象被描述为无法生产意义的地方。《人生》之后，路遥其实越来越明确了改革小说在农村题材方面必须思考的重要问题：一方面，八十年代农村改革的基本出发点就是为个人松绑，不仅从经济生产和社会流动上给予农民部分自由自主的权利，也在集体主义的革命意识形态中打开了合理利己主义的缺口。正如上一章所述，高加林虽然借助这种个体化趋势突破了城乡二元结构下的身份等级制，但"更衣记"式的自我重构并未对既有社会分层提出实质性挑战，反而使个人陷入到必须不断进取却又无所依傍的浮躁状态中，城市也无法在制度实践层面确保能够充分接纳并给予农村青年一个平等自由的生存空间。另一方面，尽管路遥设置了高加林"浪子回头"的结局，但"城优于乡"的价值判断，已使得"扎根农村"的理想动员不能有力扶持个人去实现人生价值。而"包产到户"的农村新政虽鼓励农民发家致富，在一定程度上有效缩小了城乡差别，使农民过上了有尊严的生活，又不得不继续面对

---

① 关于理解个体化的三个维度："脱嵌，即个体从历史限定的、在支配和支持的传统语境意义上的社会形式与义务中撤出（解放的维度）；与实践知识、信仰和指导规则相关的传统安全感的丧失（去魅的维度）；以及再嵌入——其含义在此已转向与个体化的字面意义完全相反的一面——即一种新形式的社会义务（控制或重新整合的维度）。"参见阎云翔：《中国社会的个体化》，陆洋等译，上海译文出版社2012年版，第352页。

如何克服农村社会重组过程中新一轮贫富分化的问题。

正是这两方面思考，促使路遥在《平凡的世界》中将高加林一分为二，通过孙家兄弟的人生故事试验另一种"交叉地带"的认识与选择：

孙少平最初也曾幻想过："未来的某一天，他已经成了一个人物，或者是教授，或者是作家，要么是工程师，穿着体面的制服和黑皮鞋，戴着眼镜，从外面的一个大地方回到了这座城市，人们都在尊敬亲热地和他打招呼"——但是，路遥并没有让他走上这条高加林式的自我实现道路，对于孙少平来说，幸福不是物质主义、个人主义的现代生活，而是承担家庭重负、自食其力的艰苦劳动。

孙少安代表了新时期农村改革中"离土不离乡"的致富典型，"自从降生到这个世界上，他第一次感到了作为人的尊严"，甚至也如"陈奂生上城"一样揣着一卷子人民币享受了一下城里人的待遇。但是，路遥又没有将孙少安的自我实现仅仅叙述为个人发家致富，对于孙少安来说，如何支配财富不仅仅是学习理性计算的生意经，还是如何兼顾人情伦理的道德问题。

孙少平的苦难哲学始于知识启蒙后的个人追求，却终于煤矿工人的集体劳动和精神互助；孙少安的家业理想始于解放个体经济的发家致富，却也终于参与乡村公共建设的光荣感。在孙家兄弟的人生故事中，作为成长起点的个体化，最终都指向了一种新的共同体经验，而且始终不曾把农村或农民阶层放到自我实现的对立面上；与此同时，路遥的"城市"书写也不再是一个与农村构成鲜明对比的现代符号，抽象的城市想象被还原为更具体复杂的生活故事，并通过不同人物之间的冲突对照与农村社会密切关联。

从小说叙述中可以看到，孙家兄弟的人生观同时汲取了多种历史资源：既有传统乡土社会重家庭伦理的礼俗规范，又有强调集体主义与平等诉求的革命伦理，还有尊重个人权利与日常生活价值的新时期意识。而像劳动高尚的精神信仰，更混合了革命时代强调

"人民主体性"的尊严政治，以及承认按劳分配合法性的改革共识。从这一点来看，路遥对转型乡村的现实叙述，始终保持着一种连续而非断裂的历史态度。批评家往往基于现代性焦虑的二元论，就认为路遥在面对改革的强大历史推动力时徘徊于现代理性与传统道德之间犹豫不决，陷入到所谓恋史情结与恋土情结的内心冲突中，但这种批评恰恰忽略了路遥在实际叙述1975—1985年的社会转型过程中，特别是在如何清理革命时代历史遗留物的问题上，可能对"现代 / 传统"二元论的超越。正如本章所述，继承"柳青的遗产"，通过对农村社会阶层重组的全景式分析，路遥既肯定了新时期改革尝试解决五十至七十年代社会主义实践遗留问题的历史进步性，又在这种积极的应对方式中发现了新的危机。双水村在责任制实施后出现的贫富分化现象，当然可以被解释为封闭已久的农村遭遇现代性冲击后的道德失范，但它同样应当被放回到农村历次土地改革的实践后果中予以反思。

于是，在《平凡的世界》中，"交叉地带"不仅仅体现了空间意义上的城乡关系，还蕴含了时间意义上从"革命"到"改革"的历史层叠。这种写法使得路遥特别强调一种共同经历社会转型的集体经验。就像他关于孙家兄弟的人生观讨论，通过清理多种历史资源，不仅捕捉到同时代人们理解现实的感觉结构，还要分析这种感觉结构如何在因袭传统的生成过程中，建立起一种基于共同文化的新的生活想象。参照雷蒙德·威廉斯关于"文化"的定义，文化不仅仅是一种"理想的"，人类追求自我完善过程中所依据的普遍的价值，而且还是"社会的"，是"对一种特殊生活方式的描述，它表现了不仅包含在艺术和学识中而且也包含在各种制度和日常行为中的某些意义和价值"，它是社会成员赖以相互沟通的各种特有形式。① 一种共同文化的分享与促进，在一定程度上有可能缓和个人

---

① 关于"共同文化"的论述，参见〔英〕雷蒙德·威廉斯：《漫长的革命》，倪伟译，上海人民出版社2013年版，第57页。〔英〕雷蒙德·威廉斯：《文化与社会》，高晓玲译，吉林出版集团2011年版，第332—348页。

在面对社会差别时的紧张情绪。城乡文化共同体的建构，也能使人生意义感的认定方式，不再仅仅是个人主义的"自我实现"，或以城市为蓝本的"现代生活"。

《平凡的世界》中许多细节写到人与人之间的相互体贴。如润叶见少安前，特意换了一身洗得发白的蓝制服罩衣，把两根辫子剪成短帽盖，因为"她知道少安没有一身像样的衣服，她的衣服要叫他看起来不拘束才行"。做揽工汉时的孙少平去找金波前"先收拾和'化妆'一番"，不是因为自尊心，是不想自己的"破烂行装'惊吓'了他的朋友"，而金波也故意换了一身工装，弄乱头发。孙少平心里立刻明白，"敏感的金波猜出他目前的真实处境是什么样子，因此，为不刺激他，才故意换上这身薄衣服，显得和他处在一种同等的地位。他们相互太了解了，任何细微的心理反应都瞒哄不了对方"。这些细节可以成为《人生》中"更衣记"故事的一个对照，不再是通过改装去获取一个身份，而是主动在人与人的关系中发现不必然被出身、阶层等因素限定的个人选择。

因思想意识、社会阶层等多方面原因彼此隔膜的人们，有可能因为共同的文化记忆、观念或情感，形成一个互相支撑的共同体。这个共同体可能是以家庭、宗族、乡村为单位的，强调传统乡土社会的人伦礼俗；也可能是超阶层的爱情、友情或像孙少平在煤矿生活中体验到的集体劳动意识，带有毛泽东时代的理想主义色彩；甚至还是路遥通过田福军和孙少安两条线索搭建的改革共同体，凭借对新时期的乐观信念分享艰难。它始终是开放的，可能将被社会分层结构排除出去的那一部分人，重新纳入到一种共同文化的发展中来，重新定义关于"尊严""幸福"等范畴的认识标准。而小说不断制造"苦难"与"匮乏"，既是对共同体坚实程度的考验，又通过对个人如何克服苦难的叙述，加固了共同体之于自我完善的意义。

不能回避的是，对共同文化的强调，虽然为面对改革复杂性的同代人提供了整理个人经验的模板，使个人不至于像无力的小舟在历史河流中颠簸，但路遥与现实和解的理想主义方案，也在一定程度上丧失了对社会分层结构形成与再生产的意识形态批判。随着改革不断遭遇新的危机，身处社会底层的普通人真的可以凭借这种互相支撑去承受更加激化的现实矛盾吗？究竟如何在多种历史资源的对话中，找到文学应对现实的力量？《平凡的世界》或许终将暴露出更多无法缝合的文本裂隙，也将成为路遥之后，现实主义文学寻求突破的一个原点。

第四章　城乡之辩、中西之辩
与 1980 年代的现实主义危机

　　1991 年初冬至 1992 年初春，路遥完成了长篇创作随笔《早晨从中午开始》[①]。站在九十年代再度回忆《人生》备受争议的结尾，

[①] 《早晨从中午开始》首发于铜川矿务局主办的《铜川矿工报》，后连载于陕西省妇联主办的《女友》杂志 1992 年第 5 期至第 10 期，紧接着又有西北大学出版社 1992 年版和中国文联出版公司 1993 年版（扉页注"献给我的弟弟王天乐"）。厚夫在《路遥传》中专门提到路遥"一稿多投"的现实考虑，是希望多赚些钱给女儿存下。而关于《早晨从中午开始》的写作缘起，除了路遥自己在文中提及的两方面原因：一是完成《平凡的世界》已过去四年，需要"严肃地总结过去"；二是因为许多报刊道听途说编排不真实的故事，想要"亲自出面说一说自己"——厚夫在《路遥传》中还提及另外两件事：一是 1991 年秋天陕西师范大学中文系教授畅广元先生准备主编题为《神秘黑箱的窥视》的陕西当代作家创作心理研究评论集，路遥受邀"鼎力支持"；二是 1991 年 10 月 27 日老作家杜鹏程因病逝世，对于正隐瞒自己肝硬化病情的路遥来说加重了心底的阴霾。后一方面原因，可以关涉到本书探讨的关于"柳青的遗产"的主题。路遥写作《杜鹏程：燃烧的烈火》刊于《延河》1992 年第 1 期，若与刊于 1980 年第 6 期《延河》的《病危中的柳青》对读，可以看到路遥是如何理解陕西文学传统中的两位"革命"前辈的：一方面，柳青未能完成《创业史》，杜鹏程未能完成《太平年月》，都影响了路遥唯恐无法完成《平凡的世界》甚至不惜以生命为代价的创作心态；另一方面，路遥始终强调的作家不应丧失"普通劳动者"的感觉，又联系着两位作家在共和国文学阶段关于知识分子身份、深入生活等创作姿态的理解。路遥写到，杜鹏程的"人民性，他的自我折磨式的伟大劳动精神，都曾强烈的影响了我。……在创作气质和劳动态度方面，我和他有许多相似之处。当他晚年重病缠身的时候，我每次看见他，就不由得想起了自己的未来。我感到，他现在的状况也就是我未来的写照。……这是永远无悔的牺牲"。如上简要还原《早晨从中午开始》的创作现场，格外可以看到路遥在他生命的最后两年中，身处疾病、生活压力、家事纷争依然要在文学事业上再冲刺，挥斥方遒的豪情里，又有着一丝不平与担忧。

路遥提出了一个应在世界视野中理解城乡关系与中西关系的看法："毫无疑问，广大的落后农村是中国迈向未来的沉重负担"，但"城里人无权指责农村人拖了他们的后腿。就我国而言，某种意义上，如果没有广大的农村，也不会有眼下城市的这点有限的繁荣。放大一点说，整个第三世界（包括中国在内）不就是全球的'农村'吗？因此，必须达成全社会的共识：农村的问题也就是城市的问题，是我们的共有的问题"。要出自真心去理解农村人的处境和痛苦，"而不是优越而痛快地只顾指责甚至嘲弄丑化他们——就像某些发达国家对待不发达国家一样。"①不仅是高加林们，改革时代的中国同样站在一个世界格局视野下的"交叉地带"中，个人面对城乡差别的态度背后，其实也折射出民族国家在世界范围内面对现代化程度差别时必然面对的挑战。

城乡之辩实乃中西之辩。路遥的判断隐含了1980年代与"五四"时期逐渐同构的现代化意识，尽管路遥站在乡土中国的立场上为农村辩护，但这种城乡二元结构背后，仍然预设了"工业／农业""现代／传统""文明／愚昧"等纵向历史发展的程度差别，并且被扩展为"先进的西方"与"落后的中国"，在横向的不同社会类型比较间建立起文明等级论。早在上个世纪三四十年代，冯友兰撰《新事论》，就在《辨城乡》一文中感慨："对于英美等国来说，整个底中国，连带上海南京在内，都是乡下；整个底英美等国，连带其中底村落，都是城里。"②而之所以英美诸国可以占据优势，皆因其工业革命发端的社会类型发展所致。尽管冯友兰反对全盘西化论，要求现代化与民族性相结合，但在中国文化的现代建设问题上，就像农村必须完成生产方式与生活城市化一样，中国也必

---

① 路遥：《早晨从中午开始》，引自《路遥全集·散文、剧本、诗歌、书信》，北京十月文艺出版社 2012 年版，第 62 页。
② 冯友兰：《辨城乡》，引自《三松堂全集》第 4 卷，河南人民出版社 2001 年版，第 219—229 页。

须以"欧化"的现代性道路摆脱文明被殖民的劣势地位。从类似认识角度出发，路遥小说中的倾向性一旦被诠释为"传统情感与现代理性""恋土情结与恋史情结"等同义反复的现代性焦虑，上述那段为农村辩护的效果必然被弱化。如果农村城市化、中国现代化是克服差别的唯一方式，那么路遥就只能暂时借助朴素的民族主义情绪为落后的中国农村博得一点理解与同情，无论是农村还是中国，最终都不得不为历史进步付出沉重的代价。

然而值得注意的是，当路遥用"第三世界""发达国家"等带有毛泽东时代印记的词汇，来描述世界格局中的城乡关系与中西关系时，这种发自农民血统中的不平之气，又潜藏了另一种历史记忆。正如莫里斯·迈斯纳所说，毛泽东挑战了马克思社会发展阶段论中基于资本主义工业化的城乡关系，在毛泽东看来，历史的进步并不必然与城市的至高无上相一致，当这种以农村包围城市的革命主张与"第三世界"理论以及国际共产主义运动相结合时，就"变成了一个关于世界革命过程的、影响遍及全球的观点：由经济落后地区构成的'革命农村'必将战胜欧美发达国家构成的'城市'"[1]。从这个角度去理解，路遥完全可以更有自信地为农村辩护，因为整个第三世界（包括中国在内）作为全球的"农村"，恰恰具备一种"落后的优势"。但亲历农村落后贫瘠的路遥，显然不会再迷信革命的乌托邦，当路遥指出城市的繁荣其实建立在对农村的盘剥之上时，他已经指出了他所亲历的乌托邦主义的负面事实。关于农村的落后贫瘠，"这个责任应由历史承担，而不能归罪于生活在其间的人们。简单地说，难道他们不愿意像城里人一样生活得更好些吗？"五十至七十年代社会主义实践试图以"新人"美德或阶级意识克服城乡差别的尝试宣告失败，但一方面，这种认识的确为新时期如何从中国自身关于城乡建设的现实问题中校准"现代意识"提供

---

① 〔美〕莫里斯·迈斯纳：《马克思主义、毛泽东主义与乌托邦主义》，张宁、陈铭康等译，中国人民大学出版社 2006 年版，第 54 页。

了历史参照；另一方面，它又确实构成了五十至七十年代文学实践中许多重要问题的认识基础，例如如何叙述城乡差别、如何看待现实主义手法的优越性等，而这些问题恰恰也是路遥在新时期继续思考的。

无论采取上述哪一种历史叙述，当城乡之辩被置于中西之辩的世界视野中时，以何种文学形式表达新时期城乡关系，都不再仅仅是如何再现现实的问题，还必然包含了一种在 1980 年代如何与西方他者对话的自觉意识。从世界观来说，如何看待中西之辩即改革时代中国特色的发展模式，决定着如何理解城乡建设的历史经验和现实问题；从文学观来说，如何理解 1980 年代中国文学与世界文学的关系，又决定着如何继承与转换现当代文学的乡土－农村题材小说传统。

路遥接下去为现实主义一辩，正体现了上述关于城乡之辩、中西之辩的双重视野：

> 我同时认为，文学的"先进"不是因为描写了"先进"的生活，而是对特定历史进程中的人类活动做了准确而深刻的描绘。发达国家未必有发达的文学，而落后国家的文学未必就是落后的——拉丁美洲可以再次作证。我们看到，出现了一些新的概念化或理论化倾向的作品，而且博得了一些新理论"权威"的高度赞扬。某些批评已经不顾及生活实际上是怎个样子，而是看作品是否符合自己宣扬的理论观念。那么，我们只能又看到了一些新的"高大全"——穿了一身牛仔服的"高大全"或披了一身道袍的"高大全"，要不就是永远画不好圆圈的"高大全"。[1]

---

[1] 路遥：《早晨从中午开始》，引自《路遥全集·散文、剧本、诗歌、书信》，北京十月文艺出版社 2012 年版，第 62 页。

这段话虽然并未挑明新时期文学的现实主义与现代主义之争，但路遥所反对的时代风潮，正是用社会形态与发展程度的"发达／落后"，来判断文学形式的新旧高下，实则与1980年代的中西之辩、城乡之辩共享着同一套现代化意识形态。"高大全"本来是新时期文学用来批评"十七年－文革"文学的，是社会主义现实主义文学为政治牺牲"艺术真实"的弊病，路遥在这里却巧妙地用"新的高大全"来批判新潮文学的为艺术而艺术，恰恰颠倒了现代主义相比现实主义后来居上的进化论。所谓"穿了一身牛仔服"让人想到刘索拉、徐星等城市新青年的现代派律动，"披了一身道袍"让人想到后来大谈儒释道文化的寻根派，而"永远画不好圆圈"难免让人想到马原等先锋小说家们的"鬼打墙"。路遥并非完全排斥现代主义，[①] 但从他所坚持的现实主义美学出发，加上中西之辩与城乡之辩的潜在视野，都使他更为警惕这种借助西方时髦理论追求本土文学的"现代化"。

由此可见，路遥对现实主义的坚守，并不仅仅是一个艺术趣味的问题，还意味着他如何与新时期诸种意识形态对话，表达他自己关于城乡关系与中西关系的认识。而正是这些思考决定着路遥式现实主义创作的艺术追求和局限。

同理，1980年代的现实主义危机也不仅仅是文学场内部权力重新分配的问题。什么是改革时代农村或乡土中国的"真实"面貌？什么是能够真实反映城乡问题与中国发展模式的文学形式？在这些问题的解答背后，新时期作家、批评家关于城乡、中西关系的认识转变，或许才根本决定着现实主义的展开方向与内在困境。一面是

---

① 路遥并非完全否定现代主义文学，他曾专门举马尔克斯的两部长篇为例，认为马尔克斯虽受福克纳影响以魔幻现实主义手法创作《百年孤独》，但新作《霍乱时期的爱情》又用了"纯粹古典式传统现实主义手法"，在现实主义与现代主义手法之间并不存在优劣高下。"问题不在于用什么方法创作，而在于作家如何克服思想和艺术的平庸。"参见路遥：《早晨从中午开始》，引自《路遥全集·散文、剧本、诗歌、书信》，北京十月文艺出版社2012年版，第16页。

现实主义被宣告"过时",一面是路遥力证现实主义"照样有广阔的革新前景"和"有现代意义的表现",只有回到这一"交锋"的历史现场,才能更清晰地看到文学史究竟以何种解释框架去定位路遥,我们又该如何以史为鉴重勘文学表达现实的疆界。

第一节　路遥与贾平凹的 1986 年：
在"农村改革"与"乡土寻根"之间

1985 年 5 月 22—25 日,"陕西长篇小说创作促进会"召开,连续两届"茅盾文学奖"陕西省都没能推荐出一部长篇小说,以胡采为核心的作协领导决定要给本省青年作家打打气,"促进"一下。陈忠实后来回忆,"有几位朋友当场就表态要写长篇小说了。确定无疑的是,路遥在这次会议结束之后没有回西安,留在延安坐下来起草《平凡的世界》第一部。实际上路遥早在此前一年就默默地做着这部长篇小说的写作准备了。"① 这次会议对于陕西文学界无疑意义深远,就在第二年,路遥《平凡的世界》(第一部) 在《花城》第 6 期发表,贾平凹 4 月完成《浮躁》初稿,1986 年 6 月改毕,稍后发表于《收获》1987 年第 1 期上,两部作品真正开创了陕西文坛长篇创作的新局面。

出道以来便是强有力的竞争对手,路遥与贾平凹的 1986 年有着许多交集。年初中国文联出版社编辑李金玉到陕西组稿,本来是盯准了贾平凹的《浮躁》,不想晚到一步,《浮躁》手稿已经被作家出版社约去,最终带回了路遥三十多万字的《平凡的世界》第一部。两部小说都写农村改革,同样从"文革"写到家庭承包责任制,写时代变局中的家族冲突,写农村青年男女的爱情纠葛与创业致富;

---

① 陈忠实:《寻找属于自己的句子:〈白鹿原〉创作手记》,上海文艺出版社 2009 年版,第 57 页。

《浮躁》中的主角金狗，更与高加林有着精神上的血脉联系，为了个人实现走上进城道路，不得不走后门、卷入权力斗争，面对人生道路上的真俗两难；而他们生命中又都有一个姑娘，如巧珍留守在黄土地上，如小水栖居在州河边，为浪子回头保存一个慰藉心灵的精神家园。两部长篇在母题上非常相似，都致力于描摹七八十年代中国社会转型期的心态史，又都属于现实主义小说，只不过艺术手法上一实一虚，《平凡的世界》如其原题《普通人的道路》所示，不慌不忙地铺叙苦难幸福交织的各色活法，贾平凹则抓住"浮躁"这一意象，着力营造平静州河边人们看似安分过活中的暗潮涌动。

有趣的是，对这两部小说后来的评价与定位却越来越呈现出分歧之势。面对1980年代中后期现代派与新潮文学的强力挑战，批评家虽然都不约而同地强调两部小说对现实主义文学的拓展，但方向上已有所不同。如李星所说，1983年以来文坛"重客观、面向大众世界的反映论遭到批评，重主观、面向自我的表现论受到推崇，抽象主义、象征主义、直觉主义、神秘主义，成为许多作家竞相追逐的目标。这不能不在选择了现实主义文学目标的路遥心理上造成一定的压力"。[①] 因此，路遥选择了以柳青为代表的"心理现实主义"，而非"社会现实主义"传统，将政治冲突心灵化，不拘泥于典型理论，体现出更多的个性意识。且不论这种"柳青的遗产"说是否恰当，在李星对《浮躁》的批评中，尽管他同样指出"作家主观认识和情绪感受在作品中不断地积极介入"，似乎背离了现实主义的美学秩序，但关于这种主观意志究竟是什么，却开始与贾平凹的"民族审美意识"等文化主题联系起来，显示出撇开现实主义成规阐释《浮躁》的可能性。这种新的方向很快在"寻根批评"中获得了更为清晰的说明，例如："'浮躁'已取得了某种形而上的本体论的品格，就像西方现代主义的'荒诞'一样"[②]；小说设置了和

---

① 李星：《无法回避的选择——从〈人生〉到〈平凡的世界〉》，《花城》1987年第3期。

② 徐明旭：《说"浮躁"》，《文艺评论》1987年第6期。

尚和考察人两个特殊叙事视角，"两人皆无名无姓，实际上和尚可谓是中国传统文化中对世界人生的直觉观感精神，考察人可看作现代理性精神，一出世，一入世。……'儒禅互补'，传统思想与现代意识交叉。"[①]——一旦抛开现实主义成规，《浮躁》作为农村改革题材的客观再现功能，自然不如它表现文化冲突的象征主题更受批评家青睐。而批评家关于贾平凹作为"文化苦旅者"[②]的形象塑造，更仿佛让《浮躁》获得了比新时期改革小说都更胜一筹的文化深度与哲学意识。

事实上，不仅是寻根批评，与路遥强烈"要求"批评家一道坚守现实主义阵地不同，贾平凹本人几乎是自觉地从现实主义后退。《浮躁》有两篇序言，在晚些写于1986年7月本要用作跋的一篇中，贾平凹自嘲道，"写《浮躁》，作者亦浮躁"，先后作废十五万字，翻来覆去修改了三四遍：

> 但也就在写作的过程中，我由朦朦胧胧而渐渐清晰地悟到这一部作品将是我三十四岁之前的最大一部也是最后一部作品了，我再也不可能还要以这种框架来构写我的作品了。换句话说，这种流行的似乎严格的写实方法对我来讲将有些不那么适宜，甚至大有了那么一种束缚。
> ……
> 一个时代有一个时代的作品，我应该为其而努力。现

---

① 刑小利：《〈浮躁〉疵议》，《小说评论》1988年第1期。

② 《浮躁》发表后不久，周介人评述说"贾平凹是文化的苦旅者"，"我们清晰地看到了一个'文化化'的贾平凹"。参见孙见喜：《贾平凹传》，上海人民出版社2008年版，第127页。汪曾祺也说过："他就不是一般意义上的'农民作家'。他读老子，读庄子，也读禅宗语录。他对三教九流、医卜星相都有兴趣，都懂一点。这些，他都是视为一种文化现象来理解，来探究的"，也正因为如此，《浮躁》写文化心理嬗变，就没有停留在写乡镇企业的隆替上，"这样，这本小说就和同类的写改革的小说取了不同的角度，也更为深刻了"。参见汪曾祺：《贾平凹其人》，《瞭望》1988年第50期。

在不是产生绝对权威的时候，政治上不可能再出现毛泽东，文学上也不可能再会有托尔斯泰了。中西的文化深层结构都在发生着各自的裂变，怎样写这个令人振奋又令人痛苦的裂变过程，我觉得这其中极有魅力，尤其作为中国的作家怎样把握自己民族文化的裂变，又如何在形式上不以西方人的那种焦点透视法而运用中国画的散点透视法来进行，那将是多有趣的试验！有趣才诱人着迷，劳作而心态平和，这才使我大了胆子想很快结束这部作品的工作去干一种自感受活的事。①

这段小序表达了贾平凹在 1986 年关于现实主义文学的思考，并且宣布了他将在《浮躁》之后告别"写实方法"的艺术转向。② 尽管贾平凹关于艺术上虚实相间的探索由来已久，在其早年感伤诗意风格被批评后，也曾以《小月前本》等作品老实回应改革文学的题材需要，在创作《商州》时，还有意借鉴略萨的结构现实主义手法，试图用散文结构写改革中民俗风情的"常与变"，但他与八十年代前期文学主潮仍保持着一种慢半拍的不适感。这种既追求艺术个性又担心不合时宜的焦灼情绪，在写作《浮躁》的 1986 年显然积压到了极点，而贾平凹所述"中国作家怎样把握自己民族文化裂变"的问题，无疑加剧了这种艺术上告别现实主义的焦虑。"一个时代有一个时代的作品"，如果毛泽东文艺方向不再是政治正确的唯一选择，托尔斯泰所代表的十九世纪批判现实主义传统也会过时，那么，什么才是在中西文化之辩的化学反应中重生的、合乎当代意识的中国文学呢？

看上去，这种后来被明确为"寻根"的文化民族主义诉求，同

① 贾平凹：《浮躁·序》，作家出版社 2009 年版。
② 在《浮躁》完成后，贾平凹因肝病住院。出院后发表了一系列直接取材民间传说的作品，如《龙卷风》《瘟家沟》《太白山记》等，颇有点魔幻现实主义的新潮文学气质。

样被路遥用来批评文坛对西方新思潮的盲从，认为"现在好多人是把外国人的擦屁股纸拿回来吓唬中国人"①。但区别在于，当贾平凹感到中国文学若要走向世界就必须摆脱现实主义美学的统治地位另辟蹊径时，路遥反而把"现实主义"当作坚守阵地的标志。虽然路遥对他所坚持的"现实主义"是什么，一贯描述得粗略又缺乏理论性，基本就是新时期初在"回收十七年"基础上形成的"写真实"与"写人性"，但对比贾平凹，路遥的写作仍是以"社会的书记官""时代的镜子""为人民代言"等并未割断与工农兵文学传统联系的文学观为前提的。陕西文坛的老前辈胡采曾评论说："平凹的创作，既不是为艺术而艺术，也不是什么'道家空灵学派'，而是一种积极的，甚至包含某些革命功利思想在内的现实主义者。"②然而当"艺术自律"与"文化热"成为1980年的文坛新贵时，胡采急于为贾平凹正名，反倒暴露出了贾平凹与革命现实主义传统渐行渐远的事实。如果说路遥仍在思考如何处理文学与现实的关系问题，中西之辩只不过丰富了他看待改革的视野，那么同样走在1980年代文学革命的道路上，贾平凹就要"与时俱进"得多。中西之辩的结果，首先便是建立一套有别于左翼文学传统的新的世界文学观。尽管贾平凹并没有把现实主义一竿子打死，他关于借鉴国画散点透视的意见，也可看作是对现实主义传统的有效调整，但贾平凹以及寻根作家赖以与世界文学平等对话的重心，已经从内部转

---

① 路遥还说，虽然文学与经济一样要改革开放、走向世界，"但有一个问题，就是我们不能自己丢失自己"，与深受拉美魔幻现实主义的寻根作家一样，路遥也赞扬拉美作家迫使西方世界反过来学习他们的创举。1991年6月10日路遥到西安矿业学院讲课，从后来根据录音整理的演讲稿可以看到，这次演讲中路遥对自己生平、创作经历的介绍，以及《平凡的世界》的写作过程，特别是针对青年学生关于"文学走向世界"问题的回应等，在《早晨从中午开始》中都有类似叙述。也正是在该年初冬，路遥开始写作《早晨从中午开始》。参见路遥：《文学·人生·精神——在西安矿业学院的演讲》，引自《路遥全集·散文、剧本、诗歌、书信》，北京十月文艺出版社2012年版，第219页。

② 《当代小说发展与陕西中篇创作》，《小说评论》1986年第3期。

向外部，或者说，关于现实主义文学"写什么"与"怎么写"的讨论，只有在与西方他者对照后建立"文化－民族"主体性的情况下，才具有实际意义。

1986 年初陕西作协分会理论批评委员会和《笔耕》文学研究小组召开学术讨论会，讨论 1985 年陕西中篇小说创作情况。与会者普遍赞同陕西作家急需在"现代意识"方面有所提高，而如何评价贾平凹的近作成为讨论热点。费炳勋认为，所谓现代意识"总的一个精神是反传统，冲击历史惰性，在世界范围内，能在当代最新理论水平上看现实、看历史"，而贾平凹较早有对这种现代意识的主动追求，不仅敢于尝试性爱描写，还调整了传统全知全能的现实主义形式。但白描马上批评了这种看法，"现在谈现代意识，较多的是从道德观念、价值观念，从性意识、文化意识角度去谈"，太简单了，现代意识应该是对历史走向与现实发展的整体把握，例如《人生》的结尾被批评为观念陈旧，反而才是路遥对现代生活的清醒认识。① 费炳勋认为贾平凹更具现代意识，是因为他首先追随了西方的"现代"眼光，预设了中国文学所缺乏的现代内容。相反，白描所谓"现代意识"的出发点，则不是文化上以西方他者为标准的"现代化"需要，而是要从中国内部的改革现实来判断。当寻根文学主张"我们的责任是释放现代观念的热能，来重铸和镀亮这种自我"②时，在路遥的判断里，并不存在一个先于自我主体性的、具有普世价值的"现代"观念。"什么叫咱们的现代意识呢？我自己说一个观点，什么时候我们在自己的文化精神基础上产生一种新的东西，然后让西方人学习，让西方人感到惊讶，让他们感到我们的这些东西是先进的，这个时候，我们才能说我们具备了成熟的现代意识。"③——在特殊与普遍的辩证法中，民族文化主体性的建立，

---

① 《当代小说发展与陕西中篇创作》，《小说评论》1986 年第 3 期。
② 韩少功：《文学的"根"》，《作家》1985 年第 4 期。
③ 路遥：《文学·人生·精神——在西安矿业学院的演讲》，引自《路遥全集·散文、剧本、诗歌、书信》，北京十月文艺出版社 2012 年版，第 218 页。

不仅仅是以特殊性的保留，来抵抗西方的普遍价值观，更是要从自己具体的历史展开过程中生产出普遍性，去改变由西方现代性模式界定"何为普遍"的规则。①

1987年3月，路遥随中国作家代表团访问西德，他说自己仿佛置身于另外一个星球，但他又竭力在这个陌生世界里寻找人性方面的共通之处，还"穿过冷战时期东西方的界标'柏林墙'到东柏林去玩了一天"，最后觉得"走了全世界最富足的地方，但我却更爱贫穷的中国"。八十年代"文化热"在思想界展开的中西之辩，成为具体可见的经验事实，社会主义中国的贫穷暴露在西方资本主义世界的富足中。很难简单概括这次走出国门究竟对路遥意味着什么，但是当路遥回应1980年代中后期文坛追逐西方潮流的现象时，他特别提及了访问西德的一段小插曲：

> 我在西德访问的时候，见到他们现在在世的最伟大的作家，叫仑斯，这个人已经七十来岁了，但在西德的影响最大。按照我们一般的观念来说，他是资产阶级作家，但他对世界上的各种文化都不是排斥的，他们也在学习毛泽东的著作、列宁的著作。他和你谈话的时候，可以大段引用毛泽东的语录和列宁的语录，而且认为那段话讲得很好，好在什么地方。这就是说，人家对整个世界文化，吸收其精华，具有一种特别博大的胸怀。人家选择好与坏是根据一种标准，而咱们是一种潮流，根据潮流评判好与不好，潮流认为现代意识某一方面是好的，大家就都以为好，其他人跟在后边就是个跑。②

---

① 关于普遍性与特殊性的辩证关系，参见张旭东：《全球化时代的文化认同——西方普遍主义话语的历史批判》，北京大学出版社2005年版。

② 路遥：《文学·人生·精神——在西安矿业学院的演讲》，引自《路遥全集·散文、剧本、诗歌、书信》，北京十月文艺出版社2012年版，第218—219页。

路遥所说的仑斯，指西格弗里德·伦茨（Siegfried Lenz）[1]——继承十九世纪批判现实主义文学传统的西德著名作家、德国社会民主党成员，曾经参与维利·勃兰特政府尝试打破冷战格局的新东方政策。路遥用这样一位资产阶级作家读毛选和列宁的事实，来驳斥人们关于现代意识的狭隘理解，尽管他没有着眼于冷战政治的背景，去认识仑斯在与中国作家对话时征引毛语录行为可能包含的更多意义，但这个例子多少暗示出1980年代的"政治无意识"——随着新时期走向世界的现代追求越来越强烈，毛泽东时代的革命与文学遗产被认为是过时的，社会主义现实主义不再因其反资产阶级现代性的意识形态内涵获得绝对权威。二十世纪现代主义成为作家们竞相模仿的新潮流，看似以"现代"为名，恰恰放弃了自己对好坏标准的理解与把握。正如贺桂梅关于中国民族主义话语的简短分析所示，一旦取消了五十至七十年代以"阶级－政党"为核心的民族主义话语对资本主义现代性的批判维度，民族主体性的表述就只能被锁定于"文化"认同之上，无论寻根思潮是强调本土民族传统，还是继承五四启蒙话语挖掘传统中的非主流文化，他们始终与被指认为现代来源的西方保持着一种暧昧联系。[2]虽然路遥对中西关系的思考，也不再具有五十至七十年代社会主义实践的批判维度，但拒绝以"潮流"论，仍使他能在新时期现实主义传统受挫时，对五十至七十年代书写城乡关系的历史经验与有效性有所保留。

　　因此，同样是理解改革时代"浮躁"产生的原因及其克服方式，路遥在《平凡的世界》中仍倾向于从把握当代史处理城乡关系

---

[1] 早在1981年第4期《当代外国文学》刊登张黎《当代西德文学述要》一文中，就提到西德六十年代作家的政治化倾向，在反现实主义与现实主义的文学论争中，一方认为文学只是一种语言存在，被论者归纳为"纯文学"倾向的新保守主义，而另一方则强调文学的介入和干预功能，其中论者提到西格弗里德·伦茨的《德语课》正是这样一部社会批判小说。

[2] 贺桂梅：《"新启蒙"知识档案：80年代中国文化研究》，北京大学出版社2010年版，第215—218页。

的经验与内部逻辑出发,贾平凹却明确了文化阐释的方向。贾平凹在写作《浮躁》的过程中,曾仔细阅读《中国文化的深层结构》一书:西方人重灵魂,因而高扬主体精神,中国人则重躯体、重人际,缺乏个性意识。[①] 正是这段中西比较深刻地启发了他对改革初期整个社会尤其是农民阶层心态的理解,"我一直认为,主体精神的张扬严格讲这不属于中国文化的范畴之内的,中国文化就不是这样要求的,这应该是西方的,正因为现在国门打开以后,进行开放,吸收外来的一些东西,外来东西对农民来讲,对农村各层人士来说不一定是明确地指着说我要咋样,过去那古老的文化不适应地存在,他总想开阔开阔,但他从小生长到现在,血液里全部是中国,他想主体意识高一些,但达到那是很难的事情","因为中国文化说到底是消灭个性的。现在开放,吸收西方文化,西方文化就是强化过程。强化过程是慢慢来的,不是很明了的,但他又是很自觉地,在大潮中每个人都要受到种种冲击,然后就产生种种的情况,就要产生笼而统一的一种浮躁情绪。"[②] 这种文化阐释当然有其深刻性,但也遮蔽了另一种基于具体历史经验分析的阐释空间。

然而,新时期改革文学的发展,最终还是选择了贾平凹。在蔡葵归纳的三阶段论中:从初期写改革家孤胆英雄式的路线斗争,到四次文代会后更着重写普通人自觉的改革意识,再到1985年后关于民族传统文化心理的探索[③]——从侧重政治经济学分析的农村改革题材,转向文化阐释学视野中的"乡土中国"主题,愈发凸显出1980年代追慕"五四"的实践意识。而路遥对现实主义的坚持,正是他不急于"转向"的态度表达。与贾平凹占据时代先机不同,路遥将不得不面对新一轮文学革命的挑战。

---

① 金平:《由"浮躁"延展的话题——与贾平凹病榻谈》,《当代文坛》1987年第2期。

② 贾平凹:《与王愚谈〈浮躁〉》,引自《贾平凹文论集·访谈》,三联书店2015年版,第21页。

③ 蔡葵:《反映改革小说的悲剧美》,《文艺评论》1987年第2期。

第二节　路遥与柳青"重评"：
社会主义现实主义与"漫长的 19 世纪"

当农村改革题材进入"文化寻根"视野，对现实主义文学成规构成压力的，不仅仅是如何调整关于中西之辩与城乡之辩的认识，还有一种新的"世界文学"[①]观念。身处关于文学主体性、语言转向、寻根与先锋文学的热烈讨论，批评家越用现实主义成就褒奖其创作，越使路遥陷入 1980 年代现实主义文学由盛转衰的危机之中。如果说路遥对在中西文化比较思维下处理城乡关系的方式有所保留，因而在文化寻根视野引导的创作潮流中"落伍"；那么始终强调以柳青为师，更使他必须回应 1980 年代以来在历史认识和文学观两方面都对"柳青传统"提出的质疑。

事实上，新时期的"柳青重评"现象既包含了 1980 年代对城乡关系认识的改变，也体现了现实主义文学传统的展开方式，及其从一开始就埋下的危机。当 1988 年《上海文论》以宋炳辉批评《创业史》一文打头阵开启"重写文学史"运动时，宋炳辉攻击柳青的几个要点绝非史无前例，只不过更加激进地使用了文学受制于"极左政治"的历史判断，并要求"重新检视'回归十七年'这一度无可怀疑的目标"。宋炳辉指出：第一，《创业史》以狭隘的阶级分析理论配置各式人物"，是机械的经济决定论，是文学对政治运动直接模拟的结果；第二，作为解放区成长起来的作家，因为遵从《讲

---

① 八十年代的作家、批评家预设了一个不证自明的、普遍的"世界文学"观。但回到歌德提出"世界文学"之初，这一概念本身就包含了民族性与普遍性的关系问题。白培德在批评夏志清《现代小说史》对八十年代中国文学研究界的极大影响时指出，这种"世界文学"观念与经济上的殖民扩张以及资本主义全球市场的建立之间，其实存在着某种互为依存关系，但这种基于马克思主义的认识，在八十年代中后期却被忽略了。参见 Peter Button : Configurations of the Real in Chinese literary and Aesthetic Modernity, Leiden, Boston, 2009.

话》的政治要求，认同并盲目夸大了以农民文化为本位的新文化，甚至以文化虚无主义的态度封闭了和二十世纪除苏联以外世界文化的联系，"柳青当然也并没有摆脱时代的这一局限"；第三，柳青的所谓深入生活，缺乏一个"具有独立自主性的创作主体"，因而"只能在'先验'的理论框架的规范中面对生活"，使生活丧失了原生态的丰富性与复杂性。[①] 总结这三点批评背后的认识装置，第一是"文学／政治"的二元结构，第二是与"现代／传统""文明／落后"等价值判断同构了的中西之辩和城乡之辩，第三则是个人与集体、主体意识与体制规训的绝对冲突。如果说第二点是在 1980 年代中期文化热、现代化理论推波助澜下的产物，第三点是人道主义思潮以及文学主体性论争的结果，那么第一点其实从一开始就是新时期文学的起源性问题，是 1980 年代文学得以展开并获得合法性的首要环节。

《创业史》第二部连载后并未获得很大反响，1977、1978 年间重评柳青，主要是为了批"四人帮"的"文艺黑线专政论"，但随后两年农村改革推进历史反思，则引出了《创业史》叙述合作化运动的历史真实性问题。此时期的重评一面减弱《创业史》中的阶级斗争主题，一面强调生产力与生产关系的辩证问题，强调中国农村改革、农民教育的重要与艰辛，突出表现柳青的人格魅力，并主要从美学原则而非党性原则方面，概括柳青的现实主义特征。[②] 1984 年 3 月 1—7 日，路遥参加了由《文艺报》《人民文学》编辑部在涿县联合召开的农村题材小说座谈会，会上大家充分肯定了《创业史》《三里湾》等反映土改与合作化运动的作品，但又特别提出，应当重申 1962 年大连农村短篇小说创作座谈会的经验，重评"十七年"

---

① 宋炳辉：《"柳青现象"的启示——重评长篇小说〈创业史〉》，《上海文论》1988 年第 4 期。

② 张军：《流动的经典：对柳青及〈创业史〉接受史的考察》，山东人民出版社 2012 年版，第 73—99 页。

文学经典的成败得失。西戎说，"大连会议提出了'现实主义深化'，强调文学的真实性，正是对当时五风横行、谎话泛滥的抵制，是维护了文学的革命现实主义传统。可惜，这个基本原则后来也被否定了。阎纲介绍说，柳青住在长安县，曾经看到并亲自抵制了许多'左'的东西，可是他没有能够在作品中如实地反映出来，这是令人遗憾的。"[①]"文革"后现实主义文学成规权威地位的修复，是通过回收"十七年"中像"大连会议"这样被压抑的现实主义理论[②]来完成的，而这个过程首先需要完成的工作，就是以反左倾思想、反政治挂帅的名义，建立一个"十七年－文革文学"中存在大量伪现实主义的历史叙述。也正是在这次大连会议前后，严家炎与柳青笔战，主张革命浪漫主义必须服从革命现实主义，批评《创业史》从政治理念出发写梁生宝，不如梁三老汉真实。1980年代初的柳青重评，同样挪用了1960年代初严家炎们的批评思路。

这种从"十七年"内部寻找"异端"思想的策略，虽然相对克服了政治实践失败给现实主义文学传统带来的危机，暂时保存了一批与具体政策宣传难脱干系的"十七年"小说的经典地位，但是关于新的"真实性"标准，又以"反政治"或"非政治"的内涵为前提，愈发强化了文学与政治的二元对立，压缩了社会主义现实主义作为一种话语体制更为复杂的"政治"内涵。这里的"政治"不仅是指外在的党性原则与政策制度，更是一种以美学方式渗入到革命主体与阶级认同塑造过程中去的政治实践。例如严家炎依据现实生活印象中的"农民"形象，认为柳青是根据合作化运动的政策需要塑造正面英雄人物梁生宝，违逆了艺术真实[③]；而柳青却以为梁生

---

① 《农村在变革中，文学要大步走——记〈文艺报〉〈人民文学〉召开的农村题材小说创作座谈会》，记者雷达、晓蓉，《文艺报》1984年第4期。

② 这些异端思想包括：胡风、冯雪峰的现实主义理论，百花文艺时期"干预生活"的文学创作与关于人性、人情的讨论，六十年代初的"现实主义深化论"与"写中间人物论"，等等。

③ 严家炎：《关于梁生宝形象》，《文学评论》1963年第3期。

宝才是合乎历史唯物主义原理的"真实"的农民形象，因为他在合作化运动的阶级斗争中逐步获得了无产阶级先锋战士的气质，真实反映了农民坚持走社会主义道路的自觉需求。[1] 在社会主义美学的政治构架中，没有一个康德意义上的先验主体，现实主义艺术创作本身，就是一个认识论与实践论意义上主体生成的过程，而孤立事实只有通过辩证的总体观被理解为历史发展中的重要环节时，才构成真正的"现实"范畴。尽管新时期初官方意识形态仍然强调文学与政治的关系，如周扬在起草四次文代会报告的提纲中谈及政治与文学的关系时，就曾四次摘录柳青，[2] 但这些有意摘抄的段落，在为人民服务、为经济建设服务的新的表述中，已经逐渐偏离了"阶级政治"与"群众政治"的历史内涵。一旦只用"文学性"而非具有特殊历史指向的"政治性"为现实主义正名，关于"真实"的理解就又回到了西方意义上的语言模仿论与客观反映论，即使现实主义文学因为历史惯性与国家文学的体制约束予以保留，随着八十年代中后期"纯文学"知识谱系的完备，也必然遭遇新的危机。"因为现代主义所理解的'真实'，并不能通过反映现实生活便能找到，'人'的主体甚至还受到质疑，因此，社会主义现实主义在80年代后期更是名存实亡。"[3]

　　克服危机的方式本身反而孕育了新的危机，相同的逻辑也发生在路遥身上。当路遥在《早晨从中午开始》中为现实主义辩护，强调自己"第七次阅读《创业史》"时，其实已经分享了上述"重评柳青"以及1980年代"回收十七年"现实主义传统的方法和思路。"如果认真考察一下，现实主义在我国当代文学中是不是已经发展

---

[1]　柳青：《提出几个问题来讨论》，《延河》1963年第8期。

[2]　关于周扬起草四次文代会报告提纲及其引用柳青的段落，参见徐庆全：《风雨送春归——新时期文坛思想解放运动记事》，河南大学出版社2005年版，第204—212页。

[3]　陈顺馨：《社会主义现实主义理论在中国的接受与转换》，安徽教育出版社2000年版，第391页。

到类似十九世纪俄国和法国现实主义文学那样伟大的程度，以致我们必须重新寻找新的前进途径？""虽然现实主义一直号称是我们当代文学的主流，但和新近兴起的现代主义一样处于发展阶段，根本没有成熟到可以不再需要的地步。"路遥接下来一段描述，几乎就是前述新时期初"回到现实主义文学"主张的翻版：如果把现实主义不仅仅作为一种创作方法，而且是一种精神，"纵观我们的当代文学，就不难看出，许多用所谓现实主义方法创作的作品，实际上和文学要求的现实主义精神大相径庭。几十年的作品我们不必一一指出，仅就'大跃进'前后乃至'文革'十年中的作品就足以说明问题。许多标榜'现实主义'的文学，实际上对现实生活作了根本性的歪曲"，直到"文革"以后，才真正出现一些现实主义品格的作品，可惜照旧把人分成好人坏人，即使"接近生活中的实际'标准'"，但还是存在简单化倾向。[①] 正如杨庆祥所论，尽管路遥不合时宜地尊柳青为师，"却没有认识到这一点，柳青关于农村变革的书写实际上更带有一种乌托邦的色彩，它与毛泽东的政治理念结合在一起，从而使'现实主义'带有实验性质和'反抗现代性'的全球视野。但是，在路遥这里，因为政治实践上的失败，现实主义的空间已经大大缩小，它开始失去其构建一个'新世界'的内涵，而回归到一种比较朴素的、带有原生态的写作观念或者创作手法的意义上去。"[②] 如果回避开社会主义美学的政治性，就会如"柳青重评"那样，容易陷入1980年代以来"纯文学"话语关于"文学／政治"二分法的争论中：要么质疑柳青等红色经典是政治大于艺术，仅从社会历史文献的功能上对其予以肯定；要么剥离开政治语境，仅谈艺术修辞与作家的个人魅力。而后来文学史叙述难以给路遥一

---

① 路遥：《早晨从中午开始》，引自《路遥全集·散文、剧本、诗歌、书信》，北京十月文艺出版社 2012 年版，第 14—15 页。

② 杨庆祥：《路遥的自我意识和写作姿态——兼及 1985 年前后"文学场"的历史分析》，《南方文坛》2007 年第 6 期。

个恰当的位置，恰恰是因为依循了同样的思路，不得不面对"文学性"标准的诘难。

许多研究者都注意到，路遥把十九世纪俄国和法国现实主义文学，与"柳青的遗产"并置，尊为自己理想中的文学典范。可以从路遥的创作谈、小说中整理出一份书单：俄罗斯古典文学和苏联文学、《红楼梦》《创业史》《简爱》《百年孤独》，以及鲁迅、托尔斯泰、巴尔扎克、肖洛霍夫、司汤达、莎士比亚、恰科夫斯基、艾特玛托夫、泰戈尔等作家的作品。[①] 这种组合必然带出两个问题：二十世纪在苏联确立并发展到中国的社会主义现实主义文学，与十九世纪现实主义文学之间，是否存在着反思与超越的关系？如果是，路遥是否完全误读了"柳青的遗产"呢？贺桂梅认为，如若比较路遥与柳青，"路遥是全面地撤回了十九世纪，但这个十九世纪是包含了《红与黑》《钢铁是怎样炼成的》，是那个带有浪漫主义的、塑造了一个积极的个人主体的十九世纪"，而不是狄更斯式的批判的十九世纪。一方面，这种浪漫主义的现实主义使得路遥延续柳青的主题，要去构想一个更好的社会和一种更有现代价值的人的生活方式（这一点符合我对路遥追求罗曼蒂克精神的分析）；但另一方面，"回到十九世纪"又使得路遥改变了柳青以乡村共同体为出发点的现实主义。在贺桂梅的分析中，无论是高加林还是孙少

---

① 这里还可以比较柳青的书单："少年时狂热于读蒋光慈的小说和一些根本看不懂的哲学和政治经济学书籍。中学时读高尔基《母亲》，法捷耶夫的《毁灭》等。""这个时期的学习特别注重英文，读了从上海信购的开明版的全套英汉对照的小说，包括柴霍甫、莫泊桑、哈代等的作品。"整风时期，"读了五本斯大林选集，特别注意那些关于党的工作和农村问题的演说"，从县上教员那里借了一本英文的《悲惨世界》，"这是本写善与恶的书，jean von jean 的生活精神对我有很大影响，虽然我清楚他是早期的基督教信徒，而我是马克思主义信徒"。从这些回顾中可以看出，即使像柳青在社会主义现实主义规范下的创作，其实也存在着多样的文学资源，而如何理解社会主义美学与十九世纪人道主义思想之间的关系，也是一个值得进一步探讨的问题。参见《柳青写作生涯》，蒙万夫等编，百花文艺出版社1985年版。

平，几乎都是"有点儿像原子化的主体"，因为路遥更强调个人价值与个人奋斗，即个人只有在与社会环境的对抗中才能成为主体。①

然而，如果从路遥整个创作发展来看，路遥对社会主义现实主义遗产的继承，又并非完全的偏离。当人们用于连的形象来理解高家林时，路遥看似的确回归到了现实主义小说关联资产阶级个人主义的历史需求中，②但从《人生》到《平凡的世界》，路遥其实完成了一次调整与转向。路遥几乎是用孙家兄弟的人生模式，否定了高加林或者说于连式注定失败的个人主义哲学。孙少平的苦难哲学始于知识启蒙后的个人追求、终于煤矿工人集体的精神互助；孙少安的家业理想始于解放个体经济的盖房娶妻、终于参与乡村公共建设的光荣。在处理个人与社会的关系层面上，很难说《平凡的世界》只是简单地回归到了十九世纪资产阶级人道主义的脉络上去；而以柳青的现实主义遗产为中介，更不能说路遥完全没有二十世纪中国革命以"农民－农村"革命为根基的历史记忆与阶级意识。

这或许才是历史的奇妙之处，当路遥以"去政治化"的方式将柳青的现实主义遗产合法地接续到 1980 年代时，也抽空了社会主义现实主义的意识形态内容，不得不面临新一轮经典重评中"纯文学"标准的质疑。但他又的确将柳青式现实主义的形式保存了下来。而形式不是一个能被任意填充的空壳，就像古迹重建一般，形式曾包孕过的历史经验必然会在新的文学表达中获得重新被激发的

---

① 贺桂梅的这段论述，见《"80年代"文学：历史对话的可能性——"路遥与'80年代'文学的展开"国际学术研讨会纪要之二》，江丽整理，《文艺争鸣》2012年第4期。

② 华莱士·马丁指出，"绝大多数把现实主义与十九世纪小说等同起来的批评家同时也认为，资本主义在那一时代中正在改变社会和阶级关系。因而，难怪我们在现实主义小说中发现了个体之间的相互冲突，因果性与偶然性之间的相互撞击，私人意向或个人理解与超乎个人的意义之间的冲突"。参见〔美〕华莱士·马丁：《当代叙事学》，伍晓明译，北京大学出版社2006年版，第52页。伊恩·瓦特则以《鲁滨逊漂流记》为标志，讨论了现代小说兴起与经济个人主义的关系。参见〔美〕伊恩·瓦特：《小说的兴起》，高原、董红钧译，三联书店1992年版。

契机。路遥归纳的现实主义艺术技巧，多师法柳青。例如二人都善用对照法，强调不依赖情节，用典型人物来结构长篇。《平凡的世界》从几条人物线索铺叙开来，虽然不讲阶级斗争，但同样用典型人物的性格冲突再现了改革之初的路线斗争。而正是因为把个人生活故事放到总体的社会分析中去理解，使得路遥的现实主义不停留于微观经验或个人内心叙事。再比如心理描写，为了体现革命感觉在日常经验中生成的过程，柳青写小说人物的思维活动时，经常掺入叙述者的理论思辨。孙少平关于"苦难哲学"的几次顿悟也混合了许多叙述者的声音，尽管这些人生格言显得生硬幼稚，不再具有革命时代的明确理想指向，但也使得《平凡的世界》不会像后来新写实小说刻意保持零度叙事那样掏空了改变世界的叙述冲动。另外，路遥还特别强调"读者"问题，即使缺少柳青时代文艺"大众化"的阶级性内涵，但反对艰深的形式主义，要求语言通俗简明，强调文学的社会教育功能，也使他为 1980 年代后期日趋精英化的新潮文学提供了反例。而最重要的是，路遥不断强调不能丧失普通劳动者的感觉，要以此为基点来把握社会历史进程。路遥由此呈现了二十世纪中国现实主义文学传统的丰富性，其中不仅包括"五四"以来更贴近十九世纪小说的写实主义、自然主义资源，还包括三四十年代左翼文学受马克思历史唯物主义影响后，更注重社会各阶层分析的现实主义，同样也包括了"十七年"社会主义现实主义的文学遗产。

　　因此，当后来的读者笼统地把《平凡的世界》与《人生》都读作"个人奋斗"的故事时，并不是因为路遥完全退回到十九世纪现实主义的艺术法则与社会图景，恰恰是因为人们用对自身历史处境的感知方式与精神需要，把路遥的现实主义窄化成了一个十九世纪的现实主义版本。无论是用批判现实主义针砭"制度之祸"，还是用浪漫主义的现实主义赞美个人意志与理想主义精神，这种 1990 年代以来为路遥正名的"励志型阅读"①，都更强调社会与个人的二元对立，在批判不平等的社会差别时，并没有真正打破关于等级秩序的固有价值判断。于是，高加林成为按照游戏规则改变个人命运的精神偶像，孙家兄弟则成为失败者暂时能够与现实和解的心灵慰藉。如果说1980年代新潮文学的强势出场把路遥的现实主义挤到了艺术殿堂的角落、以"二十世纪文学"的历史叙述宣告了现实主义的过时，那么1990年代后"重评"路遥，恰恰暗示了一个十九世纪幽灵的归来。这种时间关联的建立正如汪晖所述：由于1990年代与包含了社会主义革命的二十世纪历史的断裂，"一个奇异的景观恰好是：这一时代看起来与'漫长的十九世纪'有着更多的亲缘关系，而与'二十世纪'相距更加遥远"。中国经济崛起，帝国主义战争继续，传统工人阶级解体，新的农民工主体形成，市场将人们变成以金钱交换劳动的雇工，"那些构成十九世纪之特征的社会关系重新登场，仿佛从未经历革命时代的冲击与改造一般。"②在这样的时间感中，路遥及其现实主义仿佛在经历了1980年代的边缘化后又获得了新生，但必须看到，这种读法本身也限制了路遥的意义。如果割断路遥与"革命的二十世纪"的联系，割断1980年代现实主义对柳青传统的继承与变异，就不能更有效地反思那种批评路遥"过时"的文学观与历史观，也就难以看到身处1980年代这一过渡

---

① 黄平认为，在九十年代以来的"励志型"读法中，孙少平们的"劳动"被轻易替换成了以承认既定社会结构为前提的"奋斗"，但回到社会主义关于"劳动"不同于资本主义"工作"伦理的知识谱系上，孙少平绝对不是"拉斯蒂涅"的延续。因此，"'励志型'读法可以被视作'90年代'的一个发明，以'心若在，梦就在'之类修辞方式，将社会结构的问题转化为精神世界的问题。只要社会结构没有发生根本性地转变，《平凡的世界》就会一直畅销"。同理，如果用十九世纪现实主义来理解路遥及八十年代现实主义文学的发展倾向，不重视社会主义美学对十九世纪人道主义话语的批判，对路遥的文学评价就很难超越这种"励志型"读法。参见黄平：《从"劳动"到"奋斗"——"励志型"读法、改革文学与〈平凡的世界〉》，《文艺争鸣》2010年第5期。

② 汪晖：《去政治化的政治：短20世纪的终结与90年代》，三联书店2008年版，第2—3页。

阶段，路遥所提供的另一种文学想象与历史意识。

小结　路遥式现实主义：分裂时代的整体观

路遥在《早晨从中午开始》中以城乡之辩、中西之辩为背景，捍卫现实主义的时代使命，实际上也启发我们从城乡、中西之辩的角度，去分析 1980 年代现实主义由盛转衰的原因和后果，以及新时期文学发展存在的问题。

《当代》杂志的周昌义编辑许多年后以《记得当年毁路遥》为题，回忆自己如何退稿《平凡的世界》。本来因为出身底层又是矿工子弟，被路遥希冀为作品的知音，但当年读《平凡的世界》却是实在读不下去："我感觉就是慢，就是啰嗦，那故事一点悬念也没有，一点意外也没有，全都在自己的意料之中，实在很难往下看"，"那些平凡少年的平凡生活和平凡追求，就应该那么质朴，这本来就是路遥和《平凡的世界》的价值所在呀！可惜那是 1986 年春天，伤痕文学过去了，正流行反思文学、寻根文学，正流行现代主义。这么说吧，当时的中国人，饥饿了多少年，眼睛都是绿的。读小说，都是如饥似渴，不仅要读情感，还要读新思想、新观念、新形式、新手法，那些所谓意识流的中篇，连标点符号都懒得打，存心不给人喘气的时间，可我们那时候读着就很来劲。那就是那个时代的阅读节奏、排山倒海、铺天盖地。"回忆往昔，周昌义坦言是"个人的阅读习惯也顺应了潮流"。而这个潮流不仅仅在文学观念，甚至在地域上都建立起了等级差别。"80 年代中期，是现代主义横行，现实主义自卑的时代，陕西恰好是现实主义最重要的阵地"，"陕西地处西北，远离经济文化中心，远离改革开放前沿，不能得风气之先。想要创新，不行；想要装现代，不行；想要给读者思想启蒙，更不行。"①曾经在共和国文学阶段农村题材小说创作中占据核心地位的陕西作家群，在新时期文学的"创新"潮流中却不得不"自卑"起来，现实主义遭遇挑战的同时，"现代"的诱惑也在重新划分着文化版图上的"中心与边缘"。

现实主义与现代主义之争的背后，就这样隐含了时代潮流中判断诸多事物价值高下的标准。如本章所述，在"文化热"与"现代化理论"的影响下，一套关于中西之辩的新的认识论，正在逐渐取代毛泽东时代基于国际共运与"第三世界"理论的中西之辩，理解新时期城乡关系的视角，也越来越倾向于"传统／现代""落后／文明"等文化阐释学与人类学的二元认识论。新时期以现实主义手法写农村改革，因此才不断深入到文化寻根视野中去挖掘。从1980年代现实主义自身展开的逻辑来看，虽然"回收十七年"的策略最初有效修复了社会主义现实主义文学的统治地位，但这种策略的两个要点：借助"十七年"被压抑的十九世纪的西方哲学与文艺资源重塑"人"与"真实"；以"去政治化"的思路重新打捞左翼文学遗产的"文学性"——又使其在现代主义思潮与八十年代后期更为完备的"纯文学"知识谱系中遭遇新的危机。就像五十至七十年代有关城乡之辩、中西之辩认识有效性的丧失，如果不能合理转化现实主义传统原有的政治构想，从改革时代的中国经验出发去理解中西、城乡之辩，并提出能更好表达这一经验的文学形式，就将不得不接受新潮文学同样以"先进／落后"为名对现实主义"过时"的宣告。

---

① 周昌义：《记得当年毁路遥》，《文艺理论与批评》2007年第6期。据周昌义分析，彼时陕西文坛的"自卑"也给了路遥许多压力，《平凡的世界》的成功与失败都会对陕西作家有巨大影响。所以退稿时，甚至一位副主席专门嘱咐周昌义要"对文坛保密，对陕西作家尤其要保密"。《平凡的世界》第一部发表于《花城》，几年后其他部分发表于《黄河》，周昌义感叹道："比《花城》还要边缘啊。有传说，在《黄河》上发表也不容易，也费了不少周折。对路遥，对《平凡的世界》，算不算落难？"

雷蒙德·威廉斯曾这样论述西方现实主义小说的衰落，是因为在二十世纪分裂成了"社会"小说与"个人"小说，破坏了作为现实主义文学传统最为成熟标志的"整体观"：即认识到"一种整体生活方式的具体内容能在多大程度上积极地影响到最内在的个人经验"，"事实上我们既是人，同时也是生活在社会之中的人"。"现实主义小说显然需要一个真正的共同体，构成这种共同体的个人不是只通过一种关系——工作关系、朋友关系或家庭关系——而是通过许多种互相勾连的关系连在一起的。在二十世纪，要找到这样一种共同体，显然很困难。"[①]威廉斯的观点，可以帮助我们思考1980年代文学的展开过程。如果说站在五十至七十年代文学实践经验的延长线上，1980年代文学仍始于提供一种关于个人与共同体关系的新知识，那么，这种整体观最终还是趋于分化。在先锋小说那里，社会变成高度个人化的破碎经验或内心风景；在新写实小说那里，个人被困于日常生活流中无从把握社会，而这种无力感在1990年代越发突显。文学要如何表达一个碎片化的历史情境中的特殊经验，是不是有可能提供另一种安顿人心的整体想象？路遥的意义或许就在于此。

白烨在1991年发表的《力度与深度——评路遥〈平凡的世界〉》中，曾颇有洞见地谈到了现实主义小说中的"自我"问题。他指出路遥不仅"力求将重大社会政治事件的简要勾勒与日常现实的细腻描绘交织起来"，还在叙述过程中特别使用了"我们"这一特殊人称。"'我们'不仅使作品的叙述方式在第三人称中，融进了第一人称的意味，使作者自然而然地成为作品人物群中的一员，而且又在不知不觉中把读者由局外引入局内，使你时时明白：'我'（作者）、'你们'（读者）和'他们'（作品人物）都处于身历生活和思考人生的同一过程中。"尽管《平凡的世界》带有"自传性"，但正是因

---

① 〔英〕雷蒙德·威廉斯：《漫长的革命》，倪伟译，上海人民出版社2013年版，第291—307页。

为路遥"把'自我'变成'一群人'的'我们'"①，这部小说又有了"历史性"与"参与性"。在1980年代中后期突出现代自我，特别进入1990年代越来越强调个人化写作的文学潮流里，白烨对路遥的评论格外有意义。1987年白烨还曾在评论加洛蒂的《论无边的现实主义》一书②时，指出不能因为现实主义主导地位被削弱，就用加大和开放现实主义定义的方法企图一劳永逸地解决问题，现实主义必须有其"质的规定性"。如果说白烨在当时的文章里还仅仅从"以积极的态度直面人生与人心"这一笼统的人道主义精神来说明规定性，那么《平凡的世界》无疑为他后来的思考提供了一个更有时代针对性的参照。白烨比较了路遥和朱晓平的现实主义，虽然其着眼点主要在土著知青与插队知青乡土经验的不同，但也可以看出，相比被归入并体现了诸多新写实小说特征的朱晓平，路遥更接近于革命现实主义文学的传统：相比朱晓平对生活现象的横向解剖，路遥更重视对生活进程的全景式呈现；相较朱晓平客观冷静地

---

① 白烨：《力度与深度——评路遥〈平凡的世界〉》，《文艺争鸣》1991年第4期（文末注写于1991年3月北京朝内）。据延安大学路遥文学馆藏路遥于1991年10月22日致白烨的信，路遥在信中高度评价了白烨的这篇评论文章与同年发表在《文艺学习》第5期上的《路遥和他的〈平凡的世界〉》（文末注写于1991年4月北京朝内）："两篇大作均细细阅读，十分赞赏，看来你是真正理解了我，也理解了我的创作。尤其是最近这一篇好到令我拍案而起！分析准确，行文相当漂亮（简练而讲究，又有深度），论断自信，是《平》书评论中最好也最重要的一篇，这篇文章完全穿透了作品内核，猜到了我当时的心理机制。"路遥所指的"最近这一篇"，即白烨在《文艺学习》发表的评论，在前一篇基础上更直接概括了《平》的三个特点：第一，是"以跨度较大的历时性和幅度宽阔的空间性具有一种丰厚的'意识到的历史内容'"；第二，"在众多人物性格的多样化中有对主要人物内心世界深邃性的揭悉"；第三，"大胆揭示影响人的命运的生活风浪背后的种种历史性诱因"。从白烨的前后两篇评论中可以看到，宏观与微观、个人与社会、历史，内心世界与现实生活等视角的融合，显然是路遥坚持现实主义创作的基本着眼点。

② 白烨：《现实主义与艺术现实——评加洛蒂的《论无边的现实主义》，《外国文学评论》1987年第2期。〔法〕罗杰·加洛蒂著《论无边的现实主义》由中国社会科学院外国文学研究所外国文学研究资料丛书编辑委员会编，吴岳添译，胡维望校，上海文艺出版社1986年6月出版。

暴露生存本相与复杂人性，路遥更重视表达普通人在艰难生活中也有的崇高。而这些差别的本质，就是白烨所说作家如何在"自我"与"我们"的关系把握中去直面人生。由此再看路遥对"不丧失普通劳动者感觉"的一遍遍反复强调，更能体会其中的用心良苦。当"自我"在崛起、"我们"在分化时，他要把自己和他的读者都凝聚到一个相互体贴的"我们"中去。而路遥关于城乡之辩、中西之辩思考的重要性，也在于以怎样的历史感与当代感，让个体在遭遇更激烈的冲突与差别时，还能转换思路去发现"我们"。

从《人生》到《平凡的世界》，可以看到路遥是如何在实质上背离了柳青的遗产，又最终在形式的保留中回到柳青。按照威廉斯给"社会主义现实主义"概括的四要素，在人民性、党性与理想性方面，路遥都已经与柳青的时代隔开了一段距离。但在典型性方面，路遥却继承了社会主义现实主义的基本精神：在人物塑造上追求"具体的普遍"；在历史观上强调从社会总体关系的变动中把握现实发展的规律。路遥小说非常关注个体的人的命运，尽管他的作品仍然存在脸谱化的倾向，但已不同于社会主义现实主义首先按照集体主义价值观塑造人物的艺术原则。路遥的小说中，每个人物都是一个单独的个体存在，他们的精神活动不再立刻与国家或阶级等宏大叙事直接挂钩，而是与己相关的非常个人化的经验与感情，这一点正是路遥小说最打动人心的地方。但即便如此，路遥也并没有停留于仅仅写个人。与求新求异的小说人物不同，路遥的每个人物都蕴含着普遍性，他们演绎着并不波澜起伏的寻常人的生活，这种普遍性不是一个个具体人生的叠加，而是经验事实背后每个人都会面临的生命的质的问题，是只有在"大历史"探测下才能显影的"真实"。也是在这一点上，路遥和他心目中的导师柳青何其相似："作家当年毅然地离开繁华的大城市，身居皇甫村一个破庙改建的院宅里，眼睛琐碎地扫描着周围的每一个人和每一件事，而另一方面又把眼光投射到更广大的世界。他一只手拿着显微镜在观察皇甫村及其周围的生活，另一只手拿着望远镜在瞭望终南山以外的地方。因此，他的作品不仅显示了生活细部的逼真精细，同时在总体上又体现出了史诗式的宏大雄伟。"[①]

当批评家质疑路遥的恋土情结，认为他回避了对城乡二元制度的明确批判，一方面的确洞察到路遥在写法上不能自圆其说的许多刻意操作与道德理想主义倾向；但另一方面又忽略了路遥对城乡之辩、中西之辩的主动出击，他的笔触不是跟着既有的价值判断走，而是要深入普通人的感情世界，去呈现他们认识农村、认识乡土中国命运的更多可能。这一点正对应于批判现实主义与社会主义现实主义的根本区别：虽然十九世纪批判现实主义暴露了资本主义世界秩序的毒疮，并以人道主义理想创造出具有主动性和高尚道德的人物，但是"正面人物依旧是某种不完全明确的、尚未最后形成为社会典型的东西"；而"在批判现实主义中占有如此重要地位的人的积极性和生命活动力的问题，在社会主义现实主义中得到了具有原则意义的新的补充和新的内容。以改变人类社会生活和个人生活为目的的从事改造的积极性和行动，这就是社会主义现实主义艺术的最主要的对象"。[②]

路遥文学世界的重心显然不止于批判揭露社会问题、批判制度之祸，他从生活于制度中的人们写起，写他们为物质生存和精神需要自发的生活，又从这种自然展开的生活形式中提炼出一个理想形态。这里面当然有他对自己身处时代的乐观信念，有他这一代人无法超越的认识局限。但也正因如此，路遥的现实主义不是对观察到的经验现实的直接复制，他既追踪了"改革"的历史走向，又仿佛在预见到改革的现实问题之前，试图凭借他笔下人物的"理想"人

① 路遥：《柳青的遗产》，《延河》1983 年第 6 期。

② 〔苏〕伊瓦宪柯：《论批判现实主义和社会主义现实主义》，原载苏联《文学问题》1957 年第 1 期。转引自《世界文学中的现实主义问题》，中国社会科学院文学研究所编，知识产权出版社 2010 年版，第 267 页，第 294 页。

生，提供"改革"的另一种历史镜像。路遥处于这样一个过渡时期中，旧有革命意识形态建立的意义秩序瓦解了，暴露出解决具体现实问题的结构性危机，而新的意识形态还没有建立起一套真正有效的整合社会分化的方案。路遥有其不可跳脱的时代局限，但他粗糙却又杂糅了各种写作资源的现实主义文学观，毕竟保留下了探访历史踪迹，并重新思考文学与现实关系的可能路径。

结　语

与路遥在八十年代的主流地位，及其在读者接受层面的惊人畅销不同，在文学史叙述和学院研究中，路遥经常处于被边缘化的尴尬位置。在这样的背景下，"为何"以及"怎样"重评路遥，是有待进一步思考的问题。一些二元对立的思维模式，如"文学／政治""现代／传统""形式／内容"等，常常限制了路遥研究的拓展空间：一方面，在文学如何反映城乡关系的问题上，受西方现代性理论影响，研究者习惯于在传统乡土社会受现代冲击后何去何从的大叙事中，讨论路遥创作的文化意义。这种思路虽延续了"乡土小说"的研究传统，却难以细致区分路遥与"十七年"农村题材小说、八十年代"寻根文学"思潮，以及九十年代后城乡叙事等不同脉络的问题关联，也容易忽略路遥关于"交叉地带"认识形成的独特历史经验。另一方面，按照新时期以来"去政治化"氛围中逐渐形成的"纯文学"标准，路遥的语言形式、主题先行等特征都必然成为他审美价值不高的软肋。虽然研究者已在作家姿态、读者意识等方面重建路遥的意义，但还是没有真正以路遥为方法，更新我们关于"文学"的基本认识。

选取"柳青的遗产"给路遥研究建立历史参照，是为了对以上两点有所突破。从反映城乡关系的主题来看，柳青及其所代表的"十七年"文学，形成了一套关于如何克服"三大差别"的认知装置与写作形式：当柳青叙述徐改霞的"进城"苦恼时，他其实在探讨这样一个问题——面对城乡差别的农村青年，应当如何正确思考"国家利益与个人前途""国家工业化与农村合作化"之间的关系。虽然在社会主义现代化进程中，农村在经济方面屈服于城市，但在文化层面上，农村仍然有其自足的意义空间，城市现代生活既是丰富的，又是危险的，可能腐化革命青年的正确人生观，而经济落后的农村作为革命的策源地，反倒可能提供另一种"现代"想象。

通过分析路遥的进城之路与创作调整，可以看到路遥关于城乡关系的认识，经过了一个发展变化的过程：虽然他在"文革文学"的体制规训下也歌颂过"扎根农村"的新人形象，但成长记忆中陕北农村的现实苦难、六七十年代参与红卫兵运动的独特经历，都使他不可能再信服并依循上述柳青式的经验与传统；而《人生》中的高加林形象，代表的正是八十年代农村改革在克服城乡差别方面的新方向，即通过在经济制度上为农民松绑，努力为个人实现自我价值、追求现代生活，创造一条面向村庄之外的人生道路。路遥对高加林的进城故事的疑虑，促使他继续关注农村改革进程中可能出现的新问题，比如农民进城后的尊严问题，比如农村新一轮贫富分化的问题——从《人生》到《平凡的世界》，路遥其实越来越回到柳青，重新把握柳青的文学实践，重新审视柳青身后五十至七十年代的社会主义实践经验与"理想性"的精神传统。尽管路遥不再在阶级政治的框架中思考社会差别与平等主义的矛盾冲突，但他也像柳青一样，通过典型人物形象塑造和社会各阶层分析，完成了对转型乡村的历史叙述，并在思想层面去明确一种关于人生意义的感知方式，让农民尤其是农村知识青年，即使在制度层面暂时无法解决城乡分隔的状况下，也能在相对匮乏的世俗生活与社会转型中安顿身心，体会到尊严感和幸福感。

"什么是幸福""什么是现代生活""什么是有意义的人生"，这些如今看来老套又无解的命题，恰是路遥曾真挚思考过的。他通过笔下普通人的生活世界，提供了许多衡量生活价值的不同标准：既有重家庭责任的传统礼俗规范，又有重提集体主义的革命伦理，既有对劳动美德的赞许，也有对日常生活价值和表达自我意识的肯定……站在当下"三农问题"的研究视野中看，路遥的文学实践正符合这样一种普遍共识：农民或农村的问题，并不仅仅是一个纯粹的经济问题，更是一个文化问题——"在农民事实上不可能快速转移入城市，农民收入不可能得到迅速提高的情况下，站在农民主体立场的新农村建设的核心，是重建农民的生活方式，从而为农民的生活意义提供说法；是从社会和文化方面，为农民提供福利的增进；是要建设一种'低消费、高福利'的不同于消费主义文化的生活方式，也就是要建设一种不用金钱作为生活价值主要衡量标准，却可以提高农民满意度的生活方式。"① 在路遥的小说中，郑小芳的扎根信念、孙少平的苦难哲学、孙少安的致富烦恼，田晓霞的爱情——这些生活故事和理想抉择，在今天看来或许都太像是一个个黄金时代的梦，但相比如今"底层青年的梦"（通过残酷竞争不断从一个较低的位置，挤进一个较高的位置，最终过上城市中有房有车的中产生活），路遥至少提供了另一种生活想象。

从"纯文学"观念对路遥重评的限制来看，以"柳青的遗产"为参照，或许也有助于重新思考路遥及其现实主义文学的当下意义。虽然八十年代文学已经逐渐脱离了社会主义现实主义的文学成规，但在写法上，路遥仍通过继承柳青，以一种过渡状态保存了五十至七十年代文学传统的两个重要方面：一是注重社会各阶层分析的小说结构，使得路遥在强调个性意识的同时，仍然以"典型性"为人物塑造的最终目的。相比后来"纯文学"知识谱系中越来越强烈的孤独的现代人形象，路遥小说中每个人物背后，仿佛都能不断繁衍出一系列极为相似的形象族群。或许可以参照社会科学领域的研究转向，来理解九十年代后被批评家称为"个人化""私

---

① 贺雪峰：《新农村建设与中国道路》，引自薛毅编：《乡土中国与文化研究》，上海书店 2008 年版，第 67 页。

人化"的写作困境——如何设法走出一种两难境地："一方面是在1960年代主导它们的东西，即注重结构、等级和客观立场的研究方式；另一方面是复原个人的行动、策略和表象以及人际关系的愿望，尽管这种愿望在各学科的表现形式和追求目标不尽相同。"[1] 从这一点看，《平凡的世界》既提供了总体历史意识中的结构分析，也从微观层面记录了个人日常生活中的诸多细节。

另外，路遥特别强调"读者"问题。《早晨从中午开始》连载于发行量巨大的《女友》杂志上，当八十年代末"先锋小说"越来越倾向于一个精英化的文学圈子时，路遥却在这篇创作随笔中明确表示，他的写作"不面对文学界""不面对批评界"，而是"直接面对读者"。"读者永远是真正的上帝。""考察一种文学现象是否'过时'，目光应该投向读者大众。""出色的现实主义作品甚至可以满足各个层面的读者，而新潮作品至少在目前的中国还做不到这一点。"——虽然路遥的文学观不再从革命政治角度思考《讲话》关于"为群众"及"如何为群众"的核心命题，但路遥所强调的读者，仍然以其"多数""非精英"的特征，把许多处于经济弱势和政治边缘的底层民众包含在内。在路遥看来，大多数读者所受的业余文学教育，使他们没有能力去欣赏先锋文学华丽的技巧，这并非文学的进步，恰恰是作家的失职。虽然随着市场化原则的加入，读者接受问题变得更为复杂，但采取"通俗文学／纯文学"的二分法，并不意味着就能回避开文学的公共性要求。

九十年代末，几位六〇后作家开始反省九十年代个人化写作的误入歧途，他们的思考或许能为理解路遥提供另一个历史参照。[2] 他们指出，个人写作并不必然与宏大叙事发生冲突，相反，个人写

---

① 〔法〕皮埃尔·布尔迪厄、罗杰·夏蒂埃:《社会学家与历史学家》，马胜利译，北京大学出版社 2012 年版。

② 李大卫、李冯、李洱、李敬泽、邱华栋:《个人写作与宏大叙事》，《作家》1999年第 3 期。

作不应当把私人经验从与社会、历史的关联中剥离出来。在这个讨论中，无论是基于"文学／政治"二元对立观点对"宏大叙事"的怀疑，还是强调个人写作的"主体性幻觉"，其实都来源于八十年代在反思五十至七十年代经验时逐渐形成的一套文学知识。路遥无疑也分享了这一历史结果，所以我们才会在《人生》中读到高加林式的个人主义与自我意识的觉醒，从路遥的创作观中读到对文学主体性的推崇。但另一方面，我们又能从《平凡的世界》中读到一种与改革意识形态呼应的"宏大叙事"，读到社会各阶级分析，从路遥坚持的现实主义中读到所谓"柳青的遗产"。路遥在一定程度上偏离了新时期文学的路线图，这才是他进入九十年代的思想准备。尽管路遥并没有意识到"个人化"写作会成为九十年代文学展开的主要方向，但在八十年代末现实主义与现代主义之争中，他已经敏感地意识到，这不仅仅是一个形式美学的问题，或者文学场内部如何分配权力的问题，它还意味着一种新的文学观与历史观正在从内部溢出八十年代的思想边界。重读路遥的意义或许也在于此，他帮助我们识别出九十年代与八十年代之间存在的"结构性的重复"，思考九十年代文学是从哪里来的，要求批评首先清理自己的历史，反思自己内在于同时代的批判立场，然后再回归关于文学的基本问题：文学如何表达现实，什么样的文学形态才能真实地反映改革时代的中国社会与中国人。

如果说八十年代最为突出的时代精神，是激发每个人基于个体生命的理想追求，那么文学无疑发挥了相当重要的促进功能，这也是路遥小说最打动人心的地方。然而，路遥终究还是在八十年代文学场新一轮分化重组中被边缘化了。如果说农村青年路遥的进城之路是通过"文学"实现的，甚至他笔下的高加林、孙少平们，也都带有那么一点点八十年代文学青年的气质，那么这个曾唤起许许多多普通人理想的"文学梦"，却似乎在八十年代文学的展开过程中渐渐变得可疑起来：

1985 年第 10 期《中国青年》"难题征答"栏目，刊登了一则题为《我患了"文学病"吗？》的读者来信。一个二十四岁的山西农村女青年王银花，在信中吐露了她的烦恼。王银花热爱文学，勤奋写作，却一直没有获得发表机会。因为对文学的痴迷，王银花成了"远近闻名的'酸鬼'"，男朋友不赞成她写作，女伴也不再同她往来，"乡亲们对我说：'咱是庄稼人，庄稼人不就是种地、打粮食、养家糊口？哪能不务正业呢？'"于是，痛苦中的王银花写信向编辑求助，"是不出嫁继续写下去，还是出嫁围着锅台转？"①稍后第 12 期《中国青年》编发了三篇回应文章，除了一篇题为《一个不幸的人选择了文学》，提供了又一个类似王银花的故事，另外两篇都以"别让文学误了自己"为主题，要求文学青年们量力而行，选择适合自己的道路，并且把做好本职工作，视为文学创作所必需的"体验生活"②。虽然编辑们将王银花的苦恼，安全地导入到"素质论"的能力差异上去，但究竟是文学梦，还是文学病？——王银花的故事、她作为农民的身份，仍然强行把城乡差别的问题，再次插入到新时期文学关于"共同美"的许诺中。

王银花来信时，还只是 1985 年，如果把时间推进到八十年代末尾甚至当下，王银花们的"文学生活"会是什么样的呢？千千万万王银花们从乡村涌入城市，成为城市各个角落怀揣梦想打拼的人们，他们中间是不是还有王银花一样敏感多思的文学青年？

《平凡的世界》里有一段孙少平阅读艾特玛托夫《白轮船》的场景：

> 他点亮蜡烛，就摊在墙角麦秸草上的那一堆破被褥里，马上开始读这本小说。周围一片寂静，人们都已经沉

---

① 《我患了"文学病"吗？》，《中国青年》1985 年第 10 期。

② 这三篇回复"难题征答"栏目的文章分别为：《别让文学误了自己》《同在文学路上走》《一个不幸的人选择了文学》，《中国青年》1985 年第 12 期。

沉地入睡了。带着凉意的晚风从洞开的窗户中吹进来，摇曳着豆粒般的烛光。

……

这一切都使少平的心剧烈地颤动着。当最后那孩子一颗晶莹的心被现实中的丑恶所摧毁，像鱼一样永远地消失在冰冷的河水中之后，泪水已经模糊了他的眼睛；他用哽咽的音调喃喃地念完了作者在最后所说的那些沉痛而感人肺腑的话……

这时，天已经微微地亮出了白色。他吹灭蜡烛，出了这个没安门窗的房子。

……

农村来的穷小子孙少平在出卖体力的一整天困顿生活之后，躺在破被褥里开始他的文学生活，文字散发的微光把他席卷到动人心扉的世界中去，而他就这么带着新生的理想重新迎接又一个白日。一个"没安门窗的房子"，或许就是路遥留下的文学遗产：路遥的文学实践是粗糙的、不够完美的，但他也以重新划分文学空间的方式，让那些曾被拒斥在外的人走进来，让他们在文学世界里寻找到与现实抗衡的人生支点，也让闭塞其中的人，去看到那些曾被"墙壁"阻隔在外的——"他们"的生活世界。

附录　路遥生平与创作年表①

1949—1956 年　一至七岁

1949 年 12 月 2 日（农历己丑年十月十三日）路遥生于陕西省清涧县石咀驿镇王家堡村，系家中长子。四个胞弟：王卫军、王天云、王天乐、王天笑；三个胞妹：王荷、王萍、王英。

直到 1957 年前，路遥都居住在清涧县王家堡村。路遥曾讲述自己童年时最早经历的两次死亡体验。第一次是三岁左右，发高烧到四十度，父母请来了巫婆，病愈后巫婆成为他的"保锁人"（即教母）。第二次是五六岁时，一次上山砍柴，"在虚荣心的驱使下，竟然跟一群大孩子到离村五里路的大山里去逞了一回能"，结果从悬崖上滑落到深沟里。（路遥：《早晨从中午开始》）

1949 年 5 月"中国人民文艺丛书"出版，柳青长篇小说《种谷记》入选。6 月 26 日柳青于北平写作《转弯路上》，结合

---

① 此年表正体部分为路遥当年经历的重要事件和创作情况，以及重要作品初刊本的编者按等相关信息摘录。楷体部分为柳青当年经历的重要事件和围绕《创业史》展开的相关文学活动，以及路遥与柳青直接接触或参与柳青纪念活动、文字中写到柳青和《创业史》的情况摘编。除文中直接注明的引用材料外，有关路遥的事迹，主要参照路遥的三种传记材料：厚夫《路遥传》（人民文学出版社 2015 年版）、张艳茜《平凡世界里的路遥》（陕西人民出版社 2013 年版）、海波《我所认识的路遥》（长江文艺出版社 2014 年版）；以及王刚《路遥年谱》（北京时代华文书局 2016 年版）和《路遥全集》（北京十月文艺出版社 2012 年版）。有关柳青的事迹，主要参照邢小利、邢之美《柳青年谱》（人民文学出版社 2016 年版）和刘可风《柳青传》（人民文学出版社 2016 年版）。

1943年自己决心跟从组织决定"长期在农村做实际工作"被分配到米脂县印斗区三乡任政府文书的经历,讲述了如何改造自己、与群众结合、"过毛主席文艺方向的那一关"的思想转变过程。7月作为西北代表团代表参加一次文代会后,到秦皇岛写作长篇小说《铜墙铁壁》,12月携初稿返回北京。

1952年,时任《中国青年报》编委的柳青,计划回陕写一部反映即将开始的农村社会主义改造的作品。5月26日回到西安。9月1日落户长安县,暂任县委副书记分管互助合作工作。11月在王莽村帮助蒲忠智建立全县第一个试点初级农业生产合作社。12月结识王曲区皇甫乡王家斌,即《创业史》梁生宝原型,由于皇甫乡当时的互助合作还处在最初阶段,决心以此为生活和创作的根据地从头参加合作化运动的全过程。

1953年柳青借住皇甫村西常宁宫写作,其间参与有关粮食统购统销的思想宣传工作、王莽村扩社工作等,并集中培养王家斌互助组,于1954年3月10日帮助成立了胜利初级农业生产合作社。1954年春开始《创业史》的写作。1955年下半年全国农村合作化运动进入高潮,柳青在干部会上反复强调要坚持考察办社条件、反对盲目冒进。但1956年2月—3月柳青出席北京召开的中国作家协会第二次理事会回来后,发现皇甫乡期间已迅速成立了三个高级社。柳青强调要以思想教育和大力发展生产来巩固高级社。11月胜利社水稻大面积丰收,创造本地区历史上的最高记录。散文、特写集《皇甫村的三年》出版,记叙了柳青三年亲身经历的农村社会变化和感受。

1957年　八岁

秋,被过继给大伯家,迁居陕北延川县城关乡郭家沟村,开始随养父母一起生活。关于路遥"顶门"一事,路遥后来的许多回忆多侧重于强调家庭的贫穷困苦,虽然是父母因生计不得不做出的选择，却也让童年时敏感的他心痛："家里十来口人，没有吃的，没有穿的，只有一床被子，完全是叫花子状态。我七岁的时候，家里没有办法养活我，父亲带我一路讨饭，讨到伯父家里，把我给了伯父"，"当时，父亲跟我说，是带我到这里来玩玩，住几天。我知道，父亲是要把我扔在这里，但我假装不知道，等待着这一天。"（路遥：《答中央广播电视大学问》）另外，在厚夫的《路遥传》和海波的《我所认识的路遥》中，均提到陕北风俗有"长子不顶门"一说。海波因此也指出"过继"同样是路遥自己的选择，是为了能上学的积极争取。

1958—1960年　九岁至十一岁

春，插入郭家沟村大队的马家店四年制小学上一年级。至1960年完成四年初小的学习。

1959年柳青《创业史》第一部《稻地风波》在《延河》4月号开始连载，从8月号起改名为《创业史》至11月连载完毕。1960年柳青将《创业史》第一部基本稿酬和印数稿酬共一万六千零六十五元全部捐献给王曲公社，做工业基建费用。

1959年4月正在读初三的陈忠实为了买《延河》杂志读《创业史》，把两毛钱的咸菜钱省下来。上高中时他又托西安当工人的老舅买了全文发表《创业史》的《收获》杂志。"初读《创业史》还不能完全理解，因为当时仅仅只是一个初中转入高中的学生，但几个人物留在了我记忆中，至今不能忘记，梁三老汉、梁生宝、郭世富、富农姚士杰、改霞。这一茬人物，我在我们那个村子一个一个都能找到相对应的形象。我的这个村子和柳青的那个村子相隔大概也就是六七十里路。越到后来我越相信，《创业史》的人物在任何一个村子都能找到相应的生活人物。"陈忠实后来回忆说"《创业史》这部小说我前后大概读过九本"。（陈忠实《我读〈创业史〉——在〈创业史〉发

表五十周年纪念会上的发言》,《秦岭》2009年冬卷）

1961—1962　十二至十三岁

7月考入延川县城城关小学高小部。海波回忆,"虽然他（路遥）家不是最穷的农家,但他却是城关小学最穷的学生"。城关小学高小部的学生分为两类:一是县城机关、事业企业干部、职工子女和城关大队农民的子女,为走读生;一是城关公社四十个村子里农民的子女,为住校生。后者人数少,且大多家庭情况较好,因此,在灶上报饭时就特别看出了差别。另外,城乡学生间在文化享受方面如看电影的差别,也让路遥感到了"消费不起"、丧失话语权的痛苦。为此,路遥常出入新华书店和县文化馆阅览室,靠他的阅读和见识再度成为同学们眼中的"英雄"（海波:《我所认识的路遥》)。

1961年1月柳青的《创业史》第二部陆续在《延河》杂志刊载。柳青向中国青年出版社预支稿费五千五百元,为皇甫村支付高压电线、电杆费用。10月12日在《文汇报》发表《怎样评价徐改霞》一文。

1962年由于皇甫公社各生产队普遍发生牲口死亡现象,柳青暂停《创业史》第二部的写作,在与公社干部调查之后,执笔《耕畜饲养管理三字经》。此后继续大量阅读哲学、心理学、美学著作,通过学习进一步加深对世界和文艺创作的认识,以便更好地完成后几部《创业史》。4月19日,在作协西安分会举办的延安《讲话》发表20周年报告会上,柳青提出了作家的三个"学校",即生活的学校、政治的学校、艺术的学校。6月27日在《陕西日报》发表《农业劳动和远大理想》一文,答复一个回乡知识青年的来信。

1963—1965年　十四至十六岁

夏，养父要求路遥高小毕业后即回村劳动。路遥为了证明自己，参加小升初统考，在全县一千多名考生中以第二名成绩考上延川中学。最终是在村大队党支部书记刘俊宽以及乡民的帮助下，才借到两斗黑豆换成钱去交报名费，几经周折终于在开学一周后破例入学。进入延川中学"尖子班"初六六乙班。延川中学统一住校生为"上灶生"，每月按时缴粮缴菜金，学校每天两顿饭按甲、乙、丙三个等级安排伙食。路遥后来回忆："父亲不给我拿粮食，我小学几个要好的同学，凑合着帮我上完初中，整个初中三年，就像我在《在困难的日子里》写的那样。当时我在的那个班是尖子班，班上大都是干部子弟，而我是一个农民的儿子，受尽了歧视、冷遇，也得到过温暖和宝贵的友谊。"（路遥：《答中央广播电视大学问》）

据海波回忆，路遥在延川中学时作文常常受到语文老师表扬，还曾根据《红岩》创作排演了话剧，在学校文名大振。

1963年柳青在《延河》8月号发表《提出几个问题来讨论》，回应了严家炎《关于梁生宝形象》一文中的观点。1964年12月从北京参加会议回到皇甫时，发现社教工作队正召开批斗王家斌等基层干部的群众大会，立即向一些负责同志直抒己见，保护王家斌等基层干部。1965年10月完成《创业史》第二部上卷初稿。

1966年　十七岁

6月毕业参加陕西省初中升中专考试，被陕西石油化工学校录取。但因"文革"爆发未能入学。据《延川县志》记载，6月15日中共延川县委决定派出两个工作组，分别进驻延川中学、永平中学发动"文化大革命运动"。10月，路遥随同学经由"延川县城—延水关—永和—交口—太原—石家庄—北京"路线串联到北京，并于11月10日接受了毛泽东的检阅。路遥的同学梁世祥回忆："当时每一个班是五个人，我们班里就是派了王卫国（路遥）我们五个人到北京，我们是第七次毛主席接见，毛主席在城楼上呢，底下是车，汽车拉上红卫兵往过走，当时毛主席还讲了一句话，就是人民万岁，人们都觉得很激动，王卫国提议就说，咱脱离黑字红卫兵，成立一个红四造反联军。"

从北京返回后，路遥以"冲天笑"的笔名写大字报、批斗稿，独自成立了一个红卫兵组织，名为"横空出世誓卫东战斗队"。后成为初六六乙班红卫兵组织"井冈山战斗队"队长。不久延川县造反派们分成两大阵营，路遥担任其中一派"延川县红色造反派第四野战军"（简称红四野）军长。

5月中国作协西安分会文化革命领导小组成立。12月24日，柳青"靠边站"。12月28日，柳青在中国作家协会西安分会机关示众。在邢小利对西安分会工作人员韦昕的访谈中，韦昕回忆该年年底曾去柳青家中看望，柳青说："我参加革命几十年是资产阶级，你们才几天就成了无产阶级？"

1967年　十八岁

据《延川县志》记载，1月8日，路遥就读的延川中学等二十多个县级机关红卫兵组织联合召开"把无产阶级文化大革命进行到底"誓师大会。3月上旬，红卫兵组织夺权。5月14日安塞县造反派来延川县抓县委副书记霍学礼回县批斗，路遥发动群众组成"拦车"派，最后迫使安塞县造反派放人。王卫国成为本阵营学生领袖，其间带领"红四野"骨干分子果断对县委书记张史洁采取"农管"，实则将其从"红色造反派总司令部"（简称红总司）抢出来，连夜秘密转移送回延长老家，被视为"保皇派"。

11月3日延川中学"红总司"在大礼堂文艺演出时，与延川中学"红四野"发生严重冲突。次日，"红四野"煽动五六百农民进城殴打"红总司"的学生、干部。本县武斗开始。12月4日，"红四野"配合延安地区"联合造反指挥部",抢劫延川县人武部轻机枪四挺。

1月1日从西安来的造反派闯入中宫寺,把柳青一家老小八口人强行揪回西安,安置在西安市大学东路42号共青团陕西省委院内。周围有醋厂、牲口棚、公共厕所,各种污秽气味使柳青哮喘病频发。柳青此后被安排在传达室做分发报纸等工作。1月间,被三次游街示众,1月29日被押回皇甫村示众。《创业史》第二部手稿被抄走。8月中国作协西安分会红色造反队组织二十人联合调查组,写成《柳青在长安的十四年》,认为柳青"在农村两条路线斗争中,基本上站在了毛主席的无产阶级革命路线一边。这是柳青在长安十四年的基本方面,是他的思想、工作与生活的主流","但世界观并没有得到彻底改造"。9月30日,西安分会红色造反队宣布"解放"柳青。

1968年 十九岁

4月17日,"红四野"和"红总司"武斗造成人员伤亡,此后,路遥曾多次因此事被调查。武斗一直持续到7月,经解放军驻延支左部队斡旋,延川两派群众组织相继解散武斗队。9月15日,延川革命委员会成立大会在县城举行,大会通过了给毛泽东主席的致敬信和《延川县革命委员会通告》。军代表马志亭任县革命委员会主任兼党的核心领导小组组长。查《延川县志》记载,副主任中有"群众代表,王维国,任期为1968年9月—1973年8月",疑是"王卫国"的笔误。另据其他传记材料整理,路遥成为县革委会副主任,但作为群众代表并无实权。

年底延川县革委会在县城井滩广场隆重举行"延川县知识青年上山下乡欢送会",欢送老三届学生到农村接受贫下中农再教育。路遥作为革委会副主任,带头下乡,回到刘家圪崂大队,被编入农田基建队,参与强度极大的打坝劳动。

本年，在"清理阶级队伍"运动中，柳青被打成"特务""里通外国分子""现行反革命"。10月，中国作家协会西安分会"文革"进入第三个时期。柳青自杀未遂。

1969年　二十岁

1月23日，北京一千三百多名知识青年到延川县插队落户。路遥返回郭家沟。因养父王玉德的威望，受到大队干部庇护，不再打坝造田，转做较为轻松的劳动。先是到县城拉大粪记全勤算工分（其间还可以抽空到县文化馆看报），后又成为延川县城关公社马家店小学民办教师。夏，县全体教师开会，组织要求每个公社出一期墙报，路遥的诗作《我老汉走着就想跑》在学校墙报发表。11月9日由村主任郭庭俊和村教师马文瑞介绍，在本村加入了中国共产党。

4月柳青夫人马葳自杀身亡。12月27日，陕西省革委会宣布撤销原文化局、中国作协西安分会等六个单位，领导干部全部下放农村、工厂和五七干校劳动改造。

1970年　二十一岁

2月经公检法军事管制组复查，延川县武斗中致死命案与王卫国无关，此案了结。（谷溪：《在苦难的烈炎中涅槃——关于路遥与申易的回忆》）。3月以农民工（另一说是"创作员""代理教师"）身份被借调到城关公社"贫下中农毛泽东思想宣传队"，进驻延川县百货公司进行路线教育，并结识了女知青林虹。年底，经曹谷溪帮忙，调入县革命委员会通讯组。

1月中国作协西安分会撤销，绝大部分人员下放农村或五七干校。柳青被下放到陕西省杨梧村五七干校。此时已由原来的哮喘病发展为严重的肺心病。4—9月间在医院被抢救了十一次。

1971年　二十二岁

路遥把宝贵的招工指标让给了林虹，但林虹进厂后不久就给路遥寄来了"绝交信"。同期，路遥被停止县革委会副主任职务，接受隔离审查。回忆当时的情境，路遥称作是"一次死亡""青春期的一次游戏"，"那时，我曾因生活前途的一时茫然加上失恋，就准备在家乡的一个水潭中跳水自杀。结果在月光下走到水边的时候，不仅没有跳下去，反而在内心唤起了一种对生活更加深沉的爱恋。最后轻轻地折转身，索性摸到一个老光棍的瓜地里，偷着吃了好几个甜瓜。"（路遥：《早晨从中午开始》）

《车过南京桥》发表于延川县文化馆主办油印小报《革命文化》上，本意署名"缨依红"，诗人闻频建议改名，选定"路遥"为笔名。后陕西省群众艺术馆主办的《群众艺术》转载了这首诗。5月，一年的农村通讯员期满，在曹谷溪帮助下，以"路线教育积极分子"身份进入县毛泽东思想文艺宣传队，从事文艺创作工作。7月，与林达相识。9月参与编辑诗集《工农兵定弦我唱歌》。

该年发表作品：

《我老汉走着就想跑》（诗歌），《延安通讯》1971年8月13日。

《塞上柳》（诗歌），《延安通讯》，1971年9月28日。

《蟠龙坝》（歌剧），与陶正合作，未刊。

> 夏，柳青开始写《建议改变陕北的土地经营方针》。刘可风回忆，本年为父亲借来内部发行的《第三帝国的兴亡——纳粹德国史》，读书与反思成为柳青晚年一项重要的生活内容。

1972年　二十三岁

5月与曹谷溪、闻频、陶正等成立业余文艺小团体——延川县工农兵文艺创作组。曹谷溪主编油印诗集《工农兵定弦我唱歌》修订本内部刊印，更名为《延安山花》。为纪念毛泽东延安《讲话》发表三十周年，以延川县革委会政工组名义，由陕西人民出版社正式出版。收入路遥的六首诗：《我老汉走着就想跑》《塞上柳》《电焊工》《进了刘家峡》，以及与谷溪合写的《灯》和《当年"八路"延安来》。9月，县级文艺小报《山花》创刊，路遥是核心办刊人员。10月国庆节，与闻频创作大型歌剧《第九支队》。秋，与陶正一起被调入延川文艺宣传队当创作员，月薪十八元。

该年发表作品：

《老汉一辈子爱唱歌》（诗歌），《山花》1972年9月1日第1期。

《赞歌唱给毛主席》（诗歌，与谷溪合写），《山花》1972年10月1日第3期。

《桦树皮书包》（诗歌），《山花》1972年11月1日第5期。

《优胜红旗》（短篇小说），《山花》1972年12月16日第7期。（后又发表于1973年《陕西文艺》创刊号，是路遥第一篇发表于省级刊物的小说。）

5月初，由柳青专案组宣布"解放"，行动自由恢复。到北京治病，其间阅读了朱可夫回忆录《回忆与思考》《大策略家——赫鲁晓夫发迹史》等书。9月与女儿刘可风回到西安。

1973年　二十四岁

7月3日向刘家圪崂大队提交《入学申请书》，7月10日《高等学校选拔学生登记表》上被签署了同意推荐报考的意见。7月24—25日参加了由延川县文教局招生办公室组织选拔大专院校学员的文化考查。据厚夫《路遥传》记路遥的"干部档案袋"中有"1973年高等院校招生文化考查成绩登记表"，其中因写作《我从实践中获得了真知——批判刘少奇散布的"天才论"》，语政83分，为所有成绩中的最高分。但是，尽管文教局向当时在延川招生的北京师范大学、陕西师范大学中文系都推荐了路遥，学校还是在政审中发现其造反派经历，拒绝录取。后经由县委书记申易推荐，其弟申沛昌作为负责学生工作的延安大学系总支副书记来延川开门办学，担保路遥在"清队"时已做过审查结论,才使得路遥终于正式入学,成为延安大学恢复招生后招收的第一届工农兵学员。路遥养母李桂英回忆,路遥上大学后经济上主要靠的是林达。

10月,应邀参加《陕西文艺》编辑部召集的创作座谈会,认识了诗人申晓、后来在中央人民广播电台的叶咏梅、作家白描等朋友,以及负责筹备《陕西文艺》的编辑董墨。

该年发表作品:

《老锻工》(诗歌),《山花》1973年1月16日第9期。

《基石》(短篇小说),《山花》1973年5月23日第15期。

《代理队长》(短篇小说),《山花》1973年7月16日第18期。

《前程多辉煌》(歌词),《山花》1973年9月1日第21期。

《歌儿伴着车轮飞》(诗歌,与谷溪合写),《陕西文艺》1973年11月号总第3期。

2月27日,柳青出席陕西省出版局召开的业余作者创作座谈会并讲话。这是"文革"以来柳青第一次在公开场合讲话。后刊于《延河》1979年第6期,题为《在陕西省出版局召开的业余作者创作座谈会上的讲话》。路遥在这次会上第一次见到柳青。

1974年 二十五岁

就读于延安大学中文系。

该年发表作品:

《今日毛乌素》(诗歌),《山花》1974年2月10日第27期。

《工农兵奋勇打先锋》(歌词),《山花》1974年6月8日第31期。

《红卫兵之歌》(长篇政治抒情诗,与金谷合写),《陕西文艺》1974年第4期。

《银花灿灿》(散文),《陕西文艺》1974年第5期。

《老汉一辈子爱唱歌》,收入陕西人民出版社1974年《延安山花》增订版。

6月，柳青参加了陕西省文化局在西安西大街省文化局招待所召开的文学创作座谈会。路遥、陈忠实都参加了这次会议。据陈忠实回忆，这是一个配合当时形势宣传"反潮流"精神的会，但柳青的发言却特别强调要先认识分清正确潮流和错误潮流。柳青的朋友李旭东回忆，柳青说"实事求是就是反潮流"。

1975年　二十六岁

北上榆林报报社进行新闻写作的实习。后又被《陕西文艺》编辑部以"开门办刊"的名义借调做见习编辑。11月12—23日，参加由陕西省文艺创作研究室在陕西省文化局招待所召开全省性的短篇小说创作座谈会。会上王汶石、杜鹏程、陈忠实等做辅导发言。会议期间，组织有统一改稿。

该年发表作品：

《灯火闪闪》（散文），《陕西文艺》1975年第1期。

《不冻结的土地》（散文），《陕西文艺》1975年第5期。（此时作者身份注明"延安大学工农兵学员"）

1976年　二十七岁

1月周恩来逝世后，路遥作为班长，担着政治风险，组织全班捐款扯黑布做黑纱。9月毕业分配至《陕西文艺》（1977年7月恢复《延河》名称）编辑部小说散文组。

该年发表作品：

《吴堡行》（散文，与李知、董墨合写），《陕西文艺》1976年第1期。（作于1975年12月9日）

《父子俩》（短篇小说），《陕西文艺》1976年第2期。

10月柳青在第四军医大学病房得知粉碎"四人帮"消息，写旧体诗一首："谣传京中除四害，未悉曲折泪满腮。儿女拍手竟相告，病夫下床走起来。忧愤经年吉日少，欢歌一夕新春开。问讯医师期何远，创业史稿久在怀。"11月8日致中青社编辑王维玲信中，柳青又就粉碎"四人帮"一事谈及如何评价历史的问题："最近十年，我们党经受了历史上空前的考验，证明我们党在三次战争年代成长起来的骨干稳如泰山。我说的是基本力量，不稳和欠稳的都已陆续淘汰了。"

1977年　二十八岁

3月参加中国作协召开的省短篇小说座谈会，陈忠实、贾平凹等也到会参加。

该年发表作品：

《难忘的二十四小时——追记周恩来总理一九七三年在延安》（散文），《陕西文艺》1977年第1期。

6月，中国青年出版社出版《创业史》第二部上卷。7月初，柳青返回西安，继续修改《创业史》第二部下卷。10月住进第四军医大学第一附属医院治疗。于《延河》第12期发表《对文艺创作的几点看法》。

1978年　二十九岁

1月25日与林达在延川举行婚礼。3月15—25日参加《延河》召开的短篇小说创作座谈会。9月写成《惊心动魄的一幕》。10月中国作家协会恢复，任《延河》编辑部小说组副组长。

该年发表作品：

《不会作诗的人》（短篇小说），《延河》1978年第1期。（写于1977年11月）

《延河》第2、3期连载《创业史》第二部下卷第14至17章。路遥是责任编辑。路遥的弟弟王天乐回忆路遥与柳青的谈话：路遥问柳青，作为一个陕北人，为什么要把创作放在关中平原？"柳青说，这个原因非常复杂，这辈子也许写不成陕北了，这个担子你应挑起来。对陕北要写几部大书，是前人没有写过的书。柳青说，从黄帝陵到延安，再到李自成故里和成吉思汗墓，需要一天的时间就够了，这么伟大的一块土地没有陕北自己人写出两三部陕北题材的伟大作品，是不好给历史交代的。路遥在心里说，他一直为这段论述而感动。"（王天乐：《苦难是他永恒的伴侣》）

3月柳青因病住院，未能参加《延河》编辑部短篇小说创作座谈会，特别做了录音讲话，题目是《生活是创作的基础》，后刊于《延河》1978年第5期。

5月，柳青对陪同看病的女儿刘可风说，如果《创业史》写不完，想写一本回忆录："我要根据我的经验和认识说明怎样发展社会主义事业。'人民公社''大跃进'时期，我们迫切希望建成共产主义社会，但共产主义，只能是人民自觉自愿的要求，决不能把人民驱赶到共产主义，也绝不可能建成'顺民'和奴隶的共产主义。"

6月13日柳青逝世，终年62岁。《延河》从10月号起，陆续发表《创业史》第二部下卷的十一章遗稿，每期刊发两章。至1979年第3期刊完。

1979年　三十岁

11月9日女儿路远出生。

该年发表作品：

《在新生活面前》（短篇小说），《甘肃文艺》1979年第1期。

《夏》，《延河》1979年第10期。（写于1979年4月—5月，西安）

1980年　三十一岁

冬于西安动笔写作《在困难的日子里》，中途因《人生》的写作中断，至 1981 年春完成。

该年发表作品：

《惊心动魄的一幕》，《当代》1980 年第 3 期。（写于 1978 年 9 月，西安，改于 1980 年 5 月，北京。获 1979—1981 年度《当代》文学荣誉奖。1981 年 5 月"文艺报中篇小说奖"二等奖。第一届全国优秀中篇小说奖。）

《匆匆过客》（短篇小说），《山花》1980 年第 4 期。

《青松与小红花》（短篇小说），《雨花》1980 年第 7 期。（写于 1979 年 8 月，延安）

《卖猪》（短篇小说），《鸭绿江》1980 年第 9 期。

1980 年 4 月 12—13 日，路遥根据过去的印象和感受，在西安写作了特写《病危中的柳青》，后刊于《延河》1980 年第 6 期。关于《创业史》的评价问题，路遥写道："在我国当代文学中，还没有一部书能像《创业史》那样提供了十几个乃至几十个真实的、不和历史上和现实中已有的艺术典型相雷同的典型。可以指责这部书中的这一点不足和那一点错误，但从总体上看，它是能够传世的。在作家逝世一年后的全国第四次文代会上，周扬同志所做的那个检阅式的报告在谈到新中国成立以来长篇小说的成就时，公正地把《创业史》列到了首席地位。"路遥对柳青病中仍坚持写作的精神作了细致描绘："不屈的叙事诗人正是抱着这个伟大的理想和坚定的信念，尽管重病缠身、危在旦夕了，他仍然在这间冷冰冰的病房里，让自己衰败的身心燃烧起了熊熊的大火；他要让生命在最后的一瞬间爆出耀眼的光芒——一如同彗星在黑暗中消失之前那样。"路遥强调柳青留给后人的精神财富，应当首先表现为一种正确的生活态度："就是一个最普通的劳动者，只要他从你的作品和你自己本身所具有的顽强的进取精神中，接受过一些有益的教导，他就不会用鼾声去回答生活的要求！"

1981年　三十二岁

1月，笔耕文学研究组在西安成立，4月路遥参加"笔耕"组织召开的座谈会。

5月16日致海波信中提到，"我最近又完成了一部中篇小说，叫《1961年：在困苦中》，《当代》秦兆阳主编来信，觉得还不错，初步决定要在《当代》发表，可能到年底了。""我七月份开始休创作假，大概有四个月，到时我将回陕北去，但不一定在延川长住，因我有个较大的创作计划，需要到干扰少的地方争分夺秒完成。"

《惊心动魄的一幕》获全国第一届中篇小说奖，5月23日赴北京领奖。中青社编辑王维玲回忆在这次发奖会上认识了路遥，"正是在这次交谈中，他告诉我，他准备花大力气写一部中篇小说……表现城乡交叉地带的生活"，"他要在这部青年题材的小说里，追求一种多义性，包含了青年问题，爱情婚姻问题，党风问题，城乡差别问题，知识分子的出路和命运问题，以及社会关系等方面的问题。"王维玲当即约稿，"后来我才知道，实际上路遥1979年就动笔了，由于构思不成熟，开了个头，就写不下去了。1980年又重写了一次，还是因为开掘不深，又放下了。1981年春的我们这次交谈，起了催生的作用，坚定了路遥的信心"。

7月休创作假，去杨家岭附近村子和杨家湾小学做了两次采访。据陪同采访的劲挺回忆，路遥说准备写个小学教师。

夏，于甘泉县招待所动笔写作《人生》，二十天完稿，共十三万字，秋修改于西安、咸阳，冬修改于北京。中青社编辑王维玲9月21日收到路遥来信，路遥说："这个中篇是您在北京给我谈后，促我写的，初稿已完。"王维玲于10月17日收到初稿，据他回忆，《人生》初稿名为《生活的乐章》，后来路遥又仿照柯切托夫的《你到底要什么？》改名为《你得到了什么？》，最后由王维玲从题叙引用柳青《创业史》中的话受到启发，定题为"《人生》"。

8月25日在延安地区短篇小说讨论会上的发言，部分录音稿后拟题为《关于作家的劳动》发表于《山花》1981年第9期。

10月于西安"关于农村题材小说的创作座谈会"上首次提出了"交叉地带"的概念。

该年发表作品：

《姐姐》（短篇小说，后收入《姐姐的爱情》时改名），《延河》1981年第1期（"陕西青年作家小说专号"）。获《延河》文学月刊短篇小说评奖。

《月夜静悄悄》（短篇小说，发表时名为《月下》），《上海文学》1981年第6期。

《风雪腊梅》（短篇小说，写于1980年9月陕北，1981年2月改于西安），《鸭绿江》1981年第9期。获1981年《鸭绿江》年度作品奖。

《谦虚谨慎，戒骄戒躁》（6月25日参加中国作协西安分会在西安举行的茶话会时发表的获奖感言），载中国作家协会西安分会编《文学简讯》1981年7月15日。

11月作协西安分会、西北大学、陕西师范大学、陕西现代文学学会、《延河》编辑部联合发起"《创业史》及农村题材创作学术研讨会"。

1982年　三十三岁

5月8日，参加作协西安分会在延安举行的毛泽东《讲话》四十周年纪念活动，并于5月23日在陕西文艺界纪念《讲话》发表四十周年大会上发言。

6、7月间回延安，在延安饭店与四弟王天乐聊了三天三夜。此时开始构思《平凡的世界》。

7月11日于西安写作《面对着新的生活——致〈中篇小说选刊〉》，述及自己写作《人生》的缘起，提出象征了当代生活面貌的"立体交叉桥"的概念。8月17日收到文学评论家阎纲来信，于21

日复信再度谈到文学要反映"城乡交叉地带"的问题。8月23日致信中青社编辑王维玲,提到关于《人生》下部的写作难度。"我感到,下部书,其他的人物我仍然有把握发展他(她)们,并分别能给予一定的总结。唯独我的主人公高加林,他的发展趋向以及中间一些波折的分寸,我现在还没有考虑清楚,既不是情节,也不是细节,也不是作品总的主题,而是高加林这个人物的思想发展需要斟酌处,任何俗套都可能整个地毁了这部作品,前功尽弃。"路遥说预备冬天去陕北,构思下部或着手其他作品。

9月17—19日,县人民政府主持召开《山花》创刊十周年座谈会,路遥、贾平凹等人均有出席。9月,路遥由陕西省作家协会《延河》编辑小说组组长的职位,转为陕西省作家协会正式驻会作家。

12月写作《在困难的日子里》创作谈,认为处于三年困难时期的人们,在生活中却表现出了"顽强地战胜困难的精神"和"崇高而光彩的道德力量",希望让这束过去的折光投射现实生活。

该年发表作品:

《人生》,《收获》1982年第3期。中国青年出版社1982年版。(第一版印十三万册,上市不久就脱销,第二版印十二万五千册,一年后又加印七千二百册,总印数二十六万二千二百册。)

《在困难的日子里(一九六一年纪事)》,《当代》1982年第5期。(写于1980年冬—1981年春,西安)

《痛苦》(短篇小说),《青海湖》1982年第7期。(写于1981年12月,北京)

《面对着新的生活》,《中篇小说选刊》1982年第5期。

《关于〈人生〉和阎纲的通信》,《文艺报》1982年9月10日,《作品与争鸣》1983年第2期。

1983年 三十四岁

3月10日,中国作协西安分会召开《人生》座谈会。3月16日,在《延河》编辑部青年作者座谈会上发言《漫谈小说创作》。

8月中旬，与吴天明导演率领的西安电影制片厂《人生》剧组赴延川共同筹备电影《人生》。

12月27—29日，中国作协陕西分会"笔耕"文学研究组召开陕西中青年作家近年发表中篇小说研讨会，包括路遥的《惊心动魄的一幕》《人生》《在困难的日子里》。

该年发表作品：

《黄叶在秋风中飘落》，《小说界》1983年中篇小说专号。

《当代纪事》（中短篇小说集），重庆出版社1983年3月版。序为秦兆阳《致路遥同志》一文，编入目录依次为：《青松与小红花》《卖猪》《不会作诗的人》《夏》《匆匆过客》《痛苦》《在困难的日子里》《惊心动魄的一幕（1967年纪事）》。

《东拉西扯谈创作（一）》，载中国作家协会西安分会编《文学简讯》1983年3月28日，第2期。

《这束淡弱的折光——关于〈在困难的日子里〉》，《中篇小说选刊》1983年第2期（写于1982年12月西安）。

《青年获奖作者笔谈：不丧失普通劳动者的感觉》，《青年文学》1983年第3期（写于1983年3月，北京）。

《关于〈人生〉的对话》，《星火》1983年第6期。

《要有真情实感——读〈剪鞋样〉》，《长安》1983年第8期。

《严肃地继承这份宝贵的遗产》，载《五月的杨家岭》，陕西人民出版社1983年12月出版。

本年，《人生》获得全国第二届中篇小说奖（1981—1982），名列第四。王维玲回忆，在评委会上冯牧说："现在青年作者，学柳青的不少，但真正学到一些东西的，还是路遥。"

4月9日路遥在上海写作随笔《柳青的遗产》，刊于《延河》1983年第6期。路遥一方面从艺术创作上表达了他对柳青小说史诗性品格的理解，即"作家当年毅然地离开繁华的大城市，身居皇甫村一个破庙改建的院宅里，眼睛琐碎地扫描着周围的每一个人和每一件事，而另一方面又把眼光投射到更广大的世界。他一只手拿着显微镜在观察皇甫村及其周围的生活，另一只手拿着望远镜在瞭望终南山以外的地方。因此，他的作品不仅显示了生活细部的逼真精细，同时在总体上又体现出了史诗式的宏大雄伟"。

另一方面，更特别强调了柳青的作家姿态："他时刻把公民性和艺术家巨大的诗情溶解在一起。作为一个艺术家，他始终像燃烧的火焰和激荡的水流。他竭力想让人们在大合唱中清楚地听见他自己的歌喉；他处心积虑地企图使自己突出于一般人。但在日常生活中，他又严格地把自己看作是一个普通公民，尽力要求自己不丧失一个普通人的感觉。"——而不丧失普通劳动者的感觉，正是路遥不断强调并亲力实践的。

6月6—8日作协西安分会召开"纪念柳青逝世五周年创作座谈会"。

1984年　三十五岁

1月14日，参加陕西作协在西安举办的笔会。张贤亮曾回忆此次笔会与路遥初见的情景。"我一人在台上舞之蹈之高谈阔论后，陕西作协请我吃饭，路遥也在座，仍然很少说话。但吃完了饭他非常诚恳地要我到他家坐一坐，说是他家离饭店不远。我记得他家就在陕西作协院内的宿舍楼里，连建筑面积也就七十多平方米的样子。当年人人家里的陈设都很简单，而路遥的家更是简单得近乎简陋。在他家里，和他坐在一起就和在农村炕头上盘腿而坐没有区别，西安这座城市立即消失了。坐下后他给我冲了杯茶，用一个乌蒙蒙的玻璃杯。我突然发现好像整个房间都和茶杯一样乌蒙蒙的，连他整个人都笼罩在一片蒙蒙的雾中。当时在座的还有王愚，我记得从他家出来走到街上我对王愚说，你们陕西作家大概是中国作家中最不会生活的一群了。王愚跟我笑着说：对了！贾平凹刚买了个电冰箱，冰箱里放的只是辣面子和醋。那时陈忠实还没有像今天这样经常被人谈起，后来才知道忠实那时常住在乡下。我们西北作家和农村有着割不断的情感与生活方式的联系，因而农村永远是我们的疼痛点。这是我和路遥见的第一面，也是最后一面。"（张贤亮：《未死已知万事空》）

3月1—7日，《文艺报》和《人民文学》编辑部在河北涿县联合召开农村题材小说创作座谈会。王蒙作题为《谱写农村的新生活交响乐章》的讲话。中央书记处书记、农村政策研究室主任杜润生做了关于农村情况的介绍。据陈忠实回忆，路遥在大会发言中阐述了他的现实主义创作主张："结束语是以一个形象比喻表述的：'我不相信全世界都成了澳大利亚羊。'那个时候刚刚引进的澳大利亚优良羊种，正在中国广大乡村推广，路遥的家乡陕北是推广澳大利亚羊的重点地区。他借此事隐喻开始兴起的现代派和先锋派创作，他说自己崇尚并实践着的现实主义写作方法，自然归类于陕北农民一贯养育着的山羊了。"（陈忠实《寻找属于自己的句子》）3月22—27日，出席介绍涿县会议精神的陕西省农村题材创作座谈会。

7月3日，电影《人生》在京试映，文化部电影局《电影通讯》编辑室与《中国青年报》社邀请首都文艺界、电影界部分领导专家及大学生代表座谈。9月全国公映，并成为第一部参加奥斯卡最佳外语片评选的影片。

12月29日—1985年1月6日，参加中国作协第四次会员代表大会。

该年省级机关第一批整党时，经宣传口整党指导小组批准，对其"文革"初期以群众组织领导成员身份参与的活动，做出了结论为"一般错误，不做处理"。

该年发表作品：

《你怎么也想不到》（短篇小说），《文学家》1984年创刊号。

《我和五叔的六次相遇》(短篇小说),《钟山》1984 年第 5 期。

《生活咏叹调》(短篇小说),《长安》1984 年第 7 期。

《看评剧〈人生〉》,《西安晚报》1984 年 2 月 5 日第 3 版。

《对当前农村题材创作的几点认识》,《陕西文学界》1984 年第
2 期。

《顽强而执着地追求——记吴天明》,《大众电影》1984 年第 9 期。

路遥在写于 1984 年 6 月 7 日的创作随笔中,提到小说中人物塑造与结构的问题。"有的作品往往以主人公为中心来结构作品。如《创业史》,以梁生宝为结构作品的中心,形成一个塔尖,以此为出发点辐射出去,形成各种其他人物层次。"该文后来以《东拉西扯谈创作(二)》为题发表于《陕西文艺界》1985 年第 3 期。

1985 年　三十六岁

1 月 15 日,被任命为中国作协陕西分会党组成员。4 月 21—24 日在咸阳出席陕西省中国作协三届二次(扩大)理事会。与贾平凹、陈忠实、杨韦昕被选为中国作家协会陕西分会副主席。5 月 18 日路遥致王维玲信中提及这次"以最高票数当选为副主席。说起来悲哀,作为一个从事文学事业的人来说,我不应该给您说这些,但对我这两年的情况而言,最起码可以起到一点正视听的作用"。信中也透露"这两年我一直为一部规模较大的作品做准备工作","几年中大部分时间躲在家读长篇,(计划读一百五十部)",希望能在《人生》之后有所突破。

7 月 24 日　中共陕西省委宣传部正式行文,路遥为中国作家协会陕西分会副主席。

8 月 13—22 日,与王汶石、杜鹏程等赴太原,参加黄河流域八省(区)首届笔会。

8 月 20—24 日,参加陕西省中国作协组织的长篇小说促进会。

8月24日，中共铜川矿务局委员会组织部下发了《关于路遥同志任职的通知》。路遥以挂职锻炼的名义到铜川矿务局任党委宣传部副部长，收集创作素材。住进陈家山煤矿医院，开始《平凡的世界》的创作，并于当年岁末完成第一部。

该年发表作品：

《一生中最高兴的一天》（短篇小说），《西安晚报》1985年3月31日。

《姐姐的爱情》（中短篇小说集），中国青年出版社1985年版。

《路遥小说选》（中短篇小说集），青海人民出版社1985年版。

《注意感情的积累》（随笔），《文学报》1985年12月19日。

《路遥谈创作》，《文学评论家》1985年第2期。

《答〈延河〉编辑部问》，《延河》1985年第3期（1984年12月于西安）。

《东拉西扯谈创作（二）》，《陕西文艺界》1985年第3期（写于1984年6月7日）。

1986年 三十七岁

夏，在陕北吴旗县人民武装部开始创作《平凡的世界》第二部。被赴西安组稿的《当代》编辑周昌义退稿后，将书稿第一部交予中国文联出版社编辑李金玉。

12月29日—30日，在京参加《花城》《小说评论》编辑部联合召开的《平凡的世界》座谈会。在《小说评论》刊发的讨论会纪要中，与会评论家的总体意见是"《平凡的世界》是一部具有内在魅力和激情的现实主义力作"。但据白描回忆："研讨会上，绝大多数评论人士都对作品表示了失望，认为这是一部失败的长篇小说……回到西安，路遥去了一趟长安县柳青墓。他在墓前转了很长时间，猛地跪倒在柳青墓碑前，放声大哭。有谁能理解路遥众人皆醉唯他独醒的悲怆呢？"

该年发表作品：

1986 年 4 期《延河》发表了《平凡的世界》（时命名为《普通人的道路》）中第一部卷一的 26—28 章，题目为"水的喜剧"。编辑介绍语："青年作家路遥，其多卷体长篇小说《普通人的道路》第一部已脱稿。作品追求恢宏的气势与编年史式的效果，读来撼人心魄。《水的喜剧》系从其中选发的三章。相对完整的一个事件，色调鲜明的一群人物。既可独立成篇，又能窥出整个作品的大致风貌，相信会引起读者的兴趣。"小说前作者语："正在写作中的多卷长篇小说《普通人的道路》，描写近十年间的当代城乡社会生活。全书共三部。此篇是第一部卷一中的第二十六、二十七、二十八章。题目为临时所加。这几章在第一部中并不占有特别位置，只是它构成一个较连贯的情节。正因为这样，本书的一些主要人物未能在此出现。这几章内容的时代背景为一九七六年夏天。"

《平凡的世界》（第一部），刊发于《花城》1986 年第 6 期，20—188 页，若峪插图。第一页作为头条，编辑推荐语："黄土地是历史的沉积，信天游是负重的歌吟。这是路遥继《人生》之后推出的又一力作，这是一幅纷繁复杂、纵深辽远的农村生活画卷。作品中有惊心动魄、原始洪荒的械斗场面，也有缠绵悱恻、柔情似水的儿女之爱。"路遥在第一部标题下注"谨以此书献给我生活过的土地和岁月"。

完整编者按如下：

"这是青年作家路遥继中篇小说《人生》之后推出的又一篇力作，也是他计划中的系列长篇的第一部。作品以全景式的恢宏气魄，用现实主义的写实镜头，再现了我国农村一九七五至一九七八这一特定历史时期的一幕。作家以全部的心血和激情倾注给生他养他的黄土地，写得深沉、凄婉而又雄浑、浓郁。作家为此酝酿构思长达四年之久。

"……在茫茫黄土地上，大自然无数黄色的皱褶中，世世代代生活和繁衍着普通的人类。这黄色的土地生成于二三百万年前的第四纪，是中华民族的摇篮，人类文明的发源地。然而，时至二十世纪七十年代，这里仍是赤贫和饥馁的领地。农村干部们衣衫褴褛地高喊着革命口号，农民兄弟们饥寒交迫地在红旗下修着大寨田。极左路线、封建陋习、精神和物质文明的匮缺，形成了野蛮、狭隘、陈腐的文化结构，锈蚀着人们的肉体和心灵。但这黄色土地上不乏善良、美好的灵性，养育出勤劳智慧的人类。随着历史的演变，新一代年轻的农民在沉思中觉醒、复苏、崛起。他们继承了祖辈勤谨、善良、聪颖的基因，在穷困的挣扎中成熟了，他们的眼光看到了黄土地以外的大千世界，胸襟开阔了，并且强烈地意识到只有改变旧的生产关系、生产方式才能改变命运。这是中国农村改革的社会基础，预示着这场改革的历史必然性。新春的惊雷即将震醒山野，黄土地即将解冻。这是一个历史的蜕变过程，是人类自己的涅槃。作者对传统的文化及其历史的积淀进行了深刻的剖析和反思。

"作品笔墨凝重，以情动人，塑造了众多血肉丰满的人物形象。读者可以看到质朴、刚强的高加林式的新一代西部硬汉子，也可以看到善良贤淑、纯情的刘巧珍式的东方型女性形象。作品中有惊心动魄、原始洪荒的械斗场面，也有缠绵悱恻、柔情似水的儿女之爱。这是一幅纷繁复杂、多姿多彩的社会风情画，也是一幅纵深辽远的历史卷轴。它将以其内在的魅力和激情赢得读者。"

同期发表作品还有：祖慰《转型人》（4—20 页）；李杭育《老鱼吹浪》（188—207 页）；季红真《李杭育初论》（207—217 页）；万方《献给爱丽丝》（217—244 页）。

《平凡的世界》（第一部），中国文联出版公司 1986 年版。

1987 年　三十八岁

3 月 2—23 日，随中国作家访问团访问联邦德国。4 月养父去世。开始投入《平凡的世界》第二部第二稿的工作。

6月27日因病从洛川转赴延安。7月3日应宝鸡文联邀请，以《人生》的创作过程为主题演讲。7月8日致谢望新信中谈及创作计划："我如身体复原，即启程去煤矿下井（二十天左右），然后分别去陕北农村和大学去补充一些技术性的生活。"路遥在《早晨从中午开始》中叙述此时因身体病痛，到榆林去找老中医张鹏举求助，吃了几服中药后有所好转。秋，在榆林地区行署领导安排下，在榆林宾馆开始创作《平凡的世界》第三部。

该年发表作品：

《从〈人生〉谈创作——作家路遥答文学爱好者问》，《解放军报》1987年1月11日。

《〈路遥小说选〉自序》，《小说评论》1987年第1期。

《无法回避的选择——从〈人生〉到〈平凡的世界〉》，《花城》1987年第3期。

《关于审美理想和评价文学作品的最低标准答友人书》，《湖南师范大学社会科学学报》1987年第4期。

《冷静中的燃烧——读〈远去的凉风垭〉》，《延河》1987年第3期。

1988年 三十九岁

1月27日《平凡的世界》第三部第一稿完成。3月27日《平凡的世界》开始在中央人民广播电台AM747频道《长篇连播》节目播讲。

5月25日完成《平凡的世界》全部创作。路遥回忆说自己平时没有记忆时间的概念，但惟独这一天经常记的。当时出版社、广播台都在催稿，5月25日那天，县上几个领导和弟弟都知道他的情况，准备了酒席为他庆贺。"按照我每天工作的规律，我最后一天的工作也肯定在下午五点钟结束，他们知道我的工作规律，饭菜摆好就在楼下等我。但是，最后撂下三四页的时候，我激动得手就痉挛，像鸡爪子一样窝不回去，笔都握不住。当时自己的感觉，就好像运动员到最后创新纪录的一刹那的时候突然把脚崴了。这时候，我把两壶热水往脸盆一倒，抓起两块枕巾，就把手伸到烫水里边，整整十来分钟，手才慢慢松弛下来。然后，尽量使自己平静下来，把最后一章写完。写完最后一个字，就把笔从窗户里扔出去了。把笔扔出去，一下子趴到被子上就哭，哭了好长时间，感觉到自己的心理状态像是坐了六年禁闭，今天才释放了。"（路遥：《文学·人生·精神——在西安矿业学院的演讲》）这段极具仪式化的叙述，可见出路遥对于作家"劳动"的认识，以及对《平凡的世界》的期许，是把自己的整个青春甚至生命作为抵押。这一工程完成本身，就已经为他投入的理想和激情赋予了意义。

当年，路遥被授予陕西省人民政府"劳动模范"称号。

5 月 26 日与四弟王天乐抵达太原，受到作家郑义和《黄河》杂志编辑韩石山的招待。随后赴京，在弟弟王天乐的帮助下处理《平凡的世界》相关事宜。

7 月中旬与电视剧《平凡的世界》导演潘欣欣赴陕北。

9 月参加延安大学五十周年校庆活动。

11 月 3 日写《致苏联青年近卫军出版社》，感谢《人生》被译成俄文在苏联出版。"我谨向闻名于我国的青年近卫军出版社致以崇高的谢意。许多中国读者都知道，H·奥斯特洛夫斯基著名的小说《钢铁是怎样炼成的》，正是在这一出版社出版的——这本书对我们来说极其珍贵。你们可以想到，此时我的心情非常激动。"

12 月应《中外纪实文学》主编邀请，与莫伸到汉中采访、撰写报告文学。

12 月 31 日致蔡葵信中，感谢蔡葵 12 月 16 日发表于《光明日报》的评论《〈平凡的世界〉的造型艺术》，并与蔡葵探讨关于"现实主义"的想法，认为尽管此时的文学潮流开始反现实主义，但"我们和缺乏现代主义一样缺乏（真正的）现实主义"。在这种历史背景下写作《平凡的世界》，"它的不足既是我的不足，也是中国现实主义的不足"。信中透露出这次创作被文坛视作"反潮流"的孤独感。

该年发表作品：

《平凡的世界》（第三部），作为头条主打刊发于《黄河》1988年第 3 期，4—142 页。小说开头编者注"前两部内容简介"。小说结尾编者按"（本刊限于篇幅，经作者同意，删节了部分章节，全书将由中国文联出版公司出版）"。同期刊发的作品还有：张伯笠《中国星火》（142—180 页）；惠民《达比郡的回忆》（180—201 页）；陈玉川《黑土地》（201—219 页）；浊涛《冬日里的阳光》（处女作，219—232 页）；一章《他从大山里走来》（232 页）。

《平凡的世界》（第二部），中国文联出版公司 1988 年版。

《上海文论》1988 年第 4 期开辟专栏《重写文学史》。当期发表宋炳辉：《"柳青现象"的启示——重评长篇小说〈创业史〉》。

1989 年　四十岁

3 月 4 日与陈忠实等参加省委宣传部、中国作家协会、文联召开的文艺家兼职深入生活座谈会。

3 月 24 日电视剧《平凡的世界》由中国电视剧制作中心导演潘欣欣执导，鲁文浩、晏唐改编，在延安枣园乡庙沟村开机。

4 月 1 日在西影大酒楼给海波小说《农民儿子》写序："海波和我是同乡，又是同学，少年时期一块在故乡陕北延川的城关小学、县立中学读书。那是我们都属家境极端贫苦的农民子弟，活像一对乞丐，除过内心的尊严，几乎一无所有。以后，海波的道路尤为艰难，年复一年为起码的生存在凄风苦雨中不停奔波。一般人在他那种情况下，恐怕早已垮掉了，但顽强的海波没有听凭命运的摆布，他内心的理想之火一直在熊熊燃烧。这部凝结着他血泪的小说就是他人生态度的一个证明。"

11 月 17 日与李天芳、王愚在中国作家协会陕西分会"创作之家"为中国作协鲁迅文学院做文学讲座。

该年发表作品：

《平凡的世界》（第三部），中国文联出版公司 1989 年版。

1990 年　四十一岁

4 月电视剧《平凡的世界》开始在中央电视台二套播放。获长篇连续剧飞天荣誉奖。

7 月职称调整为创作一级（即正高职称）。

1991 年　四十二岁

初春病中为刘凤梅小说集《春夜静悄悄》作序，叙述了同为农裔城籍作家的精神历程："生存环境的改变不可能铰断类似我们这种人和农村母体相连的那根脐带。肯定地说，我们自身的生活及其作品涉及的生活，都深刻地烙着农村的印记。但是，毕竟我们实际地生活在了城市。从农村到城市的过程，从表面上看，就是改变了一些环境，填了一些履历表，转换了一些组织关系，似乎并不复杂。其实，从精神方面来说，这是一个无比沉重而艰难的历程。这意味着要丢弃一些祖辈珍传的好的或坏的遗产，同时得接受一些令人欣喜或令人不安的馈赠。由此，造成了精神思想交叉多重的复杂性。要挣脱的东西挣脱不了，要接受的东西又接受得不自然。实际生活中巨大的矛盾引发了痛苦，引发了危机，于是，艺术的冲动便出现了。当代中国的许多作家都出现在这个生活的断层上。"

1 月 23 日致白烨信中谈及对评奖一事尽量不使自己抱太大希望，但还是恳请白烨帮忙"活动"，"尽管中国是这个样子，但这个奖对我还是重要的。另外，也想给西北和老陕争点光，迄今为止，西北还未能拿这个奖，这一届作品中，凭良心说，我的作品还是具备竞争力的"。

3 月 7 日第三届茅盾文学奖在京揭晓。路遥收到中国作协电报，请 8 日来京参加颁奖大会。9 日评比公布，《平凡的世界》获第三届茅盾文学奖，名列榜首。3 月 10 日路遥致信蔡葵表达感谢。3 月 14 日，写作《生活的大树万古长青》准备作为颁奖仪式的致辞。3 月 25 日，靠王天乐凑到的五千元钱才坐火车赴京领奖。3 月 29 日参加在人民大会堂举行的颁奖大会，虽然没有用之前准备的稿件致辞，实际演讲为《在茅盾文学奖颁奖仪式上的致词》，但仍保留了最核心的一句——"只有不丧失普通劳动者的感觉，我们才有可能把握社会历史进程的主流。"

4 月 11 日陕西省委宣传部、省作协、省文联联合发布《关于表彰〈平凡的世界〉作者路遥同志的决定》。15 日，表彰大会，授予路遥证书、纪念花瓶和五千元奖金。贾平凹在《怀念路遥》里曾回忆说："想起《平凡的世界》出版后一段时间受到冷落，他给我说：狗日的，一满都不懂文学！想起获奖回来，我向他祝贺，他说：你猜我在台上想啥的？我说：想啥哩？他说：我把他们都踩在脚下了！"

6 月 10 日应邀到西安矿业学院讲座。后由张伯龙根据录音整理并拟题为《文学·人生·精神》。

7 月 1 日与贾平凹、金铮出席《女友》杂志创刊三周年活动。8 月 21 日在西安地质学院报告厅为《女友》杂志社主办的"91 之夏文朋诗友创作笔会"做报告，后由程路根据录音整理拟题为《写作是心灵的需要——对文朋诗友的讲话》。

10 月 18 日于西安写作《艺术批评的根基》，后作为序收入李星的作品集《读书漫笔》。

10 月 26 日出席延川县县级机关干部职工大会，并作文学创作辅导报告，后录音整理为《在延川各界座谈会上的讲话》。

初冬，开始写作《早晨从中午开始》。

该年发表作品：

《乔维新的中国画》，《文学报》1991 年 4 月 18 日。

《生活的大树万古长青》,《文艺报》1991年4月13日。(写于3月14日,西安)

1992年　终年四十三岁

3月《早晨从中午开始》完稿后在《铜川矿工报》副刊首发。

春,于西安完成由陈泽顺、邢良俊编选,陕西人民出版社出版的《路遥文集》后记,透露出一种深深的遗憾感:"历史,社会环境,尤其是个人的素养,都在局限人——不仅局限一书作品中的人,首先局限它的创造者。所有人的生命历程在人类历史的长河中都是一个小小的段落,因此,每一代人都有自己命中注定的遗憾。""唯一能自慰的是,我们曾真诚而充满激情地在这个世界上生活过,竭尽全力地劳动过,并不计代价地将自己的血汗献给了不死的人类之树。""只能永远把艰辛的劳动看作是生命的必要,即使没有收获的指望,也心平气静地继续耕种。"

6月5日,为航宇主编的报告文学集《你说黄河几道道弯》写作序言一篇。"从本书对这些凡人琐事的充满激情的生动描绘中,我们看到了一些大写的人,看到了一种至为宝贵的崇高的精神品格。这些人所做的这一切都使人过目难忘,心潮起伏。""通过这本笔触粗放的报告文学集,我们又欣喜地熟识了一批榆林地区改革开放中的闯将。"

7月中旬病情加重。7月末路遥还在忙于装修工程,务必要在妻子和女儿回来之前完工。

8月6日赴延安。12日住进延安地区人民医院传染科。9月5日转至西安西京医院。林达决定把离婚手续推后,于9月22日离开西安回京。

11月17日,路遥逝世。

该年发表作品:

《杜鹏程:燃烧的烈火》,《延河》1992年第2期。

《少年之梦》,《少年月刊》1992年第2期。

《早晨从中午开始》(写于1991年初冬至1992年初春)。首发于铜川矿务局主办的《铜川矿工报》,后连载于陕西省妇联主办的《女友》杂志1992年第5期至第10期。紧接着又有西北大学出版社1992年版和中国文联出版公司1993年版(扉页注"献给我的弟弟王天乐")。

路遥在《早晨从中午开始》中,共有五处提到柳青。整理如下:

关于《平凡的世界》的创作准备——在现当代中国的长篇小说中,除过巴金的《激流三部曲》,我比较重视柳青的《创业史》。他是我的同乡,而且在世时曾经直接教导过我。《创业史》虽有某些方面的局限性,但无疑在我国当代文学中具有独特的位置。这次,我在中国的长卷作品中重点研读《红楼梦》和《创业史》。这是我第三次阅读《红楼梦》,第七次阅读《创业史》。

关于深入生活的问题——每个作家都有自己感受生活的方式;而且随着社会生活的变化,同一作家体验生活的方式也会改变。比如,柳青如果活着,他要表现八十年代初中国农村开始的"生产责任制",他完全蹲在皇甫村一个地方就远远不够了,因为其他地方的生产责任制就可能和皇甫村所进行的不尽相同,甚至差异很大。

关于与柳青直接接触后的作家印象与影响——柳青生前我接触过多次。《创业史》第二部在《延河》发表时,我还做过他的责任编辑。每次见他,他都海阔天空给我讲许多独到的见解。我细心地研究过他的著作、他的言论和他本人的一举一动。他帮助我提升了一个作家所必备的精神素质。

我记得当年和柳青接触时,严重的肺心病已经使他根本不能再抽烟。但坚强的老汉无法忍受这个生活的惩戒,他仍然把纸烟的烟丝倒出来,装上一种类似烟叶的东西,一本正经地在抽，每次看见他貌似抽烟的神态，都忍不住想笑。

关于柳青未完成《创业史》的遗憾——在中国，企图完成长卷作品的作家，往往都死不瞑目。伟大的曹雪芹不用说，我的前辈和导师柳青也是如此。记得临终之前，这位坚强的人曾央求医生延缓他的生命，让他完成《创业史》。造成中国作家的这种不幸的命运，有属于自身的，更多的是由种种环境和社会的原因所致。试想，如果没有十年的文化大革命的耽搁，柳青肯定能完成《创业史》的全部创作。在一个没有成熟和稳定的社会环境中，无论是文学艺术家还是科学家，在最富创造力的黄金年华必须争分夺秒地完成自己一生中最重要的工作，因为随时都可能风云骤起，把你冲击得连自己也找不见自己。等这阵风云平息，你已经丧失了人生良机，只能抱恨终生或饮恨九泉了。此话难道是危言耸听？我们的历史可以无数次作证。老实说，我之所以如此急切而紧迫地投身于这个工作，心里正是担心某种突如其来的变异，常常有一种不可预测的惊恐，生怕重蹈先辈们的覆辙。因此，在奔向目标的途中不敢有任何怠懈，整个心态似乎是要赶在某种风暴到来之前将船驶向彼岸。

参考文献

一、作品类：（按作者姓氏音序排列）

1. 路遥：《人生》，北京：北京十月文艺出版社，2009 年。

2. 路遥：《平凡的世界》，北京：北京十月文艺出版社，2009 年。

3. 路遥：《一生中最高兴的一天》，北京：北京十月文艺出版社，
   2010 年。

4. 路遥：《早晨从中午开始》，北京：北京十月文艺出版社，2012 年。

5. 路遥：《路遥全集·散文、剧本、诗歌、书信》，北京：北京十月
   文艺出版社，2012 年。

6. 路遥：《路遥文集》（全 5 卷），北京：人民文学出版社，2005 年。

7. 柳青：《创业史》，北京：中国青年出版社，2009 年。

8. 柳青：《柳青文集》（全 4 卷），北京：人民文学出版社，2002 年。

9. 陈忠实：《陈忠实文集》（全 7 卷），广州：广州出版社，2004 年。

10. 贾平凹：《浮躁》，北京：作家出版社，2009 年。

11. 贾平凹：《古炉》，北京：人民文学出版社，2011 年。

二、著作类：（按作者姓氏音序排列）

1. 北岛、曹一凡等：《暴风雨的记忆：1965—1970 年的北京四中》，
   北京：三联书店，2012 年。

2. 北岛、李陀编：《七十年代》，北京：三联书店，2009 年。

3. 程光炜：《文学讲稿："80 年代"作为方法》，北京：北京大学出版社，2009 年。

4. 程光炜：《文学史的兴起》，开封：河南大学出版社，2009 年。

5. 程光炜、杨庆祥编：《重读路遥》，北京：北京大学出版社，2013 年。

6. 蔡翔：《革命／叙述：中国社会主义文学—文化想象（1949—1966）》，北京：北京大学出版社，2010 年。

7. 蔡志海：《农民进城——处于传统与现代之间的中国农民工》，武汉：华中师范大学出版社，2008 年。

8. 陈顺馨：《社会主义现实主义理论在中国的接受与转换》，合肥：安徽教育出版社，2000 年。

9. 崔志远：《现实主义的当代中国命运》，北京：人民文学出版社，2005 年。

10. 陈映芳：《"青年"与中国的社会变迁》，北京：社会科学文献出版社，2007 年。

11. 陈映芳：《城市中国的逻辑》，北京：三联书店，2012 年。

12. 程晋宽：《"教育革命"的历史考察：1966—1976》，福州：福建教育出版社，2001 年。

13. 程凯：《革命的张力——"大革命"前后新文学知识分子的历史处境与思想探求》，北京：北京大学出版社，2014 年。

14. 曹锦清：《黄河边的中国：一个学者对乡村社会的观察与思考》，上海：上海文艺出版社，2003 年。

15. 董之林：《热风时节：当代中国"十七年"小说史论（1949—1966）》，上海：上海书店出版社，2008 年。

16. 邓力群：《邓力群自述：十二个春秋（1975—1987）》，香港：香港大风出版社，2006 年。

17. 定宜庄：《中国知青史：初澜（1953—1968 年）》，北京：当代中国出版社，2009 年。

18. 杜国景：《合作化小说中的乡村故事与国家历史》，北京：中国社会科学出版社，2011年。

19. 杜润生：《杜润生自述：中国农村体制改革重大决策纪实》，北京：人民出版社，2005年。

20. 杜润生：《杜润生文集（1980—2008）》（上册），太原：山西经济出版社，2008年。

21. 费孝通：《乡土中国》，北京：北京出版社，2005年。

22. 费孝通：《中国士绅》，北京：三联书店，2009年。

23. 樊国宾：《主体的生成：50年代成长小说研究》，北京：中国戏剧出版社，2003年。

24. 高军峰、姚润田：《新中国高考史》，福州：福建人民出版社，2009年。

25. 洪子诚：《当代文学史》，北京：北京大学出版社，2010年。

26. 洪子诚：《我的阅读史》，北京：北京大学出版社，2011年。

27. 洪子诚：《作家姿态与自我意识》，北京：北京大学出版社，2010年。

28. 厚夫：《路遥传》，北京：人民文学出版社，2015年。

29. 黄曙光：《当代小说中的乡村叙事》，成都：巴蜀书社，2009年。

30. 黄文倩：《在巨流中摆渡："探求者"的文学道路与创作困境》，台北：台湾师范大学出版社，2012年。

31. 贺桂梅：《"新启蒙"知识档案：80年代中国文化研究》，北京：北京大学出版社，2010年。

32. 贺照田：《当社会主义遭遇危机》，台北：人间出版社，2016年。

33. 黄修己编：《赵树理研究资料》，北京：知识产权出版社，2010年。

34. 贺雪峰：《新乡土中国：转型期乡村社会调查笔记》，南宁：广西师范大学出版社，2003年。

35. 贺雪峰：《什么农村，什么问题》，北京：法律出版社，2008年。

36. 黄宗智：《中国的隐性农业革命》，北京：法律出版社，2010年。

37. 黄平编：《乡土中国与文化自觉》，北京：三联书店，2007年。

38. 何康编：《八十年代中国农业改革与发展》，北京：农业出版社，1991年。

39. 金大陆、金光耀编：《中国知识青年上山下乡研究文集（上）（中）（下）》，上海：上海社会科学院出版社，2009年。

40. 蒋承勇：《十九世纪现实主义文学的现代阐释》，北京：中国社会科学出版社，2010年。

41. 旷新年：《写在当代文学边上》，上海：上海教育出版社，2005年。

42. 李建军编：《路遥十五年祭》，北京：新世界出版社，2007年。

43. 李建军编：《路遥评论集》，北京：人民文学出版社，2007年。

44. 雷达主编：《路遥研究资料》，济南：山东文艺出版社，2006年。

45. 李运抟：《中国当代现实主义文学六十年》，南昌：百花洲文艺出版社，2008年。

46. 李杨：《50—70年代中国文学经典再解读》，济南：山东教育出版社，2006年。

47. 李强：《社会分层十讲》，北京：社会科学文献出版社，2008年。

48. 李怀印：《乡村中国纪事：集体化和改革的微观历程》，北京：法律出版社，2010年。

49. 李国华：《农民说理的世界——赵树理小说的形式与政治》，上海：上海书店出版社，2016年。

50. 刘可风：《柳青传》，北京：人民文学出版社，2016年。

51. 刘剑梅：《革命与情爱：二十世纪中国小说史中的女性身体与主题重述》，上海：上海三联书店，2009年。

52. 刘小萌：《中国知青史——大潮（1966—1980年）》，北京：当代中国出版社，2009年。

53. 罗岗：《人民至上：从"人民当家做主"到"社会共同富裕"》，上海：上海人民出版社，2012年。

54. 梁鸿：《中国在梁庄》，南京：江苏人民出版社，2010年。

55. 马一夫、厚夫主编：《路遥研究资料汇编》，西安：中国文史出版社，2006 年。

56. 马一夫、厚夫、宋学成主编：《路遥纪念集》，北京：人民文学
出版社，2007 年。

57. 蒙万夫等编：《柳青写作生涯》，天津：百花文艺出版社，1985
年。

58. 蒙万夫：《柳青传略》，西安：陕西人民教育出版社，1988 年。

59. 孟广来、牛运清编：《柳青专集》，福州：福建人民出版社，1982
年。

60. 马玉田、张建业主编：《十年文艺理论论争言论摘编（1979—
1989）》，北京：北京十月文艺出版社，1991 年。

61. 潘维、玛雅编：《人民共和国六十年与中国模式》，北京：三联
书店，2010 年。

62. 彭波：《潘晓讨论：一代中国青年的思想初恋》，天津：南开大
学出版社，2000 年。

63. 申晓编：《守望路遥》，西安：太白文艺出版社，2007 年。

64. 石天强：《断裂地带的精神流亡——路遥的文学实践及其文化意
义》，北京：北京大学出版社，2009 年。

65. 孙见喜：《贾平凹传》，上海：上海人民出版社，2008 年。

66. 苏阳、冯仕政、韩春萍编：《中国社会转型中的阶级》，北京：
社会科学文献出版社，2010 年。

67. 山东大学中文系编：《中国当代文学研究资料·柳青专集》，（内
部发行），1979 年。

68. 谭同学：《桥村有道：转型乡村的道德权力与社会结构》，北京：
三联书店，2010 年。

69. 童小溪：《极端年代的公民政治：群众的文化大革命》，香港：
中国文化传播出版社，2011 年。

70. 王西平、李星、李国平等著：《路遥评传》，西安：太白文艺出
版社，1997 年。

71. 王德威：《写实主义小说的虚构》，上海：复旦大学出版社，2011年。

72. 吴妍妍：《现代性视野中的陕西当代乡土文学》，北京：人民出版社，2010年。

73. 汪晖：《去政治化的政治：短20世纪的终结与90年代》，北京：三联书店，2008年。

74. 王斑：《历史的崇高形象——二十世纪中国的美学与政治》，孟祥春译，上海：上海三联书店，2008年。

75. 王刚：《路遥年谱》，北京：北京时代华文书局，2016年。

76. 晓雷、李星主编：《星的陨落》，西安：陕西人民出版社，1993年。

77. 邢小利、邢之美：《柳青年谱》，北京：人民文学出版社，2016年。

78. 徐庆全：《风雨送春归——新时期文坛思想解放运动记事》，开封：河南大学出版社，2005年。

79. 许子东：《重读"文革"》，北京：人民文学出版社，2011年。

80. 萧楼：《夏村社会：中国"江南"农村的日常生活和社会结构（1976—2006）》，北京：三联书店，2010年。

81. 薛毅编：《乡土中国与文化研究》，上海：上海书店出版社，2008年。

82. 杨健：《中国知青文学史》，北京：中国工人出版社，2002年。

83. 杨健：《"文化大革命"中的地下文学》，朝华出版社，1993年。

84. 印红标：《失踪者的足迹：文化大革命期间的青年思潮》，香港：香港中文大学出版社，2009年。

85. 阎云翔：《私人生活的变革：一个中国村庄里的爱情、家庭与亲密关系（1949—1999）》，龚小夏译，上海：上海书店出版社，2009年。

86. 阎云翔：《中国社会的个体化》，陆洋等译，上海：上海译文出版社，2012年。

87. 郑实：《浩然口述自传》，天津：天津人民出版社，2008年。

88. 赵学勇：《生命从中午消失——路遥的小说世界》，兰州：兰州大学出版社，1995年。

89. 宗元：《魂断人生——路遥论》，上海：上海文艺出版社，2000 年。

90. 张艳茜：《平凡世界里的路遥》，西安：陕西人民出版社，2013 年。

91. 张均：《中国当代文学制度研究（1949—1976）》，北京：北京大学出版社，2011 年。

92. 张军：《流动的经典：对柳青及〈创业史〉接受史的考察》，济南：山东人民出版社，2012 年。

93. 张丽军：《想象农民：乡土中国现代化语境下对农民的思想认知与审美显现（1895—1949）》，2009 年。

94. 查建英主编：《八十年代访谈录》，北京：三联书店，2006 年。

95. 张旭东：《全球化时代的文化认同——西方普遍主义话语的历史批判》，北京：北京大学出版社，2006 年版。

96. 祝东力：《精神之旅——新时期以来的美学与知识分子》，北京：中国广播电视出版社，1998 年。

97. 邹谠：《中国革命再阐释》，香港：牛津大学出版社，2002 年。

98. 中国社会科学院文学研究所编：《世界文学中的现实主义问题》，北京：知识产权出版社，2010 年版。

99. ［英］安东尼·吉登斯：《现代性与自我认同》，赵旭东等译，北京：三联书店，1998 年。

100. ［日］柄谷行人：《日本现代文学的起源》，赵京华译，北京：三联书店，2006 年。

101. ［俄］别尔嘉耶夫：《俄罗斯思想》，雷永生等译，北京：三联书店，2004 年。

102. ［加］查尔斯·泰勒：《自我的根源》，韩震等译，南京：译林出版社，2001 年。

103. ［美］戴维·斯沃茨：《文化与权力：布尔迪厄的社会学》，陶东风译，上海：上海译文出版社，2006 年。

104. ［日］沟口雄三：《中国的公与私·公私》，郑静译、孙歌校，北京：三联书店，2011 年。

105. ［美］韩丁：《翻身——中国一个村庄的革命纪实》，韩倞译，北京：北京出版社，1980年。

106. ［挪威］贺美德、鲁纳编著：《"自我"中国：现代中国社会中个体的崛起》，许烨芳等译，上海：上海译文出版社，2011年。

107. ［美］华莱士·马丁：《当代叙事学》，伍晓明译，北京：北京大学出版社，2006年。

108. ［前南斯拉夫］密洛凡·德热拉斯：《新阶级》，陈逸译，世界知识出版社，1963年。

109. ［美］柯文：《在中国发现历史：中国中心观在美国的兴起》，林同奇译，北京：中华书局，2002年。

110. ［美］詹姆逊：《政治无意识：作为社会象征行为的叙事》，王逢振等译，北京：中国社会科学出版社，2011年。

111. ［英］雷蒙德·威廉斯：《漫长的革命》，倪伟译，上海：上海人民出版社，2013年。

112. ［英］雷蒙德·威廉斯：《文化与社会》，高晓玲译，长春：吉林出版集团，2011年。

113. ［英］雷蒙德·威廉斯：《马克思主义与文学》，王尔勃、周莉译，开封：河南大学出版社，2008年。

114. ［美］麦克法夸尔、费正清编：《剑桥中华人民共和国史（下卷）》，北京：中国社会科学出版社，1998年。

115. ［匈］卢卡奇：《历史与阶级意识》，杜章智等译，北京：商务印书馆，1992年。

116. ［美］罗伯特·K·默顿：《社会理论和社会结构》，唐少杰等译，南京：译林出版社，2008年。

117. ［美］莫里斯·迈斯纳：《毛泽东的中国及后毛泽东的中国》，杜蒲、李玉玲译，成都：四川人民出版社，1992年。

118. ［美］莫里斯·迈斯纳：《马克思主义、毛泽东主义与乌托邦主义》，张宁、陈铭康等译，中国人民大学出版社，2006年。

119. ［法］皮埃尔·布尔迪厄:《艺术的法则:文学场的生成和结构》,刘晖译,北京:中央编译出版社,2001 年。

120. ［法］皮埃尔·布尔迪厄、罗杰·夏蒂埃:《社会学家与历史学家》,马胜利译,北京:北京大学出版社,2012 年。

121. ［英］史蒂文·卢克斯:《个人主义》,阎克文译,南京:江苏人民出版社,2001 年。

122. ［英］特里·伊格尔顿:《人生的意义》,朱新伟译,南京:译林出版社,2012 年。

123. ［英］特里·伊格尔顿:《审美意识形态》,王杰等译,南宁:广西师范大学出版社,2001 年。

124. ［法］雅克·朗西埃:《政治的边缘》,姜宇辉译,上海:上海译文出版社,2007 年。

125. ［美］伊恩·瓦特:《小说的兴起》,高原、董红钧译,北京:三联书店,1992 年。

126. Peter Button : Configurations of the Real in Chinese literary and Aesthetic Modernity, Leiden, Boston, 2009.

127. Jacques Ranciere : The Politics of Aesthetics, Continuum international publishing group ltd. 2006

三、论文类:(按作者姓氏音序排列,发表于 1990 年前的参考文献未列入)

1. 程光炜:《新时期文学的"起源性"问题》,《当代作家评论》2010 年第 3 期。

2. 程光炜:《关于劳动的寓言——读〈人生〉》,《现代中文学刊》,2012 年第 3 期。

3. 程光炜:《文学年谱框架中的〈路遥创作年表〉》,《当代文坛》2012 年第 3 期。

4. 陈华积：《高加林的"觉醒"与路遥的矛盾——兼论路遥与 80 年代的关系》，《现代中文学刊》2012 年第 3 期。

5. 陈思：《〈平凡的世界〉的社会史考辨：逻辑与问题》，《文学评论》2016 年第 4 期。

6. 高明：《孙少平的阅读方式与时代意识——兼论路遥的现实主义》，《中国现代文学研究丛刊》2016 年第 10 期。

7. 海波：《我所认识的路遥》，《十月》2012 年第 4 期。

8. 贺照田：《从"潘晓讨论"看当代中国大陆虚无主义的历史与观念成因》，《开放时代》2010 年第 7 期。

9. 黄平：《从"劳动"到"奋斗"——"励志型"读法、改革文学与〈平凡的世界〉》，《文艺争鸣》2010 年第 5 期。

10. 贾平凹：《我是农民——乡下五年的记忆》，《大家》1998 年第 6 期。

11. 江丽整理：《"80 年代"文学：历史对话的可能性——"路遥与'80 年代'文学的展开"国际学术研讨会纪要之二》，《文艺争鸣》2012 年第 4 期。

12. 金理：《在时代冲突和困顿深处：回望孙少平》，《文学评论》2012 年第 5 期。

13. 李继凯：《矛盾交叉：路遥文化心理的复杂构成》，《文艺争鸣》1992 年第 3 期。

14. 李雪、崔秀霞整理：《"80 年代"文学：历史对话的可能性——"路遥与'80 年代'文学的展开"国际学术研讨会纪要之三》，《文艺争鸣》2012 年第 6 期。

15. 李星：《在现实主义的道路上——路遥论》，《文学评论》1991 年第 4 期。

16. 孟繁华：《乡村文明的变异与"50 后"的境遇——当下中国文学状况的一个方面》，《文艺研究》2012 年第 6 期。

17. 萨支山：《试论五十至七十年代"农村题材"长篇小说——以〈三里湾〉、〈山乡巨变〉、〈创业史〉为中心》，《文学评论》2001

年第 3 期。

18. 王一川:《中国晚熟现实主义的三元交融及其意义——读路遥的〈平凡的世界〉》,《文艺争鸣》2010 年第 12 期。

19. 王钦:《"社会主义新人"的可能性建构及其瓦解》,华东师范大学,硕士学位论文,2011 年。

20. 王大可:《改霞的问题:回看〈创业史〉》,《文艺争鸣》2015 年第 2 期。

21. 邵燕君:《〈平凡的世界〉不平凡——"现实主义畅销书"的生产模式分析》,《小说评论》,2003 年第 1 期。

22. 徐刚:《交叉地带的叙事镜像——试论十七年文学脉络中的路遥小说创作》,《南方文坛》2012 年第 1 期。

23. 杨庆祥:《路遥的自我意识和写作姿态——兼及 1985 年前后"文学场"的历史分析》,《南方文坛》2007 年第 6 期。

24. 杨庆祥:《妥协的结局和解放的难度——重读〈人生〉》,《南方文坛》2011 年第 2 期。

25. 张书群整理:《"80 年代"文学:历史对话的可能性——"路遥与'80 年代'文学的展开"国际学术研讨会纪要》,《文艺争鸣》2011 年第 16 期。

26. 赵学勇:《路遥的乡土情结》,《兰州大学学报(社会科学版)》1996 年第 2 期。

27. 朱杰:《人生"意义"的重建及其限制——"潘晓难题"的文学展现(1980—1985)》,上海大学,博士学位论文,2010 年。

28. 张红秋:《路遥:文学战场上的"红卫兵"》,《兰州大学学报》2007 年第 2 期。

四、报刊文献类

1.《文艺报》(1979—1989)

2.《中国青年》（1978—1989）

3.《陕西文艺》（1973—1977）

4.《延河》（1977—1988）

5.《人民文学》（1977—1989）

6.《作品与争鸣》（1977—1986）

7. 曹谷溪主编：《延川文典·山花资料卷》，西安：陕西人民出版社，2015 年。

8. 延川县地方志编纂委员会编：《延川县志》，西安：陕西人民出版社，1999 年。

9. 中共中央文献研究室编：《改革开放三十年重要文献选编》，北京：中央文献出版社，2008 年。

后 记

　　最初选定路遥做博士论文，更多是基于学术训练上的考虑，希望能以作家作品论为中介推进我对"重返八十年代文学研究"的理解。我一直认为，路遥文学价值的争议性、八九十年代以来在读者接受层面的畅销程度、他对农村问题的思考、看似落伍的现实主义手法等，都使他足以成为一个"现象"，可以在背后架构起一幅"改革开放前后三十年"当代文学与思想变迁的历史图景。但那时的我也心存忐忑，出身工人家庭、从城乡接合部顺利"进城"、最终求学北京名校的我，真的可以理解路遥吗？

　　直到2012年夏末，我第一次走进纽约第五大道的奢侈品卖场。那时为期一年的海外交流即将结束，妈妈在电话里小心翼翼地说想要一个名牌包包，据说因为同事们都讲美国的东西又好又便宜。我对奢侈品一无所知，数着价格表上的零，终于羞愧地从亢奋不已提着大包小包的同胞中逃窜出来。原以为我一定会带着被人文教育熏陶过的自信对所谓物质至上、虚名浮利的生活追求嗤之以鼻，但我深深地记得当时的自卑与自责。后来回国前还是给妈妈买了包，还带了另一件礼物，一张黑白摄影海报，就是那幅著名的拍摄于1932年的《摩天楼上的建筑工人》。妈妈是建筑工人，我刚想把她的"美国同行"贴到墙上去，她冷不丁问我，"这都什么人啊，脏兮兮地，贴在墙上也不好看……"那一刻不知怎么就想到了路遥，想起他小说里不断叙述的"劳动"。跟路遥几乎是同代人的妈妈，当过知青，在毛泽东时代的"单位"体制里体会过"工人老大哥"的荣耀，后来单位效益不好时也每天待在办公室里剥核桃拿出去卖、跟着包工头跑工程，一辈子干到退休。我知道妈妈是知足常乐的人，不会真在乎什么奢侈品，也不会为自己的工人身份多想，但我还是迟疑了，或者说因为她的反应有些失落。归根结底，即使只是天真的美学幻想，我多么希望，那幅海报上满脸油污的普通人，可以比第五大道上疯狂购物的人们更骄傲。我在我的焦虑里体会到了路遥小说中渴望建立"尊严感"的重量。虽然路遥是在八十年代的历史语境中思考农村底层知识青年的出路问题，但在贫富差距越来越大、社会阶层固化，甚至将不平等内化到自我认识中去的当下，路遥的小说搅动了我的情绪。

我是带着这份不安完成论文写作的，因而特别希望能通过路遥与"柳青传统"的关联，去发现路遥如何处理五十至七十年代的历史遗留物，如何在对"人生""劳动""尊严""苦难"等主题的意义追寻里续写一种"理想性"的精神脉络。如今看来，自己对当下的怀疑和不满，对历史过分寄托的期待和渴望，反倒把视野变得狭窄，不能更复杂全面地去认识那个时代的文学与人。尽管努力尝试让材料说话，力图在历史语境的还原中分析路遥文学实践及其与社会互动的内在肌理，还是能看到因强行植入理论诉求带来的缺憾。

论文完成后的四年里，为工作为生活疲于奔命，在大学任教，有机会跟更年轻的90后学生们讨论路遥。一面愈发觉得高加林、孙少平的人生故事仍然是我们这个时代中最激烈冲突的母题，一面更不敢再贸然翻开路遥的世界。怎样让自己的介入激情，不再次遮蔽历史的复杂性？怎样能真正细致地从历史研究中找到于当下有益的思想资源？怎样保持对此刻的敏感，并找到最为妥帖的表达方式？我越来越感受到文史研究所必需的人事体察和人情体贴，如何在个人经验与学术写作之间、在历史研究与当下批评之间取得平衡并互为动力，我还有许多路要走。

这本书的完成要感谢海波老师，延安大学的梁向阳老师，以及《路遥年谱》的作者王刚，他们在材料方面给了我无私的帮助，也让我有机会去了解生养路遥的土地。2016年11月我跟着中国社科院当代史读书小组的"柳青研究工作坊"到西安调研，去了皇甫村，听刘可凤、孟维刚老人讲柳青的事，特别感受到贺照田老师及读书小组强调社会史视野的重要性，也从程凯老师的柳青研究中得到许多启发。

要特别感谢谢有顺老师和作家出版社的李宏伟兄、秦悦编辑，因为他们的鼓励，我才敢回头面对这些不成熟的文字。修改过程中的不断自我怀疑，让我发现了一些新材料，有了新见识，也不再铆足了劲儿地"研究"，而是回到文学最初的感动里。路遥说他最爱在雨雪天工作，因为常有一种莫名的幸福感，灵感、诗意都能尽情喷涌。这样的强悍意志我没有。后来去了延安，去文汇山看路遥，又站在路遥墓前望远处裸露的山坳和黄土，才明白他为何说雨雪意味着丰收，和人的生命有关。让匮乏的生命变得饱满，大概是路遥给我最大的震撼，但心里还舒展不开世界图景的我，只能提醒自己也如路遥所说，做一个普通的劳动者。

磕磕绊绊地度过学生时代最后的时光，如今在华中师范大学继续工作和学习。感谢北京师范大学和中国人民大学诸位老师的教诲，也感念一直支持和指引我的诸位师友。我的硕士导师陈雪虎教授引我入门，严苛得让我对理论望而生畏，却也教会我不断思考什么是"求真"与"求善"。因为李陀老师、刘禾老师的鼓励和鞭策，我才明白学术与生活可以有诸多可能。因为《文艺争鸣》《南方文坛》等刊物编辑老师对青年人的提携，我才能分享自己的思考，坦陈自己的不足。参加现代文学馆客座研究员活动的一年里，得到许多前辈和同道伙伴们的帮助，让我有信心在这个行当里有更多尝试。也感谢华师文学院及教研室的各位老师，让我在教师这个岗位上体会到幸福。

我的博士导师程光炜教授给我写过几句话，我常常读，有时是自我安慰，有时是自责，有时是自勉。老师说，"屏声敛气，练好内功，培养定力，为了去走那条更远更远并不平坦的路。"老师教我走笔行文，放下偏执与机巧，做具体研究，教我体悟历史人生，师恩深重。而更远的路还要我自己一步步去摸索。

最后，要谢谢我的妈妈。我大概永远也没办法用所学的知识去清晰地把握我们的生活，就像你永远不会理解我在这些缠绕的文字里叙述着什么，但你一定会在这里读到，我叫你"妈妈"。

杨晓帆

2017 年 10 月 1 日于桂子山

图书在版编目（CIP）数据

路遥论 / 杨晓帆著 . -- 北京：作家出版社，2018.3
（中国当代作家论）

ISBN 978-7-5063-9942-5

Ⅰ.①路… Ⅱ.①杨… Ⅲ.①路遥（1949-1992）-
作家评论 Ⅳ.①I206.7

中国版本图书馆 CIP 数据核字（2018）第 051181 号

路遥论

总 策 划：吴义勤
主　　编：谢有顺
作　　者：杨晓帆
出版统筹：李宏伟
责任编辑：秦　悦
装帧设计：合和工作室
出版发行：作家出版社
社　　址：北京农展馆南里 10 号　　　**邮　　编：**100125
电话传真：86-10-65930756（出版发行部）
　　　　　　86-10-65004079（总编室）
　　　　　　86-10-65015116（邮购部）
E-mail: zuojia@zuojia.net.cn
http: // www.haozuojia.com（作家在线）
印　　刷：三河市北燕印装有限公司
成品尺寸：152×230
字　　数：302 千
印　　张：18.25
版　　次：2018 年 5 月第 1 版
印　　次：2018 年 5 月第 1 次印刷
ISBN 978-7-5063-9942-5
定　　价：45.00 元

中国当代作家论

第一辑

阿城论　　杨　肖 著　　定价：39.00 元

昌耀论　　张光昕 著　　定价：46.00 元

格非论　　陈斯拉 著　　定价：45.00 元

贾平凹论　苏沙丽 著　　定价：45.00 元

路遥论　　杨晓帆 著　　定价：45.00 元

王蒙论　　王春林 著　　定价：48.00 元

王小波论　房　伟 著　　定价：45.00 元

严歌苓论　刘　艳 著　　定价：45.00 元

余华论　　刘　旭 著　　定价：46.00 元